郵便はがき

112-8731

料金受取人払

小石川局承認

1219

差出有効期間
平成15年7月
5日まで

東京都文京区音羽二丁目
十二番二十一号

講談社

文芸図書第三出版部

月蝕の窓

行

★この本についてお気づきの点，ご感想などをお教えください。

愛読者カード 月蝕の窓

ご購読いただきありがとうございました。今後の出版企画の参考にいたしたく存じます。ご記入のうえ,ご投函ください。(切手は不要です)

a **ご住所** 〒□□□-□□□□

b **お名前**

c **年齢** (　　)歳

d **性別** 1男性 2女性

e **ご職業** (　　)

f **本書を購入した書店名** (　　)

g **1ヵ月のノベルス購入冊数(他社も含みます)**(　　冊)

h **本書をどこでお知りになりましたか。**

1新聞広告　2雑誌広告　3書評　4実物を見て　5人にすすめられて　6その他(　　)

i **お好きな小説のジャンルをお教えください。(いくつでも)**

1 本格ミステリー　2 旅情ミステリー　3 サスペンス,ハードボイルド　4 恋愛小説　5 SF　6 ファンタジー　7 ホラー　8 歴史時代小説　9 戦争歴史シミュレーション　10 純文学

j **この小説の中で一番印象に残った場面(頁数でも結構です)はどこですか。**

k **最近1年間でお読みになった小説のベスト3をお教えください。**

1

2

3

l **読者プレゼントで欲しいアイテムを具体的に書いてください。**

月蝕の窓

建築探偵桜井京介の事件簿

篠田真由美

KODANSHA NOVELS
講談社ノベルス

ブックデザイン＝熊谷博人
カバー写真＝半沢清次
カバーデザイン＝岩郷重力

目次

登場人物表（二〇〇〇年三月現在）

江《え》草《ぐさ》百《ゆ》合《り》子《こ》（81）――江草家未亡人
江草孝《たか》昌《まさ》（故人）――百合子の夫　一九五五年没
印《いん》南《なみ》茉《ま》莉《り》（26）――
印南雅《まさ》長《なが》（故人）――茉莉の義理の兄　一九九九年没
小《こ》西《にし》慶《けい》一《いち》（86）――引退した医師
小西和《かず》志《し》（49）――慶一の息子
倉《くら》持《もち》務《つとむ》（30）――建築家
吉《よし》田《だ》孝《こう》一《いち》（55）――栃木県庁土木部勤務
松《まつ》浦《うら》窮《きわむ》　心理療法家
門《もん》野《の》貴《たか》邦《くに》（78）――正体不明の老人
輪《りん》王寺《のうじ》綾《あや》乃《の》（17）――霊感少女
栗《くり》山《やま》深《み》春《はる》（31）――フリーター
桜《さくら》井《い》京《きょう》介《すけ》（31）――建築史研究者

『夜に消えた凶刃』

1

『栃木県下で起き、現在まで犯人が逮捕されていない迷宮入り事件のひとつに、印南《いんなみ》家事件がある。

この事件は一九八六年三月二十六日、那須《なす》高原の一角に建つ明治時代の洋館で勃発した。犠牲になったのは三谷《みたに》圭子《けいこ》（二八歳）と小笠原《おがさわら》ふく（六一歳）の二女性である。

当時この家にはもうひとり、印南茉莉《まり》（一一歳）が暮らしていたが、彼女は二階の和室内で無傷のまま発見された。しかし訳あって茉莉は精神状態が不安定だったため、犯人に関する証言は一切できなかった。

事件の詳細《しょうさい》を語る前に、その背景について一言述べておかなくてはなるまい。なぜなら筆者はこの事件を、単なる強盗殺人事件とは考えていないからだ。

物取りの犯行らしい痕跡は確かにあり、そうした見方も成り立たなくもない。

だが、同時にそれでは説明のつかないことも多々ある。

つまりこの奇怪な事件が起こった原因は、現場の洋館に住んでいた彼らの人間関係にあるのではないか、とも考えられるからだ。それが敢えてこの事件を、筆者なりの見方で書き起こそうと思った理由である。筆者は決してこれを興味本位の読み物として書くわけではない、ということを改めて強調しておこう。

2

事件の舞台になった洋館は明治に建てられた。それはいまもなお那須の針葉樹の林の中に、ひっそりと住む者もなく残されている。昼間であれば外の車道までタクシーを乗りつけることも可能だが、陽が落ちてからはしぶる運転手もいるに違いない。なぜならこれは、建て主の非道な行為によって涙を呑んだ女性が、自ら命を断ったという伝説が残る邸宅なのである。その女性の命日には幽霊が現れる、あるいは建て主の血筋に呪いをかけて死んだのでたちまち血が絶えてしまった、血は繋《つな》がっていなくともこの家に住む人間には良からぬことが起きる。そうしたいい伝えは、二十一世紀を目前にしたいまもなお、土地の古老たちによって語り継がれ、他にもこの家に関わって失踪した女性がいる、などともいう。彼らにしてみればこの不吉な館で起こった惨劇も、なんら驚くべきことではなかったかもしれぬ。

戦後になってこの洋館は、建て主の子孫から黒磯《くろいそ》の印南家に売却されていた。地元の名家であるかの家の人々は、幽霊の伝説など信じてはいなかったのだろう。印南家ではこれを夏季の別荘として利用していたが、七七年秋から印南敏明《としあき》とその娘茉莉、堤雪華《つつみゆきか》とその息子雅長《まさなが》が家族として暮らすようになった。

敏明と雪華は、それぞれ以前の配偶者と死別しており、ふたりが再婚するになんの障害もなかったが、彼らは事実婚を選び、雪華が印南の籍に入ることはしなかった。都会であればいまさら意外でもなかろうが、敏明は印南本家の三男であったため、彼の両親親戚はこぞってこれに反対した。堤雪華がエッセイストとして名の売れた女性であったことも、再婚なことも、敏明より三歳年上であったことも、反対の理由となったらしい。結局敏明は勘当されたような形で家を出た。那須の洋館は俗に言うならば一族からの手切れ金、といった意味合いで与えられたらしい。

雪華は取材や講演の仕事を極力減らし、可能な限り那須の家に留まって子供たちの養育に時間を費やすようになった。当時三歳の茉莉はよく雪華になつき、また兄となった十二歳の雅長も人が驚くほど妹を可愛がった。後の相続のためか、雅長は印南敏明と養子関係を結び、印南姓を名乗っていたので、ふたりは文字通り兄妹だった。八三年から雅長は大学に進学し、東京に出てひとり暮らしをするようになったが、休みのたびに那須に戻り、妹と親しむ日々であった。その時代の一家の暮らしぶりは、雪華が著した『那須高原の小さな家』『月映《つきば》えの家』といったエッセイ集でうかがうことが出来る。

つまり少なくともこの時点では、印南家に後の惨劇を引き起こす要因は見られなかった、といっていいかもしれない。いや——だがそうともいえまい。しばしば悲劇の原因は、外からは窺《うかが》い知れぬ闇の底に芽吹くものである。野次馬《やじうま》たちが望むような、血の繋がらぬ家族の不和など影も形もないようでいて、その実、美しい家族愛に隠れた淫靡《いんび》な欲望が生まれ、それゆえの涙が流されていたのだとだけいっておこう。

一家の生活が一変したのは八五年、いまなお人々の記憶から薄れぬ航空機事故で、印南敏明と堤雪華が犠牲になったことからである。嘆き悲しむ遺族たちの中でも、堤雪華の文名もあり、可憐《かれん》な茉莉はしばしばマスコミの好餌とされ、どこへ行ってもストロボの光と押しつけられるマイクに追いかけ回された。その結果彼女は深刻な対人恐怖症に悩むこととなり、小学校へ通うこともできなくなって、那須の洋館に引きこもることとなった。つまり八六年の事件で命を落とした三谷圭子と小笠原ふくは、そうした状態の茉莉を世話するためにそこにいたのだった。

小笠原は一家の侍医であった小西慶一《こにしけいいち》医師から派遣された看護婦であり、三谷は元は雪華の担当編集者で、学校に行けなくなった茉莉の家庭教師を務めていた。親たちの死の以後、兄の雅長は東京からほとんど戻らなくなっていたが、その理由は明らかではない。一説には、使用人のどちらかと妹の治療方針を巡って対立していたからだとも、他に原因があって彼女らとうまくいかなくなっていたからだ、ともいう。

だが筆者は知っている。それもまた、家族愛に隠れて繁茂《はんも》していた欲望の帰結であった。このような漠然たる書き方をすることを、読者よ、寛恕《かんじょ》されよ。しかし眼のある人ならば真実は読みとれるはずである。

そしてもうひとつだけ明かしておこう。三谷圭子は印南雅長に恋をしていた。彼女はそれを隠そうとはしなかった。しかし彼がそれを喜ばなかったこともまた確かであった。妹のことは思いながら、彼が那須に帰ることは少なくなっていった。そして三谷は自分を避ける男に、ますます執着するようになっていったのだった。彼女は諦めなかった。なんといっても雅長の大切な妹の身は、彼女が握っていたのだから。

だが、そのことで三谷が財産目当ての性悪《しょうわる》な女であった、と読者が考えるとしたら、それは不当であろう。おそらくは雅長にも、三谷にそのような態度を取らせるだけの振る舞いがあったに違いないのである。

3

事件当夜、現場を訪れて死体を発見したのは小西医師である。夕刻、小西医院に看護婦の小笠原から、今夜来てもらえないかという電話があった。茉莉の誕生日は四月二十四日だが、その日は雅長に用事が出来てしまい、一月早くこの日に誕生日のパーティをすることになっていた。

しかしそれも結局来られないという連絡が数日前にあって、茉莉がひどく落ち込んでいたことは、小西医師も知っていた。医師はおそらく、三谷と雅長の間の問題も承知していたに違いない。医師の家は印南家から車で十分程度の場所だったので、夕飯を済ませてから行くつもりであったところ、自家用車が故障していることがわかった。ところが、二度印南家に電話を入れさせてみても通じない。異常を感じた医師は、一時間ほどの道のりを歩いて印南家に向かった。到着したときはすでに夜の十時を回っていた。

　印南家の敷地に塀はない。針葉樹の森が自動車道路から家を隠している。家に向かう道は、自動車道路とは約三十度の角度を成す三百メートルほどの直線路である。医師が近づいていくと、家の電灯はすべて消されていることがわかった。そのとき医師は家の前から、右手に向かって非常な長身の人影が音もなく走り抜けるのを見た。しかし老人が駆け寄ったときは、その姿は闇に溶けていた。

　洋館の正面にポーチがあり、ガラスのはまった両開きのドアが玄関である。ドアのハンドルに手をかけたが、施錠されているらしく開かない。ガラスに顔を押し当てて中をうかがうと、その床に白いものがある。仰向けに人が倒れているらしい。顔ははっきりしないが、痩せた体つきからして三谷圭子らしく思われた。彼はいっそうハンドルを引きながら声をかけたが、彼女は動かなかった。

　仕方なく医師は、印南家の敷地を北へ抜けて、そちらに住んでいるE夫人を訪ねた。夫人は医師の知らせを聞いて非常に驚いたが、彼女もまた老齢であり、住まいに男手のないことから、警察に通報してその到着を待つこととなった。田舎のことでパトカーの到着まで二十分以上かかったが、その警察とともに印南雅長が現れた。

　雅長の言に拠《よ》れば、妹との約束を破ったことが気がかりで夕刻家に電話をかけた。小笠原が出たがその様子がおかしく、もう一度かけようとしたが故障したように繋がらなかった。心配しながらここまで戻ってきたが、間もなく着くという頃走行中のパトカーを見つけたので、止めて事情を話したのだという。

　警察はパトカーに小西医師と雅長を乗せて現場に向かった。玄関はやはり鍵がかかっていたが、雅長が鍵を持っていたので入ることが出来た。入ってすぐの床の上に、あたかも二階から階段を転げ落ちたような姿勢で三谷が倒れていた。左胸から血が流れて胸を染めていたが凶器はなく、すでに絶命していた。

　階段を上るとそこが二階のホールだが、そこに小笠原が奇妙な格好で死んでいた。椅子に体をロープで縛られ、その緩みかかったロープが首と階段の手すりにからんで、窒息死していたのである。彼女の体は椅子ごと宙に吊されていた。

　その後家中を捜索した警察の手順を、逐一記しては煩瑣《はんさ》に過ぎるだろう。途中経過を省略して記せば、二階の寝室にある雪華の化粧台とワードローブが荒らされて、白いドレスが踏みにじられていた。雅長はそれが母親の結婚衣装であること、結婚指輪など装身具数点が紛失していることを警察に証言した。ドレスに付属していた真珠のヘッドドレスと長いヴェールは、三谷の足跡をつけ、半ば裂けて階段の途中で発見された。

その他の部屋部屋は、応接間の大理石の置物が床に放り出されていたり、食堂の飾り戸棚から揃いのディナー皿数十枚が床に放り出されて砕け散っているなど、荒らされてはいたが、盗まれたものはないようだった。

印南茉莉は二階の和室で発見された。外開きのドアの前には重いチェストがぴったりと寄せて置かれて、少なくとも子供の手では開けられない状態だった。彼女の寝室は荒らされた夫妻の寝室の向かいにあったが、なぜ普段は使わない和室にいたのか、いつからそこにいたのか、外の物音に気がつかなかったか、といった警察の問いに対しては、茉莉は眠っていたのでなにもわからないとしか答えなかった。和室には布団もベッドもなく、そこで寝ていたと考えるのは奇妙だったが、昨年の事故以来の精神状態を鑑《かんが》みて、少女はそれ以上の追及に晒されずに済んだ。

発見されなかったものは、不審な指紋、足跡、その他遺留品一切。解剖の結果から刃渡り二十センチ程度の片刃の刃物と推定された三谷を殺した凶器、盗まれた結婚指輪など、盗品数点。

発見されたものは、家を囲む林の中に落ちていた玄関の鍵。これは指紋とキーホルダーから三谷のものと判明した。庭先に放置されていた脚立《きゃたつ》。ただしこれは庭の物置にあったもの。しかし、この日の昼に庭師が来て仕事をし、午後四時頃後を片づけて帰ったので、それ以降家の者が使用したとは考えにくい。

電話線は一階ホールに置かれた電話機の脇で切断されていた。

すべての窓とドアは施錠されていた。

三谷圭子は丹念に化粧をし、外出着のような白いレースのワンピースを着、白いハイヒールを履いて、真珠のイヤリングを下げていた。

三谷は外傷性のショック死。出血の状態から見て、凶器が引き抜かれたのは絶命後と思われる。小笠原は気道閉塞、いわゆる縊死《いし》。二女性の推定死亡時刻はほぼ同じ頃、発見から二、三時間以内とされた。


現場の状況と印南雅長と小西慶一の証言に基づいて、警察が立てた仮説は以下のようなものである。

犯人は、住人が女三人、それもひとりは子供というこの家の状況を知って押し入った、プロの強盗である。指紋など、犯人の痕跡がまったく残されていないところから見ても、職業的犯罪者の仕業と考えられる。

小西医師が小笠原から電話を受けたのが午後六時頃。雅長がかけたのが六時半。この三十分の間に強盗は押し入った。なぜなら午後五時頃、小西医院の看護婦が受けた電話では小笠原の様子になんの異常も感じられなかったが、雅長の電話を受けた彼女は「帰ってこない方がいい」というようなことを口早にいい、雅長が聞き返したときは切られていたからだ。直後、再度雅長がかけたときは不通になっていた。その時点で電話線が切断されたのだろう。医師が夕食後にかけさせた電話は八時と九時で、いずれも不通であった。

強盗はおそらくひとりであり、和室にいた茉莉が出てこられないようにドアにチェストを置き、小笠原を椅子に縛りつけ、持参の刃物で三谷を脅して金目のものを出させようとした。しかし予想外に獲物が少なかったことに逆上した犯人は、三谷の胸に凶器を突き立てて階段から突き落とした。小笠原はそれを阻止しようともがいたが、椅子ごと階段から転げ落ちかけ、ロープが手すりにからんだまま身動きできなくなって、窒息死したものと思われる。小西医師から信頼される気丈な女性だったそうだが、その気丈さが災いしたといえるだろう。

その後犯人はなおも獲物を求めて屋内を荒らしたが、結局結婚指輪程度のものしか発見できず、絶命している三谷の胸から凶器を抜き、彼女の鍵を奪って玄関に施錠し、逃れた。不要になった鍵は林に捨て、おそらく近辺に隠してあった車で逃亡した。以上が栃木県警が描いた事件のあらましと犯人像である。

4

だが現在のところ、捜査線上に浮かぶ容疑者はないまま、間もなく殺人罪も十五年の時効を迎える。この状況自体、警察の目論《もくろ》見《み》違いの証拠ではないかと筆者は考える。犯人は決してプロの強盗などではない。そう考えるにはあまりにも、多くの矛盾がこの状況には見られるのである。

雪華の寝室を荒らしたのは三谷殺害の前か、後か。前ならその間彼女の抵抗はいかにして封じていたのか。後ならなぜ、階段に落ちていたヴェールに三谷の足跡があったのか。金品目当てならなぜ真珠のヘッドドレスを残したのか。

なぜ三谷は念入りにドレスアップをしていたのか。外出の予定があったとは思われないのだが。

三谷が身につけていたはずの玄関の鍵を、なぜ容易《たやす》く見つけられたのか。

医師の目撃した人影が犯人なら、なぜ三時間半も、殺害以後も一時間以上現場に留まっていたのか。

それが物色のためなら、なぜわずかの装身具以外のものを持ち去らなかったのか。食堂にあったディナー皿のセットは、雪華が持ってきた十八世紀ヨーロッパの手描き製品で、市価は当時で優に百万円を越す値打ちものだったという。プロの強盗がこのような獲物を見逃すだろうか。

庭の脚立にはどんな意味があったのか。犯人がそれを使用したなら、なぜそれが物置にあることを知っていたのか。

なぜ凶器は見つからないのか。

なぜ茉莉を人質にして金品を要求しなかったのか。茉莉を和室に入れたのは犯人か。それならなぜ彼女はなにも知らないというのか。

読者は、これらの疑問に答え得る犯人を想像できるだろうか。もしもそう望まれるならば、筆者がここまでに提出した材料をもとに、推理を働かせて見て欲しい。

最後に筆者が印南茉莉から聞き出すことができた証言を明らかにしておこう。警察はこれを知らない。従ってこれから犯人を推理しようとする読者は、警察より間違いなく有利なのである。

「お兄様が約束してくれたの。お誕生日の四月二十四日に来られない代わりに、一月前にその日と同じような赤いお月様を見せてくれるって。だからあの部屋にいたの。それで？　それだけ。後は教えて上げない（笑）」

印南和昌著　現代日本迷宮入り事件録　関東編

第十二章　夜に消えた凶刃』

月は血塗られて

1

私はあの女を殺した。

そう、確かにこの手で殺したのだ。

憎い憎いあの女を、床の上に突き転ばし、手にしていた花鋏を振りかぶって、刺した。

醜くふくれた腹を巻いた帯にもさまたげられることなく、刃先はあの女の体に突き刺さった。小気味よいほどのたやすさで。

引き抜けばその後から、血が吹き出て私の手にかかる。それでもかまわず私は刺した。刺した。刺した。刺した。


笑っていたかもしれない。そう、確かに私は笑っていた。なんの不思議があろう。憎い相手をこの手で傷つけ、苦しめ、殺すことを快《こころよ》いと感じたからといって――


あのとき私を濡らした血の色、そのなまなましい匂い、皮膚にねばりつく熱い感触は、それから半世紀近くが過ぎようとするいまも、あざやかすぎるほど私の中に残っています。そしてこの胸に燃え盛った狂気のような憎悪と歓喜も、また。

あのことに較べれば、それ以後起こったなにもかもが、色褪《いろあ》せたおぼろな夢のようです。なにひとつ忘れたわけではないけれど、自分の身に起こったこととは思えないのです。どうしてでしょう。なぜ私の心は、老いた女の肌よりも冷たく、干からびているのでしょう。なぜ私の時間は、あのときで止まっているのでしょう。もしかしたら、私が殺したのは憎いあの女ではなく、私自身だったのか。

でも、かまいません。あのときの私は、そうするしかなかったのですから。あれは私の罪ではない。あの女は、死ななくてはならなかったのです。私の夫の罪を負って。

あの夏の午後、私を捕らえて狂わせた憎しみ。その憎しみを私の中に生じさせたあの女。それを思い出すときだけ、しなびた胸の奥で私の心臓は強く打ち、血はふたたび熱くこの老いた身を駆け巡るようです。そのために私は思い出すのかもしれません。私がまだ生きていることを、確かめるために。

2

あれは大東亜戦争が終わって八年、ようやくこの国も日々の平和に慣れようとしていた、昭和二十八年の夏のことでした。

私と私の夫江草《えぐさ》孝昌《たかまさ》は、当時那須におりました。夫の祖父である江草孝英《たかひで》が明治に建てた、木造二階建ての洋館に暮らしていました。築後六十年は経つ家でしたが、丹念な普請《ふしん》だった上によく手入れもされていたので、壁も屋根もまだしっかりとしたものでした。

ここは孝英が明治政府から払い下げを受け、八年にわたるドイツ留学で学んだドイツ式農業を実践すべく、林業と酪農をふくめて、農場経営を始めた土地でした。といってもこの小さな洋館に、一年中暮らしていたわけではありません。容易に黒字とはならぬ農場を支えるために、彼は東京で菓子製造などさまざまの事業を行い、明治十六年の農場開設から、大正、そして昭和、東京と那須を忙しく往復していたといいます。ここは気候の良い初夏から秋に、彼が体を休め、同時に農場の仕事を直接監督するための別荘でした。

私が孝昌と結婚したのは昭和十年。孝昌が十八、私が十六のときです。まだ学生の身であった彼に、これほど結婚を急がせたのは祖父の孝英でした。彼の息子、つまり孝昌の父親は早世《そうせい》していて、彼の血を引くのは孝昌ひとりでした。孝英は彼の農場を譲る跡継ぎの孫に、一刻も早く嫁を持たせたいと願ったからです。当時農場の経営も軌道に乗り、孝英は高額納税者として男爵の位を授けられるほどでしたが、血縁には恵まれず、ひとり孫の孝昌の成長のみを頼みにしていたのでした。

私は栃木県矢《や》板《いた》の生まれで、生家の植竹《うえたけ》家は広い農地を持ち、多数の小作を使う大地主でした。無論地元では富裕な階層に属しましたが、相手が男爵様ではいささか身分違い。話が来たとき親たちは大いに危ぶんだといいますが、私はまだ行ったこともない東京の、御殿のような家で暮らせると、無邪気《むじゃき》に胸をときめかせていました。いまの時代とは違いますから、結婚まで夫の顔を見たこともありません。それが当たり前だったのです。

結婚後、私は夢見たとおり東京麹町《こうじまち》にある江草家の本邸に住むことになりましたが、夫は京都帝大に進学して東京を離れ、広大な西洋館に暮らすのは使用人の他は私と当主の孝英だけです。御殿どころか冷え冷えとして暗い、お化け屋敷のような邸宅でした。嫁とも妻とも名ばかりの、さらわれてきた人形のような身でした。

孝英がどんな人であったか、私にはよくわかりません。小柄で腰が曲り頭の禿げ上がった、けれど奇妙なほど眼光の鋭い、声の大きな、小娘から見れば恐ろしくてそばにも寄れない老人でした。すでに体が利かなくなり、那須の農場は人手にまかせて指図をするのみであったものの、それがおもしろくなかったのでしょう。東京に呼びつけた支配人を、家中に響き渡るほどの大声で怒鳴りつけていたのを覚えています。

その彼も、私が嫁《とつ》いで半年ばかりの後、八十四歳で世を去りました。孝英が逝ったとき私は、淋しいより悲しいよりはほっとした、といってもいまならもう罰当たりとはいわれますまい。

私はあの老人が恐くてならなかったのです。身の回りの世話はすべて女中と看護婦が見、私と顔を合わせることもさして多くはなかったものの、そのたびに彼のよくひかる目が、私の体を舐め回すように見つめているのを感じたからです。

　けれどそれは決して、孫の嫁に好色な思いを抱いていたからとか、そんな理由からではありません。後になってようやくわかったことですが、彼は私の健康状態に注意を払っていたのです。それも決して私のためというのではなく、私が一刻も早く夫の子を産むこと、跡取りを作って彼の生んだ江草農場が彼の意図《いと》したままに受け継がれていくことを、なにより確かめたかったからでした。

　けれど夫は遠い京都にいました。彼は祖父を嫌っていたのです。これも後になって知らされたことですが、祖父孝英が子供を執拗に望む、その目が疎《うと》ましかったからでした。夫はそのために、那須の江草農場も毛嫌いしていました。夫の父孝和は夫が生まれた直後ノイローゼで自殺したそうで、それも孝英との軋轢《あつれき》のせいだと夫はいいました。どこまで本当の話かは知りませんが。

　祖父が逝って東京には私ひとりになってしまってからも、夫は戻ってきてはくれませんでした。私は休暇のたびに戻る夫を、がらんとして暗い洋館の中で待つしかありませんでした。夫はそのまま大学を続け、ようやくそれも卒業したというときには、太平洋戦争が始まっていました。昭和十六年、第一期予備学生として海軍に入り、南方へ。終戦後は捕虜としてフィリピン、ミンダナオ島に抑留され、ようやく戻ってきたのが昭和二十一年の春でした。

　麹町の西洋館は空襲にも遭わずに済みましたが、進駐軍の接収に遭いました。私は東京を疎開して矢板の実家に戻り、終戦もそちらで迎えましたので、そのまま戻った夫も共に、しばらくは実家にいるつもりでしたが、そうもいかなくなったというのは、農地解放政策のせいです。植竹家の持つ田畑のほとんどが小作にただ同然で売り渡され、台所が苦しくなったところに、夫婦して居候することは難しくなったのです。すでに私の両親は亡く、家を継いだ兄夫婦は子沢山でしたから。またそれ以上に、夫が私の実家に暮らすことを喜びませんでした。

そういうわけで私たちは、長らく空き屋になっていた那須の別邸に住むことになりました。幸いだったのは、江草農場が農業ではなく林業を中心に経営されていたことです。おかげで私の実家のように、農地解放で土地を手放すこともなくて済みました。戦前に農場の支配人として働いていた人が、まだ存命であったので、私たちは彼の助けを借りて、ここにたつきの道を開くこととなったのです。

どちらかといえば、農場の経営に熱心だったのは私でした。夫は祖父孝英を思い出させる、なにもかもが気にいらないようでした。私がゴム長を履いて嬉々として山林の見回りへ向かうのを、彼は不服げな顔で見送る毎日でした。彼にしてみれば、私が亡き祖父に寝返ったように思えたのかもしれません。けれど私はなにより生活のためにそうしなければならなかったのだし、だからといって夫の仕打ちが赦されるとも思いません。

夫は私を裏切りました。相手は家で使っていた女中でした。名前は印南あおい。印南家というのは、黒磯の本家は代議士を出したこともある名望家でした。江草孝英の妻も印南本家から来たそうです。けれどあおいは分家の、それも家を飛び出して東京で女給をしていた娘でした。焼け出されて実家に身を寄せていたが、いまさら嫁のもらい手もない、そういう女です。家にも居づらくなっていたところに、私たちが住み込みの女中を捜していると聞いて、渡りに船とやってきたのです。

確かに殿方から見れば目を引く、気持ちをそそる顔かたちをしていたかもしれません。色気がある、などというのはあのような女なのでしょう。夫はあおいが気に入ったようでした。

美人でなかったとはいいません。色の白い、太《ふと》り肉《じし》の、きめ細かな肌にしっとりと脂の乗った体をしていました。厚めの唇は紅を塗ったように赤く、つややかな黒髪はかさが多くて背に余るほどでした。そして私は自分が美人でないことは、誰にいわれるまでもなく承知していました。

けれど私が一目見たときからあおいに好感を持てなかったことを、醜い女の嫉妬とは思われたくありません。いくらきちんと着付けても、すぐに襟元が崩れてきそうな、どことなくだらしない雰囲気があるように感じられたのは、女給をしていたという先入観からではなかったはずです。それに掃除も洗濯も料理も、上手とはいえませんでした。つまり、女中としては落第だったのです。

それでも私はあおいの欠点を見ないようにし、東京に出るたび貴重品のチョコレートや口紅を土産にやったり、できる限りよくしてやったつもりです。林業の仕事もおもしろくなってきて、心の通わない夫の身の回りを世話するより、外に出て農夫の監督をしたり、支配人と山の見回りをする方が楽しくなってきていました。夫があおいを気に入って、その分私を自由にさせてくれればそれでいい。そんな気持ちもあったからです。

でも、私は愚かでした。夫があおいと男女の仲になるとまでは、そんなことが起ころとは予想もしなかったのです。私は何歳になっても、心は世間知らずの小娘だったのでしょう。ようやく私がそのことに気づいたのは、あおいが身籠《みご》もってからでした。それも知らなかったのは、私だけでした。

私は夫を泣きながらなじりました。しかし夫は私が、そんなふうに取り乱すことをひどく驚いたようでした。

『おまえはとっくに知っていると思った』

彼はそういったのです。

『俺がなにをしようと、おまえは気にもしないだろう。そうではないのか？』

そんなことはない、と私はいいました。どうしてそんなことがあるでしょう。私はあなたの妻です。私が農場のために働いているのも、それがあなたのものだからです。私たちが生きていくためです。なのにあなたはどうして、私を裏切るのですか。そんな仕打ちに遭わされるほどのことを、私があなたにしたとでもいうのですか。

すると彼は肩をすくめて、自分は子供が欲しいのだ、といいました。

『いままでおまえが妊娠しないのは、俺のせいかと思っていたが、どうやらそうではなかったらしいな』

私はそのことばで打ちのめされたのでした。私たちの間には子供がない。それは否定しようのない事実です。結婚して十五年、ともに暮らした期間はその十分の一しかありませんでしたが、夫婦の営みがなかったわけではありません。けれど私はこれまで一度も、妊娠しなかったのですから。

子供が欲しいと思ったことはあります。孝英も亡くなってたったひとり、暗く寒々とした西洋館の中に、使用人たちだけに囲まれて暮らしていたときは、ここに自分の生んだ赤ん坊がいてくれたらどんなにいいだろうと、日に幾度も思ったものです。でも夫はおりませんでした。年に数回戻ってきて、ほんの数日ひとつ屋根の下に過ごしてくれるだけでした。孝英が逝った後、夫の口から彼の妄執を聞かされたときには、きっとそのせいで夫は性的な欲望があまりなくなってしまったのだろう、と思ったものでした。

私は夫が子供を欲しがっているなどとは、このときまで夢にも思わなかったのです。あおいとの関係がわかったとき、私はすでに三十一歳でした。いまならあるいはそんなことはないかも知れませんが、その当時は初めて子供を生める歳ではありません。夫の気持ちがわかったところで、不妊治療を考える気にもなれませんでした。

たぶん夫はこのときになっても、祖父の妄執の呪縛から逃れられていなかったのでしょう。私は孝英が選んだ嫁。私に子供を生ませることは、嫌悪した祖父の望みに屈すること。だから夫は私を避け続けて、積極的に私との間に子を作ろうとはしなかったのです。それなら仕方がない、と私は子供をあきらめることにしました。夫が望まないことなら、私が我慢しようと。――それなのに。

あるいは、子供が欲しかったというのは、単なるその場しのぎの口実でしかなかったのかもしれません。そういえば私が非難することを止めるだろうと思ったのでしょう。ただ夫の目に、あおいは女として好もしかった。妻の私よりはるかに美しく、欲望をそそった。たぶんそうなのでしょう。そう考える方が、不当に石女《うまずめ》と非難されるよりはまだましだったかもしれません。

あおいの胎内に宿った子供は、すでに六ヵ月を過ぎていました。夫は、私との離婚までは考えていないものの、その子を自分の手元で育て、江草家の籍に入れたいと考えていたようです。跡継ぎを執拗に欲しがる祖父をあれだけ毛嫌いしておきながら、やはり自分の血を伝える子供は欲しいというのが本音なのでした。けれど私は、それだけは嫌だといいました。跡取りが必要ならどこからでも、養子を取ればいいのです。夫の裏切りで生まれた子を、たとえ戸籍上のことだけでも、我が子とするなど私には到底耐えられませんでした。

印南本家や私の兄などが間に立ち、幾度も話し合いが持たれました。結局あおいは京都にある生母の実家に引き取られ、子供もそこで出産し、育てられるということになりました。その子の成人するまでの養育費用を支払うことは承知しましたが、認知については私は最後まで首を縦に振りませんでした。将来の相続を気にしたわけではありません。たとえ私生児としても、その子と夫の繋がりが法的に認められるのは嫌だったのです。

それから二年が経ちました。私たちは以前どおり那須に住んでいました。ただし住み込みの使用人は置きません。家のことは全部私がしておりました。そして夫はそれまでの私に代わって農場の管理をし、さらに東京で祖父の起こした製菓工場の操業を再開して、忙しく飛び回っていました。すでに東京麹町の江草本邸を接収していた進駐軍は去っていましたが、屋根も外壁も傷みきって、修理するには相当の費用がかかるため、放置してある状況でした。

　那須の家はもともと夏の別荘で、いくら傷んではいなくとも冬の住まいには向きません。秋の内に薪をたくわえて、暖炉で一日燃やし続けても、底冷えのする寒さは壁を貫いてきます。朝になると室内の水が凍っている始末で、私は早く東京の家を直してくれと夫を急《せ》かしていました。夫が口を濁《にご》して、なかなかいい返事をしてくれないことに苛立ちながら、少しも彼を疑う気持ちは起こさなかった、それも私の愚かさでした。

昭和二十八年七月二十六日。それがその日です。

　真夏のよく晴れた日でしたが、風は涼しく家の中を吹き抜け、冬とは正反対に、この土地に暮らすのがなにより有り難く思える季節でした。私はいつになく浮き浮きしていました。夕方には夫が数日にわたった仕事から戻るはずで、私は朝から家中の掃除をし、料理の支度《したく》を整えていたのです。昼過ぎ、それもすっかり終わりましたので、ふと思い立って家の裏の森へと出かけていきました。

　この家は周囲をすっかり、ヒバやアスナロの森で囲まれているのです。外の街道から家の正面まで、まっすぐに砂利敷きの道が通じていて、明治の頃は黒磯の駅から馬車を乗り付けたそうです。家の周囲は芝生を張った西洋風の庭園です。戦前は美しい花壇が作られていたのですが、それも戦中にすっかり廃れて、芝生に取って代わられています。家の白い壁に映えるその緑も美しいけれど、少し花が欲しいと思いました。

夏は山百合の季節です。針葉樹の茂る森に入れば、黒々とした木の下闇に、人の顔ほどもある大輪の白い花が揺れているのが見つけられます。本当はあざやかな色味のある花がいいのですが、他にないなら仕方ありません。私は花鋏を片手に、家の裏に広がる林に入っていきました。

百合の香りはあでやかで強く、閉め切った部屋に置いては気分が悪くなるほどですが、この季節窓はどこもかしこも開け放しですから、そのことを心配する必要はありません。確か地下の物置に黒瀬戸の壺《つぼ》がありました。白い花はあの壺の肌によく映りそうです。あれに山百合を一抱え生けて、二階のホールの窓辺に飾りましょう。風が吹き込めば、百合の放つ香気がその風に乗って、香水を撒《ま》いたように部屋中に漂うことでしょう。

いくらも行かない内に、百合は私の腕に満ちました。毒々しく赤い雄蘂《おしべ》の花粉を、おろし立ての白いワンピースにつけないように気をつけながら、私は帰ってきました。裏のベランダから中に入ろうとして、車の音を聞きました。夫でしょうか。予定よりはずいぶん早いけれど、戻ってきたところで良かった。私はあわてて家に入り、でも百合を台所に置いてくる暇はありません。仕方なくそのままホールを横切って、正面のドアを開きました。あなた――と声を上げながら。

ドアの外そこに立っていたのは、夫ではありませんでした。白いレエスの日傘から現れた顔は、印南あおいでした。紺色の絽《ろ》の着物をすっきりと着こなして、けれど派手すぎる赤い口紅と、きつくかけたパーマネントが下品でした。

『お久しぶりね、奥さん。入らせてもらっていいかしら？』

そんなことをいいながら、もうさっさと私を押しのけるようにして、あおいは中に入ってきます。

『まったく暑いわね。一休みさせて。応接間、いいでしょう？』

玄関ホールの奥にはドアがふたつあって、右が食堂で左が応接間です。あおいは平然とドアを開けて、応接間に入っていきました。私は茫然と、でも他にどうしようもなく、花を抱えたまま後に続きました。あおいは籐の椅子に座って、ハンカチで顔をあおいでいました。

『すごい百合ね』

あおいはせせら笑いました。

『でも私、百合ってきらい。見た目は上品なくせに、匂いがすごくしつっこいんだもの。名前通りね、奥さん、あなたみたいよ』

私はそんなことをいわれても、まだ百合を抱えたまま彼女を見下ろしているばかりでした。それからやっと、うちの人はいま留守だといいました。しかし彼女はけたたましい声を立てて笑うのでした。

『知ってるわよ、そんなこと。だって私たち、今朝までいっしょにいたんですもの』

私は、どういう意味だかわからない、といいました。それは本当でした。それともわかりたくなかったのでしょうか。するとあおいは今度は、急に怒り出したのです。

『もうたくさんよ！　あんたときたらいつもいつもそうやって、乙《おつ》に澄まして関係ないみたいな顔してさ。なにがわからないのよ。私と昌さんは別れてなんかいなかったのよ。子供は無事に生まれたし、昌さんと私は月に一度は会ってるわ！』

それは嘘だと私はいいました。私はちゃんと知っている。夫は仕事のことで東京に出ているのだ。京都まで行く暇はなかったはずだ。それに、あなたは小さな子がいるのだし。

でもそんなふうにいいながら、私はあおいのことばを信じ始めていました。あおいが身を寄せている彼女の母親の実家は、料理屋か旅館をやっていると聞いた覚えがありました。つまり人手はある。子供が小さくともそこに預けて、あおいひとりで出てくることはできるのです。

そして彼女は私の思ったことを、そのまま裏書きしたのでした。東京の家はすでに少しずつ手入れをされて、あおいの部屋まで用意されているのだそうです。私が東京の家の修理を頼んでも、夫がはかばかしい返事をしてくれないのはそのためでした。夫が仕事と称して那須を出るときは、あおいも京都から出てきて仕事先に同行したり、東京で逢瀬《おうせ》を楽しんでいたのです。

　私はひどく青ざめていたかもしれません。腕に抱えた百合の香りがきつくて、眩暈《めまい》がするような気がしました。けれど置く場所はありません。それにいつまでもこんなふうにしていたら、せっかくの花がしおれてしまう。花瓶を取ってきたいけれど、この女をひとりで残していくのは嫌です。

　自分でも気がつかない内に顔を振っていました。気をつけて抱えていた百合に体が当たって、木綿の白いワンピースの胸に赤い花粉が散ります。たぶんそれは心の逃避だったのでしょうが、私には新しい服が花粉で汚れたことが、なにより許し難い損失に思え、泣きたいような気持ちでした。

『ちょっと、聞いてるの！』

あおいがとげとげしい声を上げました。

『奥さん、私がここに世間話をしに来たとでも思ってるんじゃないでしょうね？』

　彼女がなんのつもりで来たか、そんなことがどうして私にわかるわけがあるでしょう。私はそれよりも、彼女の顔にこの百合の束を叩きつけて、花粉で顔を染めてやりたい。そんなことばかり考えていました。けれど私の心の中があおいに透けて見えるわけもなく、私の沈黙とぼんやりした表情は、なおのこと彼女の怒りを掻き立てたようでした。

『私ね、昌さんと結婚するわ』

　あおいはいい放ちました。

『私と昌さんの子を、父なし子にするつもりはないもの。今日昌さんはここに帰ってきて、あんたに離婚の話を持ち出すわ。わかった？』

離婚？……　他人事のように私は思いました。昨日ふたりは東京に泊まって、その話をしていたのでしょうか。だけど、そんなはずはありません。夫は私に約束したのです。あおいとは別れてこれきりにする、と。

　でも、この女がそこにいるということは、夫のことばは嘘だったと？　とても信じられません、そんなこと。悪い夢の中にいるようです。

『あんたは昌さんのことを、なんとも思ってやしないのよ』

　ぼんやりとたたずんでいるばかりの私に、じれたようにあおいはいい募《つの》ります。

『そうなんでしょ？　愛してなんかいないのよ。別にあの人が好きで結婚したわけじゃない、親とあの人の祖父さんに決められて嫁いできた、かたちだけの奥さんだもんね。あんたの心は亭主にはなかった。だからあたしと昌さんのことだって、まるっきり気がつきもしなかったのよ！』

　私は頭を振りました。声が出ません。ひどい中傷でした。私は江草孝昌の妻です。それがこっそり夫と浮気をしていた女に、ただ子供が出来たというだけで、なぜこんなことまでいわれなくてはならないのでしょう。

　私はようやく口を開き、あおいに反駁《はんばく》しました。私と夫は夫婦です、と。

　子供ができなかったのは私の体のせいかもしれませんが、だからといって、私たちが夫婦でなかったことにはなりません。私は夫以外の男を知らないし、夫以外の人を愛したこともありません。夫だってそのはずです。あなたとのことはただの気の迷いです。夫は私を選んだからこそ、あなたと別れてくれたのです。

　私のことばにあおいは、赤く塗った唇をゆがめました。その口を大きく開いて、馬鹿にしたように、ははっと短く笑い声を立てました。そらせた喉に汗の粒がひかっていました。

『へーえ。だったらどうしてあんたの旦那様は、別れたはずのあたしとこっそり会って、あんたのもののはずのお屋敷にふたりで泊まったりしてくれてるのかしらねえ？　別れてなんかいないって、さっきからいってるじゃない』

　そんなこと、信じませんと私はいいました。あなたのいうことなんか、ひとつも真に受けるつもりはありません。だってあなたがいったように、夫が私に離婚を持ち出すというなら、どうしてあなたは彼が戻ってくる前にここに来たんですか？

　夫が話をつけるまで、どこかで待っていればいいじゃありませんか。あなたは嘘をついているんです。私に夫を疑わせて、私たちを裂こうとしているんです。だから夫がいないときに、押しかけてきてそんな失礼なことをいうんです――。

　正直にいえば私には夫の気持ちについて、それほど強い確信があったわけではありませんでした。仕事のためだという旅行が、妙に多いという気もいくらかはしていたのです。でも、私はたとえ夫がまた私を裏切ったのだとしても、この女の前でそれを認めるつもりはありませんでした。そんなこと、私の矜持《きょうじ》が赦しませんでした。

　けれどそういう私に、あおいは顎を上げて高笑いするのでした。

『それならね、奥さん。昌さんが私にいったことを教えて上げるわ。あんまり気の毒だと思ったから、これは黙っているつもりだったんだけど』

　一度ことばを切ったあおいは、

『昌さんが私にいったわ。あんたを見ると祖父さんのことを思い出して萎《な》えちまうって。もしかしたら祖父さんがあんたを嫁にしたのは、自分の妾にしたかったからで、死ぬ前に思いを遂げたんじゃないかって。あの人が花嫁のそばに寄りつこうともしないで、大学から軍隊へ逃げ回っていたのも当然だわ。子供を作る気もしないでしょう。ねえ、お祖父さんのお古は嫌でしょうよ――』

私は声を呑みました。夫からそんな疑いをかけられていたなんて、想像もしないことです。でも彼がそう疑っている限り、どうしたら私はそのあらぬ疑いを晴らすことができるでしょう。そんな方法はないのです。

　孝英はとうの昔に亡くなり、当時東京の家に勤めていた使用人もみな逝っています。いいえ、たとえ誰が否定してくれたとしても、それを夫が信じなければ同じことです。

　絶望が私の胸を占めていました。そして屈辱と不信と。あおいとの関係を持ったことなどより、そんなふうにひそかに私を疑い続けていたことの方が、はるかにひどい裏切りではないでしょうか。自分の浮気の口実に子供ができないことをいい、今度はそんなあらぬ疑いを。いったい夫は幾度私を裏切れば気が済むのでしょう。

　そんなこと、すべてはあおいの口から出任《でまか》せだとでも思えたならどんなに良かったことか。でもすでに私には、頭を振る気力はありませんでした。どんなに自分を誤魔化《ごまか》したくとも、記憶によみがえる夫の表情や物腰、ことばのはしばしが、確かに彼の心にはそうした疑惑があったのだと、私に告げていたからです。

　私の腕から力が抜けました。しっとりと重い百合の花が音立てて落ち、足元に強い香りを放ちながら散らばります。真っ赤な花粉が散って、掃除した床の上を染めています。私は目を落としてそれを見ていました。そして花を失った手の中に、ひとつ残ったもの。花鋏の鋼色《はがねいろ》の刃先を。私はそれを握りしめて、嘘です、とだけつぶやきました。そんなこと、絶対に嘘。信じません——

　あおいが立ち上がっていました。私が彼女の期待していたほど愁嘆場《しゅうたんば》を見せなかったことが、よほど気に入らなかったのでしょう。ぐいと胸を張って、白地に夏草を描いた帯の腹を指さすと、大声で叫んだのです。

『まだわからないのかい？　あんたさっきいったね。どうしてあたしが昌さんにまかせておかずに、あの人が戻らない内に、あんたの前にしゃしゃり出てきたのかって。いいとも、教えてやるよ。ここの中にはね、もうひとり昌さんの子供が入っているんだよ。そうぼんやりしてないで、よくごらんよ。もうふくらみかけてるだろう。

　今度はきっと男の子だ。あたしは昌さんの子供の母親さ。だからあの人の妻になるんだ。そしてこの子は江草家の跡取りになる。東京の家も那須の土地も、全部あたしの子供のものだ。あんたには子供はいない。誰が考えたってあんたの負けさ。それだけは自分の口からはっきりさせたくて、こうしてあんたに会いに来たんだよ！』

　きいん、と頭の芯が鳴りました。私はそのとき、三十四歳でした。もう私には子供は産めない。あおいはきんきんした声でいい続けています。

『あんた知ってるだろう。昌さんの祖父さんは江草家の家つき娘と結婚して家を継いだ養子だった。ところがその女房が子供を生まないんで、離縁して印南の本家から嫁を取ったんだ。子供を生まない女はたとえ家つき娘でも、追い出されても文句はいえないのさ。そうやって離縁された女がどうしたか、あんた知らないのかい？』

　知っていました。このあたりでは有名な話でしたから。そう。私はもう、子供は産めない。けれど、崩れそうになった私を支えてくれたものがありました。手の中に握りしめていた、鋼《はがね》の感触です。そうして私はもう一度顔を上げました。私をいい負かしたと思ったのか、にやにや笑みを浮かべてこちらを見たあおいに、きっぱりと首を横に振りました。

　私は夫と別れるつもりはない。もしも夫が離婚をいい出すなら、私たちふたりで話し合うだろう。だが、その場におまえを加えるつもりはない。おまえにそんな権利はない。

私の口調にあおいは、わずかにたじろいだようでした。でも、ほんの一瞬でもそんなふうに感じた自分が腹立たしかったのでしょう。ぐいとばかり大きな胸を反らすと、いっそう大きな声を上げて怒鳴り返したのです。

『だけど、あたしのお腹には昌さんの子供がいるんだよ。これでふたり目だよ。それを忘れないでもらいたいねえ！』

　そのことも夫と話すだろう、と私は答えました。ただし、それが本当に夫の子であるならだが。するとあおいは顔色を変え、獣のように私に向かって跳びかかってきました。けれど私は反射的に腕を伸ばして、彼女の胸を突き飛ばしました。籐の椅子を飛ばして、あおいの体が仰向けに床の上にころがります。そして彼女は、なにするんだい、とでもわめいたようでした。

　そのとき私が感じたもの。それはぞくりとするような快感でした。そしてあおいに対する身震うまでの憎悪でした。感情があって体が動いたのではありません。腕が伸びたのはあくまで、攻撃から自分の身を守ろうとするとっさの本能でしかありませんでした。けれど自分の手が彼女を突き飛ばし、その体が裾を乱しながら不様にころがるのを見たとき、初めてはっきりと私は、身内にふくれあがる憎悪と、そして殺意を覚えたのでした。

　踏みにじられ、倒れた体の下敷きになった百合の花弁が匂っていました。

　あたり一面赤い花粉が散っていました。

　そして——

3

　いいえ、赤いのは花粉じゃない。血だ。あの女の血だ。

　私は右手に花鋏を逆手に持って、あの女の体に突き立てていた。

人間の体というのは、あんなにやわらかなものだったろうか。耕した地面にスコップを刺すように、花鋏の切っ先は抵抗もなくあの女の体に突き刺さった。

幾度も幾度も、数え切れないくらい私は刺した。繰り返し繰り返し、あの女の丸く膨らんだ腹を、みだらなほど豊かな胸を、脂の乗った白い喉を。かん高い悲鳴を上げ続けていた女が、もはやなにもいえなくなるまで。

私の耳に聞こえていたのは、あおいの声ではなく私のそれだった。私は、笑っていた。白く目を剥いたあおいの顔、苦痛にゆがむその顔が、ひどく不様でおかしかったから――

それから、私はどうしたのでしょう。いつ夫が帰ってきたのか、それすらよくわからないのです。ふと気がつくとそこに夫が立っていて、私を責めるような目で見た気がします。そして私はその脚に、泣きじゃくりながらすがりついていました。

『私がその女を殺したの。けれど、私が悪いんじゃない。あなたが私を裏切るから。私を疑い続けていたから。でも私はあなたを裏切ってなんかいない。お願いよ、私を責めないで。私を疑わないで。どうか信じて――』

夫はなにかいったでしょうか。体をかがめて手を伸ばし、私を抱きしめようとした気もします。けれどその後すぐ私は、なにもわからなくなりました。頭がひどく痛いと思ったのが、途切れる前の最後の記憶でした。

眼を開けると、毛布にくるまって横になっていました。部屋に明かりは点《つ》いていません。いつの間にか夜のようでした。まだどこからか百合の匂いがします。

いいえ、違う。これは血の匂い。ほら、私の指もそしてワンピースの胸も、一面赤い血に染まってまだ濡れている。

あれから、どうしたのでしょう。あの女を突き飛ばして、花鋏を振り上げて、

刺した。刺さった刃先を引き抜けば、血が、真っ赤な血があたりに飛び散って、それから——

ああ、思い出そうとするとまだ頭が痛みます。寝返りを打って頭の後ろが下につくと、痛みで息が止まりそうになりました。

けれどいつまでも寝ているわけにはいきません。あれからどうなったのか、確かめなくては。夫が帰ってきてくれたのが本当なら、いまはどうしてここにいないのでしょう。

私は体を起こし、自分がどこで寝ていたか、やっとわかりました。二階の日本間です。この家はすべてが板敷きの洋室で、唯一畳を敷いてあるのがこの部屋でした。あおいがいた頃は、彼女の寝泊まりに使っていた部屋です。

南向きの十畳間は通常なら、女中部屋に使うには過ぎたものでしたが、江草家では印南本家から嫁いだ孝英の妻が存命の頃から、ここは使用人の寝泊まりか、さもなくば納戸《なんど》として使われていたのです。

その理由を私は知っていました。遠い昔のことだというのに、那須一帯では江草家といえば思い出されるいい伝えのようなものです。明治の中頃、この部屋でひとりの女性が首を吊って死んだそうです。それまではここは子供部屋で、彼女が首を吊ったときも、生まれて一年にもならぬ赤子が眠っていました。それが夫の父親です。そして自殺した女性は、江草孝英の最初の妻だった、と。

そう、そうです。あおいが私にいった、子供が生まれぬために離縁された家つき娘、というのがその女性なのです。それ以来この部屋には、死んだ女性の幽霊が出るといって、納戸か女中部屋にしか使われなくなったのだそうです。私はそんなことは、少しも信じませんでした。この家に住むのは私たち夫婦の他はあおいだけで、部屋数は充分あったので、あおいをここに寝かせただけです。

なぜ夫は私を、こんな部屋に連れてきたのでしょう。あれから何時間経っているのでしょう。夫はどこにいるのでしょうか。頭は打ったように痛んでいましたが、私はこれ以上ここに寝ている気にはなれませんでした。幽霊のことなどより、私にとっては、ここがあおいの寝泊まりした部屋だということが気に入らなかったのです。

どこかで物音がしました。家の外のようでした。夫でしょうか。そのはずです。ここは東京のように、よその人間が容易《たやす》くやって来られるような場所ではありませんから。よろめく足を踏みしめて私は立ち上がりました。頭が痛んで体がふらつきます。明かりのない室内は暗く、ただ窓から微かな明るさが射しています。

この部屋の窓はひとつだけ、南側の壁にありました。三角の切り妻屋根を載せた出窓の中のガラス窓は西洋風の両開き戸。上に半円のガラス窓が載ってアーチ形に見えるのです。

今夜は確か満月のはずでした。外は月明かりに照らされて、夫がいればその姿は昼と変わらず見えることでしょう。私は月が好きでした。特にこの家に来てからは、他に楽しみもないこともあって、月のある夜はよく空を眺めました。そのときは無論この部屋ではなく、南側に張り出したベランダに立ってでしたが、針葉樹の梢を銀に輝かせる月は、それは見事なものでした。昨夜も、ひとり夫を待つ夜の淋しさを、月を眺めてやり過ごしていたのです。

あの明るく冷たい光が見たい、と私は思いました。そうすればこの頭の痛みも、胸の不安も、冷たい水で洗い落としたように消えるのではないでしょうか。ただガラス窓の外には鎧戸《よろいど》があって、それが閉じているせいで、ほとんど月の光は感じられません。私はふらふらとおぼつかぬ足を運んで、窓にたどりつきました。窓枠の上下についている閂《かんぬき》を引いて、窓を開け、さらに両腕を伸ばして鎧戸を押し開けました。

錆《さ》びた蝶番《ちょうつがい》の立てる耳障《みみざわ》りな響きの消えた後に、開いた窓から空を仰いで、私は息を呑んでいました。

月がないのです。窓から見える空は真っ暗です。でも曇って月が隠れているのではない証拠に、点々と星の散っているのが見えます。

いえ、待って……

なにかあります。私のちょうど真ん前に、暗い、そして赤みを帯びた円盤のようなものが。

目が慣れてくるにつれて、それは次第にはっきりと見えてきます。私は息を呑みました。月らしいのです。けれど私が期待していた、さえざえと銀の光を放つ白い円盤ではありませんでした。

光を失って鈍い色をした丸いものが、やけに大きく膨れ上がって、夜空に浮かんでいました。まるで腐れかけた果物のように、古血を塗りたくった皿のように、血を吸った綿の塊のように、赤黒い色をした月なのでした。

その、光ともいえぬ薄明かりが、針葉樹の森と芝生を気味の悪い暗い赤色に沈めていました。気味の悪さに吐き気さえ感じます。いったいこれはなんでしょう。なにが起こったのでしょう。震える両手を窓枠にかけて空を仰いでいた私は、あっと声を上げました。

その月に人の顔が浮かんでいるのです。女の顔です。それが私を見ています。血染めの赤い顔が、目を細め、唇を裂いて笑っています。まるでおまえのしたことは、ちゃんと見ていたよというように。

私は顔を覆って倒れました。そのまま毛布を頭から引きかぶりました。体が震えます。そうです。あの月は知っているのです。私がしたことを。どんなふうに巧みに隠そうと、あの月だけは。

月は鏡。醜く笑う女の顔は私自身の顔。そしてその血塗られたような色は、赤く染まった私の手を映していたのでした。

あれから、間もなく半世紀が過ぎようとしています。赤い月を見た翌朝、起きてみれば応接間にあおいの死骸も、それどころか血痕ひとつありません。夫はなにもいいません。でも、私にはわかっていました。夫が私のしたことの後始末をつけてくれた、それはつまり私たちが赦《ゆる》し合うことのしるしなのだということを。

そんなに遠くまで行けたはずはありません。私が昨夜聞いた物音は、きっと彼がどこかへ穴を掘り、あおいの亡骸《なきがら》を埋めていた音です。

私は夫の目を盗んで、家の庭に掘り返した跡がないか探してみました。なかなか見つからなかったけれど、やっとわかりました。庭を探しても見つからないはずです。それは庭ではなく、厨房《ちゅうぼう》の下にある物置の地下室でした。コンクリートの床が割れて、塗り直すためにセメントの袋も用意してあったのです。夫はその床下を掘り下げて、死体を隠したのに相違ありません。

間もなく私たちは東京に戻りました。私ももう、あの古い家に暮らしたくはありませんでした。あれはあのままヒバとアスナロの森の中に、朽ちていけばいいのです。そうなるだろうということを、私は少しも疑いませんでした。

あの恐ろしい夜は過去のもの。私は夫を赦し、夫も私を赦して、私たちは夫婦として生き続けていきましょう。夫は私に私のしたことの理由を聞かず、私もまた夫に、あの女のいったことばについて問いただすことはしません。

けれど——

私たちが那須を離れてわずか二年後、夫は患いついて半年であっけなく逝きました。そして私はそのとき初めて、夫が那須の家を売っていたことを知りました。最後にもう一度、夫の裏切りを知らされたような気がしました。なぜそんなことになったのか、私は少しもわかりません。わけを聞こうにも、夫はすでに泉下《せんか》の人です。

まるで、なにもかも夢。

生まれてからいままでの私の生も、そして昭和二十八年七月二十六日の出来事も、すべて。

そうなのでしょうか。

いいえ、そんなはずはありません。私の中にはいまも消えることなく、あの窓から眺めた月の姿が焼きついているのですから。血の色を映した月。私を笑った月。

だからいまも私は、月が恐い。そしていまは月だけが知っている、私の罪の暴かれるのが恐い。

だからいまも私は、血を思い出させる赤い色が恐ろしい。

どうか、お願いです。その家に手をつけないで。そっと眠らせておいて下さい。せめて、私が生きている間は。

赤い窓の記憶

1

一九九七年九月、栃木県那須野ケ原――

　東京から南関東では、連日三十度を超える残暑の日が続いている。だが山に近い高原の風は、晴れた日の真昼でもすでに乾いて涼しい。

　山林の中にログハウスの別荘が並び、観光客目当てのドライブインや、なんとか博物館の類が軒を連ねるのも那須高原だが、道を一本変えれば色形けばけばしい看板も消え、車は時折走り抜けても、人影のひとつも見えない淋しさだ。アスファルトの自動車道路の左右は緑の林が広がっているばかりで、その中に人家があるかないかも、通り過ぎるだけの者には知ることができない。

　その道端に二台の乗用車を止めて、奥へ向かって歩いている五人の男女がいた。林の中を通っているのは幅数メートルの未舗装の直線路。落ち葉にすっかり埋めつくされて、足の下の感触はふわふわと頼りない。車を置いてこなくてはならなかったのは、その道が相当傷んでいて、タイヤが穴にはまる心配があったからだ。

　左右の林は杉やヒノキ、アスナロといった針葉樹で、かなりの年月を経ているのだろう、真っ直ぐの幹はギリシア神殿の円柱を思わせるように太い。梢の隙間から洩れる光が、小暗い林の中に縞模様を描いている。もっともこの一行には、周囲を眺めている人間はいないようだ。

　先頭を行くのはぼってり太めの体型をした大柄な青年で、彼は両手を勢いよく振りながら、ゴム長で足元の落ち葉を蹴立ててずんずん歩いていく。

逆に遅れがちなのは、どこか具合《ぐあい》が悪いのか、青ざめた顔を伏せている髪の長い若い女性と、その脇に付き添って、しきりと彼女を気遣っているほっそりした体つきの青年だ。ふたりとは少し離れて、彼と同年輩の青年がもうひとり、一行の最後を歩いている。

そして三人と先を行く男の間で、双方を気にしながら、黒縁の遠近両用眼鏡を額に押し上げて、吹き出る汗をハンカチでしきりと拭っているのはダーク・スーツ姿の中年男だった。革靴が湿った落ち葉にまみれて、なんとも歩きにくそうだ。

先頭に立って歩いていた男が、いきなり大きな嘆声を上げた。

「ほおら、見えてきたあ――」

彼の指さす先、その道の果てるところに薄汚れた白い壁の建物が見えてきていたが、顔を上げてそちらを見たのは中年男ひとりだ。先頭を行く男の足取りはいよいよ速くなる。まるで行く手の建物から、彼のみを引きつける磁力線が出ているとでもいうふうだった。

辛うじてその背を追いかけたスーツの男が、半分息を切らせながら、

「――倉持《くらもち》さん、倉持さん」

「はーいはい」

返事はいいが立ち止まる気配はない。

「印南さんたちが遅れてます。ねえ、頼みますよ、もうちょっとゆっくり……」

倉持と呼ばれた男は、やっとそこで足を止めたものの、もっとゆっくり歩いてくれということばが耳に入ってのことかどうかはわからない。

「見て下さいよ。不思議なくらい赤城《あかぎ》邸と似ているでしょう。うん、そっくりだ。これは凄いですよ、吉田《よしだ》さん！」

ようやく追いついてきた吉田の肩を抱きかかえて、ニコニコしながら前を指さす彼に、吉田はずれかけた眼鏡を押し上げてため息をつく。

「そんなにいいもんですか。私にはさっぱりわかりませんが——」

吉田孝一《こういち》、五十二歳、栃木県庁土木部勤務。

倉持務《つとむ》、二十八歳、建築家。

ふたりが知り合うことになったのは、たったいま倉持の口から出た赤城邸修復工事という仕事に双方の立場から関わったからだった。明治の政治家赤城正三《しょうぞう》が自分の農場内に建てた洋館の別邸が、荒廃して長らく放置されていた。それが赤城の遺族によって県に寄贈され、解体移築の上県道沿いの『道の駅』の施設として公開される運びとなったのだ。

予備調査から解体、復元と五年を越す歳月をかけた作業も来年春には終わる。吉田はこれに事務方として関わる内に、赤城邸の調査に加わった地元の建築家倉持と顔見知りになった。気の置けない青年から、自分の知らない明治建築に関する知識などを聞かせてもらうのはなかなか面白く、ためにもなることだったが、今日はそれが災いしたというべきか。赤城邸以上に興味深い建築を見つけたんですよ、と半ば無理やり休暇を取らされて、ここまで連れ出されてきたのだが——

まだ少し距離はあるとはいえ、林の切れた向こうに浮かんでいるのは、どう見ても相当に廃れきったぼろぼろの建物だ。これがいいんですか、と首をひねる吉田に、倉持はいいですよお、と繰り返す。

「先日ここへ来てみてね、一目見ただけでぐっと来ました。まったく驚いたです。こんな掘り出し物が、いままで誰にも取り上げられないまま眠っていたなんてね」

「しかしそんなに赤城邸とそっくりなら、もうひとつ似たものを保存する必要がありますかね」

吉田は吹き出た汗をハンカチで拭いながら首を傾《かし》げる。

「いくら専門家さんから見て価値があるといわれても、税金を使うとなりますとねえ——」

「困るなあ。泣きたくなっちゃうなあ。肝心の県の方がそんなことおっしゃっちゃあ。こんなふうにはっきりした関連が見られる明治建築なんて、前代未聞ですよ」

　そんなことをいいながら、倉持の口から出る声はますますほがらかだ。あまり困っているようには見えない。

「この建物は赤城邸と同じ設計図のもとに建てられたと考えて、まず間違いはないようなんですね。ご存じの通り赤城邸は最初明治二十一年に建てられ、その後四十二年に大幅に増築されて、戦後まで使われ現在見るような形の邸宅になった。ところがこちらはどちらかといえば、最初の赤城邸により似ている。しかし一部分は、増築によって初めて作られた意匠も取り入れている。

　そしてまだきっちり調べがついたわけじゃあないですが、ここを建てた江草孝英という明治人は、赤城邸の建て主である赤城正三とは非常に親しい関係にあったようなんですね。長くドイツ公使を務めて政界きってのドイツ通といわれた赤城だが、江草もやはりドイツに留学していたらしい。赤城の公使時代に知り合ったのでしょうが、それにしても自分の別荘と同じ設計図を使わせてやるっていうのは、ずいぶんな厚遇じゃありませんか。いったいこのふたりはどんな関係だったんでしょうね」

「しかしねえ、倉持さん。赤城邸の調査解体と復元で、いくら費用がかかったと思います？　あなたも向こうの予備調査を手伝ったんだ。そのへんのことは想像できるでしょう？」

「さあて――」

　関心もないという顔だったが、

「ざっと四億ですよ」

「そりゃあ豪儀だ」

　倉持はヒューッとへたくそな口笛を吹いた。

「一度それだけ出して、二度と出せないってはいえないんじゃないですか？」

「止めて下さいよ。まったく胃が痛い――」

吉田は苦い顔でみぞおちを押さえる。

「赤城邸の場合はなにより、那須の明治建築で県が所有して公開されているものがひとつもない、ってことがあったわけですから」

「またあった、じゃ有難味《ありがたみ》が薄れますか」

「ええ、そりゃあ」

「おまけに向こうは持ち主が、土地ごと県に寄付してくれた。こっちはまだそんな話が出る状態じゃあありませんもんね」

「そうですよ。ただ中を見せてくれって、それしかいってないんでしょう？」

「ええ、まあ」

「今日私がここに来たのだって、仕事としてじゃありませんからね。それを忘れないで下さいよ」

「はいはい、わかってますって。万事はこれからです。でも、いよいよとなったらぜひご協力のほど、よろしく」

素直なのか無神経なのかよくわからない年下の友人の顔を見やって、吉田は内心ため息をつきながらもうひとこと忠告した。

「だったらもう少し気を遣いなさいよ。いや、私にじゃなくて所有者の方へ」

「いやあ。もちろん気は使ってるつもりですけど、――どうしました？」

彼のことばの後半は、後ろにいる三人に向かって投げられた。道の途中でそれ以上歩けなくなったのか、女性と彼女を支える青年が立ち往生し、もうひとりの青年も少し離れたところで足を止めている。あの女性は最初から具合が悪そうだったのに、この道は吉田の脚でも十分以上かかる。これだけ歩かせておいて、どうしましたもないものだ。

日焼けしたスポーツマンタイプの青年が印南雅長、髪の長い女性が印南茉莉。いま向かっている建物とその建つ土地を所有しているのはこの兄妹だ。印南というのはこの近在では何軒かある名前だったが、彼らは現在東京に住んでいる。倉持が電話番号を調べて雅長と連絡を取り、内部を見せてもらえないかと頼んだところ、自分が同行していいなら、という返事が来たのだそうだ。

　車で来るからというので、吉田は倉持の自家用車に拾ってもらい、今朝東北自動車道の最寄りの出口で待ち合わせたところ、印南雅長の車には吉田の予期せぬ同乗者がいた。妹の茉莉と、雅長の友人の松《まつ》浦《うら》という青年だ。茉莉はすでにそのときから、車に酔ったといってぐったりしていた。

「印南さん。妹さんはだいじょうぶですか？」

　吉田の声に雅長が顔を向ける。肩幅の広いたくましい体つきで、顔も眉が濃く男らしいが、なぜか表情は暗い。痛みをこらえてでもいるように頬をゆがめて、低く答えた。

「やはり妹は、来るべきではなかったようです」

「ご病気でも？」

　吉田はびっくりして聞き返した。

「もしもお必要だったら、この近くに内科の医者がいますよ。車で十分ほどですが」

「小西先生ですか？」

　彼は初めてかすかに唇から白い歯を覗かせた。

「まだお元気でおられるのですね」

「あ、ええ、そうです。そういえば、印南さんはここに住んでいらしたのだから、私などよりずっとよくご存じなわけだ」

「もう、十年以上前のことですよ――」

　いいかけて、彼は頭を振った。

「具合が悪いといっても、妹の場合体の方ではないんです。心因性、とでもいうのですかね。気持ちの問題です。この家は茉莉にとっていい思い出のないところなので」

「倉持君。必要なら鍵だけお借りすればいいだろうに、君はそんな人を無理やり連れ出したのか？」

　思わず咎める口調になった吉田に、雅長は奇妙なほど陰鬱な口調で、

「いや、鍵をお貸しするわけにはいかないが、私と一緒なら、と申し上げたのはこちらからなのです。それも私だけ来るつもりだったのを、妹がどうしても来たいといい張った。私の友人が付き添ってくれるというので、それなら、と仕方なく連れてきたのですが――」

　そういいながら彼は後ろを振り返る。後に取り残されていたふたりが、ようやく追いついて来ていた。茉莉を後ろから両手で抱えるようにして支えているのは、背丈も肩幅も彼女とさして変わらぬほど痩せた、華奢《きゃしゃ》な体つきの松浦青年だ。大変そうだ、と吉田は思ったが、相手が若い女性では、気軽に手を出すのもはばかられる。

「茉莉、やはり君は無理なようだね。皆さんにもご迷惑だから、ここで待っておいで」

　彼の口調は妹を気遣っているというには、不自然に聞こえるほど冷ややかだった。そして彼女はその声に、顔を伏せたままびくっと体を震わせた。

「印南君」

　茉莉を支えている青年が、代わるように声を出した。彼女の肩越しに覗いているのは、どこか雛人形めいた白く小作りな顔だった。その声も男のものというよりは、少女のようにやさしい。

「そういわないで。茉莉さんもがんばって、せっかくここまで来たんだから、こんな暗いところにいろというのはあんまりだよ」

「君がついていれば、いいのじゃないか？」

　いい返した印南の声は、冷ややかを通り越して冷酷にさえ響く。

「茉莉は見たくなかったはずだ。連れ出したがったのは松浦君、君のように見えたけど？」

　吉田は怪訝《けげん》な思いでまばたきした。いくら友人とはいえ、若い男が妹によりそっているのが気に入らないのだろうか。それなら自分で肩を貸してやればいいだろうに。あるいはもともと不仲な兄妹なのか。だが、それならば――

「お兄様……」

いまにも途切れてしまいそうなほど、か細い声がした。印南茉莉はようやくに、小さな青い顔を上げていた。つややかな黒髪の下から覗いた唇が病的に青い。目は伏せたまま、ささやくように、

「違います、お兄様。来たかったのは私なの。松浦さんは止めてくださったけれど、私がいい張って聞かなかったんです」

「茉莉——」

「どうしても、ここに戻ってこなくてはいけないと思ったから。そして、私、私は——いいえ、その理由は、たぶん、もうすぐお兄様にも、おわかりになると思うわ……」

　雅長は眉を怒らせ、しかし口をつぐんでなにもいわない。茉莉は顔を伏せたままその場に立ち尽くし、かたわらの松浦がそっといたわるようにその肩に触れる。彼は雅長の友人というより、茉莉の恋人なのかもしれない。


「さあ、それじゃもうすぐそこです！」

　気まずい空気を振り払おうとしてか、倉持が大声を張り上げた。

「お休みになるなら、あっちの方が明るくていいでしょう。麦茶くらいは用意しとくように頼んでありますから、まあゆっくり来て下さい！」

　誰かが向こうで待っているようなことをいい、私は一足お先に、と枯れ葉を蹴立てて走り出した倉持の後を、吉田があわてて追いかけた。

「ちょ、ちょっと待って下さいよ！」

　太めの倉持だが脚は思いの外速い。喉をぜいぜい鳴らしながら、やっと追いついた吉田は、彼の袖を後ろから摑んで、

「倉持さん、いったいあれはなんなんですか？」

「なにかって」

「印南さんの兄妹ですよ。なにかその建物に関係して、人にいえない事情でもあるみたいじゃないですか」

「事情っていえばそりゃまあ、なくもありませんよねえ」

そういいながら吉田の顔を覗き込んだ倉持は、その表情にあれっと小さな目を見張った。

「なあんだ、吉田さんは知らなかった？」

「知りませんよ。まったくわけがわからない。なんなんですか、いったい」

「え、でもなんで知らないのかな。地元の人なら大抵知っていると思ったけど。忘れちゃったのかな。えーと、困ったな。後にしませんか？」

「そんなことといったって、まだしばらくあの人たちと顔を合わせてなきゃならないんですよ。うっかり失言したらまずいじゃないですか。それとも私はここで帰りましょうか？」

きつい口調で畳みかける吉田に、倉持は困ったなあを連発していたが、

「じゃ、少しだけですよ」

さすがに小さな声になる。

「あれは、正確には十一年前ですね。ここの建物である事件があったんです。それ以来ふたりは、こちらに戻ってはいないわけで、見たいものじゃないのはわかってましたから、鍵だけ貸してもらえないかって聞いたんですが」

「十一年前？――」

「けっこうでかい事件だったんですよ。新聞、見ませんでしたか？」

吉田は頭を振った。

「県外に出向《しゅっこう》していたときかもしれないな」

「ああ、なるほど」

「なんなんですか」

倉持は、話そうかどうしようかと迷っている顔になる。

「なんですか。いって下さいよ」

「ええ、ま、あったわけです、その、ここで、殺人事件、らしいものが」

2

「さ」

殺人事件ッ？　と大声を上げかかる吉田の肩を、彼はグローブのような手でポンポンとなだめるように叩いて、

「そんなわけでそれ以来、ここは空き屋になってたんです」

「いったいどんな事件が？」

「強盗殺人、と聞きましたね。もっとも、犯人は捕まらなかったらしい」

「あ、あのふたりの両親が、とかいうんですか？」

「いや、そうじゃないんですが」

「倉持さん――」

「残りは後で話しますよ。だけどいまはその話題は避けておく方がいいですね」

「そりゃまあ……」

吉田は恨めしい思いで、ずいぶん高いところにある倉持の顔を上目遣いに見上げ、

「どうせ私にはわざと隠してたんでしょう」

「違いますよ。たかだか十年前の事件なんて、百年前の建物にはなにも関係ないですから。それにまさか知らないとは思いませんもん。忘れてるんだろうな、とは思いましたがね。せっかく忘れているものを思い出させたら、吉田さん今日来てくれないかもしれないでしょ。それじゃあつまらない」

「ほら、やっぱり」

吉田の気持ちを逆撫《さかな》でするように、あははと大口を開けて笑った倉持は、

「おう、桜井君、サンキュー！」

前に向かって声を張り上げた。周囲を暗く覆っていた針葉樹の林が切れている。晴れた初秋の青空の下に、問題の明治建築が建っていた。薄汚れた灰色の壁と黒っぽい屋根、鎧戸を固く閉ざした、およそ見栄えのしない廃屋《はいおく》だった。

ドイツ留学から帰国して、この地に農場を開いた江草孝英という名の明治人によって築かれた別荘。戦後しばらくして、江草家の子孫から縁続きの印南家に売却されたこの建物には、両親と子供ふたりが暮らしていたという。二階のベランダから眺める月が殊の外素晴らしいので、「月映え」ということばから月映荘と名付けられたのは、印南家のものとなってからだ。それくらいの予備知識は、倉持から聞かされていた。

しかし吉田の目には、彼のいうほどすばらしい建築とは思えない。鱗形《うろこがた》のスレートを張り、ペンキで白く塗られていたはずの壁は、埃《ほこり》にまみれて灰色に変わり、スレートもあちこちで脱落している。明るく晴れた昼に見ても、無惨なあばら屋としか思えぬ佇《たたず》まいは、夕暮れにでも眺めればお化け屋敷とよりいいようがあるまい。

もっとも吉田は、自分に明治建築に対する見識があるわけではないことは承知している。仕事で関わることになった赤城邸こそ飽きるほど眺めたが、他の建築はいまだに見たこともない。倉持と知り合ってからは、日本近代建築史の色々なエピソードを聞かされて、それなりにおもしろく耳を傾けてはきた。そしていまようやく内装を残すばかりにまで復元された赤城邸を見れば、なかなか見事なのだとは思う。だがどちらかといえば古色蒼然《こしょくそうぜん》とした洋館などより、モダンな現代建築か、さもなければ日本の城などの方が興味が湧く。

やれやれ、と吉田はもう一度ため息をついた。おもしろいものがあるんで見に来ませんか、という倉持の誘いに深く考えもせずに乗ってしまったのだ。倉持は役人の吉田を連れ出すことで、建物の保存に布石を打ったつもりかもしれないが、自分はそんな大物ではない。第一さっきもいった通り、県は赤城邸に莫大な支出をしたばかりだ。いくら学問的に価値があっても、もうひとつ明治建築があったから保存しろ、というわけには到底いかないだろう。

（それに、これはまたずいぶん小汚いじゃないか。月映荘なんて、名前負けだ……）

　彼は無意識の内に、目の前の荒れ果てた廃屋と復元された赤城邸を較べている。文字通り白亜《はくあ》の邸宅としてよみがえったそれが、以前はこの月映荘とさして変わらぬ荒廃ぶりであったことは、都合良く頭から消えていた。

　しかも、殺人事件だって？　冗談じゃない、と彼はぶるぶる頭を振る。ここに来て聞かされるまで気づかなかった自分もうかつだが、そんな不吉な過去のある建物を、県民の税金を使って保存なんてできるわけがないだろうに。頼むから、妙なものに私を引きずりこまないでくれよ、倉持君。

「どうしたんですか、吉田さーん！」

（どうしたって、なあ――）

　ため息をつきながら顔を上げた吉田の目に映ったのは、芝生の上に据えた三脚とその上に据えた一眼レフカメラ、そばに立つ倉持と、カメラを覗いている男だ。男だとは思うが顔は見えない。腰をかがめてカメラにかがみこんだままなので、こちらに見えるのはモス・グリーンのウィンドブレーカーに包まれた背中だけだ。

「吉田さん、東京のＷ大文学部大学院を卒業した桜《さくら》井京介《いきょうすけ》君です。赤城邸の解体が始まった頃に彼が知らないで見物に来て、そこで知り合ったんですがね。実は月映荘を見つけて、ぼくに教えてくれたのは彼なんですよ」

「あ、はあ。そうですか――」

　よけいなことをしてくれた、と口に出すわけにもいくまい。よろしくといおうとしたが、当の桜井はカメラのファインダーから動こうとしない。まさか背中に向かって挨拶《あいさつ》もできまいに、と吉田は憮然とする。それを見ていた倉持の太い指が、桜井青年の肩をちょいちょいとつついた。

「桜井君、ちょっと顔見せてよ。紹介しときたいから」

なにか返事をしたのかもしれないが、吉田の耳にははっきりと聞こえない。二呼吸くらいの間があってから、彼はのろのろと体を起こし吉田の方を向いた。その顔を見て吉田は唖然とした。

いや、正確にいうなら顔は見えていない。脂気のないばさばさの髪が、顔の上から三分の二をほぼ完全に覆っている。辛うじて見えるのは鼻の先と口元、髭《ひげ》の生えていない細い顎《あご》だけだ。痩せたむく犬が立ち上がったとでもいうか。あれでファインダーが覗けるのか、と呆れてしまう。高校二年になる彼の末息子も、髪を茶色に脱色した上に、妙な具合に伸ばしていて、つねづねむさ苦しいと小言をいっていたのだが、これと較べればはるかにましだ。

「こちら、県庁の土木部の吉田さん」

「あ、どうも――」

ぼおっとした口調で答えながら、それでも吉田の出した名刺はきちんと両手で受け取る。そういう作法だけは知っているらしい。と、吉田は相手に対する評価を少しだけ戻した。しかし挨拶のことばは、『どうも』で終わりだ。これはまったく感心できない。いわゆるオタクというのは、こういう若者を指していうのだろうか。

「ぼけてるな、桜井君。カメラ覗いたまま寝てたんだろう？」

横からからかう倉持に、依然としてぼおっとした調子で、

「いまは寝てませんよ。でも、ここへ来るのに東北線の始発に乗ったもので、危うく寝過ごしそうになりました……」

「そんなに早く来たんだ。まだバスがなかったろう。ヒッチでもしたの？」

「いいえ。歩いてたら、農家のおばさんが軽トラを停めて乗せてくれました――」

「はは。田舎の人間は親切だな」

「親切は、親切ですが」

「そのおばさんになにかいわれたの？」

「そんなに痩せてたら駄目だ、と」

「そりゃまあ正しいな」

「そして、重箱のつぶし餡《あん》入りの草餅を勧められて、断れなくて、三つも食べさせられました。まだ胃がもたれてます……」

ふうっとため息をついた桜井は、髪の垂れ下がる顔を一振りすると、ポケットから出した眼鏡を片手で押し込む。そんなことをしても、スダレ状の前髪の中は吉田の目には触れない。だが桜井の呆れ果てた風体も、倉持は見慣れているのか平然としたものだ。

「頼まれた飲み物、駅の売店で買ってきました。ウーロン茶のペットボトル。もう温《ぬる》くなっていると思いますけど——」

「悪い悪い。そんなに早く来るとわかってたら、ぼくが買ってくるんだったな」

前髪の下から覗いた桜井の唇が、かすかに微笑んだ。

「やっと内部が見られると思ったら、朝寝なんてしていられませんよ」

この青年は、いまにも崩れそうな廃屋の中に入るのが楽しみでならないらしい。なんとまあ、物好きな人間もいるものだと吉田は驚いた。

「どうやって発見したんですか、こんな森の中の建物を？」

軽い気持ちで尋ねた吉田に、思いがけなくきっぱりした返答が戻ってきた。

「発見というのはおかしいです」

「はあ？——」

意味を摑みかねて、吉田はぽかんと口を開ける。別段妙なことをいったつもりはないのだが。

「アメリカ大陸はコロンブスの発見だろう？」

なにかいいかけた桜井に、倉持が横から口を挟んだ。

「いいえ。最近はコロンブスのアメリカ到着といいます」

「どこが違うんだ？」

　面白がっているような倉持に向かって、さっきまでの寝ぼけたような声とは、別人のように淀みない口調で語り出す。

「人間がそれまで認知していないものを、最初に見出すのが発見ということばの意味です。例えば無人島に対しては、発見したということが可能でしょうが、アメリカ大陸には住民がいました。それに対して発見と称するのは、白色人種以外の人類を人間と認めない種類の傲慢《ごうまん》です。一九九二年はコロンブスの航海五百周年ですが、これを機に『発見』ということばは使われなくなりました」

　一息でそこまでしゃべった桜井は、いったん口を閉じて吉田の方に向き直る。

「ですからこの場合も発見というのは、所有者の権利を軽視する不適切なことばです。文脈を無視した差別語狩りは愚劣な行為ですが、研究者である僕自身が傲慢の愚に陥らぬためにも、ニュートラルと見えてそうしたゆがみを内蔵する用法には、神経質でありたいと思います。吉田さんは僕が、この家の学問的な価値を発見した、という意味でいって下さったのかもしれません。ですがそれはもう少し先の話です。重箱の隅をつつくようなことをいって失礼しました」

　立て板に水の最後に軽く会釈《えしやく》をされて、いよいよあっけに取られた。いわれてみればいちいちもっともだが、揚げ足を取られたという気もするし、毎度この調子でやられたら、うっかり口も利けない。少なくともこの青年は、吉田がこれまで会ったことのある人間とは人種が違うようだ。見かけだけでなく頭の中身も常識も。どういう顔をしていればいいのか、さっぱりわからなくなってしまった。

　しかし当の桜井は、それでこの話のけりはついたという気らしい。倉持の方を向いて、ポケットから出した地図のコピーらしいものを広げながら話しかけている。

「先日図書館で住宅地図を調べていて気がついたのですが、ここの北側の地所に『江草』という家があるようですね。あれはもしかして、この家を建てた江草孝英の子孫でしょうか？」

「あ、そうそう。そうなんだ。戦後にこの家を印南家に売って東京に戻ったんだけど、ご亭主に死なれてから未亡人がひとりで戻ってきてる。雅長さんたちがここに住んでいたときは、家族で近所づきあいしていたらしいよ。いわなくて悪い」

呑気そうな顔で倉持は頭を掻く。彼もずいぶん背が高いが桜井はさらに長身だ。もっとも体の幅と厚みは倉持の方が三倍はある。歳の割に腹が出ていて役所の女の子が、こっそり「たぬきさん」と呼んでいた。一方桜井はといえば、箒《ほうき》の柄に服を着せたとでもいった格好だ。

「印南さんたちはたぶんこの後、挨拶に行くのじゃないかな。調査となったら、以前の住人のインタビューも必要だし。桜井君は訪ねてみたの？」

「まだです。でも僕が今朝ここについて、家の回りを一回り歩いてみたら、裏の林の中を遠ざかっていく人影を見ました。お年寄りのようでしたが」

「ああ、それが江草未亡人らしかった？」

「たぶん」

「どんな事情で手放したかしらないが、昔の自分の家を眺めがてら散歩に来ても不思議じゃあないだろうな。ここまで荒らされてしまったら、気がかりにもなるだろうし」

倉持のことばに桜井は、

「そうですね」

とうなずいたが、その口調が吉田の耳にはどことなく、心からの同意ではないように響いた。普通なら顔の表情をうかがうところだが、髪の毛のおかげでそうはいかない。もっとも彼のことばつきは、なにをいうときもひどく淡々として抑揚に乏しいようで、それを聞き慣れない吉田がそう感じたというだけの話かもしれない。

「写真、撮れた？」

「今日は天気がいいので、もう一度外観を一通りだけ。フィルムは残してあります」

「やあ、それは助かる」

「どうも」

「今夜は君、時間ある？」

「最終に間に合うまでなら」

「だったら飯でも喰いがてら、今後の予定詰めておこうか」

「いいですよ」

　自分たちの話をしているふたりのそばで、所在なくしていた吉田の目に、ようやく木々の間から取り残された三人が歩いてくるのが見えた。兄の雅長が大股にこちらへ歩み寄ってくる。

「遅くなりました」

「いやあこちらこそすみません。印南さん、こちら桜井さんです。ぼくといっしょに月映荘の調査を希望している」

　立ち上がったむく犬のような桜井を見て、どんな顔をするだろうと吉田は雅長の横顔を注視したが、彼はなにも気づいていないようで、

「ああそうですか。それで、中をごらんになるのでしたね。一時間くらいでいいんですか。大して時間はかからないんでしょう？」

　雅長のことばは一応疑問形だが、それ以上時間を貸す気はないと言外に宣言しているようだ。ここに来るまででうんざりした、といいたげな表情に、おやおや、と吉田は思う。これでは調査など彼は到底承知しないだろう。

「いやあ、それは長く時間をいただけるに越したことはないんですが、お急ぎですか？」

　倉持がのんびりした口調でいうと、

「急ぎますね。一分でも早い方がいい。小さな家だ。中を一回りするならそれで充分でしょう」

　彼は言下に答える。太い眉が寄せられて、眉間に縦皺を刻み込んでいる。

「この家が嫌いなのは茉莉だけじゃない。ぼくもです。正直な話、あなたの電話に承諾の返事をしたことを少し後悔していますよ、いまとなっては」

「えー、それでしたら、鍵だけお借りできれば、責任を持ちまして」

「いい加減にしてくれませんか」

語尾が裏返ってかすれている。握りしめた両手のこぶしが、体の前で小刻みに震えていた。確かに殺人のあった家など見たくもないかも知れないが、いい歳の、それも彼のようにたくましい男が、そこまで動揺しなくてはならないのだろうか。

「調査なんかしてもらいたくないといっているんです。君らにはただの建物でも、ぼくたちには思い出のある大切な住まいだ。それを土足で踏み荒らされて、嬉しいはずがないでしょう！」

それはそうかもしれないが、だったらなぜ最初から断らなかったのか、と吉田は内心首をひねる。ここまでやって来て、急にそんなことをいい出すのは解せない。思いがけず妹を連れてくることになってしまったせいか。だが彼女を気遣っているにしては、やさしいことばひとつかけるでもないのが奇妙だった。

どうするんだ、と吉田は倉持の顔をうかがう。さすがに彼もいささか戸惑っているらしい。

「えー、それではまあ、ともかく中を拝見させていただけますか？」

中へ入ってしまえばこちらのもの、と思っているのかどうか。しかし印南雅長は、彼を正面から睨み付けて、

「二度と調査などといわない、と約束してくれるならお見せしましょう。誤解させたとしたら申し訳ないが、もともとそのつもりでしたから」

「はあ、そうですか――」

倉持はいよいよ当惑顔だ。理由はともかく、ここまで相手の気持ちがこじれてしまったら、どうにもならない、と吉田は思う。

「それから、あらかじめお断りしておきますが、ぼくたちは赤城邸の持ち主のように、ここを県に寄贈するつもりもありません。ぼくたちが使うことがないとしたら、欲しがっている人に売却します。お間違えないように」

「あ、いえ、それはもちろん――」

ものに動じない倉持も、さすがに眼を白黒させて口ごもる。すると吉田という県の職員を連れ出したことが、倉持の思惑に反して相手の気持ちをそこねたのかもしれない。他でも聞いた話だが、建築の調査などというと改築や売却の制限を受けると勘違いして、持ち主が嫌がることは少なくないという。

吉田がいたせいで、赤城邸のように県へ寄付させられるとでも思ったに違いない。自分が口を挟んで誤解を解こうとするべきか、どうしようかと吉田は迷った。だがこうなってしまっては、なんといっても逆効果かもしれないし、それを役所の見解のように思われては困る……

と――

カメラのそばに無言で立っていた桜井が、ふらりと前に出てきた。向かい合って立っていた倉持と雅長の間を、木の葉が風に吹かれるような足取りで通り抜けると、

「あの、お茶、飲みませんか？」

緊張感のない口調でそう話しかけたのは、倉持たちにではない。その向こうにいた印南茉莉に向かってだった。彼女はここまで来て力尽きたのか、芝生の上にしゃがみこみ、膝頭《ひざがしら》に深く顔を伏せていた。そばにはやはり松浦がつきそっていたが、桜井は彼を無視して茉莉に話しかけている。その脇に膝をついて、ウーロン茶のペットボトルから、紙コップについだお茶を差し出す。

「もう、冷たくないけど――」

「ありがとう」

そういって桜井の手からコップを受け取ったのは松浦で、

「いただいたら？」
開いた左手を茉莉の肩にそっと触れさせながら、握りしめていた手を開かせて、コップを持たせようとする。その仕草はやさしい心遣いにあふれていて、端で見ている吉田まで少し照れ臭いような気持ちになる。やはり雅長は、友人と妹の仲に苛立っているのかもしれない。

ようやく茉莉が両手でコップを持った。伏せていた顔が少しずつ上がって、目をそちらに向ける。松浦は、茉莉の顔にかかる髪を指で耳にかけてやりながら腰を浮かせ、体を動かした。桜井はまだ、そばに膝をついている。

吉田がふと気がつくと、茉莉のコップを持った手が震えていた。まだ気分が悪いのだろうか。しかし手の震えは見る見る大きくなり、やがてコップは指から地面に落ちる。

顔が上がって、目の前の廃屋に向いていた。それを凝視しながら茉莉は両手を握りしめ、芝生の上に膝立ちした体を震わせていた。

「茉莉？——どうした、茉莉！」

雅長が声を上げた。顔色を変えて駆け寄ろうとした彼を、しかし松浦が手で止めた。

「ま、ど……」

茉莉のつぶやく声が聞こえる。

「あの、窓が——」

右手が震えながら伸びている。人差し指が、月映荘の二階を指し示す。向かって右、左右対称を崩して前に張り出した部分の二階の、切り妻屋根をかけた出窓。赤城邸との類似をもっとも感じさせる特徴的な意匠だ。その窓を茉莉の指がさしている。

「あの窓の鎧戸が、開いて——」

無論いまは開いてなどいない。元は壁と同じ白いペンキで塗られていたのだろう鎧戸が、塗装は剝げているもののきっちりと閉められている。

「開いて、見えるの。窓いっぱいに大きく大きく、赤い、赤い、血みたいに赤いお月様が……」

「茉莉！」

もう一度、雅長が叫んだ。

「なにをいっているんだ。いまごろ、そんな――」

しかしそのことばを、

「静かに」

松浦がさえぎる。

「茉莉君を邪魔してはいけない」

雅長の顔に朱が走った。だが、彼はそれにいい返せない。少女のような松浦の顔には、逆らえぬ威厳がみなぎっていた。

沈黙の戻った真昼の庭に、ふたたび茉莉の震えるつぶやきが聞こえる。二十歳を越えた女性というより、幼い子供のようなたどたどしい口調だ。

「ずっとずっとそう思っていたの。あの晩はあたしの一月早いお誕生日、でもお兄様はやっぱり、東京から戻ってくれなかった。お手紙だけが届いて、そこに書いてあった。魔法の力で一月早く赤いお月様を見せてくれるって。ひとりで窓を開けて、ほんとにあたしは赤い月を見た。やっぱりひとりはさびしいけど、でもきっと手紙に書いてあったように、お兄様も東京で赤いお月様を見ているんだって。ずっとそう思っていたの。でも――」

ことばが途切れた。茉莉は握りしめた手を、唇に当てていた。

「でも、違ったの。あたしが見たのは、お月様じゃなかったの。やっと思い出したの。赤い赤い、でもそれは」

「それは？」

ふたたび途切れかけた声に、松浦がかたわらからそっとうながす。

「それは、お兄様だったの……」

「茉莉――」

雅長は愕然と目を見開いた。その声に茉莉の全身は痙攣《けいれん》するように震えた。両手が上がって耳をふさぐ。彼女は叫んだ。

「あたし見たの。お兄様が殺すとこ。ケイコさんとふくさんを。お兄様が殺した。赤い血が見えた。あれはお月様の色じゃない。お兄様の手を濡らした血の色だった。手だけじゃない、顔も、真っ赤。その赤い顔であたしを見て、笑ったの……

　そしてお兄様はあたしに、なにもいっちゃいけない、大丈夫だから全部忘れておしまいっていって、中から鍵を締めて、誰に聞かれても、ずっと寝ていたから、なにも知らないっていうんだよっていって出ていった。

　あたしが見たのは赤いお月様じゃない。血で赤くなったお兄様の顔だった――」

　熱に浮かされたように、ことばはわななく口から溢れ出てくる。野放図に伸びた芝生の上に膝立ちし、両手でしっかりと自分の耳を押さえて、茉莉は背に黒髪を乱し、身を震わせている。目は大きく見開かれて、しかしその目が見ているのはいまここの光景ではない。

「なぜそんなことをいうんだ、茉莉ッ！」

　駆け寄ろうとした雅長に、

「いやあッ――」

　茉莉の悲鳴が走る。両手で頭を覆ってうずくまる彼女を背にかばいながら、松浦は雅長の前にたちふさがった。

「落ち着いて、印南君。君まで興奮してどうなるんだ」

「馬鹿いえ。自分の妹にそんなことをいわれて、冷静でなんかいられるか！」

「じゃあ、君は彼女のいうことは嘘だ、というんだね？」

「あ、当たり前だろう！」

　吐き捨てた雅長に、

「嘘じゃない！」

　茉莉は顔を上げて叫んだ。さっきまで血の気のなかった顔がいまは紅潮し、目は熱を帯びて兄を睨み付けている。

「嘘じゃないわ、もう全部思い出したわ。お兄様、どうしてケイコさんを殺したの？　ケイコさんはあなたの恋人だったんでしょう？　あたし聞いたわ。ケイコさんから、お兄様と結婚するって。もうお腹に赤ちゃんがいるって。それが嫌だから殺したの？　そうしてそれを見られたから、ふくさんも殺したの？」

「――茉莉、ぼくは――」

雅長が一歩踏み出した途端、茉莉の全身が恐怖に引き攣《つ》れた。

「嫌あーッッ！」

鋭い叫びがその口から走って長く尾を引く。それが途切れたとき、茉莉は地に倒れて失神していた。

結局その日倉持たちは、月映荘の中に入ることはできなかった。茉莉は間もなく意識を取り戻したが、雅長と口を利くことを拒み、松浦も彼女を兄の手にゆだねることを頑として拒否した。雅長は憮然としたまま、ひとり彼の車で去った。列車で戻るという松浦と印南茉莉を倉持が駅まで送り、吉田もバスで自宅へ帰るために駅で降ろしてもらった。

その後倉持から、この件を持ち出されることはなかったので、吉田は自分には関わりないこととしてすべて忘れることにした。しかし最後まで彼の記憶に留まっていたのは、茉莉の発作めいた狂乱でも、雅長の奇妙な態度でもない。桜井京介という得体の知れぬ男のことだった。

彼は最後まで月映荘の庭に立ち続けていた。茉莉のいたあたりにしゃがみ、片手でその前髪を掻き上げて装飾のある出窓を凝視していた。彼女を怯えさせた記憶が、そうしていれば彼にも見えてくるとでもいうように。

それから二年後の夏、印南雅長が死んだ。吉田が偶然見ることとなった東京の新聞の、それもたった一段の小さな記事だった。マンション三階のベランダから転落死。事故または自殺。

あの後やはりいくらか気になって、図書館に行ったついでに新聞の縮刷版《しゅくさつばん》をめくってみたのだ。そして昔あの家で、不可解な事件があったのは事実だった。他殺と見えるふたりの女性の死。物取りの凶行とも見られたが、犯人は見つからないままらしい。そのとき現場でひとり、傷つけられることもなく見つけられた少女、というのが、新聞に名前は書かれていなかったものの印南茉莉だ。

一九八六年のことであったから、茉莉は当時十代の始めだろう。彼女が兄の殺人を目撃して、そのままあのときまで忘れていた、などということがあり得るのだろうか。恐ろしさのあまり忘却した事件が、現場の家を見ることで記憶の底からよみがえってきたなどということが？——

しかし、と吉田は思う。自分はこの目で見たのではなかったか。彼女の顔に浮かんだ、凄惨なまでの恐怖の表情。子供めいたつぶやき。全身を震えわななかせながら、喉からほとばしらせた悲鳴。

あんなものが嘘や演技でできるはずがない。彼女は真実を口にしたのだ。そして妹のことばを聞いた印南雅長の顔に浮かんでいたのは、不当な告発を浴びせられた者の驚きや当惑より、思いがけず己れの罪を暴かれた犯罪者の恐怖だったのでは。

だがあれから茉莉は、兄を告発はしなかったのだろうか。再捜査が行われているということにでもなれば、地元の耳に聞こえてきそうなものだったが、それもなかった。吉田はよほど倉持に尋ねてみようかと思ったが、藪蛇《やぶへび》になりそうな気がしてそれも止めた。兄が死んで月映荘は茉莉ひとりのものとなったはずだが、保存が講じられる様子も転売された気配もなかった。

人は忘れようと思うほど、忘れられなくなるものなのかもしれない。いくらあれは自分には関わりないこと、忘れてしまえといい聞かせてみても、月映荘の記憶は吉田の脳裏で、一向に消えも薄れもしないようだ。

そして彼があの日のことを思い出すたびに、真っ先に浮かんでくるのはなぜか例の桜井という得体の知れぬ青年の姿なのだ。鎧戸を閉ざした窓をいつまでも凝視していた、あの奇妙な青年の横顔。掻き除けた前髪の下から覗いた、白い鼻筋。

なにを見ているんですか、と尋ねようとした気がする。しかし、なぜか彼はためらったのだった。そしてそのことばは、ついに口から出ないまま、ただ一枚の絵のように消え残って、一九九七年九月十八日の映像となった。

3

生まれてこの方あんなにびっくりしたことはありませんよ。ええ、これであなた八十二歳になりますけどね、空から人間が降ってくるなんてことは、戦争中だってありゃあしない。そんな歳には見えないですって？　あらまあ、お世辞《せじ》がお上手。

目はね、そりゃ年相応にきてますよ。だけど眼鏡はかけてたし、夜だったって明かりはあるし、鳥やなんぞと見違えるもんじゃない。そこの窓を上から下へね、うわっとこう通りすぎたんです。着ていたものが広がっていたんですかね、なんだかずいぶん大きく見えましたよ。

それからすぐに音が。どすん、じゃありません。植え込みの枝に当たったんでしょう、ばさあっていうか、そんな感じでしょうか。誰か落ちたぞって、あわてて飛び出しました。

外に出ないと見えないんですよ。ここは一階だけど、目隠しの生け垣が庭の外に回ってるでしょ。庭なんていいたくない、猫の額ですけどね。その外がマンションの中庭になっていて、ぐるっと夾竹桃《きょうちくとう》かなにかの植え込みがあるの。音からしてそこに落ちたらしいとは思ったんですよ。じゃあ助かるかも知れない。だけど生け垣が邪魔して、外に出ないと見えないわけ。

そう、ここにはあたしひとりだったの。いつもはもちろん娘夫婦と、子供もふたりいますけどね。子供は中学と高校、夏休みが始まって友達と海へ行くのクラブの合宿だのって、ああ大きくなっちゃあ年寄りのそばにも寄りゃしません。夫婦ふたりも共働きで、残業だったかつきあいだったか、ともかくみんな帰ってなかった。時間はそうさ、十時にはなってなかったわね。テレビの時代劇見てたんだからそれは確か。

雨戸もカーテンも閉めてなかったのかって？　そうですよ。あたしは冷房が嫌いなの。若い者がいるときはそうはいきませんけどね、ひとりのときくらい好きにさせてもらいますよ。庭に向いたガラス戸開けて網戸だけにしてね、もうじきお月さんも見えるだろうって。満月だったんですよ。といってもこいらはビルだらけでね、三階くらいから上ならともかく、うちみたいだとよほど高くならないと、建物に隠れちゃって見えないんだけどね。

まあ、とにかくそうやってテレビ消すのも忘れて外に飛び出したんだわ。すぐですよ。あわててたもの。だけど、すぐにっていってもサンダル履いて、ドアの戸締まりして、玄関から出て回り込んだわけだから、数秒ってわけにはいきませんよ。そうそう、それだけじゃなくてね、エレベータのとこまで来たら三階の室田《むろた》さんって人と会ったんですよ。ゴミ出しやなんかで顔合わせて立ち話とかするようになった、四、五十かしらね、女の人で、仕事は挿絵画家なんだって。

その室田さんがねえ、隣の人が落ちたみたいな気がするっていうんですよ。ずっと大声で騒いでるような声が聞こえて、ベランダまで出てきて騒いでる。うるさいなあと思ってたら、それがバタッと静かになっちゃって、ベランダ越しに覗いてみたら誰もいない。それで下を見たら、植え込みのところになにか倒れているようなんだけど、気がつきませんでしたかって。

まあ、驚きましたよ。だって騒いでる声がしたってことは、もしかしたらその部屋には、落ちた人の他に誰かいるのかもしれないじゃありませんか。つまり事故でも飛び降りでもなくて、喧嘩して突き落とされたとか。いまはあわてて逃げ出そうとしてるところかもしれない。

え？　探偵小説は好きか？　孫じゃあるまいし、そんなものあたしは読みませんけどね、テレビのサスペンス物くらいは観ますもの。八十二の婆だってそれくらいのことは考えますよ。

さあ大変だ、警察呼ばなくちゃっていいました。だけど室田さんは、その前に外を確かめなくちゃって。意外と冷静なんです。なんでもお隣の人は、なにしてるのか知らないけどアル中みたいで、しょっちゅうひとりで大騒ぎしてたんですって。だからわいわいしゃべる声が聞こえても、他の人がいたとは限らない。誰か落ちたように見えたのも、なにか他の物が落ちただけかもしれないって。

あたしは見ましたからね、あれは絶対人間だったとは思いましたよ。だけどこんなところで、ぐずぐずいってたって始まらない。ってんで走って外へ出たわけ。五分と経ってなかったはずですよ。そうしたらまあ驚いたことに、倒れてた人はひとりじゃなかったわけ。ふたり折り重なるみたいにして、植え込みの中にひっくりかえってて、ひとりの方は頭から血を流してもう動かなかったわ。もうひとりは脚が変な風に曲がっててね、だけど意識はしっかりしてて、救急車呼んで下さいって。

その後のことは新聞にも載りましたでしょ。うちのマンションの三階、室田さんの隣に住んでいたのが印南雅長さん。アル中だっていうのは、だいたいその通りだったらしいんです。いい会社に勤めていたのに、それも止めてしまって。無論事情はいろいろおありだったんでしょうけどね。ええ、そのへんはあなたもご存じなんですね？　だったら繰り返すのは止めておきましょ。

　自殺かそれとも事故か、遺書はなかったけど、部屋の鍵はちゃんとかかっていて、チェーンもかかって、つまり自分でベランダから落ちたことだけは確かだったそうです。だから室田さんが聞いた騒ぎっていうのも、やっぱり酔ってひとりでわめいていただけだったんでしょう。部屋の中はひどいありさまで、テーブルの上はコップだらけで、空いた酒瓶が何十本もころがって、靴だのサンダルだのでたたきが埋まっていたそうです。

　落ちたといったって三階からなんだから、下は固いものじゃない植え込みだったし、助かっても不思議ではなかったそうですよ。でも運が悪い人は悪いのね。そこらにころがってたコンクリートの塊にぶつかって、あのときはまだ生きてたけど病院でほどなく。ご両親も疾《と》うになかったそうだけど、ねえ、お気の毒よね。アメリカ留学までした、地元では財産家の一族だったそうだもの。だからお葬式はそちらでやったらしいの。

　そうそう。もうひとり倒れていた人のことよ。これが印南さんのお友達だったんですって。礼儀正しい子だったわよ。子っていうほどの歳でもないって、あたしから見れば子供よ。あなただって。だけど退院してから、まだ松葉杖ついてるのに挨拶に来てくれたんだから、今時珍しいって感心したの。その節はお世話になりましたって。印南さんもほとんど身寄りがないんで、部屋の整理に来たついでだっていってたわ。

　そのときいろいろ話してくれた。酒浸りの友人を心配して訪ねてきたところが、ベランダを見上げたらその人が落ちそうになってる。あっと思ったらほんとに落ちてきちゃったって。なんとか抱き留めようとしたっていうけど、そりゃ無茶だわよ。その人、松浦さんっていったけど、小柄でそりゃあほっそりしてたもの。でも、いくら無理だとは思っても、友達を見捨てて逃げるわけにはいかなかったんでしょうね。

でもすっかり元気そうで、あたしがいままであんなにびっくりしたことないっていったら、ぼくもですって。人間てあんまり動転すると、変なこと口走ったりするものらしいのね。救急車が来るまでずっと松浦さんのそばにつきそっていてあげたんだけど、そのときあの人なにをいってたと思う？　ぼくのサンダル知りませんかって、そればっかり繰り返すの。

確かに松浦さん、素足で倒れていたわ。頭の上から人が降ってきて倒れたんだもの、つっかけなんかどこかへ飛んでいっちゃったでしょう。それにいまサンダルがあったって、履いていける状態でもないのにさ。探して拾っておいてあげるっていったんだけど、結局見つからなかったわ。どこかの犬でもくわえていったのかしらね。どうしてあんなにサンダルが心配だったのって聞いたら、さあ、ぼくにもよくわかりません、なんてね、笑いながら頭を掻いてましたよ。

他に覚えていること？　月？　ああ、そうそう。救急車が来るのを待っているとき、松浦さんがぽつんっとつぶやいたの。――月が、って。私も首をねじって見たら、向こうのマンションの上にぽっかり、白くてきれいな満月がかかっていました。

月は円いですか？

ええ、満月よ。

それが、去年の七月二十八日の晩のこと。どうしてあんなこと、聞いたのかしらね。ねえ、松浦さんは元気？

身勝手で強引な招待

1

二〇〇〇年三月四日、土曜日。

桜井京介を乗せたJR東海道新幹線のぞみ九号博多行きは、定刻の九時五十二分に東京駅を発車した。京介が座っているのは九号車、禁煙グリーン車の進行方向右側窓寄りの席だ。週末の朝のためか車内はすでに満席に近いが、彼の隣のシートに座る者はいない。停車駅は新横浜と名古屋。だが、彼が下車する京都までここは空いたままだろう。人嫌いの彼に対する心遣いか。だとしても、京介は感謝などする気にはなれなかった。

門野《もんの》貴邦《たかくに》からの電話を受けたのは、およそ十二時間前のことだ。何年経っても正体不明生業不詳の怪しい老人は、例によって上機嫌な声で、元気かね、いまはなにをしておるんだ、といったことを尋ねていたかと思えば、今度は藪《やぶ》から棒《ぼう》に、

『いま、暇かね』

と聞く。

当然ながら京介は忙しいですと即答したが、どうせなんと返事しようと、用件を引っ込めるつもりはないのだ。次のせりふはといえば、

『一日だけ、時間をくれんか』

これも文法的には質問形だが、意志を確認しているわけではない。明日京都まで来いという。どうしても会わせたい人間がいるから新幹線のチケットを送った、というのに合わせたようにバイク便がベルを鳴らした。のぞみのグリーン車指定券と乗車券。東京から京都の往復で、往路は四日の朝、復路は五日の朝だ。

年寄りは老い先短い分、わがままをいって若い者をこき使っても、舌先ひとつで翻弄《ほんろう》しても差し支えないのだ、とこの老人は考えているらしい。しかも会わせたいというのはどういう人間だ、自分になんの用だと聞いても答えない。それくらいは旅路の楽しみに取って置いた方がいいだろう、というとぼけたいい草で、彼に少なからぬ恩義を蒙《こうむ》っていることは否定しない京介も、その場で受話器を叩きつけてやろうかと思った。

　結局ため息とともに承諾のことばを返したのは、別段門野の押しに負けたからではない。明後日からしばらく東京を留守にすることになっていて、それなら一日早く発っても大差はないと思い直したからだ。行く先は那須。門野の声を聞かされる前に、栃木の建築家倉持務から電話があって、五日の午後に黒磯駅で待ち合わせをしている。京都を朝発てば、東京駅で東北新幹線に乗り継いで、予定通りに向こうへ着くことは出来るだろう。

　京介が初めて那須に行ったのは、九六年の秋のことだ。学部と大学院を合わせて八年間過ごした大学を離れた最初の秋、ひとりでレンタカーを運転して各地の近代建築をチェックしながら、南福島《みなみふくしま》から日《にっ》光《こう》方面に抜ける途中、那須高原に多く作られた明治時代の別邸のひとつとして、名前だけは知っていた赤城邸に立ち寄ってみた。すでに建築は足場に包まれて解体工事が始まっていたが、そこで偶然出会ったのが倉持で、気軽に内部を一回り案内してもらった後は、プレハブの事務所でお茶をいれてもらい、歳も近い気安さで、建築からミステリまで雑談が広がって、思いがけず楽しい時間を過ごした。

　彼と別れた後、京介が荒廃した一軒の邸宅に行き当たったのは、赤城邸からさほど遠くない場所だった。いままで文献にもほとんど取り上げられることがなかった、赤城邸と奇妙なほど似通ったその建築を、かつての住人が『月映荘』と名付けたことなど無論そのときは知る由《よし》もない。

だが東京へ帰った後、礼状とともに送った廃屋の写真が倉持の興味を引きつけた。彼は積極的に動いて所有者を突き止め、連絡を取り、九七年の九月には京介や県の職員も交《まじ》えて、所有者とともに内部を見られることになった。だがその期待は意外な展開でご破算《はさん》になり、そのままさらに三年の時が経ったが、京介も倉持も月映荘、つまり江草孝英別邸のことを忘れてはいなかった。

　九九年、月映荘を巡る状況は大きく転換した。印南雅長が死に、残されたただひとりの相続人である妹の茉莉は、建物と土地を県へ寄贈する意志を明らかにした。しかしそれを受けるとなれば、県も相当の予算を組まなくてはならない。赤城邸がようやく公開されたところで、その近くでまたひとつ明治の建築を保存する意味はあるのか。それだけの価値のある建築なのか、という疑義が県会議員から出されたこともあり、寄贈手続きに先立って本格的な調査が開始されることになった。

　そうした経緯は京介も倉持から聞かされていて、雪の消える四月を待って始まる調査には、彼の助手として参加させてもらうことになったのだが、その倉持からいささか気がかりな電話がかかってきたのも昨夜のことだった。

　昨年の秋の内に作業用のプレハブは建てたものの、四月までは立ち入る者もないはずの敷地内で、新しい放火の痕《あと》が見つかったという。外壁をわずかに焦がしただけで自然に消えたらしかったが、ひとつ間違えば山火事にまでなりかねず、いたずらにしても悪質だ。いたずらでないとしたら、もっとまずい。バブルの頃は悪質な業者が多数入り込んで、買収に応じない持ち主の家に放火したことまであったらしく、同様の可能性もある。

　自腹を切っても人を雇い、プレハブに泊まり込ませて見張りをしようと考えた倉持だが、顔見知りの若い大工などに声をかけても、あの家には幽霊が出ると、ひとりならず真顔で嫌がるのだという。

別邸を建てた孝英の離縁された妻が、恨みを呑んで自殺した。その幽霊が命日には家の周囲を徘徊《はいかい》する。彼女の怨念のせいで江草家は三代で子孫を失った。長らくそうした風評が、地元で伝えられているらしい。

なんとも古めかしい怪談だが、信じている人間には充分恐ろしいようだ。倉持はそうなれば後は自分でと思ったが、いまは忙しくてどうにも体が空かない。見張りといっても特別なことをしてもらう必要はなく、調査の開始までプレハブに住んでもらうだけでいいのだが、誰か暇そうな人間を知らないかと聞かれて、京介は自分が行きますと即答した。

ひとつ翻訳の仕事を抱えてはいたが、それは東京にいなければできないことでもない。プレハブには電気も通っているし、プロパンのコンロも石油ストーブもある。布団はないが倉持が寝袋を貸してくれるというので、しばらく暮らすにも不自由はなさそうだった。

鍵の受け渡しをしなければならないので、倉持の都合がつく翌々日、つまり明日の午後に黒磯の駅で待ち合わせる約束をして電話を切った。その途端、待ち構えていたように門野からの電話がかかったのだった。

くたびれた旅行カバンにノートパソコンとＡＣアダプタ、翻訳のテキストと辞書を真っ先に入れ、後は読みかけの本と筆記具、小型カメラにフィルム、申し訳程度の着替えを放り込む。最後に思いついて、使えるかどうかわからないがモデムの接続ケーブルを入れた。他に必要なものができたら買えばいい。それがいつもの旅の流儀だった。

朝の十時台といえば、用事がない限り京介はベッドで寝ている時刻だ。京都まで二時間二十分、眠っていけばいいと思ったが車内は予想外にうるさい。列車の騒音と振動に加えて、賑《にぎ》やかな話し声、かん高い子供の笑い声、そこにまたひっきりなしに通路を通っていく車内販売の声が拍車をかける。

　眠ることは断念したが、読みかけの本を開く気もしない。仕方なく東京駅で買ったポケットサイズの時刻表を開く。半分は暇つぶしで、京都から栃木県那須まで、東京を通らずに行ける道はないか調べ始めた。ミステリのアリバイ崩しのように、路線図と時刻表をめくって検討してみたものの、結論に達するのに京都までの時間はかからなかった。

　すべての交通網は基本的に、東京を中心に作られている。さらに本州の背骨に山地が続く日本の地形が、線路を引くことのできる場所を限定する。東京駅で東海道新幹線と東北新幹線を乗り継ぐより、速くて簡単なルートなどあるわけがない。手元の指定券の列車に乗って京都を発てば、午後二時には黒磯駅に最寄りの那須《なす》塩原《しおばら》駅に着ける。

　さもなくば、名古屋から中央本線に乗り換えて長野、長野新幹線で大宮《おおみや》に出て東北新幹線または東北本線で。あるいは日本海側を信越本線で北上し新潟に出て、上越新幹線で大宮に出れば——

　目で路線図をたどりながら、楽しくもない笑いが腹の底からこみ上げてくる。所要時間と距離を計算するまでもなく、こんな馬鹿馬鹿しいルートで列車に乗る人間はいない。それこそ巧緻《こうち》なアリバイ作りに血道を上げる架空の犯人か、よほど東京を通りたくない理由がある、というのでもなければ。

（東京に——）

　京介は無言で下唇を噛《か》んだ。冗談のつもりで投げた石が、自分の心という的に当たってしまった。そんな気分。時刻表を閉ざし、頭を一振りして窓に目をやる。ガラスの外に広がっているのは明るい春の空。その明るさが目に痛い。確かに自分は東京に足を踏み入れたくないのだ。本来ならまっすぐ東北本線で後にするはずだった東京に、京都まで呼びつけられたおかげでまた戻ってきてしまうのが、

（嫌だ——）

　子供のようなことを考えていると自嘲しながら、それでも嫌なものは嫌だった。

東京には戻らない。なぜならそこには自分を待っているだろう人間がいる。自分のための椅子、食卓に並ぶ皿やマグカップ、寝慣れたベッドと枕が待っている。ある日そのことにふいと気づいて、それを不思議にも思わなくなっていた自分を意識して、京介は愕然とした。

自分はなにをやっているのだ。こんなふうに人と慣れ親しんで、ぬくもりや幸せを感ずるためにここにいるわけではない。たとえ束の間そんな人並みの日々を送っていたとしても、それは仮面をかぶった演技のようなものでしかない。そのはずだった。『桜井京介』という名もまた仮面。すべては覚めてみる夢以外のものではないと、そう信じて来たはずだったのに。

確かに少し前までは、自分がここに留まる理由があった。偶然出会ってしまった一羽の雛鳥《ひなどり》を胸に抱えて守り、その巣立ちの日までを見守ること。それが『桜井京介』の唯一の存在意義だった。

だが、その役割はすでに終わった。雛は強い翼を持つ若鳥となって自由に空を飛んでいる。世話焼きの子守りはもはやいらない。『桜井京介』は必要ではない。なのにどうして自分はここにいる。なにが自分をここに引き止めている——

そうしてやっと気がついたのだ。ガラスの縁に片足で立っているような自分を引き止め、変えようとする者、己れの牙を矯《た》める者に。

——彼に。

2

水の都に降る雪を眺めたあの晩を、京介は苦く思い返す。事件の幕は下り、犯人も被害者もすべて退場し、ひとり取り残された不器用な道化の自分は、そのとき計ったように現れた彼に、胸に納めておくはずだった事件のすべてと無力な己れに対する嫌悪や後悔を、ありったけ吐き出してしまった。

そうせずにはおれなかったのだ。さもなくば自分もあの女たちのように、潟《ラグーナ》の彼方へ消えていくしかなかったかもしれない。自己嫌悪の沼に溺れて。なぜなら自分はあの事件に介入することで、結局はひとりの女を死に追いやってしまったのだから。それ以外のなにも、できなかったのだから。

　彼は京介がすがりつくことを許した。それもあのときだけではない。初めて会ったときから彼は知っていた。京介という人間がどれほどゆがんでいて、不器用で、生きることが下手かということを。そしてそれを憐れみ、赦《ゆる》してくれたのだ。幾度となく手を焼かされ、煮え湯を飲まされながら。

　だが彼はあまりにも京介に近づきすぎた。それは無論彼のせいではなく、京介自身の判断ミスだ。他人に心を赦し、自分の弱みを、傷を見せる。そんなことは決してするべきではなかった。それも他ならぬ彼、いまはひとつ屋根の下で暮らしているような相手に。

　仮面を手放すのは死活問題だということを、忘れたことはなかったはずなのに、すべてをコントロールしているつもりで、いつか京介はそれを忘れていたのだ。彼から与えられるぬくもりに安住することで。

　このままでは駄目だ。状況を変えなくてはならない。ずるずる彼の住むマンションに居着いて、日が経ってしまったが、大学近くの下宿はまだ引き払ってはいない。清潔なベッドも温かな料理もたくさんだ。取り敢えずここから離れよう。仕事が忙しいからしばらく向こうへ戻ると、何気なくいったつもりだった。しかし彼はいつになく敏感に、その口調にふくまれた意味を察知したのか。椅子から京介の顔を見上げて、こういったのだ。

『おまえ、最近俺のこと、避けてないか？』

　それはいうまでもなく図星《ずぼし》だったから、日頃のポーカーフェイスが少しも揺るがなかったかどうか自信がない。

新幹線の車中で京介は、できるだけ冷静にそのときのことを思い返す。そう。いきなり図星を指されて、確かに自分はうろたえたろう。彼の目にもはっきり映るほどに。

無論そのときの自分の顔がどんなふうに彼の目に映ろうと、そんなことを認めるわけにはいかなかった。動揺が顔に出たとしても、それはほんの数秒に過ぎなかったはずだ。京介はすばやく態勢を立て直した。肩をすくめ、

――へえ、おかしなことをいうんだな。下宿に帰るというだけで、そんなふうに勘ぐられるとはね。

顎を上げて彼を見下ろし、小馬鹿にしたように笑ってみせた。

――どうして僕が君を避ける。そんな理由がどこにあるんだ。わからないな。なにか、勘違いしてるんじゃないか？

しかし彼はそれでもまだ、引き下がろうとはしなかった。

『避けているんじゃなかったらここにいろよ。別にここでだって仕事はできるだろう？』

どうして、と京介は聞き返し、彼は、おまえはひとりだとまともに飯も食わないじゃないか、と答えた。きちんと喰って毎日八時間寝なくちゃあ、仕事だって能率が上がらないぜ。

予想通りのせりふに、京介は声を上げて笑った。自分でも耳障りな、なんともわざとらしい笑い声だった。

――それはご親切に。で、いつから君は僕の保護者になったんだ？

彼の顔がかっと赤らんだ。京介はすかさず追い打ちをかけた。

――君、有り難迷惑ってことば、知ってる？

怒鳴り返すに違いないと思った。あるいはその大きな拳で殴られるか。それでいいと思った。今度こそ絶交。ずいぶん遅い結末だが、遅すぎるということはない。

そこに倉持からの電話がかかったのだ。おかげで話は中断のまま、わめこうとした彼はタイミングを外され、京介は狙ったように東京を離れる口実を手に入れていた。

門野の用事はさておいて、那須の現場には三月中は寝泊まりできる。調査が本格的に始まればそのままというわけにはいかないかも知れないが、黒磯あたりにアパートを借りてもいい。調査は少なくとも秋までは続くだろうし、その後保存修復工事が行われるとすれば、それも数年がかりになるだろう。東京から通うのは無理なのだから、近くに住むことは少しも不自然ではない。

東京には、可能な限り戻らない。仕事を口実に、自然と会う機会を減らしていく。それでいい。彼だけでなく、ここしばらく慣れ親しんだ幾人かとも距離を置いていこう。自分がいつ姿を消しても、誰ひとり驚いたり嘆いたりしないで済むように。そろそろ準備をしてもいい頃だ。仮面を脱ぐ日のための。

そうなれば、いつまで近代建築研究ができるかもわからない。いま与えられた機会を大切にしよう。自分の足跡を残すことにはなんの興味もないが、『桜井京介』の記憶がひとつの建物とともに保存されるのは、それほど悪いことではないかもしれない。自分にとっても、自分をその名で知っている彼らにとっても。

早く那須に行きたい、と京介は思う。そしてそれ以外のことを、考えずに済むようになれば。いまここに生きている人間ではない、建築に刻まれた過去の者たちの声だけに耳を傾けられれば――

もうじきだ。たった一日の回り道。門野に対する義理を果たすだけだ。京介はふっと息をついて、体の力を抜いた。これ以上、考えてもしかたないことを考えるのは止めることだ。京都到着まであと一時間ある。目を閉じていれば少しでも眠れるかもしれない。

だがどうか、よけいな夢など見ないように――

3

京都の空は重い雪雲に覆われていた。春の気配は微塵《みじん》も感じられない陰鬱な空から、湿って冷たい風が顔に吹きつけてくる。駅前の舗道に雪はなかったが、花壇の土には白いものが斑《まだら》に残っていて、前夜に降ったのかもしれない。

八条口《はちじょうぐち》に門野の車が待っていた。相変わらずヨーロッパのクラシックなタイプが好みらしい。丸みを帯びたジャガーはシルバー・グレーだ。赤らんだ禿頭をてらつかせた老人が、毛皮の襟《えり》のついた長いコートの裾をはためかせ、ステッキの頭に両手を載せて立っている。

彼は目敏《めざと》く京介を見つけると、短い腕を頭の上で振り回しながら声を上げた。駅前の雑踏の中でも、決して聞き逃せないほどの朗々たる大声だ。

「よお、桜井君。ご足労！」

半ば毛皮に埋もれて笑み崩れた顔に、京介はむっつりと会釈する。愛想を振りまきたい気分ではなかった。白手袋の運転手がうやうやしく後部ドアを開き、帽子を取って一礼した。門野が乗れ、と手でうながした。

走り出した車は線路の下をくぐり抜け、河原町通りを北上する。道は混んで車は容易に進まないが、門野は別段あわてる様子はない。

「桜井君は、京都にはよく来るかね？」

「——いいえ、そんなには」

「神社仏閣に興味はない、か。しかしこの街には、君の専門の近代建築もいろいろあるだろう」

「ええ」

「私もこちらに来たのはずいぶん久しぶりだ。あの駅ビルはしかしあまり感心しないな。やたら大げさな吹き抜けなんぞは、ファシズム時代のドイツのようじゃないかね」

「そうですか」

一向会話に乗ってこない京介に、しかし門野は低く笑い声を洩らしてことばを継いだ。

「あの子は、蒼《あお》は、元気かね？」

京介は前髪の下で顔をしかめる。その名前さえ出せば自分がおとなしくなる、とでも思われているとしたら業腹《ごうはら》だった。

「それについては、僕より良くご存じだと思いますが？」

「ああ、確かに知っとるよ。しかしここのところ、彼も大学生活が楽しいらしくてな。一ヵ月近く顔を見ていない。夏休みにはぜひ招待を受けてくれと、いまから頼んであるんだが」

（まったく、月に一度会えば沢山じゃないか――）

京介は腹の中で吐き捨てた。門野の蒼を見る目は実の子、いや孫に対するようだ。いつ見ても甘やかすのが楽しくてたまらない、という様子で、去年も大学の入学祝いに高価なパソコンを一式プレゼントするといい出して、当人に礼儀正しく辞退された。蒼があれほどしっかりした性格でなければ、いい加減にしてくれ、と脇から口を挟まなくてはならなかったろう。

「あの子は、断ったそうだな」

「ええ――」

なにを、とは聞かなかった。

「彼が、自分でそう決めました」

浅からぬ縁のあるW大教授神代宗《かみしろそう》からの、養子に来ないかという申し出を、蒼は自分で長いこと考えて、悩みながら断った。たとえその姓にどんな過去がつきまとおうと、それを捨てたくはない、と。

「――あの子は、強いな」

前を向いたまま門野がつぶやく。

「よくもあんなに強い、伸びやかな、そしてやさしい子に育ったものだ」

「ええ、本当に」

京介は前を向いたまま、このときは素直に彼のことばに同意した。

「それは君の手柄だ、桜井君」

「いいえ」

「手柄だよ」

「違います。あれは彼が生来持っている強さです。僕はなにもしていません。ほんの一時、彼が眠る場所を与えたというだけで」

「それが手柄じゃないか。過度の干渉も支配もせず、保護だけを与えるなんていうのは、誰にでもできることじゃない」

「そうでしょうか――」

「そうだとも」

だとしても、それはもう終わったことだ。そうつぶやいた京介の、内心の声を聞き取ったように、門野の声がした。

「しかし君はそろそろ、自分のことを考えるべきだよ」

「――それは、門野さんのお考え違いです」

「そうかな」

「ええ、僕は昔から、いまも、自分のことしか考えていません」

門野は無言のまま、――それはどうかな？　といいたげに大きな頭を傾げて見せる。

「あなたは、僕を誤解している」

京介は荒々しくいい捨てると、垂れかかる前髪を片手で乱暴に掻き除けた。

「もしも僕の手が誰かを抱きしめたとしても、それはその誰かのためじゃない。ただ自分がなにかにすがりたかったから、それだけです。いちいち誤解を正すのは面倒だから、なにもいいませんが。これはそういうエゴイストの顔ですよ」

門野は唇をゆがめ、薄く笑った。

「確かに君はエゴイスティックでサディスティックだな。誰よりも、自分自身に対して」

「それは、認めます」

「自己保存は生き物の本能だ。なのに君はそれを、ないもののように振る舞う」

「少なくとも、自殺願望はありませんが？」

　京介は顔をしかめたが、門野はそれには答えず、大きな禿頭を左右に振って、

「ま、自分をどう扱うかは君が決めることだ。だが君が自分を粗末にすることで、悲しむ人間がいるということは忘れちゃいかん。私が君に自分のことを考えろというのは、そういう点もふくめてだよ。そして君をかけがえなく思っているのは、あの子だけじゃない」

　腹の底が熱くなる。そんなことは百も承知だ。門野にいわれるまでもない。その熱さが京介の口を、内側から突き動かした。それこそいわずもがなのことだとは、わかっているが。

「ですがあなたは僕の生まれた家のこと、両親のことをよくご存じです」

「ああ、知っているとも」

　うなずいた門野の眉間に、深い縦皺が刻まれている。

「あんな親から生まれた子が、まともな人間になると思いますか」

「だが人間の現在を決めるのは遺伝子だけではない。違うかね？」

　自分のことでないなら、京介もそれに賛成しただろう。しかし――

「子は親を選べない。忘れろ、気にするな、といっても無理かもしれないが」

「無理です」

　京介は即答した。

「僕を思ってくれる人がいるならなおのこと、僕は彼らのためにも、自分を甘やかすわけにはいかないんです」

「たとえ君の父親が、この先君に一切干渉してこないとしてもかね？」

「そんなことがあり得るとは思えませんが、たとえそうだとしてもです。僕は、あの家から逃れるときにした決心を放棄してはいません」

「そうか――」

　老人はふうっと吐息する。

「しかしまだ君は『桜井京介』だ。君にその名を与えた人は、君がそれによって新しく生き直すことを望んだのだ。長くは生きられなかった息子の代わりに。君はそのとき生まれ変わったのだと私は思う。君の父親はあの男ではない。君のふるさとはあの家ではない。そうでなくてはならないのだ、桜井君。だからこそ私は君を助けたいと思ったのだよ。子供だった君の、つまらない決心なぞのためではない」

　開きかけた口を、京介はなにもいわぬまま引き結ぶ。そこから出そうとしたことばを、自分の中でだけつぶやく。

（決して、つまらなくはない。少なくとも、自分にとっては――）

「もしも君がそう思ってくれるなら、そして以前のことは忘れる気になってくれるなら、門野貴邦の名前にかけて君は安全だ」

　京介は目を見張った。そんなことばを聞くことになるとは思ってもいなかったのだ。

「だからすべてをあきらめろ、と？」

「そうして君は自由になる。桜井京介以外の何者でもなくなる。それがなぜいけない」

「あなたはまるで僕から、あの男を庇っているように聞こえますよ」

「私にそんなつもりがないのは、わかっていると思うが？」

　どうだろう。京介はいつになっても、この老人の本音が見えているとはいえない。

「あの子が悲しむようなところは見たくないのさ。正直にいえばな」

「…………」

「君がひとこといってくれれば、君にも君の周囲にいる誰にも、指一本触れさせやせん。それだけは覚えておいてくれ」

いつの間にか車が停まっていた。鴨川《かもがわ》を三条大橋《さんじょうおおはし》で東へ渡り、南禅寺《なんぜんじ》の方へと走っていたことだけはわかっていたが、話している間にそれなりの時間は経ったろう。いまいるのがどのあたりか京介にはわからない。窓から外を見るとそこは、左右を砥粉《とのこ》色の土塀で挟まれた行き止まりの道で、突き当たりの石段を数段上がったところに、檜皮葺《ひわだぶ》きの屋根をいただいた格子戸の門が閉ざされている。

けばけばしい色合いの看板もなく、どこからか流れてくる騒音じみた音楽もない。歩く人影も絶えてなく静まり返った風景は、現代の町中とは到底思われなかった。駅に着いたときはまだ辛うじて明るさの残っていた空が、いよいよ雪雲が低く垂れ下がって暗さを増している。あたりは雲の端から辛うじて落ちてくる銀色の光で、水墨画めいたモノクロームに染め上げられていた。

「君に会わせたいというか、君に会いたがっている人はここにいる」

運転手がドアを開け、ふたりは車から降りたが、門野はそういいながら足を踏み出そうとはしない。それどころかあっけに取られたことに、地についた杖を支点にして体を巡らし、京介を残してふたたび車のシートに腰を落としている。

「時間を見計らって迎えに来よう。京懐石《きょうかいせき》なぞ若い者には老人食にしか思えんだろうが、まあたまにはつきあってくれてもよかろうさ。心配しなくとも、今夜の宿の手配はしてあるからな」

「ちょっと、待って下さい」

京介は閉まりかけたドアを押さえた。

「僕は用が済んだらすぐ帰ります。夕飯も宿も要りません」

「送ったキップは往復だったはずだが」

「僕が頼んだわけじゃありません」

「もちろん頼んだのは私さ。だが明日の朝新幹線で出れば、午後には那須に着くだろう。約束には間に合うと思うが？」

門野の金壺眼《かなつぼまなこ》が、きろりとひかって京介を見上げた。口元が笑いの形に上がって、その端がぴくぴく動いている。どうだ、驚いたろう、とでもいいたげな表情だ。

「心配させぬ内に断っておくが、君の部屋の電話に盗聴器をしかけてあったわけではないよ」

あれは自分の部屋ではない、とは思ったが、そう応じれば話が逸らされてしまう。京介の予定を把握していることを自分から明かしておきながら、情報の出所は隠しておきたいらしい。

だが考えてみればやたらと顔の広い門野が、那須の地になんらかの利害関係を持っていたとしても不思議はないだろう。例えば月映荘周辺の土地をまとめて買収開発し、別荘地にしようとしている業者がいたとする。長らく放置されて、安く買い取れるだろうと考えていた印南家の土地が、県に寄付されてしまうのは有り難くない。せっかくこれまで買収した土地が、障害物のおかげで分断されてしまう。なんとかそれを阻止したいと考える。放火未遂の痕跡も、彼らの仕業だったかもしれない。明治の建築が残っているからこそ寄贈の意味もある。それさえ消滅してしまえば、県がその土地を受領する気遣いもなくなる。門野がそれに一枚嚙んでいて、調査関係者のリストに京介の名前を見つけて飛びついた、そういうふうに考えれば一応の理屈は通る。京都に呼びつけたのもそのためだと。だがそれならなぜ、いま手の内を明かす？——

「僕の那須での仕事が、あなたにとってなにか差し支えでもありますか」

「——さて、な」

門野は笑いをこらえているような顔で肩をすくめた。

「では、なぜ？」

「昔からいっとるだろう。わしは君のファンなのさ。アイドルのことはなんでも知りたいものだよ、ファンというのはな」

門野のおとぼけには年季が入っている。だがまあいい。京介の想像が当たっていたとして、寄贈の話を潰すには月映荘が保存に価しないという調査結果が出るのが望ましいのだろうが、京介ひとりで結論をねじ曲げられるわけもなし、たとえ出来たとしてもやるはずもない。まさかさっきはそのつもりで恩を売ろうとしたわけではあるまいが、そんなことを考えていたならあとあと後悔するだけだ、と京介は老人の禿頭を睨み付けたが、

「お、待ちかねてお出迎えが来たな。じゃあ、ひとつよろしく。また後で会おう」

さっさと話を切り上げて、ドアを閉じる。仕方なく京介は車から離れ、エンジン音を背に聞きながら向き直った。門野のことばに違わず、格子戸の前にたたずむ人の姿がある。和服に用いる反物《たんもの》のことなどなにも知らないが、あの色は利休鼠《りきゅうねずみ》というのだろうか、緑がかったグレーの着物をきりっと着付けた女性だ。

近づく京介に深々と一礼して顔が上がった。結い上げた髪のこめかみには白い筋が走ってそれなりの年齢なのだろうが、一重瞼《ひとえまぶた》の眼を伏せた面長な顔は古風な能面めいていて、ほとんど皺もなく、歳を感じさせない。

「桜井京介様、でいらっしゃいますね」

「はい」

「お待ちしておりました。どうぞこちらへ」

門を潜る前、京介はすばやく視線を走らせて柱にかかる小さな表札を見た。やや褪《あ》せた墨の文字は、『輪王寺《りんのうじ》』とあった。

門から玄関へ通ずる飛び石の周囲では、緑あざやかな苔《こけ》の上を、溶け残りの白い雪がまだらに覆っている。玄関は広いだけで飾り気のない質素さだが、磨き込まれて黒くひかる式台を備えていて、和風建築については一通りの常識程度しか知らないが、かなり時代のついた、そして格式のある住居らしいということだけは感じられた。

雁行《がんこう》する廊下を導かれ、床の間のある広い座敷に通された。廊下との仕切は襖《ふすま》、奥には障子が立てきられて、薄暗い部屋にかすかな香《こう》の残り香《が》が感じられる。しんと冷え切った空気。しかし暖房らしいものはない。天気が悪いとはいえ三月でこれなら真冬だったらさぞ冷え込むだろうと、そういうことにはおよそ無頓着《むとんちゃく》な京介さえ思う。

座卓すらない部屋の中央に二枚座布団が敷かれていて、こちらでお待ちを、といわれた。襖が閉じて足音が遠ざかると、後は物音ひとつしない。京都の市内というより、深山幽谷《しんざんゆうこく》の中にでも連れて来られたようだ。

幸いそれほど待つこともなく、廊下を足音が近づいて来る。しかしさっきの女性のそれよりも、小さく静かな足音だ。たぶん現れるのは門野の同類、因《いん》業《ごう》な顔つきの年寄りか脂ぎった壮年かと予測していた京介は、なんだ、と肩の力を抜いた。使用人が茶でも運んでくるのだろう。

音もなく襖がすべって入ってきたのは、案《あん》の定《じょう》盆を高く顔の前に掲げた和服の女性だ。それもずいぶんと若く小柄な。白足袋に包まれた足をしずしずと動かして近づいてくる姿の、顔は盆に隠れて見えないが、額に垂らした艶やかな黒髪が見える。

頭の後ろには紅色の大きなリボンを止め、なお余る豊かな真っ直ぐの黒髪を背に垂らした髪型は、矢《や》絣《がすり》の着物に海老《えび》茶袴《ちゃばかま》の明治の女学生のようだ。しかし着ているのは豪華な振り袖、白地に紅梅を散らした柄で、帯は黒地に金の御所車《ごしょぐるま》。珊瑚《さんご》色の帯締めに緋鹿子《ひがのこ》の帯揚げ。それが大輪の花の落ちるように、音もなく畳へ膝をつき、

「ようこそ、いらっしゃいました」

一礼すると京介の前の畳に、薄茶の茶碗と梅をかたどった練切《ねりきり》を置く。盆の上にはもうひとつずつ、茶碗と菓子の皿があって、それを向かい合う無人の座布団の前に並べると、振り袖の女性は自然な身のこなしでその上に腰を落としていた。

「あなたは？――」

　京介は、あっけに取られた思いでまばたきしてしまう。顔を上げ、にっこりと笑いかけたのは、女性というよりは少女と呼ぶ方がふさわしいだろう年齢の顔だ。細く長い眉の下の目は切れ長で、重たげなほど濃いまつげを戴いている。子供のあどけなさと女性の艶めかしさがひとつの表情の中に混じり合うことなく同居した、そんな顔だった。

「輪王寺綾乃《あやの》と申します」

　練り絹の帯がなびくようにやわらかに、京風のアクセントが京介の鼓膜を震わせた。

「本日はお呼び立てして申し訳ありません。来て下さらないかと思いました。でも、お目にかかれて嬉しゅう存じます」

「あなたが僕を、呼ばれた？――」

「はい。門野のお爺様にわがままを申しました。本当はこちらから出向くべきとは存じておりますが、少し体が優れないものですから」

　両手を畳について、深々と頭を下げた。ゆっくりと上げた。顔立ちは少女。身長は百五十もないだろう。しかしそのおっとりとした、同時に隙のない物言いは、とても十二、三の少女のものとは思われない。ことばの通り健康を害しているのか、伏せたまぶたには青く血管が浮かび、黒髪に囲まれた顔は透き通るように白かった。

　京介は内心困惑していた。もともと『女の子』という存在自体苦手だ。頭頂から突き抜けるような、かん高い声を聞いただけでうんざりしてしまう。だが活力の塊のような彼女らなら、置いてきぼりにして逃げ出そうが、頭から皮肉を浴びせて黙らせようが少しも気は咎めない。しかしこんな華奢《きゃしゃ》な、手荒に扱えばたちまち壊れてしまうガラスの細工物のような相手には、どんな顔をすればいいのか、

（困る――）

「失礼ですが」

「はい」

綾乃は目を伏せたままだ。

「僕にどんなご用が？」

「それはいまから申し上げます。あの、粗茶でございますが、お召し上がり下さいませ」

京介はこっそりため息をついて覚悟を決めた。いつまで茫然としていても仕方がない。この作り物めいた少女が自分にどんな用があるのか、想像もつかないが、いいたいことがあるならそれを聞いて、後はさっさと退出するだけだ。

「いただきます」

甘いものは苦手なので菓子は遠慮して、茶碗を取り上げる。漆《うるし》を塗ったように黒い、てらりとした艶のある瀬戸焼きの茶碗だ。両手で持つとその丸みがあつらえたように手に馴《な》染《じ》む。名のある器かも知れないが京介には分からない。ただ器の肌の温もりが冷えた手に快い。ゆっくりと三口で飲み干す。ほろ苦くかすかに甘い抹茶の味が舌に広がり、香りが鼻に抜けていった。

茶碗を持った手を膝に下ろすと、こちらを見ている綾乃と目が合った。長く濃いまつげの下から現れたのは、闇を透かした水晶のような、黒々とした目だ。澄み切っているが、底が知れない。

「とてもきれいに召し上がられますのね。お茶をなさったことがおありですの？」

小さく首を傾げながら、またにこりと笑う。初めに見せた笑顔と較べ、ずっと愛らしい、年相応に幼げな表情だ。だが、こんなわけのわからない状況で世間話をする気のしない京介は、

「さあ——」

口を濁して、

「それよりも、僕をお呼びになったご用件をうかがえますか」

わかりました、と少女はうなずいた。

「でもその前にひとつだけお聞かせ下さい。桜井様は霊が存在する、そしてそれを見ることができる、ということをお信じになりますか？」

「霊とは、人の霊魂、いわゆる幽霊といったものの実在を信ずるか、という意味ですか？」

「はい、その通りです」

少女の瞳は真正面から京介を見つめて、小揺るぎもしなかった。

雪音《ゆきね》を聞く少女

1

（そんなことを尋ねるために、わざわざ人を呼びつけたのか――）

京介にしてみれば、そう思わずはいられなかったが、輪王寺綾乃の表情はあくまでも真剣だ。理由はともかくとして、相手が真摯《しんし》であるならば自分もまた、それに真摯に答えるよりあるまい。

「お答えいただけますでしょうか、桜井様」

こちらを見つめて繰り返す少女に、

「僕は、ということなら信じません」

「霊の存在自体を、お信じにならない？」

京介は無表情に繰り返す。

「信じません」

「それは、なぜでしょう」

「霊魂の存在は、科学的に証明されていないからです」

「科学的な証明、とはどういうものを指していらっしゃるのですか？」

「『霊の存在』という問題に関していうなら、その証《あかし》と見られるような現象を観測し、客観的データを取る。そのデータに科学的な分析と批判を加えて、当該現象が霊の存在無しには説明できない、という結論が得られたときは、『霊の存在』が科学的に証明されたといえます」

「けれど桜井様がおっしゃる現在の科学とは、もともと心霊の存在を否定したところに成立しているものではありませんか？　ならば、科学が霊の存在を肯定することなど、絶対にあり得ないのではないでしょうか」

依然おっとりとやわらかな口調ながら、綾乃の反論は的確だ。

「いや、僕は科学的精神とはなによりも、過去にも現在にも囚《とら》われない、先入観を排した公正さだと思います。現在その証明がなされていないからといって、将来にわたってその証明可能性を否定するのは科学的とはいえません。客観的かつ充分な証明が行われれば、科学はそれを受け入れ、その下に新しい体系を産み出すことでしょう。僕が科学を支持するのは、なによりもその精神のゆえです」

「でも桜井様。未来を待たなくとも、この世界には科学で証明されていないこと、科学の出している結論とは相違するような現象が観測されているケースも数多いのではないでしょうか。科学に携わる方たちが、それほど公正で先入観に囚われぬ精神をお持ちでしたら、すでに唯物主義的な科学体系を覆すに充分なほどのデータは集まっているとはお思いになりませんか？」

「思いません」

京介の答えはどこまでも明快だ。

「僕が心霊主義ではなく、科学に基づく唯物主義の立場を選ぶのは、先程いった精神の公正さだけではなく、霊の存在を抜きにした自然科学の方が、はるかに良く世界の現象を説明し得るからです。いまあなたがいわれた、そこからはみ出したところの現象、世にいう超常現象の類の九九％は、心霊や宇宙人や古代超科学といった存在を認めなくとも、現在の科学で説明され得ます」

「では、残りの一％は？」

「証明されない場合は、データ自体に誤りのある可能性があります」

「では、桜井様は一点の迷いもない無神論者の唯物主義者だとおっしゃる？」

「その通りです」

ほんのわずかのためらいも見せぬ京介の答えに、綾乃の顔が強《こわ》ばった。

「でしたら桜井様には、霊の存在を信ずる人間などというものは、耐え難い愚劣な存在ということになるのでしょうね」

「いいえ」

意外なことを聞いたように、綾乃は顔を強ばらせたまま、大きく目を見張る。

「違うのですか？」

「いまいったことは僕にとっての真実です。しかしそれが万人にとっての真実であるとは限りません。霊が存在する、またそれを見ることができると主張する人にとっては、それが真実なのだと思います。僕は自分の真実のみが、唯一絶対だと主張する気はありません」

「わかりませんわ、そんな。桜井様は詭弁《きべん》を使っていらっしゃる」

綾乃は苛立たしげに頭を振る。眉をきつく寄せ、目元を薄く赤らめて、小さな子供がすねているような表情だ。

「真実というのはたったひとつ、唯一絶対だからこそ真実なのです。霊は存在するかしないか、どちらが正しいか、答えはふたつのうちひとつではありませんの？」

だが京介は、そんな綾乃に視線を向けたまま、静かに続ける。

「いいえ。僕は、真実というのは人の数だけあるものだと思っています。もちろん、多くの人間に共通する真実として、社会に認められていることはあります。ですがそれは別の社会に行けば、真実ではなくなるかもしれないのです。

人を殺すことは悪であるというのは、いまやかなり広範《こうはん》に支持される真実ですが、かつてはたとえば異教徒を殺すことは善でした。現代でも戦場で敵と出会う場合と、死刑囚に対してはこの真実が撤回されます。そのことをいかにいい繕ってみたところで、真実はほとんどの場合普遍ではない、という現実を変えることはできません。

時代により、人によって真実は変わる。無条件になにが真実であり、なにが間違っているとはいえない。もちろん、それは真実ではなく時と場合で変わる通念に過ぎない、ともいえます。だがそれならば霊魂の存在の有無も、僕には同じ程度の問題だと感じられます。そうは思われませんか？」

「同じ程度の、問題？——」

綾乃は目を伏せ、唇を噛んでいる。

「よく、わかりません。そんなふうに考えたことはありませんもの……」

「真実でも通念でもかまいませんが、ひとつの観念が万人に共有されるべき存在であると考えるとき、それはしばしば残虐な粛清《しゅくせい》を呼びました。歴史の教訓は地球規模で見れば、少しも教訓とはなっていないようですが、少なくとも自分が同じ愚行を犯さぬよう努めることはできます。僕はどんな観念からも自由でありたいのです。決してあなたの問いを、はぐらかしているわけではないのですが」

京介のことばを咀嚼《そしゃく》するように、綾乃はゆっくりと長いまつげをしばたいた。そして目を上げた。

「よろしければもう少し、具体的にいって下さいませんか？ つまり桜井様は、私が霊を見ることが出来ますと主張いたしましたら、なんとお答えになるのでしょう」

具体的な、といわれて京介はちょっと考える。

「ではこう考えてみて下さい。僕とあなたがひとつの家の中で、いまのように向かい合って座っている。その家には過去にある女性が自殺したという事実があり、僕たちはふたりともそれを知っています。ここまではいいですか？」

綾乃はかすかに眉を寄せて、無言のまま顔をうなずかせる。

「そこで誰もいないはずの部屋から物音がします。パシーンという乾いた、しかし鋭い音です。僕たちは急いでその部屋に入ってみましたが、そんな音を立てそうなものはなにもありませんでした。

霊が存在し、ときには視覚的に人間の感覚に訴えることができると考えるあなたは、聴覚的な現象と出会うのが初めてであっても、たぶんその音を立てたのは霊のしわざだと考えるでしょう。そして当然ながらそれは過去にその家で自殺した女性の霊である、と判断する。いかがですか？」

綾乃はゆっくりとうなずいた。

「そうかも、しれません」

「しかし僕はそうはいわない。音のした部屋を調べて、そこの内装材が最近交換された新しいものだ、ということに気づきます。するとさきほどの怪音は、その木材が乾燥して割れるときに立てる干割《ひわ》れの音ではないか、と考えるわけです。過去の死者と今回の現象はなんら因果関係を持たない、そう仮説を立てる。

そして怪音現象がふたたび起こるのを待って録音し、干割れの音と比較分析することにより、実験的に仮説を確認します。両者が同種の音であるとの結論が出れば、僕の仮説は証明されたと考えて良いと思います」

綾乃は小首を傾げ、

「でも、そんなに都合良く原因らしいものが見つからなかったら、どうなさいますの？」

「もっと良く探します」

「それでも見つからなかったら」

「科学の方法が及ばない場合はあります」

「けれど、唯物論者の視点で原因が見つからなかったら、それはむしろ霊の存在を証明したことになりません？」

「いや、そうとはいえません。なぜなら先程申し上げたように、現在の自然科学の体系は世界のほとんどの現象を説明するに足りているからです。これは決して唯物主義者の頑迷な先入観ではなく、客観的な事実です。もしも霊の存在を証明しようとするなら、科学の背後にある体系そのものを覆《くつがえ》すに足るだけのデータを提出しなければなりません」

「――それでは、ずいぶん桜井様の方に有利なように思えますけれど」

綾乃はふたたびムッとしたように、頰を赤くして京介を睨む。

「機械を通さなくては科学ではない、とおっしゃいますの？　多くの人が見た、聞いたというだけでは証明にはならない、と？」

「なりません。人の五官は客観性に欠けます。そして容易に過ちを犯す。霊の存在を信ずる、信じたいと思う人であれば、なにもない場所に故人の幻を見ることでしょう。『幽霊の正体見たり枯《か》れ尾花《おばな》』とはつまりその意味です」

「人間を信じないのが科学の前提。そういうことですの？」

「確かにそうともいえます。盲信して過《あやま》つよりは、疑うことから始めるのが科学の精神ですから」

「桜井様は自分が目撃者になる可能性を、少しも考えておられないのですね」

「同じことです」

京介は素っ気なく答えた。そろそろこの奇妙な状況での会話にも飽きてきていた。

「え？」

「もしも僕が幽霊らしきものを見たとしても、それはデータとはいえません」

綾乃は大きく目を見開いた。

「ご自分も信じない、と？」

「そうです。他人だけでなく、まず己れを疑うところから始めるのです。超常現象なるものを、僕自身経験できるものならしてみたい。しかし僕は信奉者のように己れの五官を盲信し、それを鵜呑《うの》みにすることはしないでしょう」

「そして機械だけを信ずる？　でも、その機械にしても人の手が作ったものですわ」

「それもおっしゃる通りです。機械を信ずるわけではない。次善の手段として用いるだけです」

「…………」

「科学の証明は厳密です。飛躍した仮説は許されても、裏付けなしにはそれはあくまでも仮説でしかありません。主観を排除し、誰によっても再現可能な実験結果が得られなくては真実とは認められない。先程の例でいえば、現場で採取された音と、仮説に沿って再現された音は、誰が試しても同じ波形を示すことでしょう。その結果を見てすべての人間が、少なくともここに心霊現象はなかったことを納得する。それが科学的証明の理想です。

　しかし強固に霊の存在を信ずる人は、決してそうした実験では納得しないもののようです。彼らはおそらくこういうことでしょう。霊は干割れの音と、そっくりの音を立てることができる。または、そのとき干割れの音を立てさせたのは霊である、と。どんな科学的証明も、この種の頑《かたく》なさを打ち破ることはできません」

　京介は一呼吸置いて付け加えた。

「安心、なさいましたか？」

いってしまってから、無用の皮肉だったと思う。

「からかっていらっしゃる……」

　綾乃は顔を強ばらせ、唇を震わせていた。

「こんなつまらないことで呼びつけられたのかと、腹を立てていらっしゃるんですね。私は迷信に囚われた愚かな人間で、自分の信じ込んだ迷信にしがみつくために屁理屈をこねているのだろう。どんな科学的な証明も、受け取ることが出来ないほどの愚か者だ。そうおっしゃるんですのね――」

　両手のこぶしを膝に握りしめ、切れ長の目を尖らせて睨み返す。目尻に涙が揺れていた。

「確かにあなたにとっては、下らない小娘の寝言としか思えないかもしれません。でも、だからといってそんなふうに、愚弄《ぐろう》されるほど無礼をしたとは思いません。

　あなたがどんなに否定なさっても、私には見えます。ええ、見えますとも。それがおかしいといわれるのですか。私は――」

「輪王寺さん」

　初めて名を呼ばれて、少女はびくっと怯《おび》えたように体を退《ひ》いた。

「そんなに怒らないで、もう少し話を聞いていただけませんか。僕がいいたいのは、唯物論者の武器である科学的実験も、それくらい隙だらけの多様な解釈を許すものでしかないということです。

　そして、僕は聞こえた物音を過去と結びつけて霊の顕現とするか、あるいはなんの関係もない干割れの音と見るか、それはどちらも現実を解釈するふたつの方法に過ぎないと思います。問題はどちらがより有効で有用か、ということだけです。

　世界の出来事を不可視の存在と結びつけ、解釈し、行動の指針ともするというのは、非常に古くからある方法です。宗教とは基本的にそうしたシステムですから。それに対して実験による再現と検証を軸にする科学は、新しい思想であり方法です。宗教のシステムを超克《ちょうこく》するための。

　確かに宗教と科学は相反し、攻撃し合った過去がありますが、科学が社会に貢献し社会を律するようになった現代でも宗教は消滅していません。それこそ人間にとって、宗教が無視できない意味と価値を持つことの証でしょう。

　どちらかが排除的に正しく、もう一方は間違っているとは考えない。どちらが有用かということも容易くは決められない。価値観の上下もない。それはケース・バイ・ケースだ。そう考えることで、唯物主義でも心霊主義でも、観念に拘束されて寛容性を失う愚は避けられるでしょう。

　ただ僕は科学に与《くみ》する、それを思考の方法として選択する、いかに不充分で隙だらけの方法であっても、実験による再現が証明するものを信ずるという、それだけのことです」

　途中からは目を伏せて京介のことばを聞いていた綾乃は、やがてふうっと深く息をついた。うつむいたまま小さな声でつぶやいた。

「――わかっていましたわ、私。桜井様はきっと、そんなふうにお答えになるのだろうって。もしも、もっと頑迷に、頭から否定して下さったなら、反論のしようもありましたのに。

でも、いい訳がましゅうございますけれど、これだけはご理解下さい。私は子供の頃から、そうしたものが見えました。誰に教えられたのでもなく、自ら望んだ覚えもございませんのに。なんとおっしゃられようと、それはもう私の一部なのです。けれどそんな私を、詐欺師呼ばわりする方たちは数えきれぬほどでした。私はいつもそのような方たちと、闘わなくてはなりませんでしたの」

「それは、わかるような気がします」

京介のことばに小さく頭を振って、

「私を嘲笑《あざわら》った頑迷な否定論者など恐れるには足りません。そうした方たちは別のなにかを盲信しているだけなのですから、それを覆せば容易く肯定論者に変えることもできます。けれど――」

綾乃はふたたび顔を上げて、正面からこちらを見つめている。

「けれどあなたはそうではありません。桜井様のような方こそ、風のように自由でいながら、巌のようにもっとも動かし難い。それだけはやっとわかりました。決して軽々しくうなずいては下さらない。でも、そういう方にこそ信じていただけたらと思う、と申し上げましたら、なんと思われます？」

「さあ。僕などにかかずらわれるよりは、あなたを信ずる方たちに語られる方がいいのではないか、と思いますが」

ふっと唇に笑みを浮かべた綾乃は、またすぐそれを消し去って、

「桜井様をお呼びしたわけは、これからお話しいたします。でもその前にもうひとつだけ、お聞かせ下さい。桜井様のその確信は、どこから出て来られるんですの？　唯物主義を選ばれる理由は、いままでうかがったそれだけですの？」

　なんと答えるべきか、京介は数秒迷う。適当に、それらしい答えを返すことは難しくはない。だがそれはなぜかためらわれた。いいだろう。たとえそれが門野あたりにもれたところで、どうということはない。

「もしも人が死んで後も消えないものがあるなら、それが生者のもとに現れることが可能なら、やって来ないはずはない人と、僕は一度も出会えないからです。――これで答えになりますか？」

　綾乃はゆっくりとうなずいた。膝をきちんとそろえ直し、その上に両手を重ねて置いて、

「わかりました。お答えいただきましたこと、感謝いたします」

　前髪の先が畳につくほど深々と頭を垂れた少女は、その顔を起こすと、

「私、桜井様にお願いがあって、ここに来ていただきました。いまのお話をうかがっていれば、これから私が申し上げることにどういうお答えが返ってくるか、わかっているようにも思いますが、でもやはり申し上げることにします。

　那須の月映荘と呼ばれる建物に関わられるのは、止めていただけないでしょうか。あなたのおためを思ってのことです。他の理由はございません。いま桜井様が那須にいらっしゃれば危のうございます。きっとこれまでになく危険な目に遭われます。そして、お命にかかわります」

2

　そのことばを聞いたとき、京介の胸に兆《きざ》したのは自分でも意外なことに、一種の失望だった。やはり門野は那須に関わりがあって、それで自分を呼び出したのか。この少女は結局のところ、門野の傀儡《かいらい》に過ぎないのか。そして先程口走ったように、彼女は霊を見ると信じていて、いまからなにかその種の因縁話をしようというのか――

だが、予想が当たっていたことに、失望するのは理屈が合わない。相手の手の内が見えたことには、むしろ安堵すべきだ。自分の心を怪しむ京介に、

「それは違います、桜井様」

目を上げると少女が、こちらを見つめてそっと頭を振っていた。

「お信じになっていただきたいのですが、門野のお爺様が私にこんなことをいわせるわけではありません。これは私の勝手です。でも、どうしても聞いていただきたくて」

考えていたことを、初対面の少女にあっさり見抜かれた。まさか、そんなにも自分の仮面は壊れているだろうか。しかし京介の声には、内心の驚きは少しも顕れてはいない。

「そうおっしゃる理由を、うかがいましょう」

「私の話を聞けば、なおさらお信じにならないとは思いますけれど、枕元に立ちましたの。首に縄を垂らした、女の方が」

京介は無言で話の続きを待つ。あまりにも予想した通りで苦笑したくなってはいたが、それも表情には出なかったはずだ。

「夢か現《うつつ》かは明確ではありません。けれどその一晩だけではなく、幾晩もその方は私の枕辺に現れました。悲しそうな顔でじっと私を見つめていました。そうする内に少しずつ、その方の身の上がわかってまいりました。明治の頃、子供ができないからと離縁されて、その上夫の新しい妻が生む子が、次々と死んでしまうのを、彼女が呪っているのだと疑われたそうです。

彼女は恥辱に耐えられず、元の夫が那須に建てた洋館の、畳のある部屋で首をくくりました。その部屋に寝かされていた、赤子の寝顔を見ながら。いっそ憎い夫の子を道連れにしようかと思いかけたけれど、でも無邪気な寝顔に手を出すこともできず、息の止まるまでただ見つめていた。そういっておられました——」

宙に視線を据えて、淡々と物語っていた綾乃は、ふっと吐息して視線を京介に戻すと、

「月映荘で過去にこういうことが起きていた、という記録はありませんか？」

なるほど、と京介は思った。夢であれ現実であれ死者から聞いたことが正しかったら、それは単なる夢ではない、真実死者のことばだということになると綾乃はいいたいのだろう。先程彼女は自分の能力を京介に信じさせたいといった。それを信ずることで、京介が江草別邸の調査から手を引くことを期待している。それだけは確かだ。

しかし京介が知っていることなら、彼女がそれを知る方法が超常体験の他にないとはいえない。たとえ京介の知らないことを綾乃が口にし、それが後で事実だと確認されたとしても、やはりそれだけで霊の存在を信じる根拠というには足らないだろう。ましてやそのために京介が調査から手を引く、などということは。

ふと思いついて尋ねてみる。

「その女性は名乗りましたか？」

「ええ。江草美代《みよ》、と」

綾乃は小さな手を上げて、宙にその文字を書いてみせる。美・代。

（違う――）

孝英の最初の妻の名はハツだ。京介は胸の中でそう思い、綾乃のことばが外れたことに軽い安堵を覚えた。いかに公平にとは思っても、やはり自分は唯物主義を手放したくないらしい。だがそれをここで敢えて、告白しなくともかまうまい。そして彼女が霊から聞いたということばが、外れたのも黙っておこう。

「後に月映荘と名づけられた洋館を建てた、江草孝英という男が、最初の妻と別れて再婚したのは事実です。そして事実かどうかは不明ですが、その妻は自殺したといういい伝えもあるようです」

「自殺ですわ、間違いなく」

綾乃は断言する。確信に満ちた表情は、この少女の信奉者の目には真実の証と映るかも知れない。懐疑的に見ればそれは、彼女が自分のことばを信じているというに過ぎないのだが。

「お調べになってみて下さい。私が嘘をいっているように思われるのは心外でございますもの」

「はあ――」

「どうぞもうひとつお教え下さいませ。その女性が、家を奪われたというようなことを繰り返していたのですが、それはどういうことかおわかりになりますか？」

そこまで知っているのか、と京介は思ったが、それも顔には出さず、自分が知っている範囲のことを話して聞かせることにした。別に隠さなければならないような話でもない。

「江草家というのは長州《ちょうしゅう》藩の蘭学者を家長に持つ地元の名家でした。しかし家の跡目を継ぐ男子がいなかった。離婚された女性はもともと江草家の家つき娘で、孝英が養子に入って彼女と結婚し、家督を継いだのだそうです。

しかし孝英が離婚を願ったとき、彼は那須の農場の他に、東京でいくつもの事業を成功させていた。長州に残っていた江草家の人々は、江草孝英と縁を切ることを望みませんでした。孝英を養子にした先代の家長もすでに亡く、残されているのは被扶養者の老人や女性だけだったのです。

そこで離婚はしても孝英は依然江草家の家長であり、元の妻は戸籍上、孝英の妹という形にされました。同様の例は他にも聞いたことがありますから、この時代には珍しくなかったのかもしれません。

彼女が親族のいる故郷に帰らず、夫らが暮らす那須に留まったのは、彼女の意志だったかどうか不明です。その後二度ほど結婚はしたが、うまくいかずに帰され、確か四十前に亡くなったはずです。那須に孝英以降の江草家の墓がありますが、そこで彼女の墓石も見ました」

「なんてひどい……」

綾乃は両手の指先で唇を覆った。

「信じられません、そんな残酷なことが許されていたなんて——」

「明治の民法は、極めて女性蔑視的な性格を持っていましたから」

その憤《いきどお》りを京介はさりげなくかわしたつもりだったが、綾乃は目をきつくして念を押してくる。

「それでは桜井様、私の枕元に立った女性は事実を語ったことになりますわね？」

京介は無言でうなずく。正確には『夢枕に立った女性が語ったと綾乃が語ったことは事実だ』というべきだろうが、少々疲れた。

「それとも私がなにか本でも読んで、作り話をしていると思われます？」

苦笑を返すだけにした。確かに江草孝英の最初の妻の自殺、という話は、刊行された書物には載せられていないはずだ。

しかし那須の地元ではそれは伝説と化して、平成のいまも忘れられていない。亡霊が夢枕に立ってきさやかなければ、知ることができない新事実というわけではないはずだ。あの土地に古くから住み着いている知人でもいれば、綾乃がそれを耳にする可能性はある。

しかし綾乃は真剣な表情で食い下がる。

「では、私が幽霊を見たということを信じて下さいますか？」

そう聞かれてしまっては、無言で済ませるわけにもいかない。

「残念ですが、それはあなたにとっての真実だろうとしか僕にはいえません。それに江草の妻が自殺したのが事実だとしても、あの建物に幽霊が出るのだとしても、調査が中止されることはないと思いますよ。そう思うのは僕だけではないでしょう」

「命の危険があっても、ですか？」

「幽霊に取り殺されると？」

「それはわかりません。でも、自殺した女性の夢を繰り返し見る内に、わかってきましたの。桜井様、あの家はあなたには危険ですわ」

「なぜ僕に？」

「私にはわかるのです」

綾乃はあくまでも真剣だったが、いい募られるほど京介は冷めてしまう。まるでプロの霊能者だ。いや、本当に彼女はプロなのかも知れない。そんな京介の思いを感じ取ったのか、綾乃はキッとして、

「それに、江草邸で死んだのはその女性だけではありませんのよ」

「八六年の事件ですか？」

「そう。それはご存じですのね」

「あれも霊の仕《し》業《わざ》だ、と？」

「手を下したのは人間です。でも、その胸に殺意を湧かせ、凶行をそそのかしたものがある。積み重ねられた女たちの苦しみの思いが」

「犯人はまだ捕まっていないようですが」

「いいえ、去年自殺しました。法に裁かれることはついになくとも、犯した罪の重さに耐えることはできなかったのです。ですからその男も結局は、月映荘に淀む怨念と悪意の犠牲者とはいえるでしょう」

「印南雅長のことをいっておられるのですね？」

「他におります？」

綾乃は薄く笑う。

「あなたが彼が犯人だと断言する根拠をお聞きしていいでしょうか」

「自ら死を選んだことが、なによりの告白ではありませんの？」

マンションのベランダから転落して死んだ印南雅長。だがあれが自殺だったかどうか、明らかになってはいないはずだ。三年前、京介も見ていたところで彼の妹茉莉は彼が犯人だと叫んだが、真相はといえば依然藪《やぶ》の中だ。綾乃は茉莉の告発を知っているのだろうか。しかしそうだとしたら、誰がそれを彼女に告げた？——

しかし綾乃はふたたび口疾《くちど》に話し出している。目元を染めていた血の色は頬へと広がり、目を憑かれたようにひからせながら、

「それ以外にも殺された女性がいます。お信じにならないのはご自由ですが、その方の亡骸《なきがら》はいまもあの家の敷地内に埋められています。誰にも知られることなく、供養もされず。おわかりになりますか、桜井様？　死者は死者を呼ぶのです。だから危険なのです、あの家は」

「輪王寺さん――」

「あれは女の悲しみの家。嘆きの家。幾度でも同じことが起こります。その壁に天井に窓に床に女たちの流した涙と血が染みついている。私にはそれが見えます。あの家に手を触れてはなりません。あれはいまのまま荒れ朽ちるにまかすべきもの。屋根が落ち、壁が破れ、跡形もなく消え失せるまで。江草孝英の冷酷から始まった女たちの苦痛と悲しみを昇華するにはそれしかありません――」

「そうでしょうか」

ことばをさえぎられて、綾乃の体がびくっと震えた。唇がなおも語り続けるように動き、開いては閉じる。だが、もはやそこからことばは聞こえない。閉じた口が笑みに似た三日月形を作り、それが薄く空いて白い歯を覗かせる。半ば閉じた目の中に溜まる、暗い光。そんな顔を見たことがある、と京介は思う。

能の女面《おんなめん》、それも目の中に金泥《きんでい》を塗った『泥眼《でいがん》』の面。その面によって表される役は執心に狂う女、または龍女《りゅうにょ》。京介は綾乃の顔を正面から見つめる。視線で縫い止めるように。そしていう。

「僕はそうは思わない。それならむしろ余すところなく調査して、隠されていた過去を白日の下に晒す方が供養《くよう》になるのではありませんか？　あなたのいうとおり、誰にも知られぬまま殺されて埋められた女性がいるなら、そのままにしておくべきではないのではありませんか」

まつげがゆっくりとまばたきし、ふたたび京介を見た。その目を満たしていた光は消え失せ、うつろな暗い穴のようなものだけがある。それはいよいよ仮面に似ている。背後に生身の顔を持たぬ、空っぽの仮面だ。その仮面がゆらゆらと左右に振られる。口が動き、それまでとは響きの異なる、鈍く低い声がその中から聞こえてくる。

「いいえいいえ、とんでもありません。そんなことをなさってはいけない。いまさら罪を暴いてなにになります。ですから桜井様、あなたは二度とあの家に近づいてはなりません。他の誰よりもあなたにとって、あの場所は危険です。近づいてはいけない。絶対にです――」

「なぜですか」

問い返した京介に、

「なぜ？――」

依然うつろな目をしたまま、綾乃の眉間《みけん》にきつい縦皺が刻まれる。

「月映荘には女たちの悲しみと苦しみ、涙と血が怨念となって積もっている。それは人を狂わせる。けれど誰でもが狂うというのではありません。これだけ申し上げてもわからない？　そんなはずはない。あなたはご自分の宿命を知っているはず。そうではありませんか？」

「宿命？――」

時代錯誤なことばですね、京介はそう答えようとした。超常現象もオカルトも知的対象としては興味深いし、幾度も繰り返していった通り他人の信念にけちをつけるつもりはない。だが妙な託宣《たくせん》を押しつけられるのは御免だ。

しかし綾乃の声は止まない。

「あなたがあの家に足を踏み入れれば、あなたにも必ず私のいう女たちの苦痛が見えましょう。あなたはその苦痛に共鳴し、巻き込まれずにはおれないでしょう。あなたは耐えられても、あなたがいることできっと他の人たちが狂気に囚われる。

なぜならあなたもまた、彼女たちに似通った悲しい女性の記憶を背負っているからです。それがあなたの宿命です。あなたはそれから逃れることが出来ない。いいえ、逃れようとは思っていないのです。私にはそれが見えます。違いますか、桜井様」

京介は一瞬息を詰めた。無意識の内に膝の上の手を固く握りしめていた。

「これだけ申し上げても、あなたは私を信じては下さらない。ですから、聞きたくはないかもしれませんが申し上げます。これを聞かれればあなたも、信じぬ訳にはいきますまい。この世界は、目に見えるものだけで出来ているのではない、と」

すう——と正座する綾乃の背が伸びた、と思ったがそうではなかった。彼女は膝をそろえたまま腰を浮かし、座布団の上に膝立ちになっている。光のない目が京介を見下ろして、つ、と右手が伸びた。振り袖の中から出た細い手首。桜貝のような爪を載せた人差し指が、京介の顔に突きつけられた。

「桜井様、あなたの背後に女性が見えます。あなたを案じています。とても美しい、あなたと良く似た顔立ちの女性です。柔らかな栗色の髪が卵形の顔の回りに波打って、瞳の色は鳶色《とびいろ》、あなたよりもさらに淡い。その細い首に、赤い紐のようなものがからまっている、いいえ、強く食い込んでいます」

京介は固く口を閉ざしている。うつろな目をこちらに据えて、青ざめた唇から歌うようにことばを紡《つむ》ぐ少女。ただ眉に力をこめて、その顔を、自分の方へと伸ばされた指を、この世の生き物ではないように、かすかに左右へ揺れている黒髪に包まれた頭を凝視する。

「赤い珊瑚の粒。中にまじった水晶の粒。長い首飾りか数珠《じゅず》。メダルと十字架。ああ、あれはロザリオです。その食い入った細い首が見える。痣《あざ》が出来そうなほどきつく。でも、いまはもう動かない。とても静かに目を閉じて、微笑んでさえいるような。あの、女性は——」

声が途切れた。前に伸びていた右手が、力を失って落ちる。顔が前に垂れ、起きる。マリオネットのように。まぶたが閉じて、また開いた。その目を見たとき初めて、京介は握った手の中に汗の湧くのを感じた。鼓動が速くなる。開きかける唇を、意志の力で引き止める。

そこにある黒髪に囲まれた顔は、見違えようもなく輪王寺綾乃のそれであるのに、違う。その目が、そして表情がまったく変わっている。まつげの下の黒く濡れ濡れとしていた瞳が、なぜかいまは色淡く見える。

その目が京介を見ている。

唇が花のほころぶようにゆるむ。

長いこと探し続けていたものを、いまようやく見出した、とでもいうように。

両手が上がり伸びる。

前へ、京介の方へ。

唇が動く。

(あ……)

そこから息がもれ、ことばが形作られる。

(ア——)

だがそれが京介の耳に届くより早く、綾乃は畳に崩れ落ちていた。

3

その翌日、午後。桜井京介は東北新幹線の車中にある。

京都を離れることができたのは朝だった。どんなに東京を通るのが嫌でも、いまさら中央本線や信越本線を使うわけにはいかない。結局門野の車で駅まで送られ、マンションに届いていた指定券でのぞみ八号に乗った。

いまはなすの二三九号に乗っている。倉持には連絡が取れたので、十四時三分に着く那須塩原駅へ迎えに来てくれることになった。

昨夜——

輪王寺綾乃が畳に倒れた直後、外でこちらをうかがっていたのか、といいたいようなタイミングで、門から京介を案内してきた和服の女性が襖を引き開けた。気を失って倒れ伏している綾乃を、もうひとりの女性とふたりがかりで別室へ連れて行く。京介がなにをしたわけでもないが、しばらくこのままお待ちいただけますか、といわれれば拒むことは難しかった。

それから一時間ほどして門野がやって来たが、こちらの顔を見た途端に、

「なにをしたのだね、君は」

と聞かれて憮然とする。なにも、としか答えようがない。もっとも若い女性とふたりきりで部屋にいて、女性が気絶したとなれば男の方が疑われるのは致し方ないことか。

「じゃあ、なにをいわれた？」

「那須に行くな、と」

「綾乃がそういうなら、止めておいた方がいいかもしれんな」

あっさりいわれて、嫌み半分聞き返した。

「僕を行かせたくないのは、門野さんではないんですか」

「馬鹿いっちゃいかんよ。私は那須で商売なんぞしちゃいない。だが綾乃の忠告は、私なら尊重する。どうせ君はそういうものは、信じたくないというんだろうがな」

「いったい、彼女は何者です？」

「なんだ、君は知らなかったのか」

あきれたような顔をされた。

「三年ばかり前は、テレビにも毎週のように出ていたんだがな。俗なことばを使えば霊感少女というやつで、あの通り神気の立つような美少女だ。当時は一世を風靡したもんだよ。その前は自宅で占いのようなことをしていたんだが、テレビの方が儲かると親が踏んだわけだ」

「はあ――」
「輪王寺家といえば堂上《どうじょう》貴族の末裔でな、この屋敷も元は江戸時代中期に先祖が建てたものだが、明治維新に乗り遅れて後は没落するばかりだ。ただし、どういうものか生まれてくる娘がみな美しい。おまけに巫女《みこ》のようなというか、予言をしたり霊を見たりする素質のある者が少なくなかったそうだ。そこでその美しい娘たちは折々の権勢家に嫁いだり庇護を受けたりして、今日までどうにか家も絶やさずにきたわけだな。

しかしそうして京都を出た娘たちは、誰も長生きせぬし、幸せな生活を送りもしない。私が見たことがあるのは三十年ばかり前、十七で東京の実業家の妻になった雪乃《ゆきの》という娘だが、彼女も息子をひとり生んだだけで疾《と》うに逝《い》っている。これまた綾乃以上に美しい、浮き世離れした天女のような少女だったが、所詮天人に、地上の暮らしはなじまぬ、ということかな。

綾乃は子供の頃から人の死期をいい当てるなど、不思議を示した。娘とは似ても似つかぬ俗物の両親は、他人に嫁にやるより娘で儲けられる方法として、自宅でごく少数の客だけを相手に、占いをさせていた。私が知り合ったのもその頃でな、有名な政治家や財界人にも綾乃の信奉者は多かった。

だが欲深い親どもはそれに飽きたらず、マスコミ進出を果たしたというわけだ。綾乃にしてみれば、しかしそれは楽しいことではなかったろうな。二年前にその両親が交通事故で急死して、それからノイローゼというか、対人恐怖症のような具合になってな、以来ここで静養している。私だけでなく、綾乃の信奉者たちがバックについて、昔の輪王寺屋敷を買い取り、整備して彼女を迎えたのだよ」

京介は無言でそれを聞いている。ついさっき、自分が多数の信奉者が崇《あが》める巫女の少女をやりこめてしまった、などと聞いたら、この老人はどんな顔をすることだろう。

「そんなわけでな、綾乃が他人と会ったのは引退してから君が初めてだ。いきなり君に会いたいといわれて、どうしようかとずいぶん迷ったのだがな。とにかく彼女が君の前で失神した、なんてことは内緒にしておくよ」

「はあ」

恩着せがましくいわれても、勝手に呼びつけられて迷惑なのはこっちだ。

「それで？　なぜ君は那須に行ったらいかん、と綾乃はいうのだ？」

「四月から調査する予定の廃屋が、何人も人の死んだ不吉な家だというんです。明治時代に自殺した女性の霊が枕元に立ったのだとか」

ふん、と門野は鼻を鳴らした。

「その他にも死んだ人間はいるのか」

「いるようです」

「祟《たた》りで子孫が絶えたとか、さしずめそんなところか？」

「ご明察です」

あるいは、やはり知っているのか。

「なに。持ち主が健在なら、君のような研究者が調査に入ることはあるまいからな。で、どうせ君はいうことを聞くつもりはないのだろう？」

「人の死んだ家が不吉なら、そもそも建築の調査なんて出来ませんよ。百年以上の歴史があれば、人の二、三人、死んでいない方がおかしいです」

「まあ、そんなところだろうがな――」

いつになく煮え切らない口調に、

「まさか門野さんは、占いなんて信じているわけではないでしょうね」

「信じたら、そんなに変かね」

「あなたは筋金入りのリアリストだと思っていましたので、信頼が無になるとはいいませんが、少なからずダウンします」

「それは残念だ。もっとも現実主義の看板を下ろした覚えはないがな」

門野は肩を揺すりながら呵々《かか》と笑う。

「しかしな、桜井君。それだけでは渡れないのが世間というものさ。だからこそ海千山千の政治家や財界人が、先を争って孫のような歳の少女の託宣《たくせん》を聞きたがった。必ずしもそれが、馬鹿げた気休めだとは私は思わんよ。君も私くらいの歳になれば、そのへんの機微《きび》がわかってくるだろうがな」

そうしてコインの表裏に、行く道の選択をまかせるようになる、というわけか。だとしたら、それは宗教ですらない。老齢をいい訳にした精神の怠惰、それ以外のものではあるまい。自分がいつかそんなものに成り果てることを、京介は想像できなかったし、したくもなかった。

「――正直にいわせていただければ」

「なんだね」

「歳は取りたくないものです」

「だが、生きていれば誰でも歳は取るさ」

「そうですね。生きていれば」

天井に和紙の笠をつけた電灯こそあるが、依然として薄暗く火の気のない座敷。ふたりの会話が途切れると、外からひえびえとした沈黙が、壁を透過して押し寄せてくる。ややして、ふたたび門野が口を開いた。

「しかしな、桜井君。綾乃はどうして気絶したんだ？」

「わかりません」

老人は聞こえよがしのため息をついて、

「そうにべもなくいうもんじゃない。断るにしても誠意のあるふりくらいはするものだよ。だったらこう聞けばいいのか。気絶する前、綾乃は君になにをいっていた？」

「さあ――」

「桜井君」

「なにをといわれても、まったく僕には意味の分からない、はっきりいわせてもらえば寝言のようなことだけです」

それ以上は、門野に限らず誰に対しても、ただのひとこともらすつもりはなかった。あれがなんであったのか、京介には理解できないから。

(理解、したくないのかもしれないがな……)

「――やれやれ」

ため息をついて冷めた茶をすする老人に、京介はにっこり笑っていった。

「そんなにご興味がおありなら、録音しておけば良かったですね」

我ながら、誠意のかけらもないせりふだった。

結局京介はその晩、綾乃の住む家に泊まらせられる羽目になった。自分では帰ろうとしたのだが、例の和服の女性、名前は昌江《まさえ》ということだけはわかったが、彼女が綾乃からそういいつかっているから、と譲らなかったのだ。門野からもそうさせてもらえと勧められ、明日の新幹線に間に合うよう迎えに来るよ、とさっさと帰られてしまった。

京介に与えられた部屋は最初の座敷の更に奥、較べればかなり狭く感ずるが、床の間と書院を別にしても十二畳。風呂は断って隣の間に運ばれた食事を済ませ、戻ればすでに床が延べられている。金箔の色褪せかけた枕屏風《まくらびょうぶ》と行灯《あんどん》風のスタンド、浴衣《ゆかた》に丹前《たんぜん》まで用意されて旅館並みの待遇だ。

ずいぶん遅くなったと思ったが、腕時計を確かめればまだようやく十時。新幹線に遅れぬようにと昨夜は徹夜して出てきたのだが、寝付けない布団のせいか、静かすぎるからか、着替えて横になってみても眠気はまったく訪れない。本を読むにもスタンドの明かりは暗すぎる。だが目を閉じればふいと、思い出したくもないことが浮かんでくる。

居心地悪く寝返りを打ちながら、経たない時間に苛立ち続けていた京介の耳に、キシ……と板のきしむ音が聞こえた。襖の外の廊下から、それは聞こえてくる。一足ずつの間を置いて、こちらへ向かってくる足音だ。

それが止まった。京介は身を起こしている。音は止んだきりだ。だが襖の外からかすかに聞こえる、それは息づかいの音だ。

「どなたですか」

息の音が止まった。

「なにかお話があるならうかがいます。だがそうしておられても、僕にはわからない」

ゆっくりと襖が開かれる。そこに膝をついているのは綾乃、もとよりそれ以外は考えられない。長い髪を後ろでひとつのお下げに編み、白無垢《しろむく》の寝着の上から赤い別珍《べっちん》の丹前を羽織り、手先まで隠したその袖で胸を抱くようにしている。髪型と身なりのせいか、こちらを見た彼女の顔は途方に暮れた迷子の幼女のようだった。

「どうしました？」

「——私、おわびにまいりましたの」

綾乃はいまにも消えてしまいそうな、かすかな声でそういう。

「きっと、変に思われましたわね。いろいろ失礼なことを、申し上げたと思います。でも、こう申し上げると見え透いたいい訳のようですけれど、自分でなにを申し上げたか、わからないのです……」

「わからない——」

「もちろん全部ではありません。途中からですの。いくら申し上げても桜井様が、私のことばを信じて下さらない。そう思ったあたりから——」

綾乃は廊下に座り込んだまま、それきり口を閉じてうつむいてしまう。いまの彼女のことばを信ずるにせよ、どう解釈するにせよ、そんな冷え切った板の上に座らせておくわけにはいかない。といって、こんな時間に自分の部屋へ入れることが正しいかといわれれば、また困惑せざるを得ないが。

「あの、お部屋に戻られた方が、いいのではありませんか？」

「桜井様が、お怒りでないとわかるまでは戻りません」

「別に、怒ってはいませんよ」

苦笑するしかない京介に、顔を上げた綾乃はすがりつくような目で尋ねる。

「でしたら、那須に行かれるのは止めていただけます？」

「それは、できません」

「――――」

綾乃は唇を噛んで、またうつむいてしまう。京介は布団から立って手を差し伸べた。

「さあ、お願いです。そんなところに座り込んでいたら、風邪《かぜ》をひきますよ」

顔は伏せたまま、綾乃がそっと右手を上げた。京介が取ったその手はひどく冷たい。

「立てますか？」

「――ええ」

京介に引かれて立ち上がった綾乃は、しかし軽くよろめいて倒れかかる。もう一度、伸ばした京介の腕にすがって、ようやく体を支えた。

「すみません」

「いや――」

だがこんなところを人に見られたら、それこそなんと誤解されるかわからない。常識に囚《とら》われるつもりもないが、どうにも落ち着かぬ気分がするのは、自分の意志の届かないところで状況が動いているせいだ。

「戻られますか？」

「ええ。でも、お願い。すぐそこですから」

綾乃が京介の手を引く。部屋まで送れということらしい。自分からやってきておいてずいぶんと身勝手な話だが、そんな少女らしいわがままの方が、目を据えて死者を語る巫女よりはよほどましだ、と京介は思う。

浴衣の上に丹前は着たが足は裸足。磨き抜かれた廊下にスリッパは無粋《ぶすい》だろうが、足裏に当たる感触は氷に等しい。ほんの数歩行く間にも足がかじかんでくる。だが裸足なのは綾乃も同じだった。

廊下のところどころに小さな常夜灯が点《とも》されていたが、それもほんの小さな蠟燭《ろうそく》程度の明るさしかなく、周囲を照らすにはほとんど役に立たない。しかし綾乃はためらう様子もなく、京介の手を引いて歩き続ける。

「こちらですの」

枝分かれした廊下を直角に曲がった。幅はそれまでの廊下と較べてずっと細い。左右は部屋ではなく壁だ。そして廊下が行き着いたのは四畳半ほどの広さの板の間で、綾乃が壁のスイッチを入れると天井についた電灯が点った。三方に雨戸が立てきられている。するとそこはすべて開くのか。

「春と秋はサンルームに、夏はすっかり戸を外してベランダのように使いますの。簾《すだれ》を下げて籐の長椅子を置いて、午睡《ごすい》を取るときもありますわ」

綾乃は楽しげにそんなことをいうが、いまはまだ冬と変わらず、立っていれば足からの冷気はいよいよ勝って、氷室《ひむろ》の中に入れられたようだ。

「冬には向かない場所ですね」

綾乃はくすっと笑いをもらした。丹前の袂《たもと》で口を覆っている。

「寒いのはお嫌いですの？」

「ええ、苦手です」

「ごめんなさいましね。でもあと少しだけ」

そういいながら少女は奥のガラス戸を引き、雨戸に手をかける。すると一枚の戸の上半分が軽い音を立てて下へ引き下げられ、後に画用紙一枚ほどの、ガラスを入れた窓が現れた。

「これは私の秘密の窓ですの」

見返った少女の口元に、悪戯《いたずら》めいた微笑が浮かんでいる。

「ここに来たときは私、外を見るのも恐かったんです。庭を眺めても、誰かが塀を乗り越えて来るような気がして。だけど、これならすぐに逃げられますもの。おかしいでしょう？」

「いまは、もう？」

「ええ。でもこんなときは、少し役に立ちますわ」

外は庭だった。しかしそれが植え込みと池のある大名風の日本庭園か、禅寺めいた枯山水《かれさんすい》かはわからない。暗かったからではない。いつの間にか雪が降り出していて、その表を凹凸のある白一色に塗り込めていたからだ。

庭園灯が点されているのだろう。そしてそれも雪に埋もれかけているのか、どこからかおぼろな明るさが射していた。

「雪……」

綾乃のつぶやく声がした。彼女は雨戸に両手をついて体を支え、小さなガラス窓にまつげが触れるほど顔を近づけている。

「ね、ごらんになって。雪ですわ……」

雨戸にはめ込まれたモノクロームの絵のように、
暗い空を埋めて舞う羽毛のような、

「雪、雪、雪、雪……」

綾乃は窓に頰を擦り寄せて、夜の空から舞い落ちる雪を見つめる。口元を微笑みに染め、歌うように雪、雪とくちずさみながら。

「桜井様、『ゆきね』ということばを知っていらっしゃる？」

顔は窓に向けたまま、彼女はいう。

「雪の音、と書いて『雪音《ゆきね》』」

「いや、初めて聞きました」

「そうでしょう。広辞苑《こうじえん》にも載っていないんです。でも、小説の中にあるそうですの。雪の降る音という意味ですって。それからは私、こうして窓のそばに立って、降る雪を見ながら雪音を聞くのが好きなんです」

少女のあどけない横顔を見ながら、京介も耳を澄ます。雪の降る音。しかしいくら窓に顔を寄せ息を殺してみても、そんな音は聞こえはしない。むしろ雪が地上の音すべてを吸い取ってしまったような、しんしんとした沈黙だけが、冷気とともに耳に浸み入ってくる。

「聞こえます？」

振り向いて尋ねた綾乃に、京介は頭を振った。

「駄目ですね」

「きっと聞こえるって、お信じにならなくては駄目ですわ」

「あなたには、聞こえる」

「ええ、聞こえます。けれど聞こえない人は、そんな音あるはずがないというでしょうね」

「…………」

「どんな敏感な機械を使っても、きっと雪音は捕らえられない。でも、それが聞こえる人間にとって、確かに雪音はあるんです」

また同じ話をしているのだ、と京介は思う。しかしなんといわれても、自分の答えは変わらない。雪の降る音を聞くのは確かに科学ではない。機械ではない。人間の、それも詩人の心を持った少数者の耳だけだろう。そして京介は詩人ではない。詩人でありたいと望んだこともない。

「お信じになれば聞こえますわ。そうではありませんこと？」

いつか綾乃は窓から離れ、京介の真ん前に立っていた。首を立て、必死な表情で、自分のはるか上にあるその目を見上げていた。

「そうすればきっと、桜井様にも聞こえます。どうかそうなさって下さい」

しかし京介は静かに首を左右に振る。

「雪の降る音が、聞こえるものなら聞いてみたいと思いますが、やはり僕には向かないようです」

「お信じにはなれない」

「ええ、なれません」

「そして桜井様は、やはり那須に行かれる」

「行きます」

「どうして？　あんなぼろぼろの廃屋が、あなたにどんな意味があるのです？」

「それは、行ってみなくてはわからない」

「では、なにを求めて行かれますの？」

「それはやはり、僕にとっての真実をでしょう」

「そのために人を傷つけることになっても？」

問い返した綾乃の声が震えている。

「門野のお爺様が私におっしゃいました。そのためになにを犠牲にしても、真実を探求することに至上の価値を置く。それがあなた。学者も探偵もその点では同じようなものだと。でもそれならば桜井様、あなたにとっての真実さえ手に入れれば、後はどうでもいいとおっしゃるのですか？」

「どうでもいいとは思いません。ですが、どんなに望まなくとも人は人を傷つけることはあります。あるいは、傷つけずには進めないということが」

「そのために、あなたが死ぬことになっても？」

ひたと見つめた綾乃の瞳を、京介は正面から受け止め、もう一度頭を振った。

「いいえ、僕は死にません」

「でも――」

「安心して下さい。あなたのためにも僕は、少なくとも那須で死ぬわけにはいかなくなりました。せっかくこうして忠告して下さったのに、それを信じない馬鹿が予言通りに命を落としたりしたら、やはりご不快でしょうからね」

冗談めかした京介のことばに、しかし綾乃は笑おうとはしなかった。両手を胸の前で握り合わせ、見つめる目は食い入るようだ。

「それならあなた自身を、そしてあなたの前に立ちふさがるような人をも、傷つけまいと努めて下さいます？」


それから十四時間後、間もなく那須塩原に到着しようとしている東北新幹線の車中で、桜井京介は綾乃のことばを思い出している。

彼女の真意は、すべての目的は、たぶんあのひとことにこめられていたのだ。

京介がそのことばを肯《うべな》うと、綾乃はほっとしたように歯を見せて笑った。そして、

「雪がなんといって降るか、教えてさしあげましょうか？」という。また窓の方へ体を向け、小さくつぶやいた。

「『わたしの子鹿、どうしていますか』……」

京介には、その意味がわからない。尋ねるより前に、綾乃は振り向いた。

「雪音ということばを教えてくれたお話の中に、出てきましたの。私も耳で聞いただけ、うろ覚えなのでもしかしたら、違うお話になってしまっているかもしれない。でもそのお話の中では、魔法にかけられて兄様を子鹿に変えられてしまった少女が、悪いお后《きさき》の企みにはめられて殺されて、雪になって降るのですって。

清らかな少女は天に召されたけれど、地上に残してきた兄様が気がかりでならない。人の身で獣にされて、苦しいこと、悲しいことはないだろうか。だからその思いを白い雪に変えて、

『わたしの子鹿、どうしていますか』

そうささやきながら、地上に降るのだそうですのよ……」

列車が新幹線の駅に着く。日本中どこに行っても変わり映えしない、不細工な駅。わずかの客をホームに降ろして、列車は轟音を残して消えていく。

耳について離れないまま繰り返す旋律のように、『わたしの子鹿、どうしていますか』そうつぶやく綾乃の声を耳に聞きながら、京介は階段を下りる。改札の向こうで倉持の手を振る姿が見えた。

銀髪の女主人　黒衣の僕《しもべ》

1

三月五日、日曜。

　栃木県那須の気温は、標高が高いためか、京都よりさらに低い。空は晴れて陽射しも強いのだが、日蔭に入れば乾いた寒さが肌を刺す。車の走る道路にこそ雪はないが、左右に広がる林の枝に凍りついた雪が、まばゆく陽を反射する。車にスタッドレスタイヤを履かせた倉持は、色の濃いサングラスをかけてハンドルを握っていた。

「こんなに雪があると思わなかっただろう？」

　助手席の京介に目をやって、

「ここしばらくぽかぽかしてて、今年は春が早いなと思ってたんだが、昨日の夜になって急にさ。やっぱり三月いっぱいは安心できない。桜井君、防寒の用意はだいじょうぶ？」

「ええ、まあ」

　そうは答えたが、特になにを持ってきたわけでもない。カバンに入っているのは、替えの下着と靴下くらいだ。東京では暖かな日が続いていて、コートを着ることも少なくなっていた。だが別に平気だろう、と京介は決めてしまう。いま着ているダウンジャケットの下は、通販で買ったカーキ色のアーミー・セーター。これで下にＴシャツを着込めば大抵の場合用は足りる。

「ほんとに車、借りなくていいの？　俺もできるだけ顔を出すつもりだし、食い物がなくなったらいつでも電話してくれていいけど、不便だよ、あそこ。バスはあるっていっても、一日何本も走ってないんだし、車無しじゃ島流しも同然だ」

「平気ですよ」

「でもなあ――」

「本当に」

駅で京介を拾った倉持は、そのまま黒磯の町に出てスーパーに直行した。後部座席には冬用の寝袋とマットに並べて、京介には多すぎるほどの食糧が山になっている。十キロ入りの米袋、乾パン、真空パックのうどんやラーメン、缶ビール一箱にコーヒーと紅茶、缶詰とレトルト食品、泥葱《どろねぎ》の束など日持ちのする野菜、ビタミンC不足に備えて野菜ジュースの缶、蜜柑《みかん》が五キロ……京介はそんなにいらないといったのだが、バイト料が安いからその足しだよ、といって倉持が全部支払ったのだ。

ついでに一ヵ月リースで車を借りよう、もちろんその費用も持つから、といってくれたのだが、面倒なことが嫌いな京介はそれを断った。だが倉持はなかなか承知しない。そんなことをいったら、後悔するに決まっているという。

月映荘の近辺にはなにもないが、ちょっと車を走らせれば観光客相手のドライブインや、しゃれたレストラン、喫茶店はいくらでもある。日帰り温泉に一風呂浴びにも行ける。しきりにいい張る倉持に、京介は面倒だからといい続けた。

――それに肝心の見張りが、しょっちゅう出歩いてしまっては意味がないでしょう?

しばしの押し問答の果てに倉持は、君は変わっているよなあ、と頭を掻いて納得してくれた。世捨て人にでもなるつもりかい? いいですね、と京介は少し笑った。確かに、いまの自分の気持ちはそれに近い。

――倉持さんのおかげで、隠遁《いんとん》生活の予行演習ができます。

「なあ、桜井君」

しばらく黙って運転に専念していた倉持が、前を向いたまま口を開いた。

「印南雅長が死んだっての、君も新聞で読んだっていってたよね」

「――ええ、読みました」

「あれ、やっぱり自殺かねえ。妹にあんなこといわれたから」

「それは、どうでしょう」

「ここだけの話だけどね、彼、死ぬ前はずっと酒浸りで、アル中に近い状態だったらしいよ」

「はあ――」

「印南家に買い取られてから、あそこに住んだ人間がこれで何人死んだことになるのかな。おかげで江草邸の呪い、なんて話もまたまた再燃しちゃってね、県議会で馬鹿な親父どもが、『そんないまわしい噂のある建物を、県民の血税を用いてまで保存するのはいかがなものか』なんていい出してるのさ。まいっちゃうよね」

　倉持は、ニキビの跡の残る頬をゆがめて苦笑してみせた。

「かなり、噂になっているんですか？」

「そうなんだ。印南家の本家っていうのは地元ではかなりでかい家なんだけど、江草邸を住まいにした家族は分家でもなくて、どっちかっていうと外《はず》れた一家だったんだね。人間が迷信深くて口さがないのは田舎のしるしだろうけど、同時に血縁や旧家の権威は尊重する。この場合印南本家は気にしなくていいから、噂の方も遠慮がないんだ」

　月映荘の元の住人について、京介はさほど詳しく知っているわけではない。調査が実現するかと思われた三年前も、調べたのは建て主である江草孝英と彼の子孫のことまでだった。

「外れた、というのは？」

「うん。俺も人から聞いた話だけどね」

　そう前置きして倉持は、月映荘に住んでいた家族のやや特殊な事情を説明した。雅長と茉莉の血が繋がっていないこと。籍を入れなかった再婚の夫婦。その結果の本家からの絶縁。

「月映荘って名前をつけたのは、そのエッセイストの奥さん、堤雪華さんだったらしい。そんな優雅な名前をつけた家で、一家四人それなりに楽しく暮らしたんだろうが、それから十年もしない内に、そのふたりが子供を残して一時に死んだ。そのへんは桜井君も知ってるよな？」

「ええ、八五年の航空機事故でしたね」

ふたりは群馬山中に墜落した国内線飛行機に乗っていた。親を失ったとき雅長は二十歳。だが茉莉はまだ十一歳だったと聞いて、胸を刺された記憶がある。

「その翌年に元江草邸、いやこのときは月映荘と呼ぶべきかな、で、ふたりの女が殺された。雅長は東京の大学にいたから、あそこには茉莉と看護婦と家庭教師、女だけ三人だったそうだ。犯人はつかまっていない。そうして今度は雅長の死。確かに部外者なら、呪われた家といいたくなるな」

「…………」

（あれは女の悲しみの家。嘆きの家。幾度でも同じことが起こります——）

京介の耳に輪王寺綾乃の声がよみがえる。

（あの家に手を触れてはなりません——）

そしてもうひとつ。

（それ以外にも殺された女性がいます——）

（その方の亡骸はいまもあの家の敷地内に埋められています——）

しかし、京介は口をつぐんでいる。人に話すべき事柄ではない。まして自分がその情報に、信を置いてはいないときには。疑いながらでも一度口にしたことばは、ひとり歩きしてしまうことがある。

「なあ、桜井君」

「はい？」

「君も聞いたよな。あのとき、三年前、茉莉がいい出した」

（お兄様、どうしてケイコさんを殺したの？——）

「ええ」

（嘘じゃないわ、もう全部思い出したわ――）

「君は、あれをどう思う。印南雅長は本当に殺人犯だったのか？」

「それは――」

僕にわかるはずがありません、といいかけたが、倉持はかまわずまたしゃべり出している。

「俺は実際のところ、印南雅長が殺人を犯したなんて信じちゃいない。あの茉莉って女の子は、親が事故で急死した後、ノイローゼみたいになって学校へも行けなくなっていたそうだ。だから事件の頃は、女ふたりとずっと月映荘で暮らしていた。そんなときに殺人事件に出くわして、しかも血は繋がっていないとはいえ兄貴が人を殺すようなところを目撃して、それを忘れてずっと生きてくるなんてことがあると思うか？」

「そうですね――」

倉持は京介の、否定とも肯定とも取れる曖昧な返事を耳に留めてもいないのか、

「俺にはそんなこと、とっても信じられないよ。だからさ、もしかしたら誰かが彼女に、そんな考えを吹き込んだんじゃないか、なんて思ったりもしたんだ。まあ、これは単なる想像だけど」

「いくらなんでも、それは」

「だからただの想像っていったろう――」

倉持はやけのように大声を上げて、ぐいとハンドルを右に切った。三年前の記憶のまま、丈高い針葉樹の列に左右を挟まれた直線路。だがあのときとは違って、道には厚く砂利が敷き詰められ、車両の通行が容易《たやす》いようにされている。樹々にさえぎられているせいか、砂利の上に雪はあまりない。

ゆっくりとその道を前進するにつれ、樹の途切れたところに広がる空き地と、そこに建つ小さな洋館が見えてくる。京介の記憶では茫々《ぼうぼう》と草が茂っていた周囲が、きれいに刈り取られている。いまは薄く雪に覆われて、その雪がきらきらとガラス粉を撒いたようにひかっている。

見上げれば月映荘の屋根もうっすらと白く、雲ひとつない青空の下、荒れ果てた廃屋も、明るい陽を浴びてたたずんでいれば、ケーキ屋のショウ・ウィンドゥに飾られた砂糖菓子めいて、『呪われた家』などとは迷信としか思われない。

「去年の内に草刈りして、外壁の蔦《つた》だけは外しておいたんだ。ずいぶんさっぱりしただろう？」

「そうですね」

プレハブは主屋《おもや》の裏、北東側に、針葉樹の森を背にして建っていた。工事現場などでよく見る、黄緑色の外壁のそれが二棟。その脇に黄色い仮設トイレと外水道。水道の蛇口からは細く水が出続けていて、小さなつららが下がっている。

「ちゃんと飲める水だから。だけど夜はまだ凍るから、そのまま出しておいて」

「わかりました」

プレハブの前に車を止めて、食料品を入れた段ボールを抱えながら倉持が顎をしゃくる。

「そっちのトイレ、まだ使ってないからきれいだよ。あ、と——」

なにかためらうようにことばをとぎらせた倉持を、京介はどうしたのかと振り返った。

「君、トイレは使うよね」

「は？」

意味が分からない。

「それは、使いますけど。使わない方がいいんですか？」

「あ、いや。悪い、変なこといって」

照れ隠しのようにボリボリ頭を掻いた倉持は、段ボールを足元に置き、ポケットから出した鍵で、引き戸を止めてある南京錠《なんきんじょう》を開ける。

「いちおうこっちが台所と食堂」

六畳間ふたつくらいの面積に、古めかしい鋳物《いもの》のガスコンロがふたつ。ボンベは外にある。その脇に粗大ゴミ置き場から拾ってきたような、傷だらけの冷蔵庫と食器棚。

流しはないから洗い物は外でするのだろう。後はデコラのテーブルと、不揃いの椅子が数脚。バケツに掃除道具。煤けた大きなやかん。目につくものはそれだけだった。

「灯油のタンクは危ないから、外の物置に置いてある。足りなくなりそうだったら早めにいって。近くのスタンド、配達してくれないんだ。大したものはないけど、後は鍋がふたつとフライパンとまな板に包丁、皿やどんぶりも棚に入ってるから使って。冷蔵庫はいま電源入れたから、明日あたり冷凍食品とか、肉とかまた持ってくるよ」

「そんなにあっても食べ切れませんよ」

「なあに。残ったら四月から調査の合間に食べるからいいんだ」

食料品は全部そちらに運び込んで、外に出ると倉持はまた南京錠をかける。

「これが合鍵。持っているのは君と俺だけだから」

輪に繋いだ二本の鍵を京介に渡して、

「面倒だけど、一応外に出るときはこうしてくれるかな？　食べ物の匂いを嗅いで、まさか熊は来ないだろうけど、狸《たぬき》とか荒らしに来るかもしれないし、一度覚えられるとね」

「わかりました」

狸は鍵は開けないだろうが、とは思ったが、とにかくそう答えておく。

隣のプレハブは大きさは同じ。こちらにあるものは事務机と椅子数脚、古ぼけた石油ストーブ。机の上に黒電話。それと部屋の端に、ビール瓶のケースを並べて古布団を載せたものがあった。倉持はそこにエアマットと寝袋を置くと、

「こんなもんで悪いけど、床に寝るよりはましかな、と思ってさ。かまわない？」

照れ臭そうな顔で頭を掻いている。

「倉持さんが作って下さったんですか？」

「いや、作ったなんてものじゃないんだけど」

「充分ですよ」

そんなに気を遣ってもらう必要はない。かえって申し訳ないようだ。

「本当に、ありがとうございます」

微笑みながら頭を下げると、倉持はなぜかポカンという顔になった。

「なにか？」

「いや、君ってそうやって笑うと、ずいぶん印象が変わるなあ」

「そうですか」

「だって君、めったにニコリともしないじゃない。笑わないだけじゃなく、表情も動かさないから、その——」

いい難そうにことばを途切らせる。彼がいおうとしたことは、おおよそ想像がつくとは思ったが、

「実はさ、さっき変なこといっちゃったのは、本気でそう思ったわけじゃないけど、君もトイレ使うのかなって」

「それは——」

眉を寄せた京介に、倉持は頭を掻きながらあわてて続ける。

「いや、実はね、前にうちの事務所に来てくれたことあったじゃない。あんとき女の子たちが『王子様だ王子様だ』って大騒ぎして」

「はあ」

確かに以前、倉持が勤める栃木市の設計事務所に顔を出した記憶はある。だがまさか、そんなことをいわれていたとは想像もしなかった。

「生身の人間とは思えない、氷の王子様だ、なんてね。確かに君の顔って途轍《とてつ》もなくきれいだけど、それでかえって損してるところもあるじゃない。だけどそんなふうに笑ってくれると、全然印象が違う、血の通った人間に見えるなあって、ま、そういうこと。変なこといってごめん。忘れてよね。あ、これは月映荘の玄関の鍵、君にも一応預けとくからよろしく」

彼はあたふたと帰っていった。

2

陽が落ちるとたちまち、気温は氷点に向かって低下していった。プレハブの壁は薄い。いくらストーブを焚いてみても熱は逃げていき、暖かいというまでにはならない。だが京介はそのことを、不満には思わなかった。暑さで耐えられないのに較べたら、寒い方がどんなにましか知れない。少なくとも、頭を使うためには。

　月映荘の敷地で迎える最初の夜だ。時折道路の方から車の音が伝わってはくるが、それも思い出したようにときどきで、それ以外はなんの音もしない。幸いコンセントはあったのでアダプタが使え、バッテリーの減り具合を心配する必要もなく、おかげで日が暮れるまでに、翻訳も数頁進んでいる。小説家の資料用なので、文体に気を使うことはいらないからその点気が楽だった。

　だが、そちらにかまけてしまっては、なんのために自分がここにいるのかということになるだろう。考えてみれば京介がここにいることで、灯油など放火に使える品物も増えてしまったわけだ。アウトドア・ブームのおかげで、基本的な知識もないまま、枯れ草の中で焚き火をするような人間もいる。観光客が来る季節でないとはいえ、それなりの注意と警戒はしておかなくてはならない。

　倉持が帰る前に、ふたりして一度家の回りは回っている。彼がプレハブに鍵をかけろといったのは、やはり狸の心配をしているわけではなかった。バブル期のような地上げ屋が動いている様子は、いまのところないが、放火のことを考えれば用心にこしたことはないと警察からもいわれたらしい。電話口で京介に小屋で寝泊まりしてくれるだけでいいんだ、といった手前、あまりそのへんのことをいうわけにもいかない。だが、いわないでおくわけにもいかない、というのが倉持の心境らしかった。

放火の痕跡は雪に半ば隠れて、ここだよといわれなければ見落としてしまいそうな、壁の黒ずみに過ぎなかった。場所はプレハブが建つのとはちょうど反対、西側の横壁だ。そのまま裏手に回ると、なんの跡もないすべらかな雪の上に足跡がある。裏の森から真っ直ぐに月映荘へ近づいて、しかしその数メートル前で立ち止まって引き返した、ふたり分の足跡。大小がはっきりしている。

　これは、と聞くと倉持は、君がいっていたじゃないか、という。この裏の住人、元の持ち主だよ。前に来たとき、それらしい人を見たんだろう？　無論忘れてはいない。黒磯の図書館で住宅地図を見て、そこに『江草』という姓があるのを見たのは九七年のこと。倉持も京介もいずれ訪ねるつもりだった。しかし月映荘の内部見学が中止された段階で、それも持ち越しになっていたのだが。

『江草孝英の孫の孝昌の未亡人だ。百合子《ゆりこ》さんという。よくここの庭には来ているそうだよ』

　会ったのですか、と聞くと、会ったという。

『たぶん君のところにも、近い内にお誘いがあるだろうさ』

　そういった倉持の口調は、あまり快さそうではない。どうかしたんですか、と聞いたが、彼はなんでもないよ、と頭を振るだけだ。難しい相手なんですか？　今度は、まあねといいながら苦笑する。役人や業者、顧客を丸め込むのも建築家の仕事の内だという彼にも、扱いかねるほどの相手だったのかもしれない。

『あ、でもひとつだけ頼む。俺がさっきいったことは、向こうではいわないでくれるかな』

　なんの話かと思えば、例の茉莉が兄を告発したことばを疑うと彼がいった、そのことを黙っておいてくれ、というのだ。印南茉莉はここしばらく、江草百合子のもとに滞在しているのだという。つまり京介が江草夫人に招かれたりすれば、必然的に茉莉と顔を合わせることになる。

だがまさか京介が当人を前にして、あなたのいうことが信じられないと倉持さんがいっていた、などというわけはないのだが、よほど彼女の機嫌を損ねるのが心配なのか、それとも他の理由があるのか。人間に対する好奇心は持たない京介だが、納得できない状況というのはあまり嬉しくない。

『ま、君も会ってみればわかると思うよ。だけど、あんまり深入りはしない方がいいだろうな』

いつになく思わせぶりなせりふだ。まるであなたまで江草邸の怪談を信じているみたいですよ。冗談めかしていってみたが、倉持は肩をすくめただけだった。

夕飯は面倒なので、野菜ジュースと乾パンとチーズで済ませた。せめて炊飯器があれば飯を炊くのもいいが、鍋でやるとなればたぶん、吹きこぼれるか焦げ付くかだろう。いっそ水を多くして、弱火で粥を炊くならどうにかなるかもしれない。明日はトライして見ようか。

だがそうやって、なにをどうやって食べるかに時間と思考を割かなくてはならない、それがうんざりする。食糧も京介が買うなら、もっと簡単に食べられるものだけにするのだが、今日は自分で金を出すわけではなかったから、文句もつけかねた。

二日間ろくに寝ていないので、さすがに眠気が射してきている。放火犯を阻止するつもりなら、昼間寝て夜は起きている方がいい。日頃夜行性の自分ならそれも楽だと思ったが、今日は無理だ。仕方ない。明日は早くに起きて、午後に寝て、夕方から起きているようにしよう。パソコンの蓋を閉じて、しまおうとしたシャープペンシルが床に落ちた。しゃがんで手を伸ばした京介の眼に、床に落ちている畳んだ紙が見えた。

拾って手に取ってみると、ふたつに折った五、六枚の紙に、文庫本の字組程度の文字がびっしり並んでいる。冒頭にはタイトルもあった。

「『夜に消えた凶刃』……」

ざっと目を通すと、それは一九八六年に月映荘で起こった事件について書かれた文章だった。最後の紙に『印南和昌著　現代日本迷宮入り事件録　関東編　第十二章　夜に消えた凶刃』の文字がある。本の一章分を、ワープロで打ち直したのかもしれない。聞いたことのないタイトルだが、特に興味のある分野でもないし、地方出版社から出たものの可能性もある。著者名からすると、印南家の人が書いたのだろうか。

しかし、なんでこんなものがここにあるのか。倉持が置いたなら、なにもいわなかったはずはない。紙の表には黄ばみもなく、つい最近置かれたもののようだ。倉持はいつから鍵をかけていたのか。最近ならその前に誰かがここに入り込んだのだろうし、市販の南京錠など案外簡単に開けることができるのかもしれない。だが、いたずらにしても奇妙だ。あるいはこれまで登場しなかったが、印南敏明の血縁の本家が、これから絡んでくるということか。

『栃木県下で起き、現在まで犯人が逮捕されていない迷宮入り事件のひとつに……』

頭の部分を読みかけたが、――止そう、と机の上に放った。自分が調査研究するのは、印南一家が暮らした月映荘よりも、江草孝英の別邸だ。八六年の事件などあまり関係はない。エアマットを膨《ふく》らませて寝袋を広げた。倉持は寝苦しいかもしれないといっていたが、京介なら寝返りも打てる。

ストーブを消すと、いっそう寒さが迫ってくる。蛍光灯を消して、寝袋にもぐりこんだ。引き戸の上にはめたガラスから、木の間越しに外の夜空が見える。星が驚くほど明るい。

（今夜は月がないんだな……）

ファスナーを顎まで引き上げながら、京介は思った。これなら寝たまま月見ができるだろうに。そんな趣向を喜びそうな顔は、急いで記憶の底に押し込めて、目を閉じようとした。だがそのときふいと、胸の奥から浮上した声があった。

二年半前、この庭で聞いた茉莉の声。『赤い、お月様――』

月がないと思ったことが、そんな記憶を呼び覚ましたのか。それともあの紙切れに打たれた文章のせいか。彼女はいったのだ。あのときあたしは赤いお月様を見ていた、と。

星明かりしかない夜空に、京介は赤い月を思い描く。それは時折東京のビルの上などに、低くかかるあの赤銅色《しゃくどういろ》の満月だろうか。確かにそれは見る者を、一瞬ぎょっと立ち止まらせる。

どこかおぞましい、異様な赤い月。オスカー・ワイルドの戯曲『サロメ』の開幕に、死人を探していると指さされた月。いや、あれは赤くはなかったかもしれない。青ざめた狂女のようなともいわれていたから。だが中井《なかい》英夫《ひでお》のミステリ『虚無《きょむ》への供物《くもつ》』第二章の終わりに、唇をねじって地上の人間たちの愚かさを笑っていたのはルナ・ロッサ、間違いなく「畸型な赤い月」だ。

なぜ低い空にかかった月は赤く見えるか。それは朝日や夕日が赤みを帯びて見えるのと同じ理由だという。地球の大気は光線の中の青い光を吸収散乱させ、赤い光のみを透過させる。太陽も月も地平線近くにあれば、そこから来る光は大気の層を斜めに、つまりそれだけ長く通ることになり、より多く青い光を失って赤く見える。

赤い月といえば常に満月のように思えるのは、明るさが赤い色を際立たせるからだろう。文学的なイメージと較べれば、無味乾燥、索漠《さくばく》たる結論かも知れないが、それが客観的事実だ。

しかし、なにかひっかかるものがある。枝葉末節に過ぎないのだろうが、あの窓から月が見えたとして、それは『真っ赤』といえるほどの色をしていたろうか。月映荘を包む針葉樹の森は高い。それより高く上らなくては月を見ることは出来まい。その月がそんなに赤かったとしたら、それは大気との関係では説明できない気がする。

なにか、他の意味があるのではないか。そして彼女は他にも、いっていなかったろうか。『一月早く赤い月を見せてくれた』確かそんなことを。あれは？――

草に座り込んで、二階の窓を仰いでいた茉莉の横顔を京介は思い出す。月映荘で殺人があった晩、彼女はあの窓から赤い月を見たのだろうか。そして同じ夜、彼女が目撃した殺人の記憶が、その赤い月とダブル・イメージになっているというのか。

（あたしが見たのは赤いお月様じゃない。血で赤くなったお兄様の顔だった――）

人間は不快な記憶を無意識の中に追放し忘却するというのが、フロイトの抑圧理論だった。とすればやはり茉莉の記憶は本物か。恐怖のあまり抑圧していた記憶が、現場である月映荘を目にすることで回復した、ということか。

だが、茉莉の自我が生き残るためにその記憶を消したというなら、それを思い出すことは決して幸せではあるまい。あのときの彼女の顔は、生々しい恐怖にゆがんでいた。十一年前の殺人現場に、ふたたび立たされたかのように。それならばなぜ彼女は、忘れていた不快な記憶を思い出したのか。

（覚えていたくないことを、完全に記憶から消し去れるならそれもいい。だがあんなふうに、もう一度その瞬間を味わうのは絶対にごめんだ――）

止そう、と京介は思う。いまここでそんなことを考えてもどうにもならない。そして茉莉の記憶が正しかろうと間違っていようと、自分にはなんの関係もない。他人のことだ。印南雅長が犯人であったとして、彼はすでに此《し》岸《がん》の人ではない。そうでなかったとして、いまさら犯人がわかるとも思われない。

（二度と同じ後悔はしない。絶対に――）

我が胸にいい聞かせるように、京介は口を動かしてつぶやいた。ここにはなにもないはずだ、自分を望みもしないしがらみに引き込む要因は。後は自分さえおかしな気《き》紛《まぐ》れを起こさねばいい。

ひとつため息をついて、閉じたまぶたの上に両手を載せる。幸いにも眠りは、ほどなく京介を夢のない安らぎの内に運び去ってくれた。

目覚ましをかけるのを忘れた。

そんなことを、まだ眠りながら考えていた気がする。寝過ごさないように起きないと。いまは何時だろう。腕時計は外して机の上。旅行用の目覚ましはカバンの中に入れたまま。まずいな……

だがそれは眠りが浅くなって、目覚める寸前の思《し》惟《い》だったのだろう。結局京介のまぶたを引き上げたのは、ベルの音ならぬ、頭上から降ってくるけたたましい鳥のさえずりだった。その鳴き声と野鳥の名を結びつける知識はないから、それはただひたすら頭に突き刺さるような、鋭く金属的な、しかも大量の騒音だ。まったくなんという喧噪《けんそう》。京介は寝袋から上半身を起こしたまま、なおしばらくぼおっとしていたが、

(まあ、起こしてもらったんだから文句はいえないな——)

頭を一振りして起き上がった。今日も天気は良さそうだが、外に出て見てわかったことに、京介の眠った後でまた小雪が舞ったらしい。倉持の車のタイヤ痕が薄く覆われている。ダウンを羽織《はお》って外に出た。弛緩《しかん》した顔の皮膚が、冷気にたちまち強ばってくる。だが、しゃっきりするにはこれが一番だ。細く流し続けてある外水道の蛇口をひねって、氷を溶かしたような水で顔を洗う。

ぶるっと顔を振るって水をはじき飛ばし、ようやく目が覚めたところで京介は、それまで見落としていたことにやっと気づいた。濡れた手で髪を掻き上げ、眼鏡をかけてもう一度そちらを見た。

月映荘を取り巻く雪の上に、新しい足跡がある。昨日自分と倉持がつけたのとは、はっきり違う。それは夜降った雪の上につけられている。それもまだ新しいようだ。京介はそばへ寄って見た。

足跡は明らかに二種類ある。良く似た滑り止めの刻みがある大と小。大の足跡は歩幅も広く深く沈んでいて、小はずっと狭く浅い。足跡は建物の正面から、プレハブの建っている東側を通って、裏へと回り込んでいる。月映荘の外壁を眺めながら、のんびりと歩いていったように。

しかしそれは途中で止まって、四つの爪先がひとつの方向を向いていた。京介が寝ていたプレハブの方を。引き戸についたガラス窓は、カーテンもなにもない。横になっている京介は見えなくとも、人がいる気配は感じられたろう。

この足跡は昨日、建物の裏手で見たのと同じふたりのものだ。倉持はそれを江草夫人だといったが、おそらく小さい方が彼女のものだろう。もうひとつの、三十センチ近くはありそうな大きな足跡は、どう見ても男性のそれだ。倉持はなにもいわなかったが、夫人は八十を越しているはずで、雪の中の散歩に付き添いがいるのは不思議ではない。

京介は顔を上げた。足跡が曲がっていった壁の向こうから、話し声が聞こえた気がしたのだ。まだ、すぐそこにいる。京介は歩き出した。番人として来た以上、元の持ち主である隣人に挨拶くらいしておいた方がいい。向こうも誰かがプレハブにいることはわかったはずだ。だがこちらからわざわざ、訪問するのは億劫《おっくう》だ。いま追いつけば自然に、江草夫人と知り合うことができるだろう。

積もったばかりの雪の上は歩きにくい。スニーカーの紐の穴からたちまち冷たいものが入ってくる。プレハブにはゴム長もあったが、戻って履き替えるのも面倒だ。

京介が急ぎ足で外壁の角を曲がったとき、すでにふたりの後ろ姿は、月映荘を囲む森の中に入っていこうとしていた。目に入ったのは黒い、遠目にも非常な長身の人物だけだ。それが足早に近づいてくる京介の気配に気づいたのだろう、足を止めて、ゆっくりと振り向いた。

白人の男だった。年齢はわからないが、おそらく六十は越えていよう。短く刈った髪は灰褐色、額と鼻と顎の突き出た顔は浅黒く、目は明るいブルー。その目が突き刺すように京介を見た。

「――君は、だれだね」

聞こえたのは意外にも流暢《りゅうちょう》な日本語だった。身に纏っているのは漆黒のマントで、その襞《ひだ》を大きく左右に張り、足を開いて踏まえているところは、背後に誰かを庇《かば》っているとしか思えない。京介がさらに前に出ようとすると、男はぐいと右腕を前に伸ばした。黒い革手袋に覆われた手のひらを京介に突きつけて、

「止まれ。それ以上近づいてはいけない！」

京介は立ち止まる。男までの距離は数メートル。ここまで近づいても江草夫人らしい姿は見えない。しかし、そんなはずはないのだ。小さな足跡は真っ直ぐに男のところまで続いているし、森に姿を隠すには後一メートルある。

「君は、だれだ」

不法侵入しているわけでもないのに、一方的に名を聞かれるのは不当だという気もしたが、そういう理屈の通ずる相手でもなさそうだ。

「桜井京介といいます。月映荘の番をするために、昨日からそこのプレハブに泊まり込んでいます。倉持さんからの依頼で」

そういっても相手は答えない。眉を寄せてこちらを見下ろす表情は、疑っているらしい、としか思えない。

「江草さんには、倉持さんからお伝えしてあると思うのですが」

「ああ。だが君がその当人だという――」

いいかけたことばが途切れた。男は顔だけを後ろに向けている。体がねじれた拍子に、ちらりとそこにいる人影が見えた。とても小柄なことと、真っ白な毛皮のコートと帽子をつけている、それだけしか見ることはできなかったが。

京介の耳には届かなかったが、その小柄な人がなにかいっているのだろう。体をかがめてうなずいていた男がふたたび向き直る。表情は変わらない。そういう腹を立てているような、人を脅しつけるような顔しかできないのかも知れない。その二メートルは越えているだろう長身、尊大な口調と相まって、対する相手を威圧し尽くそうと身構えているように見える。もっとも京介はそういうことにはおよそ無《む》頓着《とんちゃく》な人間だ。

男は宰相が女王のことばを家臣に申し伝えるとでもいった調子で、

「奥様が君を晩餐《ばんさん》に招待なさるとのおおせだ。今夜六時。遅れぬように」

招待というよりは命令の口調だ。するとやはり男の背後に、身を隠すようにしているのは江草夫人なのだ。他にどういっていいのかわからなかったので、京介は、

「はあ――」

とだけいったが、相手は京介のその気の抜けたような返事が、はなはだ気に入らなかったらしい。無礼者め、とでもいうように、眉の片方の端をぐいと引き下げると、

「いっておくがそのときは、いま君が着ている服は替えるように。いいな」

「これ、ですか?」

京介は、先月バーゲンで買ったダウンジャケットを指さして聞く。カジュアル過ぎて見苦しいというのだろうか。だが替えろといわれても着替えなどない。かといって夜になってから、セーターだけで出歩くのは御免こうむりたい。だが男はあくまで尊大にその顔をうなずかせた。

「そうだ。他のものでも赤い色のものはいかん。わかったな」

「理由をうかがってはいけませんか?」

京介が聞き返すと、男は深い眼窩《がんか》の中からこちらを睨みつけた。

「そのような色を見られると、奥様がご不快に思われる」

理由はそれだけで充分だというようだ。

「では、六時に」

着るものがないので遠慮します、とでもいおうかと思ったが、大男はすでにマントの裾をひるがえして回れ右している。さっき一瞬見えかけた白い毛皮の、江草夫人らしい姿は京介の目に映らない。もっともああしてマントを広げて行けば、小柄な体はその蔭にすっかり隠れてしまうだろう。

黒い後ろ姿が木の間に消えたのを確かめて、京介は視線を自分の体に戻す。確かにジャケットの色は赤。といっても色で選んだ訳ではなく、売れ残り品のバーゲンで、サイズが合うのはこれしか残っていなかったからだが、幸い裏返しても着られる。こちらは紺だから、問題はないだろう。

（前をきっちり閉じていけば、震えながらの訪問はせずに済むわけだ——）

しかし、なぜ夫人は赤い色が駄目なのだろう。指先にささった小さな棘《とげ》のような疑問を、京介は頭を振って追い払った。

（自分にはなにも関係ない。考える必要などないことだ——）

3

二度ほど敷地を歩いて回った他は、パソコンに向かって一日を過ごした。昼はストーブをつけなくとも、しのげる程度の気温だった。倉持は京介のコーヒー好きを覚えていてくれたのだろう。食料品の段ボールには、レギュラーコーヒーの缶とペーパーフィルターも入っていて、食器棚の隅にはサーバーがあった。おかげでポットいっぱいのコーヒーと乾パンを机の脇に置いて、夕方まで仕事に専念することができた。耳だけは外に向けていたが、この敷地に侵入する者はいなかった。

夕方電話が鳴って倉持が様子を訪ねてきたので、朝江草夫人と連れの男と会った話をした。いったいあの大男は何者ですか、と聞くと、倉持のうんざりした声が受話器から伝わってきた。

『占い師だそうだよ。いつからか知らないが、すっかり夫人に気に入られちゃったらしくてね、もちろんひとつ屋根の下に暮らしてるし、亭主気取りでなんに関してもいちいち口を挟《はさ》むんだ――』

どんなことを、と聞いたが、それはまあ今度行ったときに話すから、という。京介は、プレハブの南《なん》京錠《きんじょう》はいつからかけてあるか、と尋ねた。なんでそんなことを聞くのか、相手は面食らったようだったが、

『台所の方はずっとかけてあったよ。もう片方は大したものがないから、一昨日《おととい》まではそのまんまだったけど？』

京介は机の下から見つけたもののことを話した。印南和昌著『現代日本迷宮入り事件録　関東編』という本、その中の月映荘で起きた事件のことを書いた章だけを、ワープロで書き写したもののようだ、と。だが倉持は著者の名も、そういうタイトルの本にも記憶はなかった。印南という姓の人間はかなりいるそうだから、彼が知らない可能性は無論あるのだが。

『それ、今度行ったとき見せてよ。あの事件は俺も興味あるし』

わかりましたといって電話を切ってから、招待のことをいい忘れたことを思い出したが、彼も忙しいようなので今晩は来ないだろう。念のため机の上にメモを残しておくことにする。電話を切っても六時にはまだ間があったので、パソコンの電源は落として、時間潰しに『夜に消えた凶刃』を読んでみることにした。

江草別邸を月映荘と名づけて住んでいた一家と、八六年の事件については、京介は断片的な知識しか持ってはいない。

九七年、印南茉莉が口走った告発。昨日車内で倉持が話した、入籍しなかった夫婦とふたりの連れ子のこと。それらの断片と、ここに書かれていることは、少なくとも矛盾していない。それだけでなく京介は、輪王寺綾乃のことばに符合する一文すらそこに見出した。

『……他にもこの家に関わって失踪した女性がいる、などともいう。……』

そして綾乃はいったではないか。

『それ以外にも殺された女性がいます。……その方の亡骸はいまもあの家の敷地内に埋められています。……』

もちろん京介は、これをもって綾乃の信奉者に変心するわけではない。漠然とした表現ゆえの偶然の一致、あるいはこの文章の筆者と綾乃が、同じ情報源に拠っている。そのいずれかと考えた方が無理がない。地元で語り伝えられる怪談は、時を経るほどに増殖しているのだろう。

京介はその、四百字詰めに直して二十枚ほどの文章を読み終えた。閉ざされた家の中で殺されたふたりの女、無傷だった少女。筆者はプロの強盗の仕業と考えた警察の見解を否定し、妙にもったいぶった口調で真犯人を暗示しているようだ。ここに書かれている情報がどこまで事実かは、疑ってかかるべきだろう。嘘は書いてなくとも一部分を隠すだけで、読み手が受ける印象はまったく変わってくる。

（どちらにせよ、僕には関係ない——）

六時十分前に京介はプレハブを出た。倉持も鍵を持っているから、彼が来ても閉め出す心配はない。その晩も夜空は晴れていたが、冷えた風が地を払うように吹き過ぎている。ダウンジャケットの前を喉元まで締めて、左手はポケットに、右手で懐中電灯を握る。だがいくらも行かない内に、その指がかじかんできた。手袋の用意はない。倉持に頼んで軍手の一双も買ってきてもらうべきかもしれない。

森に足を踏み入れると、風がさえぎられたおかげでいくらか楽になる。しかし一歩先も見えないほどの暗さだ。闇が左右から押し寄せてくる。空を仰いでも星は見えない。木の枝が頭上を厚く覆っているのだ。道といっても舗装されているわけではない。例の大男なら肩が枝に支《つか》えるだろう程度の幅の、木々の間の踏み分け道だ。ライトを足元に当て、そこに印《しる》されたふたりの足跡を確かめながら歩くしかない。

　足に合わないゴム長の歩き心地に京介がうんざりし始めた頃、行く手に小さく白っぽい燈火が浮かんだ。明かりを消して足を速める。森が切れた途端、ふたたび冷え切った風が京介の頬を打ち、前髪を散らした。塀はないが、ここから先が江草夫人の持ち物なのだろう。みっしりと茂った針葉樹が、こちらには一本もない。ほぼ正方形の平らな土地は、薄く雪に覆われているが、その下には砂利が敷き詰められているらしい。

　目の前に建っているのはこぢんまりとした二階建ての洋風住宅だ。さほど古いものではないだろうが、最近の家と印象が違うのは階高が高いせいかも知れない。夏の別荘として建てられた月映荘が広いベランダを備えた開放的な建築なのと較べ、こちらは煙突が立った鋭角な屋根といい、窓の小ささといい、ヨーロッパ北部を思わせるスタイルだ。

　外に照明がないため全体の材質は明らかではないが、屋根は黒く、外壁には暗褐色の煉瓦《れんが》が貼られているようだ。一年を通しての住まいならこれがふさわしいとはいえようが、その砦《とりで》めいたたたずまいは、頭巾を深く被り、外套の襟を立てて縮こまる臆病な老婆を思わせた。

　軒を出す代わりに一メートルほど内へ窪《くぼ》めた玄関へは、階段を十段以上上がらなくてはならない。階高が高いだけでなく、家全体が石の土台の上に載せられているのだ。砦のように見えるのは、そのせいもあったかもしれない。

荒く仕上げた石のアーチに収まったいかめしい木製のドアには、人とも獣ともつかない奇怪な顔が輪をくわえているかたちのノッカー。だがそれは装飾らしく、ドアの横にこれだけは真新しいインタホンが設置されている。

そのボタンに軽く指を触れると、間髪入れず声が聞こえた。

「――はい？」

「お招きいただいた桜井です」

と答えると、即座に愛想の良い返事が戻った。

「お待ち下さい。ただいま」

男の声だが先刻の白人ではない。歳はずっと若いだろうし、居丈高どころか、それとは対照的なやさしい口調だ。女性的な、といってもいい。ドアが内開きに開かれたのは、ほんの数秒後だった。ほの暗い廊下を背にして立つ、白いセーターの人物。その顔にやわらかな微笑が浮かんでいる。

「ようこそ、桜井さん。お寒かったでしょう！」

茶と青の模様タイルを敷き詰めた玄関に立って、両手を広げている。薄い眉、微笑に細められた目と目尻の笑い皺、顔を囲むやや長い髪。その顔に浮かぶ親しげな微笑みに、京介は戸惑いを覚えていた。自分は彼と会ったことがあるだろうか。

「松浦です。お忘れですか？　茉莉さんと、三年前に月映荘で――」

「ああ、あのときの」

そういわれてようやく思い出す。印南雅長の友人だと聞いていた若い男は、終始茉莉に付き添い茉莉を気遣って、雅長とは一線を画していた。妹から殺人者呼ばわりされて驚き、狼狽《ろうばい》し、ついには怒り出した雅長から茉莉を庇って、一歩も退こうとしなかった。

いまも彼が茉莉につきそっているのは別段意外ではないが、玄関まで京介を迎えた様子は、客というよりこの家の人間のようだ。

「どうぞ」

とスリッパをそろえた松浦は、京介のゴム長に目を見張ったが、

「寒くないですよね。そのジャケット、ここでお預かりしましょう。その方が」

いわれて前のファスナーを下ろそうとしたが、松浦は手で止めた。そうして玄関脇のドアを示した。それを開けると中は三畳ばかりの小部屋で、木製のコート掛けに、他に来客があるのか分厚いウールのコートと、ソフト帽がかかっている。松浦は京介が脱いで渡したジャケットをハンガーにかけ、赤い生《き》地《じ》が見えないように裏向きにしてそこに下げた。

「赤いものは駄目だって、いわれました？」

「ええ、あの外国人に」

「セザールですね」

松浦は背を見せたまま小さく肩をすくめて、

「あいつは江草夫人の騎士のつもりなんです。誰に向かっても平気で威張り散らして、けれど夫人がそれを許すからどうにもならない」

「セザールというのですか。フランス人？」

「当人はそう名乗っています」

「占い師だと聞きましたが」

「ええ。自称占星術師。といってもぼくは彼がホロスコープを書くのを見たことがありません。それらしい蘊蓄は気が向けば並べ立てますが、占ってくれというと、その人間の誕生日だけでなく正確な出産時刻、それも頭が出た時間がいるとか、無理難題をいって誤魔化すんです」

「なるほど」

「だいたい名前がセザール。桜井さんはご存じじゃありませんか？　例のノストラダムスの息子の名がセザールというんです。自分はかの大予言者の末裔《まつえい》で、彼の霊と交信できるからその名を名乗る権利があるのだ、などと称しているらしい。詐欺師といっても不当な非難ではない、とは思われませんか」

「確かに」

京介はうなずいて、

「しかしノストラダムスというのは、もう流行らないのでは？」

「あいつがここに入り込んだのは、三、四年前だそうですから」

日本でその名が著名になったのは、一九七三年にGというライターが刊行した大ベストセラー以来で、あの『一九九九年七の月』という詩が人類滅亡の予言だという説が、オカルトに興味を持たない一般大衆にまで流布された。しかしこれは日本だけの特殊事情で、つまりはノストラダムス研究者でもなんでもないGの、かなり妖しげな著書が真実と思われた影響であったらしい。

昨年はいよいよ恐怖の大王が空から降ってくる年というので、いずれもGの説を踏襲したノストラダムス本が山のように出たが、人類が滅亡することも世界的な災害や戦争が起こることもなく、さすがにブームも去っている。

「しかし、忠告はなさらないのですか」

「しましたとも、もちろん」

そういいながら松浦はため息をついた。

「ですが、ぼくのような青二才のことばになど、耳を貸してはもらえません。少なくともいまのところは害を成してはいない。そう思って静観しているところです」

松浦は再びため息をつく。

「夫人は孤独なんです。江草家の血縁はひとりもいない。実家の植竹家も疾うに代が代わって疎遠になっている。子供はない。経済的な不安がないのはまだしもですが、それで人の心が満たされるわけではありません。

だから茉莉ちゃんを実の娘のように可愛がるし、ぼくもこうして出入りさせてもらえる。だがそれだけでは満たされず、セザールのようなやつをそばに置いて頼ってみたくなるんでしょう。ぼくなどなにをいってもかえって怒らせてしまうばかりですから、ご本人が幸せならいまは良しとしなくてはね」

大きく両手を広げて仕方ないというように笑ってみせた松浦は、行きましょう、と手でドアを示す。だが、彼はまた立ち止まって振り返った。声をひそめて京介に、

「ただ、夫人が赤い色を病的に怖がるのは事実です。彼女は朱色から紅まで、赤系統の色を正視することができません。実際の色だけでなく、『赤』という文字や、赤い色を連想することばさえ耳にするのが耐えられないんです。それだけはどうか、ご承知置き下さい」

「原因はなんですか？」

「わかりません。ＰＴＳＤの一種ではないか、とも思ったのですが」

「心的外傷後ストレス障害。つまり彼女には、赤い色にまつわるトラウマがある、と」

京介のことばに軽く目を見張った松浦は、

「さすがに、よくご存じでいらっしゃる」

ふわっと笑みを浮かべた。

「晩餐を囲めばおわかりになりますが、ワインは白のみ、料理は大抵の場合肉抜き、トマトも赤ピーマンも苺《いちご》も唐辛子も、とにかく赤いものはいっさい出ません。無論家の中に赤いものはひとつもなく、人が持ち込むのも駄目。テレビさえ色を消して見るんだから徹底しているでしょう」

「確かに」

「ぼくもこれで臨床心理を学んだ人間です。アメリカで数年、セラピストとしての経験も積みました。一応専門家として話しているつもりなんですが、こういうときはぼくのような童顔は不利ですね。どうも子供のように思われてしまうらしくて」

くすっと笑いをもらした松浦は、

「ぼくが信頼できないなら専門医に相談するなりして下さいといい続けているのですが、聞き入れてもらえないんです。それも、セザールのおかげだ」

「彼は江草夫人が、医者にかかることを反対しているのですか？」

「そうです。そのためには街に出ていかねばならない。なにが目に入るかわからないところへ行けますか？　あなたが怯えて騒ぎ立てれば、人は皆きっとあなたを狂人だと思いますよ。そのまま入院でもさせられたらどうします？　この家にいれば安全だ。ここから離れて、誰があなたを守ってくれるんです？　そうやって脅しつけられれば、夫人はたちまち心くじけてまた閉じこもってしまう。それの繰り返しです。ああいう人間は、彼女が弱々しく怯えている方が操《あやつ》りやすくていいのですよ」

　やさしげな顔には似合わぬ辛辣《しんらつ》さでそういい切って、歩き出した松浦だが、彼が歩きながら軽く左足を引きずっているのに京介は気づいた。よく見なければ気づかない程度、と思った途端、動きの鈍い左の爪先が壁際に置かれた観葉植物の鉢に当たり、膝が崩れる。よろめいて倒れかかったその体を、駆け寄った京介が右腕を摑んで止めた。

「あ、どうも……」

　右腕を摑んだ京介の手に左指をからませて、松浦は傾いだ体を起こす。彼の背は京介の、顎あたりまでしかない。

「すみません。お手数を」

「大丈夫ですか」

「ええ。もう半年以上経つのに、ちっとも力が入らなくて嫌になりますよ。この左足のやつ」

　京介の手を腕から外した松浦は、京介を見上げて小さな声でささやく。

「桜井さん。すみませんが、これからは気がつかないふりをしていて下さい。特に、茉莉ちゃんがいるときは。ぼくも気をつけますけど」

　そういって、またふわっと笑うとなにごともないように歩き出す。京介は新聞記事の内容を思い出していた。印南雅長がマンションのベランダから落ちて死んだとき、その真下に、彼のところへ行こうとしていた松浦がいた。松浦は雅長の下敷きになって重傷を負った、と。

食堂は玄関から見て一番奥にあった。家の外見と較べては、インテリアには特に変わったところはない。壁紙はやわらかなレモン・イエローで、床には毛足の長いダーク・グリーンの絨毯《じゅうたん》、テーブルを覆うクロスは染みひとつない純白。隅の花瓶には黄色い薔薇と、かすみ草が活けられている。確かに赤い色は見えないが、前もってそういわれていなければ気づかなかったかもしれない。

　食堂に隣接する居間に客がふたりいた。ひとりは固そうな白髪頭の分厚い眼鏡をかけた老人で、老齢のためだけでなく病気があるのではないかと見えるほど、しなびて皺だらけの顔をしている。体つきも子供のように小さい。スリッパを履いた足が床から浮いているせいで、なおさら小柄に見えるのだ。彼は小西慶一というこの近くで開業していた医師で、江草夫人や、ここに住んでいた印南家の家庭医でもあったのだが、二年前に引退して医院も閉めたという。

　隣にいる五十年輩の太った男は息子の和志《かずし》。父の後は継がず、黒磯で医療機器の販売会社を経営している。引退した小西医師はいまは、息子の家に同居しているそうだ。松浦に紹介されて挨拶《あいさつ》したが、老人は口をもぐもぐさせて、無雑作にうなずいただけだった。

　六時に遅れるなと申し渡され、その時刻は守ったが、晩餐がその時間に始まったわけではない。二階から江草夫人と印南茉莉が降りてくるまで、京介が居間に通されてから三十分以上かかった。廊下に通ずる扉が重々しく叩かれて、何事かと思ったのは京介だけらしい。迎えに立ったのは松浦で、開かれた扉から入ってきた夫人は、腰をかがめたセザールに女王のように右手を預けていた。

　高く結い上げた銀髪に真珠を飾り、白いロングドレスに銀のストール、胸にも真珠の首飾りが二重に長く下がっている。セザールは神父のような黒い詰め襟で、うやうやしく夫人に付き従っていた。

「ようこそ、皆様。お待たせしてしまって」

滑稽なほど気取った声だが、さすがに笑う者はいない。身長は百五十センチ足らずの小柄な老女だが、正装して長身のセザールにエスコートされた姿には女主人の風格がある。銀色の縁に薄紫のレンズの眼鏡をかけ、薄化粧した老女の顔には縮緬《ちりめん》のような皺こそ寄っているものの、染みはなく健康的な薔《ば》薇《ら》色だ。口紅もパール・ピンク。その口を皮肉な魔女のようにニィと微笑ませ、小指を立てた左手で眼鏡の縁をそっと押し上げながら、

「茉莉さんのお支度がなかなか決まらなかったものだから、こんなに手間取ってしまいましたのよ。お赦し下さいな。

まあ、小西先生。お久しぶりです。お元気そうですのねえ。和志さん、お仕事はいかが？ ご面倒でも、もう少したびたびお父様を連れていらしてね。年寄りの楽しみといったら、気の合う方と昔話をするくらいですもの。

まあ、あなたが桜井さん？ ようこそ。これからはお隣同士ということですもの。よろしくお願いいたしますわ。あのプレハブにお住まいになられて、寒くはございませんの？ それにあんな空き屋をわざわざ番なさる、ご苦労様でございますこと。男の方おひとりではなにかとご不便でしょう。なんでしたらお食事は我が家でどうぞ。遠慮なさらなくていいんですのよ」

にこやかに話しかけられ、伸ばされた手を取って握手した。冷たく乾いた小さな手は、どこか死んだ小動物の骸《むくろ》を連想させたが、そんな思いは顔に出はしなかったろう。

夫人が長いドレスの裾を床に引いて歩き出すと、ようやくその後ろにもうひとり、立っている者がいるのが見えた。松浦が肩を抱いて、片手でドアを閉めながら、

「茉莉ちゃん。桜井さんだよ。三年前、月映荘の庭でお会いしたろう？」

そう話しかけても顔を上げない。真珠色をしたフリルのあるブラウスに黒いスカートの服装と、三つ編みにして頭に巻きつけた黒髪だけが目に入る。体の前に垂らしてひとつに握りしめた両手が、小刻みに震えていた。

「茉莉ちゃん。桜井さんはいい方だ。なにも心配いらないから、ご挨拶しなさい。ね」

肩に手を回したまま、やさしく子供をなだめる口調で繰り返しても、茉莉はまったく顔を上げようとはしない。小さく肩を縮めて、その場から消えてなくなりたい、とでもいうふうだ。耳元に松浦が顔を近づけてなにかささやくと、いや、というようにうつむいた頭が揺れる。しかしもう一度松浦がなにかいうと、ようやく頭が上がった。なおもためらいがちに。大きな目が恐る恐る、京介を見上げた。

臆病な栗鼠《りす》みたいな目だな、と思う。なにかあったらただちに回れ右して、安全な巣穴《すあな》に逃げ込もうと身構えている、そんな目の表情だ。

こんな目を以前にも見たことがあると思い、どこで、と記憶を探り、そうか——とようやく気づく。蒼だ。いまの彼ではなくもっと昔、神代教授の家で暮らし始めた十一歳の蒼が、外に出たときはちょうどこんな目をしていた気がする。恐怖と警戒、緊張。それは無論京介らにではなく、それ以外の他人に対してではあったが。

気がつくと茉莉の片手は後ろに回って、松浦のセーターの裾をしっかりと握っている。昔の蒼が、よくそうやって京介の服に摑まらずにおれなかったように。人見知りの幼児のような仕草は、十一歳の蒼にも痛々しかったが、まして彼女は二十歳を過ぎた大人だ。京介は兄が人を殺したと口走ったときの彼女の、子供じみた口調を思い出していた。

「こんばんは」

というと、その体がびくっと後ろに引かれる。いまにも逃げ出してしまいそうだ。松浦がその腕をなだめるように叩いていう。

「大丈夫だよ、茉莉ちゃん。この人は君になにもしないから」

「ほんと？……」

　口を動かすと、茉莉の表情はいっそう幼げになった。だがそのかすかな声は、京介に向かっていわれたのではない。

「ほんとにこのひと、なにもしない？……」

「ほんとだよ」

　松浦が後ろからいう。

「ご挨拶できるかな？　こんばんはっていってごらん。ちゃんと。できるだろう。ぼくがここにいるんだから。ね？」

「こんばん、は……」

　やっとそれだけいった。だがいい終えると、京介がなにをいう間もなく、茉莉は後ろにいた松浦の胸に顔を伏せてしまう。

　そのとき後ろから声がかかった。江草夫人の、妙に気取った声だ。

「茉莉さん、松浦さん、なにをしているの？　桜井さんもいらして。晩餐を始めますわ」

　松浦がそっと茉莉の肩を叩く。しかし振り返った彼女の顔は固く強ばっていた。

月無き夜の惨劇

1

そうして始まった晩餐は、少なくとも表面的にはなごやかに進んだ。暖炉を背にした席についた江草夫人は快活で、様々な話題を率先して提供し、客たちの全員が会話に加われるよう、気を遣っているらしかった。小西親子には老人の体調や息子の仕事のことを尋ねる。息子は愛想良く、夫人との会話につき合っているが、老人の方は耳が遠いのかむっつりした顔で食事に専念している。夫人は京介にも話題を回してきたが、月映荘に関しては少しも触れようとしない。それがいささか不自然に感じられた。

和服にエプロンをかけた女性がふたり給仕を務めるが、そのようにしつけられているのか終始無言で立ち働いている。料理はすべて那須高原のホテルから届けさせたものを、厨房《ちゅうぼう》で温めたり盛りつけたりしているそうで、本格的なフレンチだ。だが松浦が予告した通り、見事に赤い色の食品がない。

サラダにはレタスやルッコラに、オリーブと茹《ゆ》で卵《たまご》と茹で車海老《くるまえび》があしらわれていたが、海老は殻だけでなく赤い表皮を全部剝いてあり、いささか間が抜けて見えた。肉料理もあったがホワイトソースをかけた子牛肉で、それも江草夫人は手をつけなかった。

セザールは食卓についても尊大な態度を崩さず、自分が主のようにふんぞり返っている。ただ夫人へはまめまめしく世話を焼き、気遣いをしていた。松浦は時折は夫人に代わってにこやかに、如才《じょさい》なく話を繋ぎ、茉莉は眼を伏せたままひとことも口を利かなかった。

京介は食事の間中、茉莉の様子に注意していた。オードブルの皿が出る直前、彼女が前を向いたまま目を閉じた。そのまま動かなくなっていたのがほんの数秒、すぐまた目を開く。そして驚いたようにまばたきした。横の席にいた松浦が、すばやくその耳元になにかいった。

　彼女の様子はそれから変わった、と京介は思う。注がれたワイングラスにそっと口をつけ、銀のナイフとフォークを作法通り、かすかな音も立てずに操る様は、少しも子供っぽくは見えない。なにかに怯えている様子はあるものの、物腰も優雅な一人前の女性に見えた。

　デザートに苺もチェリーもないプチ・フールとコーヒーが出て食事が終わると、茉莉はナプキンを畳んで椅子から腰を上げた。

「茉莉さん？」

　とがめるように彼女を見た夫人に、すっと腰をかがめて会釈して、

「あの、私、疲れましたので、これで失礼させていただきます……」

　声はいまにも途切れそうにか細かったが、やはりさっきの口調とは違う。松浦が顔を上げてついていこうとしかけたが、それより早く立ち上がったのは江草夫人だった。

「では私も失礼することにしますよ。お招きしておいて御免下さいませね。でもどうぞ皆様はごゆっくりお過ごし下さい。和志さん、車ならアルコールが醒めてからお帰りにならなくては駄目ですよ。松浦さん、後をよろしく。セザール」

　ついと出した右手を、呼ばれた黒衣の僕《しもべ》がうやうやしく支えた。そうして退場していくふたりの後ろ姿を、茉莉はテーブルの前に立ったまま見送る。夫人といっしょでは戻りたくない、という様子に見えた。しかし廊下から夫人の声がした。

「茉莉さん、いらっしゃい。着替えを手伝ってあげますから」

彼女は声の方へ振り返る。京介は見た、そのとき茉莉の顔がふたたびはっきりと強ばったのを。目の中に怒りの色が浮かび、結ばれた唇がゆがんだ。だが、それも一瞬。ふうっとため息をもらして、

「お先に失礼します。お休みなさいませ」

誰にいうともなくつぶやいて、茉莉は部屋を出ていった。

給仕をしていたふたりの女性は、卓上を片づけ終えて、すでに厨房に引き上げている。急に人が減って静まり返った食堂で、

「松浦君、コーヒーがもう一杯欲しいな」

小西和志が呑気な声をかけ、松浦は気軽に腰を上げた。

「じゃあぼくがいれてきます。居間に移りましょうか。小西先生。桜井さんもどうぞ」

手洗いに立った京介が戻ると、すでに三人は居間のソファに移り、コーヒーカップが香ばしい湯気を上げている。その場の話題は印南雅長の転落死のことになっていたが、会話というよりもっぱら和志が尋ねて松浦が答えている。老医師はそれを聞いているのかいないのか、小柄な体をちょこんとソファに載せて、両手でカップを抱えていた。

「——俺は雅長のことは、隣に住んでた子供のときから知ってるけどさ、そうするとあいつ、だいぶ前からアル中になってたわけか。やっぱり自殺だったんだなあ。そうなんだろ？」

和志の問いに松浦は、ちょっと嫌そうに顔をしかめて、

「それはわかりません。ぼくはむしろ事故だと思っています。だけど、そうなると彼はベランダからぼくが来るのを見つけて、身を乗り出して落ちた可能性があるんですね。だから——」

「君のせいかもしれないって？　そんなことないさ。べろべろに酔ってなけりゃ、ベランダから落ちるはずもないんだから」

「ですが――」

「ああ、桜井さん桜井さん」

ドアから入った京介に気づいて、和志が大きな手を振って招く。

「ねえ、なんとかいってあげて下さいよ。彼はね、人がいいっていうかなんていうか、雅長が死んだことを、自分のせいかも知れないって、ずうっと気に病んでるっていうんだから」

「はあ……」

そろそろ帰るというつもりだったが、機会を逸した格好で、京介は松浦の隣に座る。

「知ってるでしょう。雅長がマンションのベランダから飛び降り自殺して、彼は巻き添えを喰ったんだ。あいつを訪ねてマンションの下まで来かけたときに、上から降ってこられてさ。おかげで左足を複雑骨折して何ヵ月も入院したっていうのに、それを自分のせいみたいにいうんだから。君はなんにも悪くないよ、松浦君」

ワインが効《き》いているのか、和志の顔は赤く声が大きい。松浦は膝に立てた腕の手に顎を乗せてうつむいていたが、京介をちらっと見て、

「もっと早く訪ねるつもりだったんです。そのつもりでその日は仕事も休んでいました。それが、自分でも思いの外《ほか》疲れていたんですね。ちょっと横になるだけのつもりで、目が覚めたらとっくに夜になっていました。

夜の九時をずいぶん回っていて、でもぼくのアパートは神楽坂《かぐらざか》で、彼のマンションは葛西《かさい》です。地下鉄で三十分もかからないので、サンダルをつっかけただけであわてて出かけたんです。なんであんなに気が急《せ》いたのか、なにか予感みたいなものがあったのかもしれません。だから葛西の駅からも、下を向いて走りっぱなしで、マンションの中庭を横切るときも上なんか見ませんでした」

「そしたらそこにドスン、か」

和志の合いの手に小さくうなずいて、

「病院のベッドの中で、ずっと考えていました。事故ならぼくのせいだ。自殺だってぼくに責任がある。それならいっそあれが、殺人だったらいいのに。誰かが彼の部屋に上がり込んで、彼を突き落としたのなら、ぼくのせいではなくなるのにって。馬鹿なこと、考えたものでしょう？」

「その可能性はないということですか」

京介の問いに、松浦はうるんだ眼を上げてうなずく。

「ええ、ないんです」

「鍵がかかってたんだよ。鍵だけじゃなくチェーンも」

和志が話に割り込んできた。

「開いてたのはベランダのガラス戸だけだ。つまり雅長が飛び降りるまで、他には誰もいなかったってことだ」

「隣の部屋は？　あるいは上か下の部屋は」

尋ねた京介に、

「それくらい警察が考えてますって」

なぜかやけに嬉しそうな和志だ。

「留守で鍵がかかってたとか、家族四人で遅い夕飯の最中だったとか、回りの部屋全部そんな具合でね、誰かがそこから逃げた可能性はなかったってよ。だからまあ、自殺にしろ事故にしろ、雅長は自分で落ちたってことだなあ」

印南雅長が酒浸りのアル中同然だった、という話は昨日倉持からも聞いている。なぜ彼がそんなふうになったか、といえば『妹にあんなこといわれたから』。確かに、血は繋がっていないとはいえ、家族として暮らしてきた人間に、人殺しだといわれて衝撃を受けないはずはない。だが、成人した男性がたかがそれだけのことで、自殺か、それと疑われるような状態にまで身を持ち崩すものだろうか。

あり得ないとはいえまい。外見はいかにも男性的なタイプの雅長だったが、そういう人間がかえって脆弱《ぜいじゃく》な精神の持ち主であることは珍しくない。

（だが、どうもわからない――）

京介は胸の中でつぶやく。これまで聞かされた事実だけでは、ピントがずれたように、世界は明快な線を描かない。納得できないことが多すぎる。そう思いかけて、京介は顔には出さぬまま苦笑した。なにを考えている、自分に関わりもないことを。

「ぼくが雅長君と知り合ったのは、八七年のロサンゼルスです。それから最後まで、ぼくは彼の友人のつもりでした……」

深く顔を伏せたまま、松浦がつぶやいた。

「彼がぼくをどう思おうと、彼が過去になにをしていようと、ぼくは彼を憎むつもりはなかった。茉莉ちゃんはぼくが守るけれど、だからってふたりがあのまま喧嘩別れしていていいはずがない。ぼくだけは茉莉ちゃんと彼のパイプ役でいよう。そう思って、彼にも繰り返しいっていたんです。

けれど、彼は信じてはくれなかったのかもしれない。それどころか彼はぼくを憎んで、妹を奪って自分たちの仲を裂いたと、そう考えていた。だから、彼がぼくを見て飛び降りたのだとしたらそれは、もうぼくと口をききたくなかったから、ぼくを巻き添えに死のうと思ったからかもしれない――」

「松浦君。松浦君ったら駄目だよ、そんな終わったことばっかり考えちゃぁ」

和志が大きな手で彼の背中を叩く。

「君がなにしたわけでもないじゃない。そもそもそういうことを口走ったのは茉莉でさ、後ろめたいことがなかったら、雅長は別に平気でいれば良かったわけじゃない？」

京介の胸に浮かんだ不審を、そう、ことばにした和志に、

「でもぼくは茉莉ちゃんの、回復した記憶に責任があります。彼女の心の健康を取り戻すために、抑圧された記憶はよみがえらねばならなかった。けれどそのせいで雅長君が死ぬことになった。それを思うと、どうにもやりきれないんです――」

『回復した記憶』『抑圧された記憶』京介の脳裏《のうり》にそれらのことばが止まり、暗く点滅する。先程松浦は自分のことを、臨床心理を学びアメリカでセラピストの経験を積んだ専門家だ、といっていた。つまり彼は印南茉莉に心理療法家として関わっていたというわけだ。その結果が九七年、茉莉が兄雅長に向かって口走った『やっと思い出した』『お兄様が殺した』、か。

　近年のアメリカで、親や親族など身近な人間に虐待を受けた子供が、成人してから加害者を訴える事例が急増したとなにかで読んだ記憶がある。その内の何割かは、虐待の記憶を失っていた。

　無力な子供は、自分の力ではどうにもならない状況に置かれたとき、唯一己れを守る手段として、自分自身を分裂させる。虐待を引き受ける自分と無傷の自分。無傷な自分は虐待を記憶しない。ふたつの自分は切り離され、犠牲者である傷ついた自分は虐待の記憶を背負って潜在意識に抑圧される。

　だが抑圧された記憶は、無傷なはずの顕在意識に影響を与える。成人してから、さまざまの神経症やアルコール依存などの症状を表した人々が、セラピストとの面接の中で過去を振り返り、忘れていた子供時代の虐待を生々しく思い出すという。また多重人格が、こうした忘れられた児童虐待と結びつけられるケースもある。十六の人格を持っていたというシビルも、最近ベストセラーになった二十四人格のビリー・ミリガンも、虐待の犠牲者だった――

「だからさ、これもいまさらな話だけど、やっぱり茉莉は雅長が犯人だったってことを訴えるべきだったんだよ」

　和志が大声で、居間に淀んだ沈黙を破った。

「黒白はっきりしないから、そうやって君だっていろいろ悩むことになるんだろう？　雅長が事実、女ふたり殺した犯人だったってことなら、自殺でもなんでも仕方ないやね。それとも君は茉莉の記憶ってやつを、信じていないわけか？」

「信じて、います。それは……」

つぶやいた松浦は顔を上げていた。見開いた目が涙でうるんでいる。

「でも、おっしゃる通り不安はあります。別の解釈を取れば、茉莉ちゃんは自分を守ってくれない雅長君に対する怒りや悲しみを、告発という形で吐き出した可能性もないとはいえない」

「だけどさ、それならそもそもなんだって、雅長は親を亡くして学校にも行けなくなってた茉莉をこっちに置きっぱなしで、東京に行ったきり戻ってこなかったんだ？　俺はもうこっちにいなかったから、良く知らないけど、親父の話だと子供のときは、そりゃあ仲が良かったっていうぜ。なあ、変だと思いませんか、桜井さん？」

和志が京介の顔を覗き込む。酒臭い息に閉口しながら、仕方なく返事をした。

「妹さんのことでなく、戻りたくない理由があったのかもしれませんね」

「ああ、家庭教師の女が雅長に迫ってたって、あれでしょう？」

「本当のことですか？」

「どうですかね。少々歳は食ってたが、確かに美人じゃありましたよ。だけど自分の頭の良さを鼻にかけてるような、ちょっと嫌みなところがあったね。こんな田舎《いなか》の野郎なんか、最初から問題にしないってような」

「よくご存じだ」

京介のつぶやきに、和志の脂ぎった顔がぱっと赤らんだ。

「な、な、なにをいってるんですか。たまたま親父の医院で顔を合わせたことがあるってだけですよ。確かにあの女なら、雅長を落として印南家の嫁になろう、くらいのことは考えたでしょうなあ」

「でも、雅長君が茉莉ちゃんを避けていたようなのは、そのときだけではありませんよ」

松浦が口を挟む。

「彼は事件後、妹を置いてロサンゼルスの大学に留学しました。そこでぼくと知り合うことになった」

「そりゃどう見ても不自然だよ。だからやっぱり雅長には後ろめたいことがあったんだ。自分の犯行現場を見られて、いつ思い出されるか不安だったから。そう考えるしかないじゃないか。違うか？　なあ、桜井さん？」

　京介は視線を上げた。和志だけでなく松浦も、正面からこちらを見つめている。京介は唇を噛んだ。さっきプレハブで読んできた『夜に消えた凶刃』の文章が記憶に浮上する。あの記述がどこまで事実なのかはわからない。しかし確かにあれは、警察が捜して見つけられなかったプロの強盗などではなく、印南雅長を事件の犯人と推理するよう、読者を誘導していたように思われる。なぜそんなものが、自分に読ませるためというように、あそこに置かれていたのか。いや、いまはそこまで考える必要はない。あの文章に囚われる必要も。

「――僕は、ここで臆測《おくそく》を重ねることは無意味ではないかと思います」

　京介がぼそりと答えると、和志は白けた顔になった。それでいい。そろそろお開きにする時刻だ。

「警察は当然、雅長氏のアリバイも調べているはずです。その彼が逮捕もされていないのだから、彼に犯行は不可能だったと考えていいのではないでしょうか」

「だけど、そこはなんかのトリックでさ。警察の裏を掻《か》くことだって――」

「こら、和志、いい加減にせんか！」

　突然背後から大声がした。名前を呼ばれた和志は、ソファから跳ねるようにして立ち上がる。声を出したのは、それまで一言もしゃべらなかった小西医師だ。しなびたように小柄な老人は、かけていた安楽椅子から腰を浮かしている。右手で耳の穴を掻くようにすると、

「さっきからいったいなんの話をしとるのかと思えば、まったく馬鹿馬鹿しい。雅長が犯人だと？　そんなはずがあるか。わしはこの目ではっきりと犯人を見たんじゃ。大きな荷物を片手に提げて、山高帽を被った、蚊トンボのような痩せた男が、さあっと月映荘の前から走り去るのをな」

2

　小西医師の背丈は、立ち上がっても京介の胸くらいしかない。その小さな老人が、頭の痛くなるような大声を張り上げながら、つかつかと歩み寄ったのは松浦の前だった。

「いいかね、松浦君とやら。わしはいままでなにもいわずに来たが、あんたが茉莉を扱うやり方に、わしは不賛成じゃよ。抑圧されていた記憶を回復することが、患者の心の健康に繫がるというが、茉莉はそれで健康になったか？　違うじゃろう。以前は雅長に寄りかかろうとして、寄りかからせてもらえんかったが、いまはあんたに縋《すが》りついとるだけじゃ。いつまで経っても茉莉は年相応の、一人前の人間として生きていけるようにはならない。それはあんたの間違いじゃないか。ありもしない雅長の殺人の記憶を、茉莉が思い出したのもあんたのせいでないといえるかね！」

　松浦は青ざめていた。親にいきなり怒鳴りつけられた子供のように、体を震わせ、拳を握りしめる。舌先でしきりに下唇を舐めながら、ことばを探すようにうつむいていた彼は、だがようやく顔を上げると、

「それは、ぼくは確かにセラピストとしても未熟な人間ですし、自分が常に絶対間違えないなどというつもりはありません。そして、ぼくはセラピストとしてクライエントとの間に保つべき距離を、踏み越えてしまっているかもしれません。でも、それが間違っているとは思いません。ぼくは——」

ことばを切った松浦の頬が、見る見る少女のように紅潮する。

「ぼくは、茉莉ちゃんが好きです。彼女をひとりの女性として、愛しています」

　和志がえっ、と声を上げた。しかしそれまでのふたりの様子を見ていれば、それはまったく意外ではなかった。

「それが本気だとしたら、あんたの間違いだ。大きな間違いだよ！」

　老医師はわめいた。

「あんたは治療者としての立場を利用して、いたいけな患者をもてあそんだんだ。そんなことをして良かろうはずがない！」

　しかし松浦は頬を赤らめたまま、一歩も退こうとはしない。

「違います。ぼくの気持ちは真剣です。そして茉莉ちゃんも、ぼくの気持ちを受け入れてくれています」

「茉莉は通常の判断能力がない。子供と同じだ。それくらいあんたは良くわかっておろうが」

「いいえ、ぼくは小西先生のように彼女が人間として自立していないとは思いません。そういうお考えは、病人を一人前の人間ではないというのと同じだと思います」

「なにをッ？」

　老医師がわめいた。

「病気の人間を健常者と同じには扱えん、とわしはいっとるだけだ。わしの目から見ると、あんたは茉莉を子供のままで置くようにしておいて、都合のいいときだけ大人扱いするとしか思われんよ。たったひとり残った肉親を人殺しだと信じさせたのも、つまるところ茉莉をあんたの思いのままにしたいからじゃあないのかね。そうしたらおあつらえ向きに、雅長が自殺してくれたというわけだ。いや、それともあれはあんたが殺したのかな？」

「父さん！」

たまりかねたように和志が叫ぶ。

「いい加減にしてくれよ。どうせさっきまでの俺らの話なんか聞こえちゃいないんだろうが、松浦君が雅長を殺せたはずがないだろう。茉莉だって身寄りはないも同然なんだから、愛してくれる頼もしい男がいればなによりじゃないか」

「だったらおまえは死んだ雅長に、やってもいない殺人の罪を着せてもいいというのか？」

「だって、それは、やったのかもしれないし」

「やっとらん！」

老人は再びわめいた。

「さっきもいったろうが。わしが歩きで月映荘の前まで来たとき、逃げ去る人影が見えたんだ」

「それが雅長じゃなかったのか？」

「見違えるものか。あいつはあんなにノッポのがりがりじゃないし、山高帽なんぞかぶってもおらん。それは確かだ。わしは目は悪くない。それほど老いぼれてはおらんかったぞ」

「そのとき、明かりはあったのですか？」

京介は尋ねていた。例の『夜に消えた凶刃』には電灯が消えていたとあったのだが、それが正しい情報か否か、目撃したという当人を前にして、確かめてみたい誘惑に勝てなかったのだ。老人は白い眉をしかめながらこちらを見ると、いくらか耳が遠いのだろうか、大声で、

「なかった。近くまで行っても、窓からもれる明かりも、ポーチの電灯も点《つ》いていなかった。だからいよいよおかしいと思って、あわてて近づいていったのさ」

「では、明かりもなしにそれほどはっきり人の姿が見えたでしょうか？」

松浦と和志が同時に息を呑み、小西医師はムッ、と口を曲げる。

そのことは文章を読んだときから疑問に感じていた。月映荘の庭には現在庭園灯もなく、かつてあったという痕跡もないのだ。

見えるはずのない犯人を医師が見たと、文章上で証言を偽造し、それは印南雅長だったというふうに誘導しているのかもしれない、と思った。しかし京介の予想に反して、医師は書かれていた以上に詳しく自分の見たものを証言し、それを雅長ではないと断言している。

いや、それだけで『夜に消えた凶刃』の作為を否定したことにはならない。つまりあれは、自分が見たのが雅長ではないという医師のことばを省略することで、読者を誤導しようとしていたのかも知れない。今日ここで小西医師のことばを聞かず、他の部分にもそこはかとなく感じられる作為に気づかなければ、あの『非常に長身の人影』は後でパトカーとともに現れた雅長だったと京介が考えても、さして不思議ではなかったろう。

「見えたとも」

小西医師は顎を上げて繰り返した。

「確かに見た。嘘はいわん」

「だからそれが思い違いなんだろ。明かりひとつなかったっていうなら」

「違うわい！」

大口を上げて息子を一喝した彼は、

「そうだ、思い出したぞ。あの晩は満月だった。雲があってそれに月が出たり隠れたりして、そのたびにあたりが明るくなったり暗くなったりした。わしが月映荘のそばまできたとき、月が雲から出て急に明るくなってな、あの家の白い外壁が照らし出された。そこに、見えたのよ」

「どんなふうに、ですか？」

「ポーチの右手からさっと通り過ぎた。玄関から飛び出したところだったのだろう」

「それだけじゃ、なあ……」

和志は同意を求めるように、京介と松浦を見てささやいたが、

「おまえはそれほど雅長を犯人にしたいのか！」

老人に怒鳴られて首をすくめる。

「なにが素人探偵気取りに。いいか、この際はっきりいっておくぞ。わしがこの江草さんの家で電話をして、そこにパトカーと雅長が来て、三谷と小笠原の遺体に触れたのが午後の十時半を回っていた。そのとき角膜《かくまく》の混濁はすでに始まっていて、硬直は顎から首、肩に及んでいたが、まだ指では始まっていなかった。つまりその時点で、死後二、三時間程度と考えられる。

　これはわしのその場での見立てだったが、解剖されて死亡推定時刻はもう少し絞られた。午後七時から八時、とな。しかし雅長は、六時半には葛西のマンションにいた。どう車を走らせても、八時までに月映荘には着けん。わかったか！」

（また……）

　声には出さぬまま、京介は思った。例の文章には『発見から二、三時間以内』と書かれていた。以内といわれれば印象として、発見の一時間前でも三十分前でも含まれるように読めはしないか。犯行時間が遅ければ遅いほど、印南雅長には不利になる。確かにあれには読者に彼を犯人だと思わせようとする、意識的な文飾があるのだ。

　しかしそれをプレハブに置いていった人間が、そこまで承知していたかどうかはわからない。そして京介が番人としてやってくることを、倉持がどれくらい話したかはわからないが、たとえ自分の名前まで口にしたとしても、どこの誰ともつかぬ『桜井京介』に八六年の事件に関する情報、それもゆがみのかかったを読ませることに、どんな意味があるというのか——

「その時間に東京にいたってのは、確かなんだろうなあ」

　諦めきれぬ様子の和志に、老人はぴしゃりといい返す。

「それくらい、警察が調べないと思うか」

「そりゃあ、八時には間に合わないかもしれないけど、十時半ていうのもかかりすぎなんじゃ？」

「東北自動車道で事故があって渋滞《じゅうたい》したために、宇《う》都宮《つのみや》で降りたと聞いた。その後道に迷って時間がかかったとな。雅長は時間を打刻した高速料金の受け取りを持っていたし、記録も残されていたそうじゃ。どちらにせよ、死亡時刻の範囲内に雅長が月映荘まで戻れなかったことは確かな以上、彼がふたりを殺したはずがないし、茉莉がそんな光景を目撃したはずもないんじゃ。わかったか！」

居間のドアがキイと鳴って開いた。

「なかなか、面白そうなお話ですな」

そういいながら現れたのは、ダーク・グリーンのセーターに着替え、首に共色のマフラーを巻いたセザールだった。戸口を塞《ふさ》ぐほど大きな体を、開いたドアに寄せかけて、

「しかしそれでは小西先生、十四年前月映荘を襲い、ふたりの女性をあやめた犯人は、どこに消えたのでしょうな？」

「そんなのは、わしの知ったことではないわい」

老人は耳の穴を掻きながら、不機嫌にいい捨てて横を向く。

「ご自身が目撃された山高帽の男に、見覚えなかったと？」

「あったら疾うにいっておる。犯罪者を捕らえるのは警察の役目だろう。わしは医者だ。そうは見えんか？」

「これはまた、ずいぶんとご不興ですな」

「イカサマ占い師なぞに、口をきく気はせんわい。和志、帰るぞ」

「まあ、いま少しお待ちあれ」

セザールは体で、歩き出しかけた老人の前をさえぎって、

「しかし肝心の警察は、未だに犯人を捕らえられない。マドモアゼル・マリの悲しみも苦痛も、真相が明らかにされぬまま宙吊りにされた八六年の事件から発していると私は思う。

医者の役目とは患者の心身の安寧《あんねい》を守るものだとしたら、事件の真相を究明することは決して医者の仕事と無関係ではあるまい。松浦君、どうだね？　私のいうことは間違っているかな？」

　セザールに名を呼ばれて、松浦は嫌そうに顔をそむけたが、

「いえ、間違ってはいないと思います――」

　彼を見ぬままつぶやいた。

「ぼくは医者ではないけれど、茉莉ちゃんのために真相を知りたい。それで彼女が過去から抜け出せるなら、ぼくにできるどんなことでもします」

　ふむ、とセザールはうなずいた。

「どうだね、諸君。これからひとつ月映荘の検分に出かけては」

「これから？」

　目を剝いた和志に、セザールは大きな手を上げて壁の時計を示す。

「見《み》給《たま》え。時もちょうど、十四年前にほぼ同じい午後十時半だ。小西君、先生、そして桜井君といったかな、君もこれまでの議論が単なる暇つぶしでないというなら、来るべきだろう」

　それから十五分後、セザールを先頭に老医師を除く三人は、月映荘の敷地を縁取る森の中を歩いていた。小西医師は、これ以上いうことはないといって同道を断り、息子の和志は引っ込みがつかなくなった格好だった。京介は、帰り道なので一緒に行かぬわけにはいかない。出るまでに十五分かかったのは、戸締まりをしていたためだ。

　晩餐の給仕をしたふたりの女性は、通いなので疾うに車で帰宅している。医師の他に残るのは、二階の寝室で休んでいる江草夫人と茉莉だけで、玄関だけでなく勝手口や窓なども、松浦とセザールが手分けしてすべて施錠を確認した。医師は居間のソファに座ったまま、松浦が行って来ますと声をかけても知らぬ顔をしていた。

一度セザールが玄関の鍵をかけたところで、彼のポケットから携帯のコール音が響いた。『アロー』といったセザールは、すぐまた『オウ』と肩をすくめて、奥様からの呼び出しなので少し待っていてくれという。おかげで閉ざされた玄関ドアの前で、もう五分待たされた。

黙々と歩いていく四人の最後尾で、小西和志が京介の袖を引く。

「ねえ君、月映荘の鍵は持っているの？」

「ええ。ですが、勝手に中に入るわけにはいきませんから」

「そうだよねえ」

暗くて表情はわからないが、あからさまにほっとしたような声だ。

「いやあ、実をいうとちょっと冷や冷やしちゃったんだよ。検分なんていってまさか、家の中まで引き回されるのはねえ」

「お疲れですか？」

彼はいやいやと手を振って、

「それよりもねえ、あの家にはいろいろ噂があるからさ、それも夜なんかに中にはいるのは、どうも」

「どんな噂が？」

「どんなって、そうか、君は知らないから、あそこの敷地に泊まり込むなんてことができるんだ。普通はみんな嫌がるよねえ」

呆れたような感心したような口調でそういった和志は、

「あの家建てた人の奥さんが、二階の部屋で自殺した、ってのは知ってる？」

「ええ」

「だからあの部屋には、幽霊が出るっていうんだけど」

「それなら聞きましたが」

「俺が聞いたのはもっと新しい話なんだ。十四、五年前、かな。あそこの窓が真っ赤な血の色に染まっているのを見た、なんて聞かされてね」

「十四、五年前というと、あの事件の前ですか。後ですか？」

京介が聞くと、彼はちょっと無言で考え込んでいたが、

「たぶん前の話だな。なにせあの事件以来、月映荘は無人になったんだから」

「雅長さんはアメリカに留学したんですね」

「そう。で、茉莉は確か、一年医療施設のようなところで暮らして、それから中学高校短大と寄宿舎のある学校にいたそうだよ」

「その間、ずっと雅長さんはアメリカに？」

「そういうことだ。茉莉が短大を出る前年に戻ってきたが、結局ほんの一月足らずしか一緒には住まなかったそうだ。いくらなんでも冷たすぎるっていうか、変な気がするだろう？　血は繋がっていないっていったって、たったひとりの妹なんだからさ」

「ええ――」


森が開けた。しかし暗さに慣れた目にも、月映荘の輪郭が辛《かろ》うじて見える、というほどに過ぎない。和志は懐中電灯を上げて行く手に見えるその壁を照らしながら、

「こりゃあ暗いなあ――」

つぶやいた。

「これで逃げていくやつが見えたなんて、やっぱり親父の思い違いに決まってる」

「いや、そうともいえないでしょう」

「え？」

「そのときは満月だった、とおっしゃっていたじゃありませんか」

「ああ、そうか」

和志と京介はその場に足を止めて、夜空を仰いだ。今夜は雪は降らないようだ。黒いビロードを広げたような頭上には、しらしらと無数の星がちりばめられている。月はない。

「月が明るければ、かなり違うかな」

「それに当時は家の壁も、もっと白かったのではないでしょうか。するとそれが光を反射しますから、なおさら明るく感じられたでしょう」

「ふうん。それじゃやっぱり親父が見た、山高帽に大荷物片手のノッポが犯人か？」

「かも知れません」

「だけど、強盗に入る人間が、なんだってそんな仮装舞踏会みたいな格好をしてきたんだ？」

「そうですね。もしかするとその犯人は、客として来たのかもしれません。無論、凶行の計画を隠してでしょうが。例えばそうした服なら手袋がつきものですね。そのための大仰《おおぎょう》な正装だった、とも考えられます」

「ああ、なるほど。指紋の用心か」

「発見された三谷さんが着飾っていた、というのは本当ですか？」

和志はあれっ？　というように京介を振り返り、

「なんだ。あんた詳しいねえ」

「そうですか」

「そのことは新聞にも載らなかったんだよ。俺は親父から聞いたから知ってるんだけどね。三谷圭子って女は、美人は美人だけどわりとこうぎすぎすしたタイプでね、ふだんは髪も後ろにきっちり結って、眼鏡をかけて、地味なスーツだった。

　それが親父が見たときは、髪の毛はほどいて垂らしてるし、イヤリングはつけてるし、眼鏡は外して化粧もしていれば、真っ白なワンピースだっていうんだからね。あんまり様子が違うから、初めは三谷じゃないとまで思ったらしい。すると君の推理では、彼女は山高帽の客を迎えるためにいつになく洒落《しゃれ》こんでいた、というわけだ」

「いえ、ただそうも考えられる、と思っただけなんですが」

「それにしてもなんだって、警察は犯人を挙げられないのかな。いくらプロだっていったって。おっと、あのふたりはどこ行った？」

京介たちが立ち止まって話している間に、セザールと松浦は角を曲がって正面に行ってしまったらしい。話し声が聞こえる。あの声は？

小走りに月映荘の玄関側に回り込んだふたりは、手にしたライトの光を前に投げて、そこに人影が三つあることに気づいた。そばには京介に見覚えがある、白っぽいバンが停まっている。

「――倉持さん？」

「やあ、桜井君。驚いたよ、早速放火屋が出たかと思ってね」

いつもの作業着の上から丈の長いジャンパーを羽織った倉持と、セザールと松浦の三人が向かい合っている。体の位置からすると、倉持がポーチへ上がろうとするふたりの前に、立ちふさがっているように見えた。

「どうしたんですか？」

「いや、この人たちが月映荘の中に侵入しようとしていたんでね」

「そんな、違います」

倉持のことばを松浦がさえぎった。

「小西先生がいわれたように、右手を人影がよぎったなら、やはり玄関からポーチに出てこの階段を下りたんだろうかって、そばに寄ってそんな話をしていただけなんです」

「そうだ。それを盗人《ぬすっと》呼ばわりするとは無礼なやつだ。場合によっては訴えるぞ」

セザールの脅しめいた声にも、倉持はやれやれというように両手を広げて、

「どういう趣旨で訴えるおつもりかは知りませんが、ぼくらは月映荘の所有者の印南茉莉さんと県から委託されて、こちらの建物の管理責任を負っておりますので、それはご承知おき下さい。中をご覧になりたいということでしたら、印南さんからいっていただければ喜んでご案内します。それもこんな時間ではなく、もっと明るいときにね。それでいいんじゃありませんか？」

「僕も賛成です。いくら同じ季節の同じ時間でも、満月の夜と今日のような新月では、検分の意味はありませんよ。それなら昼間の方がいい」

横から京介も口をそえた。

「そうですね――」

京介のことばに、松浦がうなだれたときだった。

突然ルルルル……という音が聞こえた。さっきも聞いた、セザールの携帯の着信音だ。彼ははっとしたように、大きな手を黒いコートのポケットにつっこむ。彼の手に握られた携帯は玩具《おもちゃ》のようだ。

「アロー」

そういった顔がふいにゆがむ。

「マダム？　どうした、マダム――あ、わかった、いますぐ！」

叫んだセザールは、携帯を握ったまま身をひるがえす。足音を響かせて走り出したその後を、真っ先に追ったのは松浦だ。

「セザール、どうした、セザール！」

彼は振り向いて叫んだ。

「みんな来い。なにかが起こった」

「なにか？　いったいなにが！」

「わからん。だが、マダムの身が危ない」

セザールと松浦を追って、倉持もふくめた残りの三人も一団となって走り出していた。狭い森の道を駆け抜け、ようやく江草夫人の住まいが見えたとき、セザールが足を止めた。ひとすじの鋭い音が彼らの耳を、等しく貫いたのだ。

「あれは？――」

「銃声だ！」

「銃だって？」

「なぜそんなものが」

「私の護身用だ。二階の寝室に保管して、だが鍵もかけてあったはずなのに。いったいなにが。おお、マダム、Oh My God!」

セザールは再び走り出した。

3

玄関を開けるのに少々手間取った。セザールという男は、その体格や尊大な態度からは想像できないほど、実は小心者だったのかもしれない。ポケットから鍵を出したものの、その手が震えわなないて、鍵穴にもなかなか刺さらないのだ。そのくせ他の者が手を貸そうとすると、うなり声を上げて振り払うのだから始末が悪い。

　ようやく戸が開いた。電灯は点けたままになっているから、真っ直ぐ奥へ続く廊下と、ドアが開いたままの居間の中までが見通せる。さっきそこには、ソファにかけてこちらを見送っている小西医師の姿が見えた。しかし、いまそこには誰もいない。

「マダム！」

　もどかしくブーツを脱ぎながら、セザールが奥へむかってわめく。

「江草さん、茉莉ちゃん――」

　そういったのは松浦だ。ふたりを先頭に、京介らも廊下に上がった。和志は真っ先に、どたどた廊下を踏み鳴らして、

「親父――！」

　居間に顔をつっこむ。だがその部屋にも、引き戸が開いたままの隣の食堂にも人影はない。江草夫人がセザールに電話してきたなら、なにか起こったのは二階のはずだ。小西医師も二階に上がったのか。

「階段はどこですか？」

「あ、ああ、確か、こっちだ」

　指さす和志に続いて、玄関の方へ戻る。ここへ来たとき京介は、玄関から一度右手の小部屋に入ってジャケットを脱ぎ、そのまま居間へ案内された。その途中に階段を見た覚えはないが、と思っていると、倉持を含めて三人の男が、廊下の途中に足を止めていたのが見えた。ドアが開いている。階段はその中にあるらしい。

「どうしました？」

　京介の問いに、倉持は黙って前を指さした。京介は、セザールと松浦の間に割り込むようにして中を覗いた。電灯の点った階段室だった。あまり幅の広くない木の階段が、直角に折れ曲がりながら上へと続いている。だがその階段を、ためらいもなく登ることは誰にとってもできかねたろう。

　体を斜めに、頭を一番下の段に載せて、逆さまに倒れているのは小西医師だった。両目が驚いたように大きく見開かれている。その上を向いた額がぱっくり割れて、生々しく赤い血が吹き出ていた。

「お、親父ィ――」

　前に立ちふさがっている体を掻き分けて、和志が前に出た。

「親父、親父、誰がこんな……」

　だが駆け寄ろうとした彼を、松浦が腕を伸ばして止めた。

「待って下さい」

「な、なんだよ。親父を、いつまでもそんなふうにしておけるか。早く手当しなくちゃ。そうだ、居間にカバン」

　今度は廊下へ戻ろうとする和志を、セザールが無言で引き止めた。後ろから松浦が、なだめるように肩を叩く。

「小西さん。お気の毒ですが、先生はもう亡くなっておられます」

「そんなこと、わからないじゃないかッ」

「いえ、ぼくは医学の勉強もしてきましたから。もしもお疑いなら、――桜井さん」

　松浦は軽く頭を動かして、

「見ていただけませんか？　先生は亡くなっておられますね？」

　京介は床に片膝をついて、倒れている老人の顔に目を近づけた。こめかみに触れてみる。脈はない。少し開いた唇に指を当ててみたが、呼気は感じられなかった。

「確かに亡くなられているようです」

「おわかりですね、小西さん。あなたのお気持ちを思うとお気の毒ですが、警察の検証までここはそのままにしておく方が良いでしょう」

松浦のことばに和志は目を剝いた。

「警察って、これは要するに事故じゃないか。え、それともまさかあんた、親父が殺されたとでもいうのか？」

「その可能性は高いと思います。もしも先生が階段を踏み外して頭を打たれたとしたら、後頭部に傷を負うのではないでしょうか。こうして見ただけではそちらが無傷かどうかわかりませんが、少なくともこの額の傷はなにか、凶器で打たれたように見えます。もちろんそれは致命傷ではなく、二階で襲われて足を踏み外したのかもしれませんが。桜井さん、いかがですか？」

京介はかすかに眉を寄せて、松浦を見た。しかし胸に浮かんだことばは口には出さず、

「それだけでなく、ここの階段は二度折れて二階に達しています。つまり二度踊り場がある。天井高は高いようなので、二階から一階まで一気に落ちられたなら重傷を負う可能性が高いでしょうが、この構造なら体は踊り場で止まるでしょう。たぶん小西先生は階段を上がってきたところを、そこの踊り場で襲われ、額を打たれて倒れ落ちられたのです。そのとき後頭部を打ったとしても、致命傷はやはり前額部では」

「——同感です」

松浦は京介を見つめてうなずいた。

「ここは置いて、警察に通報するべきですね」

「え。だけど、それじゃこの階段は、それまで上がれないのか？」

そういったのは倉持で、セザールもはっとしたように上を見る。

「そうだ。こんなことはしておられん」

彼は身をひるがえすと奥へ走り出す。

「来て下さい、桜井さん！」

松浦がその後を追いながら、顔だけを振り向けて呼んだ。

「厨房の方に裏階段があるんです。そちらから上がりましょう」

京介はそれでもまだその場にいた。老人の耳の穴になにか見える。丸い耳栓のようなもの。いや、それは補聴器だった。

（彼くらいの年齢なら、耳が不自由でも珍しくはないか――）


使用人が使うという狭く急な階段を上がって、ドアを開くとそこは廊下の端だった。ここでも電灯は点けたままになっている。途中両側の壁にはドアがいくつかあったが、セザールと松浦は目もくれない。セザールが向かったのは裏階段からは一番遠い突き当たり、つまり玄関側の一角を占めているらしい部屋で、松浦はその手前のドアを開いた。

「茉莉ちゃん！」

京介と倉持が覗くと、そこは十畳ほどの広さのある洋室で、奥にベッドが見える。毛布が乱れていたが、寝ている姿はない。倉持が床を見下ろして、驚いたように立ちすくんだ。そこに落ちているのは白いブラウスと黒のスカートだ。

茉莉が晩餐で着ていた服だ、と京介は思う。よく見れば、床に落ちているのはそれだけではない。白いレエスのブラジャーと、スリップもくしゃくしゃになって重なっている。さらに小さな黒いハイヒールが一足、衣類を踏みにじるようにその上に載っていて、白っぽい足跡がいくつもつけられていた。

「マダム、オウ、マダム！」

セザールのわめく声が聞こえる。松浦がいないと思ったが、この部屋には廊下に開いた以外にもうひとつドアがあった。声はそこから聞こえてくるのだ。松浦はそのドアのところに立って、茫然と向こうを眺めている。

そちらはセザールが飛び込んだ部屋だった。茉莉の部屋の三倍近い面積がある。白と黒と薄紫のインテリアだった。カーペットは黒い薔薇を散らしたパープル。壁は黒と白のストライプ。窓を包むカーテンも同じ色と柄。ソファはもう少し濃い紫に、白いムートンが敷かれている。

だがその部屋に一歩足を踏み入れた途端、京介は嗅ぎ慣れぬ匂いを嗅いだ。鼻に突き刺さる火薬の臭気だ。薄いブルーの部屋着を着た江草夫人は、半円形をしたソファから、半ばずり落ちるようにぐったりと寄りかかっていた。そのそばにひざまずいていたセザールが、

「これを見ろ！」

振り向いて叫んだ。

「ここに、銃痕がある！」

確かに彼の指さすところ、江草夫人の顔からも近いソファの紫の張り布に、黒い焼け焦げに囲まれた穴らしいものがある。

「マダムはこれに撃たれて？　いや、銃声は一度しか聞こえなかった。――マダム、マダム、お目を開けて下さい、どうか」

セザールの手で揺すられて、力なく首が揺れる。髪がわずかに乱れているだけで、夫人の顔は晩餐のときと少しも変わらない。ただ眼鏡はなく、マスカラを塗ったまつげが震えた。目を開けたが、次の瞬間きゃあ！　という悲鳴を上げると、彼の胸に顔を伏せてしまう。

「マダム、マダム、どうなすったのですか？　もう大丈夫ですから、どうか話して下さい。この銃は私がしまっておいたものですか？　マダム」

「あ、ああ……」

セザールの胸に顔を伏せたまま、江草夫人はうめいた。

「恐ろしい。なんて、恐ろしいこと。とても、信じられない……」

「マダム？」

「私は、もうベッドに入っていました。部屋の電灯は消してベッド・ランプを点けて、そこで本を読んでいたんです。あなたたちが出かけた後は、外の物音には気がつきませんでした。本の方に没頭していましたから。

　それから、大した時間は経っていないはずです。隣のドアが開いた、その音が聞こえました。建具の音だけはどうしても響きます。足音や話し声は聞こえませんが。それから、またドアが開く音。そうして、遠くからかすかな物音。なにか、重いものが落ちたような音でした。

　私は息を殺していました。なぜか妙に胸が騒いだのです。なぜか恐ろしくてなりません。本は摑んだまま小さな子供のように、ベッドの中で息を殺していました。頭から毛布をかぶって、耳を押さえて。するとと今度は私の部屋のドアが、かすかな音立てて開いたのです。廊下のドアではありませんでした。それから、部屋の電灯が点されました。

　かすかな足音が聞こえます。いったい私の家でなにが起ころうとしているのでしょう。それ以上我慢できなくて、毛布から顔を出しました。すると、ああ、こんなに恐かったことはこれまで一度もありません。そこに――」

　江草夫人は声を途切れさせて、音立てて唾を呑み込んだ。

「そこに、立っていたんです、片手に拳銃を持って、その銃口を私に向けながら、冷ややかな目で見下ろしている――」

「誰がですか、マダム」

「あの子、あの子よ」

　夫人の手が震えながら、セザールの肩越しに部屋の隅を指す。そこにあるのは分厚い紫の天蓋《てんがい》に覆われたベッドだ。

　松浦がそこにいた。垂れていた天蓋を引いて、こちらを振り向いている。その顔は青ざめ歪んでいた。おそらくは、恐怖で。

ベッドの上には人がいた。毛布で片足をからまれて、そのまま後ろに倒れたかのように、仰向けに横になっている。白く長い寝間着に水色のガウンを羽織って、解き下ろした黒髪を顔の回りに波打たせ、無邪気に眠っているような表情の、茉莉。その右手に、奇妙なものがあった。大判のスカーフを手に巻きつけ、手首で結んでいるのだ。そしてその指先まで覆った手に、小型のリボルバーピストルが握られている。

　だがそれがなぜ奇妙と見えたのか。茉莉の右手を覆ったスカーフは、あざやかな赤色をしていたからだ。この家の中では決して見られないはずの。そう思えばなおさら、まがまがしく眼に映る。

「茉莉さんがベッドの脇に立って、私にピストルを突きつけたの。たったいまこれで小西先生を殺してきたって。私も殺すって。私は必死に逃げたわ。ベッドから飛び出して、テーブルに置いてあった携帯電話を取って、セザールにかけたの。

　でも舌がもつれて、ろくになにもいえなかった。だって、なにが起こっているのか、ちっともわからないんですもの。そうして震える手から電話は落ちて、床にころがってしまった。もう、身をかがめて取ることなんてできなかったわ。だって、ベッドからその子が私を狙っていたんですもの――」

「それで、マダムを撃ったのか」

「そう、銃声がしたわ。でも私はそれきり、気が遠くなってしまった。目の前が真っ暗になって、だから、なにもわからないの。ああ、でもセザール、私は助かったのね――」

「オウ、マダム。どうかお許し下さい……」

　京介はベッドの方へ視線を転じた。松浦が、まだ目を開かない茉莉の頭を、そっと動かしている。彼女もどこかに倒れて、意識を失ったのかもしれないと考えているのだろう。右手の拳銃を、天蓋の端で手をくるんで外す。茉莉の手を覆っている、赤いスカーフをほどく。

「桜井さん、これを持っていて下さいますか。指紋をつけぬように」

いわれて京介は、ジャケットの袖で手を包んでスカーフと銃を受け取った。火薬の匂いが強く、鼻孔に立ち上る。

「このスカーフは？」

「茉莉ちゃんのものです。昔親御さんに買ってもらったものだそうで、ここで暮らす間は出しませんでしたが、箱にしまって持ってきていたはずです」

「見せないで！」

江草夫人がかすれた声で叫んだ。

「お願い。その布を私の見えるところに置かないで、しまってちょうだい！」

わずかに視野に入るだけでも耐えられない、というように体を震わせている。わかりました、とうなずいた松浦は、ベッドの枕カバーを外すと、その上にピストルとスカーフを載せた。リボルバーの鋼色の銃身には、まだ乾ききっていない血痕があった。

「小西先生を殴ったのは、この銃のようですね」

京介のことばにうなずいた松浦は、ソファの江草夫人とセザールを睨む。

「それにしても、日本で民間人の拳銃所持は禁止されているのですよ。セザール、あなたもこれで国外退去は間違いなしですね」

「駄目——」

夫人が顔色を変えた。

「駄目です、そんなこと。私には彼が必要なの。お願いよ、松浦さん」

「そんなことができるはずがないでしょう。小西先生だって、この銃で殴られて死なれたようなのに、警察を呼ぶなというのですか？」

冷ややかに反問した松浦に、

「でもそのことで警察を呼べば、逮捕されるのは茉莉さんよ！」

松浦は、愕然としたように目を覚まさぬ茉莉を振り返る。

「松浦さん、あなたの気持ちはわかっているわ。茉莉さんが好きなんでしょう？　彼女を逮捕させたいの？　精神鑑定を受ければ無罪になるかもしれないけれど、それまでにどれほどかかると思うの」

「しかし――」

松浦は呻いた。

「しかし人ひとり死んだものを、どうして隠せるというんです。それに、ここにはこれだけの証人がいるんですよ」

壁際に突っ立っている倉持や小西和志の方へ、彼は大きく腕を振って見せたが、

「心配はいりません。警察には私が出頭します。責任を負うのは私ひとりでたくさんですから」

夫人のことばにその場にいた全員が声を呑んだ。彼女は、もたれていたソファから床の上にすっくと立ち、女王の威厳をもっていい放った。

「銃を持っていたのは私です。小西先生はそれをご覧になって大層驚かれたのです。私はふざけて弾を発射してしまいました。先生はお怒りになって、私から銃を奪って階段を駆け下りました。そのとき足を踏み外して、ころんだはずみに、手に持っていた拳銃を頭に打ち当てられて、そのために亡くなられたのです。――小西和志さん！」

「は、はいっ」

いきなり名前を呼ばれて彼は飛び上がった。

「私のせいでお父様を死なせてしまったことには、心からお詫びしなくてはなりません。人の命をお金で計るのは失礼かも知れませんが、これは私のほんの気持ちです」

セザールが脇から小切手帳とペンを差し出した。彼女は彼の手の上で、それに金額を書き込み、さらさらとサインして切り取り、和志に手渡す。彼の目が大きく引き剝かれた。

「こ、これは、こんな――」

「不渡りになるのがご心配なら、朝一番で銀行へおいでなさいな。――倉持さん」

「はあ」

「あなたは今夜は、ここにいらっしゃらなかった。桜井さんも戻ってはこられなかった。セザールたちと月映荘まで行って、そのままお帰りになったのです。それでよろしゅうございますね？」

「えーと、しかしですねえ」

　倉持が頭を掻きながらいいかける。

「そうするとぼくらは、偽証罪を犯すことになるわけで……」

「気が咎《とが》めるとおっしゃる？　それもわかりますけれど、もしも警察に江草百合子は嘘をいっていると告げに行かれても、本気にはされないでしょうね。人というのは、自分の罪を軽くするために嘘をつくので、自ら罪を被《かぶ》る理由などないのですから。それに、私も長くこの土地に住まった者として、それなりのコネクションもありますわ。私とあなた、どちらが信用されるとお思い？」

　夫人はニッと歯を見せて笑った。

「不愉快な目にお遭わせした償《つぐな》いは、もちろんきちんとさせていただきます。文化財保護のために県へ、三千万ほど寄付をいたしましょう。あなたが直接受け取るわけではないのですから、気になさることはないはず。それでいかが？」

　ここまで臆面もない申し出には、かえって答えに窮する。京介と倉持は顔を見合わせた。

「しかし、江草さん――」

　もらった小切手はしっかり握りしめたまま、和志が尋ねる。

「あなた自身命を狙われたのに、どうしてそれほどあの娘をかばうんです？　これからだってひとつ屋根の下にいたら、なにが起こるかわからない」

「それは――」

　夫人が口を開こうとしたとき、

「お願いします！」

　声がして、見ればその場に松浦が土下座《どげざ》をしている。

「どうかお願いです。どんな訳があって茉莉ちゃんがこんなことをしたんだとしても、司法で裁かれるような罪ではないんです。ぼくにはわかっている。でもこの国の警察が、そんなことを理解してくれるとは思えない。留置所に入れられて取り調べになんか遭わされたら、彼女の心はずたずたにされてしまいます。どうかどうか、お願いです――」

　彼は涙声でそう繰り返しながら、いつまでも額を床にすりつける。

「彼女を助けて下さい。もう二度とこんなことはさせません。ですから、どうか」

　倉持と京介は、顔を見合わせたままその場に立ち尽くしていた。小西和志はもう疾うに夫人のことばに従うと決めたらしく、小切手をしまった内ポケットの上に触れては薄笑いをしている。ベッドの上にはひとり、自分がなにをしたかも知らぬといいたげに、安らかな表情で眠り続ける茉莉。しおりをはさんだ本と、夫人の眼鏡。

　夫人の背後ではセザールが、箒を片手に床の掃除をしていた。コップでも割ったのか、ガラスのかけらがひかった。透明と、濃いアンバー色の。

抑圧された記憶の神話

1

その夜から丸一昼夜が過ぎた三月八日水曜の午後。月映荘を車で十分ほど離れた喫茶店で、桜井京介と松浦は向かい合っていた。

太い丸太を組んだログハウスの店だ。赤いチェックのカーテンも、木のベンチに並べた綿レエスのクッションも、ドライフラワーをワインボトルにさし、赤い笠のランプを下げたところも、若い女の子をターゲットにしているのだろう、いかにもなインテリアだが、さすがにシーズン・オフのいまは、店内に座る客は他にいない。

京介たちがここにいるのは、自分の意志というよりは倉持のセッティングの結果だった。一昨日の夜、結局京介と倉持は夫人の貫禄と松浦の土下座に押し切られて、警察を呼ぶ以前に江草邸を退散した。割り切れぬ思いはふたりともだったが、さきほど月映荘のプレハブへ現れた倉持は、松浦を喫茶店まで呼び出してあるからあの事件がどうなったか探ってこいと、否応なく京介を車に乗せてここまで連れてきたのだ。

無理やり隠蔽《いんぺい》の片棒を担がされて、なにもわからないままでは落ち着かない。金で横っ面を張られて黙ったようにでも、『あの婆さん』に思われるのは癪《しゃく》に障《さわ》る。だからその後の事態くらい、把握しておかなくてはならない、と倉持は力説する。要するにプライドの問題だということらしい。でも何故僕が、という京介の反論は、君の方が適役だよ、という理屈にもならない答えで、あっさりと却下されてしまった。

印南茉莉――あの内気な幼女のような女性が、老人とはいえ人ひとりを撲殺し、江草夫人に発砲したとは俄《にわか》に信じがたい。だが当夜の状況を見れば、それ以外の可能性は考えるに難《かた》かった。

そして京介らが見たまま聞いたままを警察に告げれば、茉莉はただちに苛酷な取り調べに晒《さら》されることになる。いずれ精神鑑定で無罪になるとしても、それまでの期間を耐えられるだろうか。さらに、もしも彼女が無実だった場合は。警察は真相を解明し得るのか。倉持がいう通り、金銭の見返りなどで意志を曲げるはずもなかったが、そのためらいが京介の抵抗を弱くした。

それにしても、と京介は内心ため息をつく。人交わりの煩《わずら》わしさから抜け出すつもりでやって来た那須だったのに、なぜこんな生々しい人の愛憎や生死に、謀《はか》ったように直面させられるのか。今回は自分ひとりで、妙な義理や情にからまれることはあるまいと思ったのは、甘かったらしい。

印南茉莉がどうなろうと自分には関わりない、犯罪は犯罪だと割り切って、警察の手にゆだねてしまうか。月映荘調査のためには江草夫人を敵に回すのはまずいから、と功利的に考えて納得するか。いっそ月映荘そのものから自分は手を引くか。どれかを選んでしまえばいい、とわかっていながらできない。毎度ながら優柔不断の塊だ。自己嫌悪で皮膚がひりついてくる。

（あと何年、こうしていられるかもわからないというのにな――）

向かいに座った松浦も疲れているようだった。少し長い髪が寝癖のままか、くしゃくしゃに乱れている。少女のように小作りの顔が青く、目の下には薄く隈《くま》が浮かんでいる。京介が来たときに視線を合わせて会釈したきり、ぼおっと目を開けたまま思いに沈んでいる。だがいつまで向かい合って黙っていても仕方がない。

「昨日の夕刊に、記事が出ましたね」

京介がひとことそういっただけで、松浦は弾かれたように顔を上げた。目が赤い。

「あ、ええ——」

新聞はさっき倉持が持ってきたのだ。地方紙の社会面にわずか一段。

『引退して黒磯に住む元医師小西慶一さん（八六）が、三月六日午後十一時頃、知人宅の階段下で死亡しているのが発見された。警察では死因の確認を急いでいる』

書かれていた内容はそれだけで、不法所持されていた拳銃のことも、江草夫人の名前すら出ていない。事件性があるどころか、急病で倒れたようにしか読めない記述だ。そして今日の朝刊にも続報はなかった。つまり夫人が警察に告げたはずの架空のシナリオより、事実はさらに隠蔽されているのだ。

「あれで、終わりそうですか」

松浦はうなずく。

「ええ、たぶん」

「あの後、江草夫人は出頭されたのですね？」

「ええ。ですが勾留《こうりゅう》もされませんでした。六日の夜も、一旦黒磯署までパトカーで行かれましたが、すぐ戻ってこられて、翌日も数時間の取り調べがあっただけです。拳銃は戦前から家にあった、ということで通るようです。やはりコネですね」

「不起訴になりそうですか？」

「だと思います。小西先生には息子の和志さん以外に身寄りはありませんし、彼が率先して父は自分の過失で死んだのだと警察に話したようで」

いいながら、彼の右手がなにかを書く仕草をする。夫人がその場でサインした小切手の意味だとは、聞かないでも察せられた。

「セザールを追い出すことはできなくなったかわりに、おかげで茉莉ちゃんが取り調べられることもなかったわけで、ぼくは夫人に感謝して喜ばなくてはならないのですが——」

ふっ、と彼は口元を曲げてみせた。

「あそこまであからさまに金と地縁血縁の威力を見せつけられるというのは、ぼくのような一介の庶民にはどうも楽しいものではありませんね」

「江草夫人は身寄りがないように聞いたのですが、警察にそれほどのコネがあるのですか？」

「ほとんど交際はしていないようですが、実家の方に警察関係者がいるそうです」

初耳だった。

「夫人の実家は矢板の植竹《うえたけ》という家で、弟の子供が警察畑に進んだと聞きました。植竹家は農地解放で没落した地主なので、一時経済的にも困窮して、夫人も実家を当てにできない状態だったのが、江草家の方が経済的に持ち直して、実家の子供の学資を出してやった。そのうちのひとりが出世して一時栃木県警の上にいたそうで、いまは本庁に戻っている。確かにコネとはいえますね」

「なるほど。おあつらえ向きだ」

ぼそっとつぶやいて、いい過ぎたかな、と松浦の顔をうかがうと、彼も口元に皮肉な笑いを浮かべている。

「まったく。ぼくもあの家にいると、そんなふうにいってやりたくなりますよ」

「茉莉さんは、どうしています」

「あの家に」

「なぜです？」

京介は聞き返している。

「彼女はあそこに置かない方がいいのでは？」

「ぼくもそう思います。しかし、ひとつには夫人が茉莉ちゃんを放したがらないのです」

妙な話だ、と京介は思う。自分に危害を加えようとした彼女を、どうしてそれほどかばって手元に置くのか。一昨夜、小西和志も同じ疑問を口にしたが、夫人の答えは聞かれなかった。

「茉莉さんは、あの事件のことは」

松浦はゆっくりと頭を振った。

「あの後ほどなく目を覚ましたのですが、自分がなにをしたかはまったく記憶がないようでした」

「それは、やはり普通ではありませんね」

「ええ――」

「以前にも、そうしたことがあったのですか？」

京介に問われて彼は、はっと目を上げる。

「どうしてそう思われましたか」

「あなたの口調が、とても平静だったので」

京介を見る松浦の目が揺れていた。内心の動揺を明らかにするように。

「それは――」

いいかけて、ためらうようにまたうつむく。

「――それを尋ねられるのはなぜか、お聞きしてもいいでしょうか」

うつむいたまま問いを重ねる。

「好奇心、ですか？」

反射的に答えていた。

「いや、違います」

「では？――」

松浦が顔を上げて、京介を見つめていた。それに答えようとして、詰まった。なぜといわれても自分がここにいるのは、倉持に事件がその後どうなったか探ってこいといわれたからだ。

だが彼が知りたかったのはたぶん、これからそれが自分たちや月映荘の調査に影響を与える可能性があるか、といったことだろう。茉莉の精神状態や事件の真相云々まで取りざたするのは、さして彼が望むところではあるまい。

「立ち入った質問すぎましたね」

京介は軽く頭を振って答えた。これまで何度か自分の周囲で起こった事件に、『探偵』めいた立場で関わってきた。その習《なら》い性《しょう》が、聞かでもの質問をさせるのだ。

「失礼しました。忘れて下さい」

だが松浦は、

「いいえ！」

いきなり声を上げながら京介の手を摑む。

「いいえ、聞いていただきたいのはぼくの方なんです。どうかお願いです、桜井さん。ぼくの話に耳を貸して下さい」

　突然のことで、どんなリアクションをしていいのかわからない。松浦の涙にうるんだ目が、こちらをひた、と見つめている。目の縁が泣《な》き腫《は》らしたように赤い。帰り道を見失った子供の顔。だがそんな目で見つめられて、途方に暮れるのは京介の方だ。

「しかし——あなたの話を僕が聞くことに、どんな意味があるんです?」

　思わず逃げ腰になるのに、

「ええ、そうお疑いになるのは当然です。ぼくは不安なんです。ですから正直に告白したいと思います。茉莉ちゃんと出会って、十年近く彼女を見てきました。一昨夜お話ししたように、彼女の抑圧された記憶を呼び覚ます、きっかけを作ったのは間違いなくぼくです。

　けれど小西先生はいわれました。記憶を回復して茉莉は健康になったか、彼女がいまだにひとり立ちできないのは、おまえが間違っていたからではないか、と。当然ながらぼくは、それに反発しました。けれどそれからわずか一時間後に、小西先生は亡くなられた。それも——」

　依然として心病む茉莉の手で。と、京介は、松浦が口には出さなかったことばを付け加えた。彼もまた、老人は茉莉の手で命を奪われたと信じている。だが、そう考えるのも当然か。厳重に戸締まりされた家の中には、後は江草夫人しかいなかった。

「つまり松浦さんは、いまになってご自分の治療方針に疑問を抱いている、と」

「そうです。それがどんなに恐ろしいことか、想像していただけるでしょうか」

「想像、できなくはないと思います」

　食い入るような松浦の視線を外して、京介は低く答えた。

それはたぶん自分が十一年前、ひとりの少年と暮らし始めた頃、しばしば感じた気持ちに近いのではないか。

傷つけられ、砕けかけた子供をこの手に受け入れた。それがきっとその子のためになると。

だが彼が自分を信じ、自分になつけばなつくほど胸に兆す不安。惑い。恐れ。

自分は間違ってはいないか。あるべき場所を踏み外してはいないか。彼のためといいながら、いつか己れの孤独を癒やすために、彼を利用してはいないか。彼を守るつもりで広げた腕が、その歩みを妨げる枷になってはいないだろうか。常にそんな不安が京介の胸にはあった。

よしんば自分の恐れが現実のものとなったら、自分のせいであの健やかな魂をゆがめてしまったとわかったら。想像するだけで恐かった。いまはもう、蒼はひとりの脚で歩き出していて、京介の胸にそんなあやうい不安を投げることもなくなったが。

「たぶん僕はあなたの恐怖を、ある程度は理解していると思います。ですが、僕はセラピストではない。そうした職業上の問題には、それに対処する地位の方がおられるのでは？」

松浦は、こくんとうなずいた。

「ええ、それはおっしゃる通りです。ですがぼくはアメリカでセラピストの臨床経験を積みました。その頃お世話になった、ぼくの指導者はロスにいます。けれどそのためにいま何日も、日本を離れることはできません」

「しかし、日本にもセラピストは少なからずいるのではありませんか」

「それは、いるでしょうね。ぼくが大学で臨床心理を学んだとき、同じクラスにいた人間の幾人かはそうした職についているはずです」

「では、治療方針について相談されるのなら、やはりそういう人になさるべきでは？」

しかし松浦は力なく頭を振る。

「残念ながらぼくは、彼らを信頼する気にはなれません。日本ではセラピストの存在が一般に認知されておらず、いきおいこの国にいては充分な経験を積むことはできないからです。それに飽きたらず、ぼくもまたアメリカに戻ったのです。加えて日本では回復記憶の実例はほとんどなく、彼らも文献を通して知っているというに過ぎません」

「だが、それにしても一介の素人《しろうと》である僕では、話をうかがってもなにもできませんよ」

「いえ、むしろ専門知識も先入観もお持ちでない桜井さんだからこそ聞いていただきたい。そして小西先生がいわれたように、ぼくが過ちに陥っているように思われたなら、それを指摘していただきたいのです。素人ということでは、先生も心理に関しては素人であったわけですから」

　京介は無言で松浦の目を見返した。松浦もすがるように京介の目を見ている。子供のような人だ、と思った。セラピストとして印南茉莉の心に責任を負いながら、自分のような面識もないに等しい門外漢に、ここまであけすけに助けを求めるのか。

（だが、本当に？——）

　かすかな疑念が京介の胸を、こすらなかったわけではない。医師やセラピストのような専門職の人間は、その職業に己れのアイデンティティを見出す。だから彼らはミスを犯しても、容易にそれを認めない。認めれば不利益になるからというより、自己像を貶《おとし》めることになるからだ。

　彼らは己れの専門を聖域化し、彼ら同様の教育を受けていない者を、単なる素人として排除する。ミスがあればライバル同士も手を結び、互いにそれを隠して、聖域の外にいる素人には感づかせまいとする。硬直したプライドと自己保身。そうした気質はたぶん、日本社会のどこにでも存在している。京介の知る大学や、研究機関でも、同様の感想を覚えたことはある。

しかし、そうではない人間もいるのかもしれない。自分が疑い深いだけなのかも。翳《かげ》りのない目でこちらを見つめる松浦を見ていると、次第にそんな気もしてくる。

「――僕はやはり、自分が松浦さんのお役に立てるとは思えません。あなたもセラピストである以上は、僕のような他人に患者のプライヴァシーをもらしたりなさらず、ご自分の責任を全うするべきだと思います」

松浦の、引き結んだ唇が震えた。なにかいおうとするように、開きかけた。だが京介は、それを止めて続けた。

「ですが、よろしければいまだけお話をうかがいましょう。それであなたの気が楽になるなら、愚痴《ぐち》をこぼしていただいてかまいませんよ。聞き役くらいならなれるでしょう」

ふいに松浦の目が輝いた。頬がほんのりと紅潮し、開いた口から、

「ああ、ありがとうございます！」

はずんだ声が飛び出す。

「あなたならきっとそういって下さると思っていました。嬉しいです。本当に、本当にありがとうございます！」

京介は苦笑するしかなかった。

2

他の客がいなくて幸いだったが、カウンターの奥の調理場に人がいないわけではない。地元の人間であれば当然のこと、印南茉莉や江草夫人の名には耳をそばだてるだろう。こんなところで話していいのだろうかと、多少気にならぬわけではなかったが、さすがに松浦も声を落としている。

「ぼくと茉莉ちゃんが会った頃のことから、話させていただいていいでしょうか」

「それは、松浦さんが話しやすいように」

うなずいた松浦は、テーブルの上に握り合わせた手に目を落として、切り出すことばを探す風だったが、ようやく口を開くと、

「ぼくと雅長くんが、八七年にロスで出会ったということは、この前お話ししましたね？」

京介は無言でうなずく。

「ぼくは高校からアメリカに留学していました。大学で心理学を学んだ後一度日本に戻って、大学院で臨床心理をやりましたが、日本では心理療法の活用される場があまりに少ないということに気づいたのもあって、結局一年でアメリカに戻り、勉強を続けながらベテランのセラピストについて臨床の経験を積んでいたところでした。

雅長君はその年の秋から、同じ大学の経営学科に在籍していて、些細なきっかけで知り合い、プライヴェートな話もするようになったのですが、そのへんの経緯は長くなりすぎますからはぶきましょう。知り合った当時ぼくが彼から聞いたのは、日本で悲しい事件があって、それまでの大学を続ける気がしなくなり、環境を変えたくてアメリカに来たという、それだけでした。ぼくも彼も日本人留学生の輪とは離れたところにいたので、お互いが唯一同胞の友人といっても良かったのです。

ぼくが茉莉ちゃんと初めて会ったのは確か九〇年の夏、雅長君はまだロスの大学にいましたが、ぼくは一年前からオフィスを持って、独立したセラピストとして働き出していたときです。当時茉莉ちゃんは高校一年生で、奈良にある寄宿制の女子校に在学していました。

ぼくは雅長君に頼まれて休暇を取り、茉莉ちゃんに会いに行ったのです。妹のことが気がかりだが、いまは帰国している余裕がないから、様子を見に行ってくれないかといわれて。血の繋がりのない義理の妹で、難しい年齢だからとも。それ以上詳しい事情は聞きませんでしたが、友人のためならとぼくは喜んで協力することにしました。

十六歳の茉莉ちゃんは決して社交的なタイプではなく、むしろ内気な、友達と遊びに行くよりも、ひとりで本を読んでいるのが好きな少女でした。けれど幸い彼女はぼくを受け入れてくれ、それからしばらくはぼくが年に一、二度日本に帰るたび、会って食事をしたり、話をしたりというような時期が続きました。

ただそうした時期が続くに連れて、ぼくの中に疑問が生まれてきたのも事実です。なぜ雅長君は妹に会いに帰ろうとはしないのか、と。事実彼は八七年以来、ただの一度も日本に戻ってはいなかったのですから」

松浦は、その先のことばを探すように、少しの間口をつぐんでいたが、

「状況が変わったのは九四年、茉莉ちゃんが短大を卒業した年のことです。雅長君は前年に帰国して、東京で就職していました。その彼から、妹の精神が不安定で、このままでは病院に入れなくてはならなくなりそうだ、助けて欲しいという電話がかかってきたのです。茉莉ちゃんはそれまではずっと、学校のある奈良に暮らしていたのですが、卒業したので春から東京のマンションで彼と同居を始めた、その直後のことでした。

ぼくはアメリカでの仕事が軌道に乗っていて、日本に戻るつもりはありませんでした。ですが、雅長君の頼みを無下《むげ》にするわけにもいかず、足掛け五年見守ってきた茉莉ちゃんが心配でもありました。そこでロスのオフィスは友人のセラピストに頼んで帰国したのですが、結局、それからは一度もアメリカに戻ることなくこうしているわけです」

体つきも華奢なら顔立ちもやさしい松浦は、口をきいても声はどこか十代の少年のようだ。だがその経歴を聞けば、アメリカの飛び級制度を考えに入れても、京介より何歳かは年上らしい。

「九四年、日本に戻ってほぼ半年振りに会った茉莉ちゃんは確かに神経症的でした。拒食や過食、不潔

恐怖や対人恐怖といった症状が間欠的に現れては消え、不眠を訴え、しかも記憶が時折途切れるというのです」

「記憶が――」

「それまでぼくが年に一、二度、会いに行っていた高校から短大の時期、茉莉ちゃんは決して病的なほど不安定ではありませんでした。彼女が時折訴えるメランコリィも、不眠や軽い拒食の症状も、唯ひとりの身寄りである兄に離れられていることから来る淋しさと、ぼくに対する甘えの表現だと、そんなふうに思えました。

彼女の成長史は決してありふれたものではありませんが、そうした訴えは思春期の女性にはよく見られるものです。ですからぼくはその時点では、問題は茉莉ちゃんよりも、彼女を避ける雅長君にあるのではないかと考えていたのです」

「どんな、問題が？」

京介が初めて口にした問いに、

「桜井さんにであれば、いってしまってもかまわないでしょうね。ぼくが考えたのは雅長君が歳の離れた妹に近親姦的な愛情を覚え、かつそれを無意識の内に抑圧していたのではないかということでした」

かなり思い切ったことを口にしているようでいて、松浦の口調は淀みない。

「兄が妹に対して性的関心を抱くこと自体、さして珍しくはありません。しかしほとんどの場合それは近親相姦に対するタブーによって抑圧され、当人が意識することはないままです。だが抑圧された欲求があまりに強い場合、タブーを犯すことを恐れて、性的関心の対象を避けようとするなどの影響が出ます。つまりそのために彼は、妹から徹底して遠ざからずにはいられなかったのではないか。しかし当人はなぜ自分が妹を遠ざけるのか、その理由を理解できないのです」

「だが雅長さんと茉莉さんは血は繋がっていない。それでタブー意識が生まれますか？」

「ええ、確かに」

「それに、だとしたらなぜ彼は帰国して茉莉さんと同居したのか、ということになりませんか。長きにわたる空白期間のおかげで、そうした欲求が消滅したと思った、とか？」

松浦はうなずく。

「おっしゃる通りです。雅長君が帰国を決めたと聞いたとき、ぼくは自分の仮説が破れたことに、彼のために安堵《あんど》しました。彼の妹に対する近親姦的愛、そんなものはなかったのだと。

しかし彼からの連絡を受けて帰国し、茉莉ちゃんと会ったときには、ふたたびその仮説が浮上するのを押さえられませんでした。確かに彼女は兄を恐れているように見えたのです」

「恐れるということは、彼の抑圧した欲望を彼女が感じ取っていたから、ということですか？」

「そう、考えることもできました。雅長君とぼくと三人でいるときと、ぼくだけといるときと、様子がまったく違うのです。口が重くなり、感情を表に出すことも少なくなって、兄の一挙手一投足に、残酷な主人に怯える子犬のように、同時に彼以外の誰にも頼れない幼児のように、注意を払っている。そんな感じでした。しかも、茉莉ちゃん自身はそのことを意識していないようなのです。

ぼくは取り敢えず茉莉ちゃんに、雅長君と離れた住まいに移るよう説得し、この時点で初めて聞いた八六年の事件と、ふたりの過去を調べるために那須へ来ました。そこになにかの手がかりがあるかもしれない、と考えたので」

「それまでは、事件のことはご存じなかったのですか？」

「ええ。ふたりとも、ひとことも触れようとはしませんでした。両親の飛行機事故死のことは、特に茉莉ちゃんからは繰り返し聞いたのですが。だからなおさら、ぼくはそこに重大な意味があるのではないかと思ったのです。

茉莉ちゃんがあれほど兄を恐れていながら、それを意識できないのは、記憶できないほどの幼い頃に、たとえば暴力をふるわれたりしたことがあったのではないか。八六年の事件もなにかそうした過去と関連しているのではないか。

　しかしぼくが那須に来て月映荘に住んでいた一家を知る人たちに話を聞くと、誰もが声をそろえていうのです。義理の仲とは思えぬほどむつまじい一家だった。そして雅長君は歳の離れた妹を、いじらしいほど可愛がっていた。小西先生には患者のプライヴァシーは話せないと拒まれましたが、看護婦さんが話してくれました。妹が風邪を引いたとき、一時間も歩いて薬を取りに来たこともある。あんなに妹想いの少年はいまい、と。

　しかし雅長君が、そんなに可愛がっていた妹を事件の後は置き去りにして、足かけ七年帰ろうとしなかったのも事実なのです。桜井さんはどう思われますか？」

「つまり、それが雅長君が八六年の犯人であることの、傍証《ぼうしょう》だとあなたは考えた。そうですか？」

　京介が聞き返すと松浦は目を丸くして、

「とんでもない。当時のぼくはそんなこと、夢にも思っていませんでした。それに、雅長君が茉莉ちゃんを避けるようになったのは八六年の事件より前、ふたりの親が事故死した八五年頃からと思われるのです。それはご存じですね？」

「さあ――」

　確かに書かれていた。あの『夜に消えた凶刃』の中に、印南雅長は自分に恋した三谷圭子を避けていたのだ、と。しかし京介はなぜか、あの誰が置いたとも知れないコピーのことを、ここで口にしたくなかった。

「でも、和志さんとそんな話をしておられたと思いましたが」

「そういえば、彼がそんなことをいっていたかもしれませんね」

松浦はちょっと肩をすくめて、

「それでは、話を九四年の茉莉ちゃんのことに戻しましょう。ただ、これからぼくがする話は、これまで以上に不愉快なものになるかもしれません。人間の良識を逆撫《さかな》でするような。すみませんが」

京介は、

「どうぞ」

とだけ答えた。松浦は軽く会釈して、

「桜井さんがご存じかどうかは知りませんが、アメリカでは非常に多く、児童の性的虐待被害が報告されています。少し前までは、日本では児童虐待はないといわれてきましたが、近年急速にそうした例が報道されるようになってきました。虐待の事例が増えたからではありません。見るつもりにならなければ見えない、発覚しない犯罪なのです、これは。

日本ではいまのところ性的虐待の例は少ないようですが、それも単に発覚していないだけだと思われます。性的虐待といっても、加害者は大人の男性に限らず、性器への挿入行為がなければ、虐待と認められないわけでもありません。

年長者からの強制的な身体接触、性器を見せられたり触れさせられたりすること、性的な言辞を聞かされたり、性的な映像を見せられることもすべて性的虐待の中に入れられます。加害者が意識しないまま、ということもあり得ます。

しかしそうした行為に遭わされて、不快感や恐怖を感じても、子供は自分の状況を説明することばを持たない。まして虐待者が自分の家族、自分を保護してくれるはずの親や兄であれば。

そして勇気を奮って被害を誰か大人に訴えても、大抵の場合嘘つき呼ばわりされてさらに傷つけられるだけです。誰もそんなことは信じたくないから、確かめる前に否定してしまう」

「それは、理解できます」

うなずいた京介に松浦は、テーブル越しに身を乗り出した。顔を近づけて声をひそめると、

「あまりいつまでもお時間を拝借しているのもどうかと思うので、ぼくの結論から申し上げてしまいます。ぼくは雅長君が九歳下の義理の妹を、幼少期から繰り返し性的に虐待してきたと考えています。彼の欲望は抑圧されていたわけではなく、実行に移されていたのです。そう考えて初めて、これまでの彼の行動が理解できるのです」

　京介は無言で彼を見返す。それが事実だとしたら、気軽に相槌を打つにはあまりにも重すぎることばだ。松浦はそんな京介の思いを感じ取ったように、かすかにほほえんでみせた。

「仲の良い一家といっても親たちは忙しく留守勝ちで、使用人はいても幼い妹の身は、ほとんど九歳上の兄にゆだねられていました。『いじらしいほど可愛がっていた』というそれが、いつから逸脱していったのかはわかりません。ですが両親の事故死後は、家庭教師と看護婦が妹につきそうことで、そうした行為が困難になりました。

　これはありうべき想像ということで聞いていただきたいのですが、三谷圭子が雅長君に結婚を迫ったのは、彼のそうした決して表沙汰にはできぬ想いに、あるいはその行為に気づいて、秘密を守る代償に妻にせよと彼を脅迫したからではないでしょうか。だとすればそれこそ彼が、彼女を殺す動機だったということになります。

　三谷圭子はその晩雅長君からの電話を受けて、彼を迎えるためにこそいつになく着飾っていた。彼女の白いワンピースに、階段に落ちていたというヴェールをかぶれば、そのまま婚礼衣装となるのに気がつかれませんでしたか？　室内の物色の跡は彼がした擬装で、看護婦は口封じのために殺された。そして当然ながら彼は、茉莉ちゃんには傷ひとつ負わせなかったのです」

「動機があったとしても、それで人を殺人犯と告発できるわけではありません。いかに辻褄《つじつま》が合うように思われても」

声はひそめたまま、熱したように話し続ける松浦のことばを、京介は冷ややかにさえぎった。生前の小西医師が指摘したように、雅長には死亡推定時刻にアリバイがある。しかし京介自身がそのデータを確認したわけではない以上、そちらへ話を向けるのは適当ではない。

「するとあなたは、茉莉さんが兄の殺人現場を目撃した記憶と、彼に性的に虐待されてきた記憶の、ふたつながら抑圧していたというのですか？」

抑圧という概念があまりにも手軽に、便利な魔法のように用いられている気がする。疑問をこめた問い返しに、そうです、と松浦はうなずく。

「僕もあなたがおっしゃったように、近年のアメリカで忘れられていた虐待の記憶がよみがえった人たちのことが社会問題になっているとは、なにかで読んだ覚えがあります。フロイトの抑圧説を敷衍《ふえん》した、抑圧された記憶が人の現在に悪影響を与える、という説も。

しかし、殺人のようなただ一度直面させられた衝撃的な記憶と、日常的に長期にわたって繰り返された虐待の記憶とでは、必ずしも同日に論じられないのではないかと思うのですが」

「それはおっしゃる通りです。子供と心的外傷の研究では、トラウマ体験を繰り返された子供の方が、一度だけ体験をした子供よりも記憶を抑圧することが多いといわれています。彼らは抑圧によって自らを救うシステムを、すでに構築しているからです」

一度ことばを切って彼は、しかし、と続けた。

「ここでアメリカのアイリーン・リプスカー、という女性の事例をお話ししましょう。彼女は二十八歳のとき、五歳の娘が遊んでいるところを見ていて、突然ひとつの映像的記憶が自分の中によみがえるのを感じました。二十年前、スーザン・ネイソンという小学校のクラスメートが死体で発見された事件があったのですが、自分の父親がスーザンを殺す場面を思い出したのです。

父、ジョージ・フランクリンがアイリーンと一緒にスーザンを車に乗せ、郊外に連れ出した。父はスーザンをレイプしたあげく頭を石で打ち割って、丘に埋めた。それを彼女は間近に見ていたのに、その日まですっかり忘れていたのでした。

　つまりこの事件は、ひとつの衝撃的なトラウマ体験です。しかしフランクリンは、娘の友人を殺しただけではありませんでした。彼は家庭内でも非常に暴力的な人間であり、娘や妻に殴る蹴るの暴行を働くだけでなく、幼いアイリーンを繰り返しレイプし、友人に抱かせたことさえあったといいます。

　にもかかわらずアイリーンは、そのことを覚えていなかった。父を恐れながらも愛し、結婚後も父とふたりで旅行に行くほど密着し、支配されることに甘んじていました。

　繰り返しの虐待を受ける子供は、犯される肉体と心を切り離して、なにも感じまいとします。そうした防衛機構の発動に慣れた子供は、健全な精神生活を送りながら突然恐怖を味わった子供とは違って、衝撃的なトラウマ体験をもそうして抑圧してしまうのです。まして殺人犯は彼女の父、忘れるべき虐待者本人でした」

「つまり、茉莉さんにも同じことが起こったといわれるのですね」

「ふたりが出会ったとき、茉莉ちゃんは三歳の幼児です。ぼくのことばは多分に非常識で悪趣味に聞こえることでしょう。けれど、アイリーンが父親から最初にレイプを受けたのも三歳のときでした。非常識ということばは、文字通り常軌を逸した虐待に晒《さら》された弱者を切り捨てる意味しか持ちません」

　松浦のことばは確信にあふれている。迷っているといい、哀願するようにこちらを見ていたことなど忘れてしまったようだ。しかし京介は結局、それを謹聴していることしかできない。十二歳の少年が、三歳の幼女を性的に虐待する。そんなことが、とは感じても反論する知識もデータもない。

「アメリカでは被虐待児童が、大人になってから過去の虐待を明らかにし、加害者を訴える事例が非常に多いのです。その中には虐待の記憶を喪失していた人も少なくはありません。だが忘れられた過去の苦しみは、消えたわけではない。無意識に巣喰って現在の被害者にさまざまな苦痛を与えます。

自分を汚いと感じる。肉体に嫌悪感を感ずる。自殺の衝動を感ずる。自尊心を持てない。自分の感情が認識できない。抑鬱状態になる。暴力的になる。自傷癖がある。他人を信頼できない。性的衝動に強い嫌悪を覚えたり、性交のときに恐怖や混乱を感ずる。具体的な理由もないはずなのに、こうした症状が出る人は虐待の記憶を抑圧している可能性があります。ぼくはアメリカで、記憶からは消えた虐待の後遺症に悩むクライエントに何人も出会ってきました」

「するとあなたには九四年の時点で、茉莉さんが虐待の記憶を抑圧した人だと見えたわけですね」

尋ねた京介の目を静かに見返して、

「否定はしません。茉莉ちゃんは確かに混乱していました。兄に対する愛情と、同時に感ずる理由の分からない恐れ。対人恐怖。特に年上の男性を恐れ、性的な表象を強く嫌悪していた。以前にも多少見られた傾向が、病的なまでに強まっていました。

結婚して幸せになりたいといった次の瞬間には、修道院に入って一生神に仕えたいといったり。そしてなにより彼女は、記憶の欠落に悩んでいました。月映荘で暮らした九年間は、虫に食われたように飛び飛びにしか覚えていないというのです。

そんな彼女はぼくが、アメリカで面接した虐待被害者、あちらでは虐待から生き残った人という意味でサヴァイヴァーといいますが、そのクライエントと似ていました。ぼくはぼくに可能な限り、彼女を助けてあげたいと思いました」

「どんな方法で？」

松浦がふっと笑った。京介がそう尋ねることを、予測していたのかも知れない。

「大したことはしませんでした。ぼくはプロのセラピストというより、親しい友人として茉莉ちゃんと接することにしたのです。幸い某私立大学の学生相談室に職を得たので、その合間に茉莉ちゃんと会いました。

　週に三回程度、街を歩きながら、また公園のベンチや喫茶店で、彼女がリラックスできるような状況で、いいたいことをいいたいだけ話してもらい、批判することなく聞く。否定的な気分に陥っているときは、できるだけ気持ちを軽くするように、自分を責めないようにアドヴァイスして、ひとりでいるときにできる瞑想法や呼吸法を教えてあげた。それだけで茉莉ちゃんは、少しずつ落ち着いて暮らせるようになりました」

「そうしている間に、彼女は兄に虐待された記憶を自然に取り戻した、と？」

「ええ。もしも桜井さんがそのへんを心配しておられるなら申し上げますが、ぼくはなんの誘導も暗示もしていません。彼女が記憶を抑圧しているだろうなどと、ほのめかしたこともありません。だって、そんなことをしてなんになります？」

　京介を見返す松浦の目はあくまでも澄んで明るい。唇に浮かぶ微笑みは自分の邪推《じゃすい》を哀れんでいるようで、京介は無言で唇を嚙む。松浦のことばを疑わねばならない証拠はない。人のことばをいちいち疑ってみるのは、科学的な思考というよりは、単に自分の癖かも知れない。

「初めは夢だったそうです。落ち着いて良く眠れるようになったのに、今度は立て続けに嫌な夢を見る。ベッドに横になっていると、廊下を足音が近づいてくる。それが兄さんだということはわかっている。でもなぜか彼が恐ろしい。恐ろしくてたまらない。すぐ隣では親たちが寝ているはずなのに、声を上げることもできない。そんなことをしても無駄だ、ということはわかっている——

それから急に彼女は、その夢のことをぼくに話さなくなりました。尋ねても顔を固くして話をそらせてしまう。でもその頃はもう、彼女は夢の続きを見ていたんです。兄さんの足音がドアの前で止まる。音を忍ばせるようにして、そっとそれが開かれる。彼が入ってくる。それからなにが起こるか。

無論彼女はそれが、過去に起こった事実の再現だなどとは信じませんでした。ようやく打ち明けてくれたときも、自分の頭がおかしくなった、本当に病気になってしまったのだと思いこんでいました。

ぼくは、無理にそれを打ち消す必要はないといいました。ただ、隠さずになんでも話して欲しい、ぼくに話すのが気が進まなければ日記に書いて、とにかく心にため込んでしまわないようにと。

それが本当のことらしいとわかってきてからは、彼女はいっそう苦しみました。もう一度忘れさせてくれと泣いて頼まれたこともあります。思い出したくなどなかった。兄さんの顔が見られない、と。

ぼくは、可哀想だけどそれはできないといいました。それまでも記憶はずっと君の中にあった。だから君は兄さんが恐かったし、ひとつマンションで暮らせなかったし、恋もできなかった。過去を消すことは誰にもできないし、逃げようとしてもそれはどこまでも君を追いかけてくる。

だけど君が逃げるのを止めて、立ち止まって、向かい合って、過ぎたことだと納得できればそれはもう君を苦しめないから、と」

「すると抑圧されていた記憶がよみがえったのは、必ずしもあなたの責任だとはいえませんね」

しかし松浦は京介を見たまま頭を振る。

「いいえ、そうは思いません。アイリーン・リプスカーが父の虐待と殺人を思い出したのは、資産家の夫と結婚し、子供を得て、父の支配下に二度と戻らずに済む生活を手に入れてからでした。抑圧するだけの必然性が薄れたからこそ、それは意識に浮上してきたのです。

ぼくは茉莉ちゃんを雅長君から引き離し、彼女にぼくの助力が一時のものではないことを信じさせようと努めてきました。それがある程度効果を発揮したからこそ、彼女は記憶を取り戻したのだと思います。つまりそれはやはりぼくのせいです」

「すると、記憶を回復することは、当人にとって必ずしも望ましいことではないのですね？」

「そうかもしれません。ですが、やはりぼくは、そうすることが正しい道だと信じます。どんなに辛い試練であろうと。加害者を罰するためにではありません。忌まわしい過去も含めて、人生のすべてを本人のものにし、より良く生きるためです」

「そうして立ち向かうために、彼女は三年前月映荘に行ったわけですか」

「そうだと思います。しかしぼくはあのときまで、茉莉ちゃんが雅長君の殺人を見たなどとは、想像もしていませんでした。ただ、兄による虐待の記憶がよみがえったからこそ月映荘を見るのが恐ろしく、それでも敢えてもう一度その前に立つのだと、それしか考えていませんでした」

「つまりそれまで虐待のことは、雅長さんにはなにも話していなかった」

「そうです」

うなずいてから、聞き返した。

「おかしいですか？」

「いや。ただそうした場合は、加害者に謝罪や賠償を求めるものかと思ったので」

「アメリカでも、すべての被害者が裁判を起こすわけではありません。サヴァイヴァーが取る道は人それぞれです。

裁判を起こして加害者を訴え、金銭的補償をもぎ取る人。裁判は起こさないが親類知人たちの前で、加害者の罪を暴露する人。プライヴェートな場で加害者と向き合って自分の苦痛を述べ、罪を認めて謝罪してくれればそれでいいという人。中にはそれもしないでいい、という人もいます。

すでにそれは過去のことであり、もはや加害者は自分を傷つけられないのだから、彼らを哀れみ赦《ゆる》そうという。どの道を選ぶかは、サヴァイヴァー自身が決めなくてはなりません。大切なのは罪を暴くことではなく、これからいかに生きるかですから。

裁判を起こすにせよ起こさないにせよ、加害者との対決はかなりのリスクを伴います。ほとんどの場合加害者は自分が悪いとは少しも思っておらず、はなはだしい場合には自分の行為を忘却しています。彼らはサヴァイヴァーの非難に対して謝罪するどころか、相手を嘘つき呼ばわりして自分の潔白を主張します。そして裁判ということになれば、当然証拠と証人が必要になる。

だが多くの場合、犯された虐待行為からは長い時が経っていて、物理的な証拠や具体的証言をしてくれる証人を見つけ出すのは困難です。特にそうした判例がない日本では、裁判は労多くして実り少ない結果しか生まないでしょう。

裁判でなく、彼に謝罪を要求するだけでも容易くはない。傷つけられることは覚悟しなくてはならない。そうしたことも茉莉ちゃんに話しました。彼女はよく考えてみるといいました。そして、雅長君が月映荘に行くと聞いて、自分も行くといい出したのです。

そんな状況で久しぶりに顔を合わせた雅長君は、妹が彼を恐れていることに苛立っていました。彼は自分の過去の所業などまったく覚えていないようでした。茉莉ちゃんはそういう彼に怯えていました。それが桜井さんがご覧になったときのふたりです。そして、事件の夜以来初めて月映荘を目にした茉莉ちゃんは、埋もれていたもうひとつの記憶を取り戻したのです」

「ひとつお聞きしてもいいでしょうか」

「どうぞ?」

「無意識に抑圧された記憶というものは、歳月を経ても変化や摩滅《まめつ》はしないものですか」

「しません」

松浦は明快に断言する。

「通常の記憶は、時間の経過とともに想起しにくくなりますね？」

「ええ。でもこうしたトラウマの記憶は、通常の記憶とは異なるのです」

そう断言する根拠は、臨床家としての経験というわけだろうか。

「桜井さんは三年前、茉莉ちゃんが月映荘の庭で口にしたことばを記憶しておられますか？」

「ええ、おおよそは」

「彼女がいった『赤い月』ということばは？」

「覚えています。赤い月ではなく、血に染まった兄の顔だった、というようなことをいっておられましたね」

「そうです。茉莉ちゃんは兄の顔を思い出さないために、あり得たはずのない『赤い月』を記憶していた。これをスクリーン・メモリィといいます」

「トラウマ記憶を覆い隠すスクリーン、というわけですか」

「はい。つまり抑圧と同時に記憶のすり替えが、起こっていたことになります。思い出したくないものを、より無害なイメージに置換するのですね。窓にカーテンを引くように」

「そしてその蔭には、過去の記憶が生々しく保存されている——」

「ぼくは彼女の記憶を信じています」

3

精神科医、カウンセラー、サイコセラピスト、こうした患者なりクライエントなりの訴えを聞くことで成り立つ職にある者は、基本的にそのことばを受け入れることから始めるという。茉莉の回復された記憶を信ずるという松浦のことばも、おそらくはそうした職業的立場に発しているのだろう。

それを否定する権利は京介にはない。ただ、茉莉の記憶だけを根拠に、八六年の犯人を印南雅長だと断定するのは賛成できないと思う。妹からふたつの罪で断罪された当人は、すでに死んでいる。それ以上傷つけられることはないともいえるが、同時に彼は自らを弁明する道も閉ざされている。

「雅長さんが死なれたとき、茉莉さんは？」

「やはり彼女には、ただならぬショックだったようです。特にぼくがしばらく動けなかったので」

「ああ……」

「実は、そのとき江草夫人が茉莉ちゃんを呼んで下さったのです。ひとりでいるよりは、話し相手にくらいなれるからと。ぼくが退院したときは、すでに彼女はこちらへ来ていて、そこにぼくまで居候するような格好になってしまったのですが」

「あなたは彼女が夫人のもとに住むことに、決して賛成ではなかった。そうなのですね」

「ええ――」

「理由をうかがってもいいでしょうか？」

「それは」

彼はためらうようにことばをとぎらせたが、

「それは茉莉ちゃんが、――江草夫人を恐れ嫌っているからです」

喉の奥から押し出すように、彼はようやくそれだけいう。

「もちろんそれは普段は現れない、秘められた感情ではあるのですが」

「理由はあるのですか？」

「彼女なりに、あるといえばあるのです。江草夫人は印南家を憎んでいた。だからあの呪わしい洋館を印南家に売り渡し、その結果が現れるのを観察するために隣に家を建てて住んだ。茉莉ちゃんはそう、信じています」

「呪わしい洋館。月映荘がですか？」

「ええ。ご存じでしょう？ 自殺した江草孝英の最初の妻の、怨念が染みついた館というわけです。江草家の末裔でなくとも、そこに住んだ者は彼女の怨念に影響され、いつしか心を病むようになる。兄が自分にあのような仕打ちをしたのも、家庭教師と看護婦を殺したのも、自殺したのもすべてはあの家のせいだと」

　京介の脳裏に輪王寺綾乃のことばが浮かんだ。

（月映荘には女たちの悲しみと苦しみ、涙と血が怨念となって積もっている……）

（それは人を狂わせる……）

　こうしたいわば呪術的な思考は、この国の文化に共有されるものなのだろうか。

「ことばにしてしまえばさぞ馬鹿げているとお考えでしょうが、誰を責めることもできない事故や事件を、そうやって何者かの罪にして憎むのも、人の心の防衛反応といえるかもしれません。

　茉莉ちゃんは雅長君を虐待の加害者として憎むと同時に、自分が記憶を回復したことで彼が自殺したのかもしれないと、そのことで我が身を責めているのです。それが反転して、江草夫人への憎悪になっているのだと考えられます」

　確かに京介は二度、夫人の声を聞いて茉莉が表情を変えるのを見た。そして寝室の、子供が鬱憤を晴らすように踏みにじられた服。ハイヒールは室内では履いていなかったはずだから、部屋にあった自分の靴をわざわざ取り出して踏んだのだ。足跡がスカートに白く残っていた。

「しかし、それでも彼女は夫人の元から去ろうとはしないのですね？」

「ええ。夫人に対する憎悪を、彼女自身はっきりと意識はしていないのです。いつもは夫人が選んでくれた服を身につけ、娘のように髪を梳《す》いてもらい、尋ねられれば東京には戻らない、ここにいたいと答えます。だから、ぼくもここにとどまって彼女を見守るしかないのです」

　京介は、カップの中に残っていた冷めたコーヒーを飲み干すと目を上げた。

「あなたは茉莉さんの夫人に対する感情の理由、夫人が自分たちを憎んでいるのだというのは、妄想だといわれましたね？」

松浦は軽く目を見張る。

「妄想というのはことばがきついと思いますが、根拠があるとはいえません」

「茉莉さんが考えたように、江草夫人が印南家を憎む理由らしいものは、まったくないのですか？」

松浦は、またためらうように視線を外したが、

「それもまた、あるといえばあります」

「聞かせていただけますか」

「太平洋戦争直後、江草夫人と夫はいまの月映荘に住んでいました。その家に雇った家事手伝い、当時のことばなら女中ですね、それが印南家の女性だったのですが、ご主人と男女の仲になった」

「ああ、なるほど」

「しかもその女性はご主人の子を身籠もった。印南家といえばこの土地の名家ですから、やはりあまり外聞の悪いことは出来ない。というわけでその女性は腹の子供とも、母親の実家に引き取られた」

「その後、那須の別邸を印南家に売って、江草夫妻は東京に移ったのですね」

「いや、ですがこの話にはもう少し続きがあるんです。江草夫妻が東京に移る前に」

「と、いいますと？」

「その女性が、母親の実家から失踪したというんです。それも江草のご主人と会うといって、京都にある母の実家を出たまま戻らなかった」

「つまり、彼女が那須を出てからもふたりの関係は続いていたということですか」

「そのようなんですね。失踪当時彼女は、江草氏のふたり目の子供を身籠もっていた、という話もあります。それが事実かどうかはわかりませんが、とにかく彼女は娘を祖母の手元に残したまま、二度とそこには戻ってこなかった」

「印南家ではそれを放置していたのですか？」

「持て余し者の女性だったようですね。戦前はひとりで東京に出て、カフェー勤めをしていたとかで、旧弊な田舎の人間からすれば、厄介な問題ばかり起こす、とんでもないあばずれ女ということになるのでしょう。

しかも時代はまだ、戦後の混乱が完全に終わってはいない頃です。行方がわからないといっても、あれならどこでまた男をくわえこんだか、むしろ忘れたいと思われたのでしょう。忘れられないのは江草夫人で、未だに彼女の前で印南あおいというその女性の名前を口にすることはタブーです」

「夫を取られた恨みで、夫人は印南家の血を引く茉莉さんを憎んでいるとも考えられる、ということですね」

「いや。しかしそれはありそうもない話ですよ。確かに愛人だった女性が、いま健在で現れたとしたら嬉しくはないでしょうが、血筋というなら茉莉ちゃんの父方の祖父がその女性と従兄妹だという程度の繋がりですからね、それなら茉莉ちゃんよりもっと血の近い人間はいくらもいます。それに桜井さん、まさか死者の怨念が染みついた館、なんてものを信じられますか？」

「少なくとも、まだ出会ったことはありませんね。本物の幽霊屋敷とも、幽霊とも。できることなら見てみたいものですが」

それを聞いてほっとした、とでもいいたげに松浦は白い歯を覗かせる。

「ぼくもです。アメリカは合理主義の国のようで、ピューリタニズムの裏返しめいた悪魔崇拝まで存在していて驚かされます。結局それも人間の欲望の鏡でしかない。なのに天使や悪魔の存在を、真顔で信ずる人は予想外に多いんです――」

語尾が弱くなって、ふっと蠟燭を吹き消すように消えた。顔の微笑みも同時に掻き消えている。会話することでいつか忘れていた現実にふいと立ち戻ってしまった、とでもいうように。

「でも、桜井さん。なぜ急に茉莉ちゃんはあんなことをしてしまったのでしょう。確かに彼女は無意識のうちに、江草夫人を嫌悪していました。それが、あんなかたちで爆発したのかもしれません。

あの晩も、夫人は自分の支度で遅れたことを、平気で彼女のせいにした。部屋へ下がるときも、人前で着替えを手伝ってやるなんて。ああして彼女をまるで、ひとりではなにもできない子供のように扱うのです。

悪意でとは思いません。ただあの人は、あまりにもデリカシーに欠けている。彼女のために親切に世話を焼いているつもりで、傷つけていることに少しも気がつかない。そういう意味では茉莉ちゃんが、夫人を嫌うのも無理はないのです。

けれどそれならなぜ、小西先生までが殺されねばならなかったのか。彼女は先生には心からなついていました。それがなぜ急に、あんな。ぼくにはわかりません」

彼はテーブルの上で、両手を握り合わせた。目が食い入るように、Xの形に組んだ親指を見つめている。その指が小刻みに震え続けていた。

「桜井さん、覚えておられますか——」

つぶやく声が聞こえた。

「あのとき小西先生はぼくを大声で罵《ののし》られました。なぜ茉莉ちゃんがそんなふうに、子供の頃からなついていたはずの先生を、と考えたら急に気になってきたんです。もしかしたら二階にいたはずの彼女は、裏階段を足音を忍ばせて降りてきて、厨房のドアの向こうで耳を澄ませていたのじゃないでしょうか。そして、先生のことばに怒って……」

「彼を殺したのだ、と？」

「そんなはず、ありませんよね？」

松浦はまたすがりつくような目で、京介を見ている。その額に汗の粒が浮いている。

「ね、どう思われますか？　いって下さい、思われたことは、なんでも」

「その前に確認させて下さい。松浦さんはあれをすべて、茉莉さんがひとりでしたことだと思っておられるのですね？」

「え？——」

信じられぬことを聞いた、というように松浦は目を見張る。

「でも、桜井さん。茉莉ちゃんでなかったら、誰ができたというんですか。家の鍵はすべてきちんとかけられたままでした。外から人が入ってこられたはずはないんです。いえ、もしも合鍵を持っている人間がいたとしても、銃声を聞いて飛び込んでから、誰かが逃げるような時間はなかった。家の中はしんと静まり返って、他の人間がいた気配などなかったじゃありませんか」

「しかし、心理療法家としてのあなたの目に、茉莉さんは突然人を殺すようなタイプとして映っていたのですか？」

「いいえ！」

松浦は即答して、とんでもないというように、大きく頭を左右に振る。

「そんなことは考えもしませんでした」

「だが、そうとしか思えない事態が起こってしまった」

「ええ。だからぼくはこんなに、みっともなく震えおののいているんです」

口元に浮かべようとした自嘲の笑みは、片頬を痙攣させただけで終わった。

「いっそ江草夫人が本当に彼女を憎んでいて、あんなことを仕組んだとでも思えたら、どんなに良かったでしょうね。でも、それも無理なんです。残念ながら。それに夫人が茉莉ちゃんを憎んでいたとしたら、なにもあんなことをする必要はない——」

「それ以外に僕が不思議に思ったのは、なぜ小西医師は撲殺されたのかということです」

「え？」

意味が分からないという様子の松浦に、

「僕はそれほどちゃんと見たわけではありませんが、あれは回転式の小型拳銃でした。弾倉にはまだ弾がこめられていたのではありませんか？」

「ええ、そういえば……」

「銃に弾が複数装填されていたなら、どうして射殺しなかったのでしょう。小西先生を殺害するだけが目的なら、殴れるほどの至近距離で撃てば外れる恐れはないのではありませんか」

「それは――」

松浦は虚を突かれた顔になった。

「それは、そうだ、きっと銃声が聞こえたなら、江草夫人に気づかれるからではないでしょうか」

「なるほど」

表階段は夫人の部屋からもあまり遠くない。銃を撃てば聞こえたはずだ。夫人も家の中で銃声を聞いたなら、よもやそのままベッドに入ってはいなかっただろう。あの音は、まだ屋外にいた京介たちの耳にもはっきりと届いたのだから。

「しかしそう考えると松浦さん、そのとき茉莉さんはそうした思考が可能なほど、冷静であったということになりませんか？」

「あ……」

彼は京介のことばに顔をゆがめる。

「僕は松浦さんが、茉莉さんは心神喪失状態で小西先生を殺害したと考えておられるのかと思っていました。しかしいまの推測が当たっているとしたら、茉莉さんを責任能力無しとするのは困難ではありませんか」

「いえ、それは、ぼくがいま考えただけのことですから――」

だが京介は続ける。

「拳銃はセザールのものだということでした。二階の寝室に保管して鍵もかけてあったと。それを茉莉さんが持っていたのですから、あの晩急にということは考えづらい。それもすべてが計画的で、冷静に行われたことの証拠のように思われますが」

「で、でもッ」

「だがもうひとつ考えると、理屈に合わないことがあります。なぜそれほど冷静であった茉莉さんは、手にした銃で夫人を射殺できなかったか。夫人が反撃した様子もないのに、なにが彼女を失神させたのか。そしてなぜ目が覚めて自分のしたことを覚えていないのか。僕にはそれがわからない。でも松浦さんは、そのことをさして不思議には思っておられませんね」

「そんなことは、ありません――」

松浦はテーブルの端を摑んで激しく頭を振る。

「ぼくにもわからないことばかりなんです、なにもかも。なぜ茉莉ちゃんはあんなことを……」

「もちろん、いまから僕が警察にありのままを話しに行く、ということは心配無用です。たぶんそんなことをしても、どこからも迷惑がられるだけでしょうしね」

「え、ええ。それはそうです」

「けれど失礼ですが、まだなにかうかがっていないことがあるようですね」

松浦は口を結んでいた。目は京介を見ていない。テーブルに置いた手に向けられている。青ざめた顔から滴る汗がその上に落ちる。

「松浦さん？」

震えながらその顔が上がった。松浦は、泣きたいのをこらえる子供のように顔をゆがめていた。

「さ、桜井さん、それは――」

京介は、ふと吐息して頭を振って見せた。

「止めましょうか、もう」

「桜井さん？……」

「僕は愚痴《ぐち》の聞き役のはずでした。それをいつの間にか逸脱してしまったようです。だから僕はなにも聞かなかった。それでいいことにしませんか？」

「ええ――」

松浦は、もう一度深く首をうなだれた。

「すみません、ほんとうに……」

喫茶店から出るとすでに夕方だった。ほんの五分ばかりのうちに、松浦はすでに落ち着きを取り戻している。先程のみじめな顔も嘘のように、

「長いこと聞いて下さって、ありがとうございます。おかげで少し、気持ちが軽くなりました」

そういわれても返事のしようがない。明日倉持に『どうだった？』とでも聞かれたら、なんと答えよう。事件は江草夫人のコネクションで抑え込まれたようだから、黙っていれば大丈夫だとでも？　いまはそれ以外ないと、無理にも自分を納得させるしかあるまい。

「これから、どうなさるのです？」

「可能ならできるだけ早く、ふたりで東京へ帰ります。江草夫人も、これ以上は引き止めないでしょうから」

確かに、いくら夫人がデリカシーに欠ける親切の押し売り屋で、警察に強力なコネがあっても、これ以上強いて茉莉を引き留めはしないだろう。たぶんあのときは自分でいった通り、茉莉よりセザールの身が気がかりだったのだ。その件が無事決着したからには、事実を知る者には去ってもらう方がいい。

「アメリカには戻られないのですか？」

「ええ、いずれは。でもそのときは茉莉ちゃんにも一緒に来てもらいます。ぼくの、伴侶《はんりょ》として」

「お幸せに」

松浦は照れたように笑った。

帰りは月映荘に通じる直線路の入り口まで、松浦の運転する白い小型車に乗せてもらった。数時間にわたって聞かされたことを思い返すので、車中の京介は無言のまま過ごし、松浦も同様黙ってハンドルを握っていたが、京介が、

「ここで結構です」

といってドアのハンドルを掴むと、

「今日は本当にありがとうございました」

とほほえみながらまたいう。いえ——と口の中で

つぶやきながら、京介は思った。明るく曇りのない目だ。たぶんこの目のために彼は歳よりはるかに若く、無垢な少年のように見えるのだ。

　憎むことも傷つくことも知らない、生気に満ちた子供の目だ。感じやすく、おびえやすく、しかしたちまちそこから立ち直ってくるたくましさを備えている。話を聞き疲れたいまはしかし、その目もなにかうっとうしい。彼と較べれば自分は、はるかに年上の老人のようだ。

　京介はドアを閉めてそのまま背を向けたが、後ろから、

「桜井さん！」

　声が追ってきた。開けた窓から顔を突き出してこちらを見ている。

「どうか忘れないで下さいね。抑圧された記憶は、決して神話ではありません。——では」

　それきり松浦の車は、がらんとした道路を大きくUターンして走り去った。

4

　日が落ちると今夜も、気温は情け容赦なく下がってくる。京介はしかしストーブもつけず、プレハブの椅子にかけてぼんやりしていた。なにがそれほど自分を、ぼおっとさせているのかよく分からない。疲れているだけなのか、それとも風邪を引きかけてでもいるのか。

　そういえばなんとなく、熱っぽいような気もしてくる。体がだるく、頭が重く、なにをする気も起こらない。

（なにか、毒に当てられた、とでもいいたい気分だな……）

　毒とすればそれは、人間という獣が内に持つ毒だ。月映荘を巡る死者と生者。その絡み合う愛憎。頭にそそぎ込まれた事実が、頭蓋の中で溶け崩れて腐臭を放っている。

（吐き気が、する——）

幼児への性的虐待。印南雅長が義理の妹に、そんな人間として最低の行為を繰り返していたとしたなら、そしてそれを知られた家庭教師を殺害し、その現場を見られてしまったなら、彼がアメリカへ留学という名分で逃亡し、戻ってこようとしなくても不思議はない。それでいながら妹がどうしているか気になって、松浦を差し向けたのも理解できる。

だがそれならなぜ、七年経って彼は日本に戻り、妹と同居しようとしたのか。松浦からの報告で、彼女が虐待の記憶を失っていることを確信して、もう大丈夫だと考えたからか。彼も長い期間アメリカにいて、記憶の抑圧と回復については、多少の知識は持っていただろうから。

しかし彼は、セラピストである松浦に妹をゆだねることに、不安は感じなかったろうか。彼がどれほどの破《は》廉恥《れんち》漢《かん》だとしても、問題は虐待のことだけではない。殺人罪の時効は十五年、しかも国外にいる期間は数えられない。いつか妹が、自分の行為を思い出すのではないかと不安にならなかったのか。彼はそれほど楽観的な犯罪者だったのか、それとも、彼自身が忘れていたのか。なにもかもを。

（馬鹿な——）

京介は自問自答に頭を振る。性的虐待のことだけなら、それもあり得ないとはいえない。松浦がいったように性行為にいたらなくとも虐待と呼べるというのなら、加害者の主観からいえば単なる悪戯や、可愛さからの愛撫《あいぶ》に過ぎぬものが、被害者には耐え難い不快感や恐怖とともに感じられたということもあり得るからだ。まだ少年だったはずの雅長が妹になにかしたというなら、それはたぶんその程度のことだったのではないだろうか。

無論その程度だったからかまわないとか、虐待とはいえないなどというつもりはない。茉莉がそれを不快に感じながら、我慢せざるを得なかったのだとしたら、それはやはり虐待だろう。

だが事態に解釈の余地ある場合、加害者は容易に忘れることができる。しかし、巧みに隠蔽された殺人はまったく意味が違う。これまで警察に追われることもなく、小西医師がいったように遺体の死亡時刻をいかにしてか誤魔化したとすれば、それは高度に意識的な犯罪に他ならない。

雅長の行動から見れば、やはり彼は殺人など犯してはいないと思われてくる。しかしそう仮定すると今度は、彼の七年にわたって妹を遠ざけてきた心理が理解できなくなる。ふたりの女を無惨に死なせて平然としていられる程度に、想像力を欠いた鈍感な人間であったから、七年も経てばいまさら妹が自分を告発することもあるまいと楽観できた、と考えれば結論は逆になる。

（これは、座して考える限り水掛け論だな……）

では三月六日夜の事件はどうだろう。茉莉は小西医師を殺し、江草夫人を殺しかけた。松浦は、そんなことは考えもしなかったといいながら、茉莉の犯行であることは疑ってもいないようだ。しかしやはり京介は釈然としない。彼女の精神状態が健全なものでないことはわかっている。踏みにじられた服を見れば、江草夫人を憎んでいるというのも本当かも知れない。だが起こった事件の様相は、どう見ても冷静な計画殺人だ。最後の奇妙な挫折《ざせつ》を除いては。それが茉莉にはそぐわなく思える。

京介は記憶の中から、茉莉の印象を呼び覚ます。三年前の彼女は具合が悪そうだったが、口を開けば二十代の女性にふさわしい口調で話した。だが、窓を見上げて『赤い月が見える』と口走ったときのそれは、片言でひどく子供じみていた。

（子供——？）

晩餐の前、江草夫人にともなわれて二階から降りてきた茉莉も、人見知りの子供のようだった。だが、ふと気がつくと彼女は無言ながら、優雅ともいえる仕草でナイフとフォークを操っていた。その様子は決して子供っぽくは見えなかった。

（まさか……）

京介は椅子の上で身じろぎする。ひとつの仮説めいたものが唐突に思い浮かんだのだ。まさか、とは想いながら。

（多重人格――）

　この病気についての京介の知識は、以前に読んだふたつのノンフィクション・ノベルに尽きている。ひとつは一九七三年に書かれた十六の人格を持ったという女性についての『シビル――失われた私』、いまひとつは著名なSF作家が著して日本でもベストセラーになった『24人のビリー・ミリガン』。だがそれがどこまで事実で、どこからがノベルなのかは必ずしも明らかではない。

　それは小説や映画でもしばしば登場して、一般に知られているようだが、日本における症例の報告は極めて稀《まれ》だという。精神の病としては記憶喪失などと同様、ヒステリーの一症状に分類される。だが『シビル』や『ビリー・ミリガン』では、多重人格は幼少時の虐待から逃れる手段として発生すると書かれていて、松浦がいった記憶の抑圧のより深化したものとも受け取れる。

　京介が二十年以上前に読んだ『シビル』には、異常性格の母親から受けた残酷な虐待に苦しめられた少女の人生が生々しく語られていた。ひとつの肉体を次々と違う人格が占拠し、好き勝手に振る舞うために、シビルは常に記憶の断絶に悩まされる。優れた知性を持ちながら満足に勉強を続けることもできず、買った覚えのない買い物の勘定書に追われ、来た覚えのない街で突如気がついて立ちすくむ。本来のシビルは、自分の中にある他の人格を知らないのだ。だが献身的な女性精神科医と出会うことで、彼女は長く苦しい闘いの末、分裂した人格を統合し、ひとりの自立した人間となる。

　松浦が九四年に帰国したとき、茉莉の訴えたという症状の中に記憶の断絶ということばがあった。その後、月映荘に暮らしていた九年間の記憶は虫に食われたようだともいったが、これは記憶を抑圧していたからということだろう。だが先のことばは、過去のことではないように聞こえる。

茉莉はいまも記憶の断絶を覚えているのか。晩餐の前に京介が話した子供のような女性と、テーブルで落ち着いたマナーを見せた女性の、人格が交代していたなどということがあり得るだろうか。そして彼女の中にはそれだけでなく、怒りや憎悪を秘めて暴力を行使し得る人格が存在しているというのだろうか。

シビルの中には女性だけでなく、自分は男だと主張する人格もあった。また彼女の中には怒りの体現者である人格も存在し、それが肉体を支配するときは、癇癪を起こした子供のように暴力を振るって人のものを壊したりすることがあった。しかし故意に法律を犯すことはなかった。

だがビリー・ミリガンの中には、生活の代《しろ》を得るためには強盗もやむなしとする粗暴な男と、女性との肉体的接触を渇望するレズビアンの人格がいて、その結果彼はレイプ強盗として警察に逮捕され、初めて精神科医らと出会うことになった。

ビリーの中の強盗実行者は、単に粗暴であるだけでなく、計画犯罪をやり抜くだけの知性を持っていた。茉莉の中の別人格はそれと同じように、邪魔者たちが消えた後にその肉体を動かし、冷静に小西医師を殺害し、江草夫人もまた葬《ほうむ》ろうとしたのか。そしてあわやというところで他の人格に止められて失神した。そういうことか。

だが京介が読んだ精神科医のエッセイは、ビリー・ミリガンのケースに懐疑的だった。おとなしくて他人に口答えもできない女性が、荒々しく大胆な第二人格を出現させて事態の打開を計る、といったケースならそれなりに納得が行くが、二十四もの人格が出現するのはそれとはまったく意味が違う。本人の想像力と演技の産物が、精神科医の介入で強化されたのではないかというのだ。

そのどちらが正しいかなど、京介には判断のしようもない。ただ、一昨夜の事件が茉莉ひとりのしたことだとするなら、彼女が多重人格でと考えれば筋は通る。松浦がそれに気づいていないとは思われない。彼はしかし、その一歩手前で話すのを止めた。明らかに京介からは隠そうとしたのだ。

　確かに多重人格という概念は、犯罪がらみで現れるときにはひどく怪しげな、うさんくさいものに取られがちかもしれない。幼女誘拐殺人で八九年に逮捕されたMが、精神鑑定で多重人格と診断されたという報道があったとき、そのニュースを受け取った社会の反響は、「そういうふりをしているだけじゃないか」といったものだった。

　詐病は無論問題外として、分裂症などで己れの行為の善悪を判断できない、という場合は確かにあるだろう。だが多重人格だとして、個々の交代人格が病んでいるわけではなかったなら、責任能力無しとされるのは妥当だろうか。

　京介も『ビリー・ミリガン』を読んでいたとき、そんな不審を覚えた。強盗の実行者である人格《レイゲン》は、善悪の別が判断できなかったのではない。彼は自分のすることが法に触れると承知でそれをした、確信犯の犯罪者なのだ。

　人間は誰でも犯罪を起こす可能性を持つ。それをすれば自分の利益になると思えば誘惑は強くなる。引き止めるのは良心または理性だ。「悪いことだから止めよう」でも、「捕まればわりが合わないから」でも。ビリーの中には信仰深い人格も理性的な人格もいたが、《レイゲン》が犯罪を起こすことを黙認した。それならやはり彼は罪を償わねばならない、と考えるのは間違いだろうか。

　いや、どこまでが事実か確かでないビリーのことはもういい。松浦がそれまでに語った、抑圧された記憶の回復云々が、すべて虚構であったとは思わない。だが彼はおそらく茉莉が多重人格で、そのひとつの人格が小西医師を殺したと考えていたのだ。

たぶん彼は、小西医師の自分に対する非難が茉莉の怒りに火を点け、攻撃的な人格を表して衝動的に老人を殺し、ついで江草夫人も殺そうとして他の人格に阻止された、とでも考えていたのだろう。しかしそれを京介に、そのときの茉莉が冷静かつ計画的だったはずだと指摘されて動揺した。激情のままに犯された犯罪より、計画的な犯罪をより忌まわしく感ずるのは当然のことだ。

（で、どうする……）

考えるまでもなく、京介にはどうもできはしない。あの女性の中に反社会的で冷徹な殺人者の人格が存在しているとしても、被害者・江草夫人と被害者の遺族・小西和志はその罪を告発しないといっているのだから。そして松浦も、彼女がそういう人間であることを承知の上で、ともに生きていくといっているのだから。最後に見せた落ち着きの表情は、改めてそう心を決めたからだろう。

そうか——と思う。つまり自分はいまその、なにも出来なさに茫然とし、疲労を覚え、座り込んでいるのか。生々しい人間の問題になど関わりたくないと、幾度も繰り返してきたというのに、愚痴を聞くだけだと自分から言明しておいて、いざとなれば逆のことを感ずるのか。馬鹿な。そんなお節介《せっかい》は柄ではない。

「——いい加減に、頭を切り替えないと、な」

口に出してつぶやいた。もうすっかり夜で、プレハブの中も膝の上の手すら見えない闇だ。電気をつけて、なにか食べる？　いや、食欲はない。本でも読むか、翻訳の仕事を進めるか。それにしても頭が重かった。こめかみに穴を開けて、そそぎ込まれたこと全部を流して捨てることができればいいのに。

椅子から立って、頭の上に下がっているはずの電灯のスイッチを探す。だがゆっくりと手を動かしても、指にはなにも触れない。やっとそれらしいものを摑んだと思ったとき、足元が滑った。落ちていた紙かなにかを踏んだらしい。

辛うじてスイッチはひねることができたが、よろけた体がテーブルの縁にぶつかった。落ちかけたパソコンをあやうく摑んで止め、だが一テンポ遅れて置いたままの本が落ちてきて膝に当たった。痛てッと小さく声を出した目の前の床に、落ちた本がパタンと開いた。

タイトルは『目撃証言』、犯罪事件の犯人を間近に見た証人の記憶がいかにしばしば誤《あやま》るか、それはなんのためにどのようにして起こるかを、豊富な実例とともに論じたノンフィクションで、著者はアメリカの実験心理学者だ。まだ最初を読み始めたばかりだったが、いま開いているのは巻末の参考文献のページだった。

ほとんどが英語の文献の中には、著者自身の著作も多く含まれていて、その中に一ヵ所だけ日本語が書かれている。

The Myth of Repressed Memory, 1994

という書名の下に『抑圧された記憶の神話』近刊、とあった。確かにそれは原著のタイトルの直訳だったが、ついさっき京介はその単語をひとつづきのものとして耳にしたのではなかったか。別れ際に松浦が、車の窓から顔を出していったのだ。

（どうか忘れないで下さいね。抑圧された記憶は、決して神話ではありません）

あの妙に唐突なことばは、どういう意味だったのだ？ ただの偶然？ もちろん常にその可能性はある。松浦が帰国したのも九四年だから、彼はこの本を読んでタイトルを記憶していたのかもしれない。

だが——

京介は、ふいにぞくりと体を震わせた。なぜかはわからない。けれど、気分が悪い。こんな些細《ささい》なことが気になって、なにかの暗示のように感じられるとは、まるで分裂症の妄想だ。その発病時、人はわけもなく不吉で緊張に満ちた予感のようなものに捕らえられるのだという。それを『世界没落体験』などと呼ぶこともある——

（まさか、ね）

　そんなふうに思ってみても、胸を満たした名付けようのない不安感、自分を取り巻く世界が、自分から剝がれ落ちてゆがんでいくような、嫌な気分は消えない。

（違う。ゆがんでいるのは世界じゃあない――）

（自分の方がゆがんでいる。なにか間違っている。とても根本的なことを、たぶん――）

（でも、なにが？――）

（それさえわかれば……）

（それに他にもなにか、思い出さなくてはならないことがある気が、する――）

（しかし、奇妙だ……）

　ふいに京介は顔を上げた。音が近づいてくる。あれは？　エンジン音だ。しかし四輪ではない。腕時計を見た。いつの間にか十時を回っていた。京介は立ち上がった。引き戸を引いて外に出た。

　いつかまた雪が降り出していた。闇の中を無数の白い点が風に舞いながら埋め尽くしている。だがその向こうから接近しつつある音。並木の間を抜けたのか、突然ヘッドライトが見えた。黄色みを帯びたまばゆい光が、矢のように目に突き刺さる。

　あっという間にそこまで来た。地に積もった雪を蹴立てながら、ゆるく弧《こ》を描いて止まった。背後にあるプレハブの燈火が、フルフェイスのヘルメットに顔を覆い、黒いライダースーツに身を固めた長身の男を照らし出す。男は五〇〇ccのスタンドを立てると、ゆっくりとバイクから降りた。

　こいつが放火犯か。こっちが起きているとは思わなかったと？　誰だと聞くのも間の抜けた話だが、京介は口を開きかけた。

　相手はいま、両手でヘルメットを脱ごうとしている。がっちりした顎が見えた。そしてその顎を覆う短く刈り込んだ鬚、唇から覗く白い前歯。

（え？――）

京介はまばたきしていた。

（まさか――）

だが、それ以上戸惑う前に声が聞こえた。

「――よお、元気そうじゃないか」

「なぜ？……」

「馬ァ鹿、陣中見舞いだよ」

栗山《くりやま》深《み》春《はる》が笑った。

スリーピング・マーダー

1

「へーえ、思ったより居心地良さそうなところじゃないか」

　それが、プレハブに足を踏み入れた深春の第一声だった。見るほどの物もない室内をぐるりと見回して、火が消えたままのストーブに目を留めると、なんでつけてないんだ、寒いだろうがと声を上げる。京介がなにもいわぬ間に、さっさとストーブのタンクを抜き出して、

「半分もないぞ。いまのうちに足しといた方がいいな。灯油どこにあるんだ？」

「――外。そっちの裏」

　背中のデイパックを下ろして手袋をその上に載せると、タンク片手に出ていく。戻ってくる。タンクを戻して点火する。いつもながらてきぱきした動きで、口を挟む暇もない。

「臭いがしなくなるまで、少し戸開けといた方がいいな」

「深春――」

「あ？」

「なにをしに来たんだ」

「だからいったろ？　陣中見舞いさ」

　デイパックのファスナーを下ろすと、中からかなり大きな風呂敷包みが出てきた。布の風呂敷の中はビニール袋、新聞紙、それからようやく見覚えのある三段の重箱が現れた。

「飯喰ったか？」

「いや、まだ」

「だったらちょうど良かった」

風呂敷を畳んでしまったテーブルに、重箱の蓋《ふた》を開けて並べる。中には料理が隙無《すきな》く詰まっていて、

「握り飯が一段と、あとはおかずだ」

「こんなに？」

何人分だと京介は呆れる。

「心配すんな、俺も喰うから。箸《はし》とか皿とかそういうのはないのか？」

「隣が、台所」

「ガスは使えるんだろ？　茶くらい沸かそう。あるよな」

「ああ、たぶん」

「酒がありゃ、もっと嬉しいんだけどな」

「それは保証しない」

だが、台所に置いたままだった段ボールの中を掻き回すと、日本酒の一升瓶が一本、米の袋や醤油《しょうゆ》の瓶に混じっていた。勝手に中の食糧を点検し、冷蔵庫まで覗いた深春は、

「ずいぶんいろいろあるなあ」

「そう？」

京介は気のない返事をする。

「鍋釜もあるし、自炊にゃ困らないじゃないか」

「面倒だ」

「そんなことだろうと思った」

深春はニヤッと笑って、

「よし、喰おうぜ。俺も腹が減った」

重箱の中身はあきれるほどバラエティに富んでいた。ひとつは和風のおかずで、鰤《ぶり》の照り焼き、厚焼き卵、鶏つくね、小鯵《こあじ》の南蛮漬《なんばんづ》け、根菜の煎《い》り煮《に》、糸こんにゃくのタラコまぶしに人参の白和《しらあ》え。もうひとつは洋風で、カレー味の豚ももソテー、プチトマトの挽肉詰め、ミックスベジタブルをまぜたオムレツ、鮭のフライに小さなコロッケまであった。

三段めの握り飯も、以前京介をげんなりさせた馬鹿でかいそれではなく、赤紫のゆかりや紫蘇《しそ》の実を混ぜて、小ぶりの俵《たわら》形に握られている。

「これを、全部作ったのか？」

「ま、ちょっとは冷凍物とか使ったけどな。このさいは多様性で押したわけさ」

深春は得意げな顔で、隅の方に入れてあったウインナソーセージを口に放り込む。

「東北道上がる内にどんどん冷えてきてさ、飯が凍るんじゃないかって心配になったけど、大丈夫そうだな」

深春は台所から持ってきた皿におかずを取り分けると、湯呑みに酒を注いで並べて京介の前に置く。たっぷり満たした自分の分の湯呑みを、二本の指でつまんで顔の前に上げ、

「ほんじゃ、ま」

「ああ――」

京介もうなずいて箸を取り上げた。考えてみれば食事らしい食事は一昨夜以来で、さすがに乾パン以外の食べ物は有り難い。南蛮漬けの酢と油の香りが、忘れていた食欲を刺激する。

「味はどうだ？」

「食べてるよ」

無愛想な返事にも、深春は気を悪くするふうもなく、自分もせっせと箸を動かしながら、

「うん。フライなんて冷めたらまずいかなあと思ってたけど、意外と喰えるな」

「深春に喰えないものがあるか？」

「まーな。空腹にまずいものなしって。おっ、この酒けっこういけるじゃないか。地元の造り酒屋らしいな。どこで買ったんだ？」

「黒磯のスーパー。でもそれは、倉持さんが選んだから」

「へえ。その人しょっちゅう来るのか？」

「ときどきね」

「おまえが見張りに来て、なんか事件とか起こってないのかよ」

「まあ、ご覧の通り」

「それじゃ退屈だろう？」

「でも、ない」

「他になんかすることあんのか？」

「翻訳」

「あー、パソコン持ってきたんだ。ネットとかは使えるのか？」

「駄目」

「なんで」

「モデムのコネクタが入らない」

「…………」

　そこで話が途切れた。口を動かしながら、前髪の中から京介がそっとうかがうと、深春が横を向いてため息をつくのが見えた。ようやく取り分けられた山盛りの皿の上を片づけた京介は、箸を揃えておくと顔を上げる。

「もう一度聞くけど深春、なぜ来た？」

　いまいましげに口をひん曲げた彼は、

「そんなに来ちゃ悪かったのか——といってやってもいいんだがな」

　そういいながら腕を伸ばして、空になった京介の皿に握り飯を三個放り込む。

「まだ入るだろ。飯もちゃんと喰えよ」

「深春——」

　肩をそびやかして、

「ま、とにかく喧嘩《けんか》の続きをしに来たわけじゃないぜ」

「喧嘩？……」

「なんだよ。しただろうが、喧嘩ッ」

　深春は指先で摘んだ小ぶりな握り飯を一口に呑み込んで、がぶりと湯呑みの酒をあおる。

（そうか、あれは喧嘩だったのか——）

　京介にしてみれば『喧嘩』ということばには、なにか牧歌的な響きがあって、あのときの自分の気持ちにはおよそそぐわない。一方的にこちらがとげとげしいことばを投げつけたわけで、今度こそ深春が赦《ゆる》せなくて当然だと感じていた。だから、いまだに深春の真意が理解できなくて落ち着かない。

「正直にいえば蒼さ。そのまんまにしておくなってケツを蹴飛ばされた」

「なにを話したんだ、蒼に」

「なにをってそのまんまさ。俺が機嫌悪かったもんで、どうしたんだって問いつめられて、勘がいいよまったく。京介に関係あるんでしょ？　深春、なにして怒らせたの？　だもんな。

　おまえが下宿に戻るっていうのにケチつけたら、ヘソ曲げたまま出かけちまった。バイトでしばらくは戻ってこないらしい。それだけいったんだよ。嘘じゃないだろう」

　深春が自分を怒らせたわけではない。話は逆だ。だがわざわざそんなことを蒼に聞かせる必要があるのか、といい返そうとして止めた。京介自身、蒼にはなにもいわぬままマンションを出ている。いままで長く東京を離れるときは、必ずその前に連絡していたのに、電話一本かける手間を惜しんで蒼の疑問を招いたのは京介自身だ。いまになってみれば、我ながらなんともやり方がまずかった。そう思えばここで、深春に怒りをぶつけることもできない。

「それで？」

「だからさ、おまえのヘソを曲げたままにしておくな、と蒼に怒られたんだ。ほったらかさずにちゃんと話をして、どこでこじれたかはっきりさせて、謝ることは謝ってこいってさ」

「…………」

　謝るとしたらそれは深春ではない。自分だと思う。だが、そのことばが出ない。口先だけで謝ってどうするのだ。なんの意味もない。

「なあ、覚えてっか？」

　深春がいう。

「昔、俺が旅行から帰ってきて、神代さんちに居候《いそうろう》してて、蒼とおまえもあそこにいたときがあっただろう？　それで、理由なんか忘れちまったけど、俺とおまえがぶつかって、俺が外出てって、ってことがあったよな」

「ああ──」

あれは、まだ蒼が深春には口が利《き》けなかった頃のことだ。

「あんときは蒼が、おまえ連れて探しに来てくれたろ？」

「深春が帰らないと寝ないっていわれたんだ」

めったにわがままをいわない蒼が、あのときだけは頑としてゆずらなかった。顔を真っ赤にして、半べそをかきながら京介を引っ張り出したのだ。

「あれも蒼としちゃあ、俺をってより俺たちを心配しておまえを連れ出したんだそうだ。だから今度は俺がおまえを探しに行くべきだっていうのさ、おまえが育てたあのガキは。ますます口が達者《たっしゃ》になりやがって、まったく」

手を開いて上に向けながら、

「ま、そういうわけだ。俺がここに来たのが気に食わないなら、文句は蒼と自分自身にいってくれ」

そういった深春に、京介は肩をすくめた。

「──蒼の性格に関しては、むしろ深春の影響の方が強い気がするけど」

「そうかあ？」

「少なくとも僕は、そんなにお節介じゃない」

「悪かったな」

「僕は──」

いいかけて、京介は迷う。なんといえばいい。嘘や不誠実な誤魔化しはしたくない。だが、それならいまなにをいえる。もっと彼を怒らせてしまうようなこと以外。それでもなにか、いわなければ。かまわない。いっそ怒るなら怒らせてしまえ。

「僕は、謝るつもりはない。それと、説明もするつもりはない。それでいいとは思わないが、他にしようがない──」

「なにごちゃごちゃいってんだよ、この馬鹿。そんなのいまに始まったこっちゃないだろう」

大声でさえぎられて、京介は目を丸くする。まだなにもいっていない。

「いつだっててめえは好き勝手にやって、俺になんかろくになんにもいっちゃくれないよ。よけいなお世話だなんていっといて、そのくせ毎度毎度いいようにに人を引っ張り回しやがる。そういうやつだなんてのは疾うに承知さ」

「そう、か——」

たぶん、深春のいうことは正しい。確かに自分はそういう人間だ。『桜井京介』という名前を仮面にしていても、中身は同じ、生まれついての最低の性格を引きずっている。だがいまさら自分の性格が変えられるとも思わない。

京介は下を向いてつぶやいた。

「じゃあ、絶交かな……」

一瞬の沈黙の後、

「馬ァ鹿」

京介の目の前が急に明るくなる。深春がテーブル越しに腕を伸ばして、指先で京介の前髪をピンと横に弾いたのだ。

「こっち見ろよ、京介」

目を上げると深春は、椅子から腰を浮かしてこちらを覗き込んでいる。

「いま絶交して済むくらいなら、とっくにしていると思わないか？」

「…………」

「おまえがなに考えてるかなんてことは、俺の単純な頭にゃ全然わからない。ヴェネツィアでの一件がまだ吹っ切れないのか、それともそのことで俺に泣きついたのが気になるのか、なんかもっともやもやしたことがあるのか。まあどっちでもいいや、そんなこたあ。

たぶん俺はこれからだって、おまえの顔を見りゃあ、ちゃんと飯を食え、風呂に入れ、着替えしろ、なんだかんだうるさく口を出すだろう。できるだけおまえに嫌がられないように、あんまりいい過ぎないようには気をつけるがな。性分《しょうぶん》が変えられないのはお互い様だ。

だけどとにかく俺がいいたいのは、お互い欠点は山ほどあるが、俺はまだおまえに愛想《あいそ》が尽きてもいないし、当然ながら絶交するつもりはない。だからおまえがもう二度と俺の面《つら》を見たくないってんでもない限り、いつだってあのマンションにはおまえの座る椅子があるってことだ。

どこへ行って仕事して栄養失調になるのもおまえの自由だがな、その仕事が終わったらまたできるだけ戻ってこいよ。いやってほどうまい飯喰わせて、元気にしてまた出かけさせてやるから。それでいいだろ?」

「――――」

答えることばが見つからない。そういわれて嬉しいかといわれれば、違う。だからといって悔しいとも悲しいともいえない。強いていえば少しだけ情けなく、少しだけ胸が痛い。いくら拒んでみても、結局彼ら無しでは生きられない自分の弱さが。

頭の上から深春の声がした。

「だけどな、いっとくが俺は諦めちゃいないぜ」

顔を上げると胸元へ、彼の人差し指が突きつけられている。苦いものを嚙みしめているようなその顔に、京介は思わず体を退いた。

「――なに、を?」

「おまえが腹の中に抱えてるもんを、いつか俺に打ち明けさせてやるってことは、諦めないっていうのさ。別におまえが隣のベッドに寝てたからって、叩き起こして無理やり吐かせるなんてこたあしない。その代わり金輪際《こんりんざい》忘れてもやらんからな」

「――つまり君はとことん、僕にお節介を焼きたいというわけだ」

京介はそっとため息をついた。

「物好きだね」

「まったくな。自分で呆《あき》れるぜ」

「でも僕には別に、抱えて隠していることなんて、ないよ」

「嘘つけ」

深春は横を向いて吐き捨てる。そう、確かにそれは嘘だ。だが、自分が『桜井京介』であり続けるためには必要な嘘だ。

「嘘じゃない」

「信じらんねえな」

座り直して、疑わしげにこちらを見る鬚男に、

「本当だよ」

いいながら割り箸をもう一度手にして、皿に放り込まれた握り飯を端から崩す。固まった飯のかけらを、箸で口に運ぶ。深春は嫌そうな顔をした。

「まずそうな喰い方するなよ」

「まずくはないよ、別に」

「じゃ、うまいか」

まったく人を毎度いいように引き回しているのはどっちだ。こんな男と出会わなければ、いまさら迷うこともなかったろうと思うと、からかってやりたくなった。

「ああ、深春の味がする」

案の定彼は口に含んだ酒を吹き出した。

「汚いな。床、拭いといてくれよ」

「おまえー、人のことをおちょくってるな」

「さあ？」

「ぜぇったあい、おちょくってるッッ！」

堪えようとしたが、口の端からくすっと笑いがもれた。

「笑ったなあ」

「笑うような顔をするからだ」

「させたのはそっちじゃないか」

十二年前の出会い以来、たぶん何十度となく繰り返されてきた、食卓をはさんでの馬鹿話。ストーブの炎が青く燃え、窓の外には雪が舞い続けている。ふたりのいるちっぽけなプレハブ小屋を、夜のさなかに押しとどめるかのように。その温もりの快さが、また京介の胸を痛くする。

「まあいいや——」

深春がつぶやいた。

「そうやって笑ってろよ。怯えた針鼠《はりねずみ》みたいに、ぴりぴりしてるよりゃずっといい」

勝手なことをいう、と思ったが、京介の口からこぼれたのは別のことばだった。

「——深春」

「ん？」

「どれくらい、時間がある？」

「どういう意味だよ」

「明日早い時間に仕事があるなら、寝ないとまずいだろうし」

「一晩や二晩、寝なくたってなんてこたあないぜ」

「仕事の予定は？」

深春は手を上げて頭を掻く。

「ま、そのへんはどうにでもなる」

「そうもいかないだろう」

「いやほんとに」

それでも京介が不審げな目で見ていたからだろう、彼は仕方ないというように、

「入ってたバイトをキャンセルしてきた」

「なぜ」

「こっちでどれくらいかかるか、わかんなかったからさ」

「そんなに何日もここにいるつもりか？」

「いや、おまえが入れてくれなかったら、しばらく外で粘ってやろうかと思ってた」

京介は呆れてその顔を見る。満更《まんざら》冗談でなさそうなのが、正直な話恐い。倉持が来て、プレハブの前にこんな男が居座っているのを見られたら、なんと説明すればいいのか。

「まあそんなわけで時間はたっぷりある。で、なんだ。これから世紀の告白でも始まるわけか？ 俺なら徹夜でもオッケーだぞ。いいたいことがあるならなんでもいっちまえ」

ニカニカ笑いながらそういういい方をされると、戸を開けて外へ蹴り出してやりたくなるが、たぶん京介の足ではそれも無理な話だろう。

（まったく、癪《しゃく》に障《さわ》る男だ――）

と思ったのは口には出さず、

「少し、話を聞いて欲しい」

今日の午後松浦からいわれたようなせりふだな、とは自分でも思ったが、口に出してみて、いま自分が必要なのは食事でも笑いでもない、話し相手なのだとはっきりわかった。いくら妙な巡り合わせで、たびたび事件に出会わされてきても、京介は人間の探偵ではない。それは自分の思考の形にはそぐわない。

「なんの話だ」

「いま月映荘と呼ばれている建物と、それにまつわるいろいろなこと」

「建築の専門的なことといわれても、俺にはわかんないけど」

「それなら話さない。もっと生臭い事件があの家にはまつわっているんだ」

「つまりそれはまだ、決着がついてないんだな？」

「まあそうだ。あまりにもいろいろなことを聞かされて、直面もさせられて、少し頭が混乱している。それを整理したい」

「つまり、蒼の代わりってことか」

「察しがいいな」

これまで大抵の場合は、蒼が京介のそばにいた。自分の見聞に彼のそれを合わせて、口に出せることは話して聞かせて反応を得る。考えをまとめるには慣れた方法だった。今回はそれができないから、妙に疲れている。

「つっこみはありか？」

「いくらでも。ただし一切他言無用《たごんむよう》だ」

「了解。そうと決まったら、ほれ」

空きかけた湯呑みに酒をつぎ足して、

「始めてくれ、桜井先生」

深春は椅子の背にもたれた。

2

「問題の中心に月映荘がある。この名称は印南敏明一家が暮らし初めてからの命名だから、それ以前には使えないわけだが、取り敢えずはあの建物の名称として使うことにする」

そう前置きして京介は、明治二十二年に江草孝英によって建設されて以来のおおまかな歴史を話し出す。孝英が江草家の娘ハツと結婚し、養子となって家督を継いだにもかかわらず、その妻を子供ができないという理由で離縁したこと。ハツはその後も那須に住んでいたが、彼女は自殺したといういい伝えがあることも付け加える。

「幽霊屋敷かよ——」

深春は当然の反応を返した。

「怪談でもあるのか?」

「まあね」

「どんなやつ」

「殺人事件の前兆のように、窓が血の色に染まっているのが見えた、とかね」

「なんだ、そりゃ」

孝英の子供はただひとり、孝和という。しかし彼は結婚せぬまま死んだ。おそらくは玄人《くろうと》の女性に生ませた息子がひとり、孝昌と名づけられて家を継いだ。このあたりは京介が東京で調べてきたことだ。彼は戦後の昭和三十年に病没し、家は印南家に売却された。ここで先程松浦から聞いた、孝昌の愛人を巡る一騒動と、彼女のその後の失踪の話を付け加える。

「その女性が産んだ子供ってのは、どうなったんだろうな」

無論そういわれても、京介には返事のしようがない。話は昭和五十二年、印南敏明と堤雪華の子連れ事実婚と月映荘での生活、そして六十年の航空機事故による夫妻の死まで達した。

「翌年、ふたりの女性が変死体で発見される。以後月映荘は無人になっていまに至るんだ」

「その、変死体ってのは？」

「一応これを読んでくれないか」

京介は『夜に消えた凶刃』を手渡す。

「その間にお茶でもいれてくるから」

「俺は酒でいいけど」

「酔っぱらわれては困るんだ」

ぶつぶついいながら、それでも深春はおとなしくコピーを読み始める。ほとんど空になった重箱をかたづけながら、京介は一本だけ残っていたウインナを何気なく口に運んだ。同時に深春が顔を上げる。

「あ、最後の！」

「まだ食べ足りないのか？」

「最後ってのはまた別なんだよ」

子供のようなことをいうのに、仕方なく齧りかけを半分進呈した。洗い物は明日することにして、隣のプレハブで湯を沸かし、いかにも現場で使っていそうな大きな急須《きゅうす》に焙《ほう》じ茶《ちゃ》をいれて持ち帰る。

戻ると深春はもう読み終えていて、

「なあ京介、この事件って迷宮入りなのか？」

「いまのところ犯人は捕まっていない。時効の期限は来年だから、ほぼ迷宮入りといっていいってことなんだろうな」

「ふーん――」

「それを読んでどう思った？」

「犯人はどこいった、とか？」

「そう」

「これ読む限り、やっぱ怪しいのはこの雅長ってやつじゃないか？」

「やっぱりそう思うか」

「だってこいつには三谷圭子殺しの動機がありそうだし、アリバイもなんとなく曖昧だし、プロの強盗にしたら不自然なことがあるみたいだし、最後の妹のせりふってのも変に意味深だしさ」

「まあ、な」

「この雅長っての、どうしてるんだ？」

「去年自殺した、らしい」

「ええッ？」

深春は目を剝いた。

「それってこの事件の——いや、そうじゃないよな。いくらなんでも時間が経ちすぎてる」

腕組みをして、右手の指で顎をひねりながら、

「じゃあ、この妹ってのは？」

「存命だ」

「もういい加減大人だよな。だったらこの最後んとこのせりふ、どういう意味だか聞いてみる、なんてのは？」

「その前に、このテキストに書かれていることがどこまで事実か、ということを疑ってみる必要があるとは思わないか？」

深春はムッとした顔で京介を見返す。

「おい。まさか全部ヨタだ、なんていうんじゃないだろうな」

「そうはいわない。月映荘でここに書かれた通りの事件があったのは確かだ」

「それじゃあ——」

京介は、一昨日の夜小西医師から聞かされた死亡推定時刻と雅長のアリバイ、さらに老人が目撃したという人影のことを話す。ふむふむと聞いていた深春は、

「だけどそのアリバイってやつ、結構いい加減な感じがするじゃないか。犯行当時北海道にいたとかみたいに、絶対不可能なわけじゃない。ほんの一時間くらい誤魔化せれば間に合うだろう？」

「どうかな。死亡後数日でも経過していれば、一、二時間の誤差は出るかもしれないが」

「薬とか温度とかで死体現象を加速させた、ということもないんだな？」

「それについては検屍でなにも出なかった、ということを信用していいと思う」

「じゃあ後は共犯者か」

「その前に聞くけど、なぜそこまでして雅長を犯人にしたい？」

「なぜっておまえ、これを読んでればさ――」

そういいかけて、深春はハッと手元の紙に目を落とす。

「読んでる人間にそう思わせたくて、わざとそんなふうに書いてあるということか？」

「書き手自身が雅長を真犯人だと信じていて、その主観が出たのかも知れないが、深春もそう思いこんだわけだし、故意の操作と考えた方が良さそうだ」

「客観的なルポと見せて、実は悪意の中傷文てわけか。だとしたらずいぶん陰険だな」

「それともうひとつ、奇妙なことがあるんだ」

「なんだ？」

「実をいうとこの紙は、僕が来る前にこのプレハブに置いてあった。テーブルの下に落ちていたんで、すぐには気づかなかったけど。でも、倉持さんは知らないという」

「誰かがおまえに読ませるために置いておいた。そういうんだな？」

「その可能性はある。僕にというより、ここへ番人として来る人間にだろうけど」

「だけど、なんのために？」

「わからない、まだ」

京介は頭を振った。

「事実でないことが書いてあるんだな？」

「いや、露骨な嘘はほとんどない。だが深春が意味深だといった、印南茉莉のことばだけは、いささかひっかかる」

「これが、嘘なのか？」

「証拠があるわけではないけどね」

筆者はそれを、自ら茉莉から聞き出したと書いている。だが両親の事故死以来マスコミに追いかけられ、今度またひとつ屋根の下で殺人に出会わされた少女が、いつ誰にこんなことばを語ったのだろう。それほど心を開ける人間がいたのか。

そう考えれば、これも筆者による悪質な文飾だと推定できる。そもそも著者と書かれている『印南和昌』とは誰なのだ。印南家の人間なのか、それとも単なるペンネームか。倉持は聞き覚えのない名だといった。作られた名前なら、江草家の孝和と孝昌から一字ずつ取ったとしか考えられない。

「筆者が新聞記事のレベルよりも、相当に事情通なことは確かだ。三谷圭子が雅長と結婚したがっていた、というのは事実らしい。発見された彼女の遺体が着飾っていた、というのも。それと人影を見たという医師のことばも。だが彼は僕に、あれは絶対雅長ではなかったと断言したよ」

「だけどこいつは、その断言部分だけは書かないでおいた、と」

「そう」

「それで？」

深春はかったるくなった、というようにテーブルに片肘をつく。

「おまえはその事件が気にかかってる。調査する予定の建築に、未解決事件がまつわっているのは気持ちが悪いってか？」

「いや、そういうわけじゃない。ただ、ちょっと考えてみるくらい、いいかなと思ったんだ」

「ほーお」

「月映荘の現在の持ち主は、このただひとり残った印南茉莉なんだが、彼女はいまだにこの事件の後遺症を引きずっている」

「後遺症ってのは？」

「そのへんを説明するとなると、また長くなってしまうんだが――」

「おおそうか」

「なにが」

「いや、わかったっていうんだよ。おまえ美少女に泣いて頼まれたな。事件の真相を明らかにして下さい、桜井様。よよよ……」

「み・は・る」

「なんだよー。真面目に聞いてるだろう？　いつもはそんなの興味ないの関係ないのって逃げ回るやつが、どうした風の吹き回しかって思ったって不思議はないだろうが」

確かにそうだ、と京介は思う。このところの自分はずっとおかしい。呼び出された京都で、あの霊感少女の気に当てられたのがそもそもいけないのか。那須に来てもずっとそのチューニングが狂ったような感覚は、消えないどころか強くなるばかりだ。

深春が現れる前、松浦との会話を思い出していて、奇妙な気分に襲われた。理由のわからぬまま悪《お》寒《かん》のする、世界全体がゆがんで崩れていくような気分。それも深春の顔を見てからはすっかり忘れてしまっていたが、いつになく自分から事件のことを気にするのも、その変調の結果だろうか。

だがそれは顔には出さず、

「思ってもいないところに思ってもいないやつが現れるから、調子が狂ったのかな」

「あ、てめー人のせいにして」

歯を剝いた深春はしかし、

「まあいいや」

バン、と音立てて両手で腿《もも》を叩いた。

「おまえは月映荘の調査をしたい。ついでにその殺人事件の真相を解明して、持ち主の美女の心に抱く悩みを癒《い》やして差し上げる。それで充分じゃないか。なにも難しく考えるこたあない。いつものおまえよりは、そっちの方がずっと自然だよ」

「単純で結構だな」

嫌み半分の京介のせりふに、

「だっておまえ、俺から聞きたかったのはつまりそういうことばだろう。背中をひとつ、ぽんと叩いて欲しかった。違うか？」

ため息が出た。見透かされている。

「――違わない」

しかし事態は深春が思うよりもう少し複雑だ。雅長を犯人と名指したのは茉莉自身なのだから。

「よし。それじゃどうだ。これから現場を見に行かないか？」

「現場って、月映荘を？」

「おう。アームチェア・ディテクティブも悪かあないけどな、こいつの記述は鵜呑みに出来ないっていうし、わざわざ出かけていくわけじゃない、すぐそこにあるんだから、見に行ってまずいこたあないだろう？」

「こんな時間に？」

深春はさっさと立ち上がったが、腕時計の針は疾うに深夜十二時を回っている。しかも外は横殴りの雪で、止む様子もない。

「善は急げっていうだろ。おまえ、鍵は？」

「預かってる。だが調査でもないのに、勝手に入るのはまずい」

「だからこんな時間にするんじゃないか。まさか見つかる気遣いはないしさ。な、行こうぜ。いいだろう？」

散歩をねだる大型犬のような顔で、深春は京介を急き立てた。

「じゃあ、行くか」

「やった！」

「ただし、極力痕跡は残さないように。倉持さんにでもばれるとまずいからね」

「わかってるって」

今回はやたらと、人にいえないことをする羽目《はめ》になるんだな、と京介はため息をついた。

3

懐中電灯というより、鉱山で作業員がヘルメットにつけていそうな光量の多いハンドライトが、台所の隅にころがっていた。おあつらえ向きにふたつある。上に着る物はダウンジャケットしかないが、足は備品のゴム長にした。

「うひょおーッ、寒い！」

先に外へ出た深春が、吹きつけてくる雪交じりの風の中でわめく。京介は律儀にプレハブの南京錠をかけてから、その後に続いた。

「鍵、かけてるんだな」

「ああ。倉持さんにそうしろといわれている」

「ずっとかけてあったのか、その鍵は」

深春の聞きたいことの察しがついたので、倉持から聞いた通り、台所でない方の小屋は四日までは鍵はなかったと答えた。

「そうすっと、あの紙切れはそれより前に置かれていたわけだ。おまえに読ませるために」

「僕にということはない」

「わかんないぜえ。倉持さんの口から、おまえの名前がもれてたかも知れないだろ」

「僕が来ることが決まったのは、三月三日の夜だ」

「間に合うじゃん」

京介は肩をすくめた。

「意味がない」

深春が月映荘を見に行こうといい出したせいで、肝心の話は途中で止まってしまっている。もっとも京介にしても、過去の事件ならともかくたった二日前の、それも自分が目撃して口をつぐんだ事件についてまで話していいものか、迷ってはいた。しかしむしろ解かれねばならないのは、過去の事件よりは三月六日のそれだ。

茉莉は殺人を犯したのか否か、心神喪失状態の衝動殺人か、冷静な計画殺人か、抑圧から回復した記憶に苦しめられる犠牲者か、犯罪を犯し得る交代人格を秘めた多重人格者か。

状況は茉莉の殺人を指し示し、犯罪の様相は冷静かつ計画的であり、だが京介の眼に映る茉莉はそうした犯罪者にはほど遠い。その矛盾は彼女を多重人格と考えれば一応解決するが、それは強引な辻褄合わせに過ぎないようにも思える。しかし茉莉がやっていないとしたら、犯人は誰なのだ。江草夫人ひとりでは出来たはずがない。

だが問題は八六年の事件から繫がっている。松浦がいうように茉莉の記憶がすべて正しいとしたら、いまさら頭をひねるまでもなく犯人は雅長であり、彼はなんらかのトリックを用いて犯行時間を擬装したのだということになる。だがすでに死んだ彼は、いまさら裁かれることも罪を償うこともなく、茉莉は依然兄に対する憎しみと、彼を自殺させたことに対する罪の意識を抱えて生きていくしかない。

（それ以外の解答が見つけられるなら――）

深春がからかい混じりにいったように、茉莉の心を癒やすためには、彼女の記憶は正しくてはならないのだ。そして同時に六日の事件も、彼女のしたことではないということにならなくては。そうでなければ松浦を差し置いて、京介がしゃしゃり出る意味はない。彼はすべてをそのまま受け入れるという。京介は違うのではないかという。だが松浦が正しいとしたら、京介の差し出口はお節介どころか、茉莉の心を再度引き裂く業でしかない。

（なぜだろう……）

京介は自問する。

なぜそれだけのリスクを承知で、期待されてもいない役を買って出ようとする。自分は実はそんな、探偵ごっこが好きだったのか？――

（違うはずだ）

（しかし、わからない――）

「おーっ、これはすげえ。マジで幽霊屋敷だなあ」

深春がライトを振り回してわめいている。

「吹雪の中にこんな灰色のやつがぼおっとたたずんでると、建物自体近寄ったらふっと消えちまいそうだな」

「ああ……」

「な、月映荘ってどういう意味なんだ？」

「月に映画の映と書いて、月映えということばがある。月の光に美しく照り映えるという意味だ」

「へえ」

「以前は壁が真っ白に塗られていて、月光を反射していたんじゃないかな」

「ふうん。昔の光いまいずこ、か」

玄関はポーチになって前へ突き出ている。深春は手にしたライトを、そこから右へさっと動かして、

「こう、逃げる人影が見えたわけか」

京介は息を呑んでいた。

「深春——」

「どうした?」

「ちょっと、そこに立っていてくれ」

わけがわからないという顔の深春に、そこにいろ、動くな、ともう一度念を押して、京介は少し後ろに下がりライトを深春に向けた。深春の影が延びて、月映荘の白い壁に落ちる。ライトを横へ動かす。右から左へ。深春の引き延ばされた影が、ぼやけながら左から右へ流れた。

「京介、まさかその医者が見た人影がこれじゃないかって思ったのか?」

「ああ、だけど無理だな。ハンドライトくらいじゃ光が弱すぎてぼけてしまう。まさか、生身の人間と見間違えるわけがない」

「車のヘッドライトならどうだ」

「いや。車が来たらいくらなんでも音で気がつくだろう」

「そうだな」

深春はあっさり頭を振って、

「ううッ、寒いッ。そろそろ中へ入ろうぜ」

ポーチの階段を駆け上がる。

「もう少しゆっくり歩いてくれ。床が踏み破られそうだ」

「へいへい」

ポケットを探って、倉持から預かっている鍵を出す。ここの他の出入り口は、玄関の真裏に対照的にあるもうひとつのポーチの開きと、厨房の勝手口だ。ただしそのふたつは、内側から板を打って開かないようになっている。

「ここから覗いたら、人が倒れているのが見えたわけか。電灯が消えていてよく見えたな」

「満月の夜だったそうだ。だから逃げる人影もはっきり見えた、といっておられたよ」

「そっか。どうせ見に来るなら同じ満月のときの方がいいんだろうけどな。京介、鍵は」

　長らく使っていないせいだろう。鍵穴はざりざりと埃が詰まったような感触で、蝶番《ちょうつがい》もいやなきしみを上げた。中の空気はやはり埃と黴《かび》の臭いで、それでも雪交じりの風に打たれるよりはほっとする。京介は敷居のところで足を止め、体をかがめた。ガラスをはめた両開き扉の鍵を確認する。

　外から向かって左の扉に金属製のノブがあり、その上に蓋のついた鍵穴。穴は外と内、両方に開いている。そして鍵のない方の扉の上と下に、押し上げ押し下げるかたちの閂《かんぬき》、いわゆるフランス落としがある。試してみるとこれも、きしみながら動くことは動いた。

「小西先生が来たとき、戸が開かなかったのは鍵がかかっていたからだな」

「そりゃあ、そうだろう？」

　なにをいっているんだと、呆れたような深春の声が頭の上で聞こえる。

「閂は内側からしかかからない。つまり犯人がここから逃走したなら、閂がかかっているはずはないよな——」

　なにかがわかりそうな気がしたのだが、どうもうまくまとまらない。京介は頭を振って気持ちを切り替えた。玄関ホールの正面にはドアがふたつ、そして二階への階段がある。

「この階段、上がるのか？」

　ライトを上に向けて、深春があまり気が進まないという声を出す。壁に沿ってコの字に折れた意外に狭い階段だ。ここに胸を刺された女性が仰向けに倒れていたのを考えると、やはり気持ちが良くないのだろう。

「先に一階を見ようか」

さして広い建物ではない。京介も中に入るのは初めてだが、倉持が用意した資料にあった簡単な見取り図は記憶しているので、問題はない。奥の二室はほぼ同じ広さで、右が食堂、左が応接間として使われていた。

長らく空き屋になっていた建物だと、たいていの場合家具調度はほとんど運び出されていて、在りし日を想像するのは楽ではない。だが、殺人事件の直後から放置されていた月映荘は、誰もそこのものを持ち出そうとは思わなかったのだろう。食堂のテーブルと椅子とカップボード、中には重ねられた皿やカップも見え、応接間の革張りのソファとロウテーブルも、そっくりそのまま残されて、灰色の埃の膜に包まれている。

その応接間で腕を組んだ深春は、

「俺、なんとなく想像しちゃったな」

「なにを？」

「その、消息が知れなくなった愛人の女性ってやつさ、ここに来たんじゃないか。旦那の留守に、本妻と対決するために」

「それで？——」

「本妻との間にゃ子供がいない。自分はひとり生んで、いままた妊娠している。自分と結婚してはくれなくとも、子供を認知するなり養子にするなりしてくれてもいいだろう。そういいに来たわけだ」

「小説家にでもなったら？」

「うるせえな。ところが本妻がそんなことをいわれて、嬉しかろうわけがない。女同士のいい争いがエスカレートして、カッとなった本妻が愛人を死なせてしまった、とまあこう来る。

行方不明のはずさ。本妻はあわてて憎い女の死体を、この家の床下かどこかに埋めてしまった。愛人がここに来たことは誰も知らない。どうだい。立派に筋が通ったろう。これがつまり月映荘の『スリーピング・マーダー』というわけだ」

「女の顔を覆え、彼女は若くして死んだ、か」

　京介も、ミス・マープル最後の事件で物語の発端となった戯曲のせりふで応じた。

　そういえばあの話でも、幼女であったヒロインが目撃した殺人の記憶が、大人になった彼女に突然よみがえることになっていた。殺人者がつぶやいたことば『女の顔を覆え』を舞台の上で聞いた瞬間に。茉莉の場合それは決して埋もれていた事件ではなかったが、よみがえった衝撃的な記憶がその後の彼女に影響を与えたことは同じだ。

　だが、第二次大戦中という『スリーピング・マーダー』の執筆時、アガサ・クリスティに記憶の抑圧と回復に関する知識があったとは思われない。松浦の解説に沿って考えるなら、ヒロインの一度きりのトラウマ体験が完全に抑圧されたのも、記憶が戻ってくるまでそれが彼女になんの影響も与えなかったらしいことも、抑圧記憶の現実とは相違するとして批判することもできたろう。

　しかしそれ以上に京介が思い出したのは、事件の謎を解こうとする若いヒロインとその夫に向かってミス・マープルがいうことばだった。

『いっさい手を出さないでおきなさい——』

『殺人事件は決して軽い気持ちでもてあそぶものではないのよ——』

『あなたたちは本当に、その事件を掘り起こすことが賢明だと思うの？——』

『これがわたしの忠告よ。余計なことはしないこと——』

　無論ヒロインたちは、ミス・マープルの心からの忠告を受け入れはしない。犯人は思いがけぬほど身近なところから現れ、秘密をあばかれることを恐れたその者にあやうく殺されかかって、無論物語の常で主人公は助かるが、お節介な老女の忠告は的を射ていたことになる。

「——深春」

「お？」

「いまの仮説は少なくとも、東京に帰るまでは口にしない方がいい」

「なんでだよ」

「君が愛人を殺したと指摘した女性は、ここの裏に家を建てて住んでいる」

「ええ？」

深春は大声を上げた。

「じゃ、さっきの文章の中に出てきたE夫人ってのが、江草家の未亡人？」

「そう」

「だけど、一度那須の家は売り払ったんだろう？」

「深春の説を採用するなら、なにも知らない江草孝昌氏がここを印南家に売ってしまったが、夫人はよもや死体が発見されるようなことはないか、と心配で、夫の死後また那須に戻ってきた。そんなふうに考えることはできるな」

「ヒエー、なんだか俺の思いつきがリアルになってきちゃうじゃないか」

冗談のようにいったが、顔は少し強ばっている。

「おまえ、その婆さんと会ったことあるのか？」

「ある」

「人、殺しそうだったか？」

なんともまあ、身も蓋もない聞き方だ。

「どうかな。小柄だけど女王様然とした威厳のあるご婦人だった。それになかなか親切な人でもあるらしい」

「へえ」

「印南茉莉嬢は、雅長氏の死去以後江草夫人のもとに身を寄せている」

「そうかあ。お隣にいるのか。婆さんはともかく、彼女にはちょっと会ってみたいな」

止めておけとでもいってやりたかったが、そのわけを話すとなると、三月六日夜の事件の説明をしないわけにいかなくなる。

「そのうち紹介してもいいけど」

「お、ほんとだな」

「ただ、あちらの家に行ったら言動には気をつけた方がいい。用心棒がいる」

「用心棒ォ？」

「フランス人で呼び名はセザール、職業は占星術師だそうだが、インチキだという人もいる。しかし筋肉の量だけは深春より多い」

「なんでそんなのがいるんだよ」

「さあね。女主人の忠実な僕《しもべ》ではあるようだ。それと赤い色のものは持ち込み禁止」

「なんだよ、それ」

「江草夫人は赤い色の恐怖症だそうだ」

「本当にあるのかよ、そんな病気」

「晩餐に呼ばれたんだが、家の中にも出てきた料理にも、一切赤い色はなかったな。化粧もしていたが口紅は淡いピンクだった。仮病でそんなこと何年も延々としていられないのじゃないか」

「それもなんかのトラウマってやつか？」

「さあね」


そろそろ行こうと合図して応接間を出た。右手奥に厨房《ちゅうぼう》があるが、こちらは完全にモダンなシステム・キッチンに改造されていて、やはり調理器具や食器を入れた棚がそのまま残されている。

「おい、包丁の類までそのままだぞ」

深春がシンクの下の開きを開けた。内部もステンレス張りで、戸の裏の包丁差しに出刃から菜切り、柳刃、大小さまざまな洋包丁から巨大な中華包丁までがきちんと整頓されている。その数はざっと見ただけで二十丁を下るまい。柄にはすべて『江草』の焼き印が押されてある。さらに砥石も何種類か。だがさすがに歳月の経過で、刃物はどれも赤く錆びついていた。

「かなり料理好きの台所だな、こりゃあ」

深春はひどくうらやましそうな顔で、並んだ包丁を眺めている。

「洋包丁の刃は全部ゾーリンゲンだぞ。研いだらいまでも充分使える。もったいねえなあ」

「幽霊屋敷の台所に見蕩《みと》れるのは、君くらいだと思うがな」

いいじゃないか、と彼は下唇を突き出した。

「幽霊なんていやしないだろ」

もちろん、と京介はうなずいた。

「というわけで、幽霊が出るといわれている部屋に行くとしようか」

深春は渋い顔をしたが、さすがに嫌だとはいわなかった。


階段は台所の脇にもうひとつ、かなり狭いのがある。その脇の小部屋は机とベッドが残っていて、壁紙がブルー系なところを見ると、雅長が子供のときに使っていたのかもしれない。いまはベッドも本棚も空っぽだ。

階段を上がる。細い廊下が真っ直ぐに延びて、その左にドア。キイッと蝶番をきしませて、ドアが開いた。朽ちかけた畳の臭いが鼻を突く。

足を踏み入れると、腐りかけた畳が足元でぐにゃりと沈んだ。深春がよろめいて、おっとっと、と声を上げる。

「ここ、和室か？」

「この近辺のいい伝えだと、この部屋は明治の頃は子供部屋だったそうだ」

「その子供って」

「江草孝英の二度目の妻が生んだ孝和《たかかず》さ。彼以外の子は皆、一歳にもならずに病死してしまった。それが離婚されたハツの恨みのためだ、などといわれて、ハツはなおさら傷つけられたわけだ」

「そういう話ってのは、どーも嫌なもんだなあ」

深春がぼやいたが、京介はかまわず低い声で語り続ける。

「ハツは明治二十九年に死んだ。いい伝えによるならこの部屋に忍び込んで自殺したそうだ。一歳になるやならずやの孝和の枕元で、首を吊ったとね」

「げ。それ、マジ？」

表に向いた窓が鳴っている。ガラス窓の外には鎧戸が閉ざされているが、それが吹きつける雪交じりの風に打たれて、ごとごとと低い音を立て続けているのだ。

　その窓があるのは南向きの壁の中央で、この部屋の窓はここにしかない。天井にはペンキ塗りの板が張られてかなり低く、深春や京介では頭上が気になるほどだが、中央部分だけが将棋の駒のような形に高くなっている。照明器具を下げたらしい穴が、高くした天井の梁《はり》に黒く開いていた。

「この部屋で首を吊るとしたら、縄をかける場所はここの梁しかないだろう。大事な赤ん坊をひとりで寝かせて、他に人がいなかったのだろうから、それは夜より昼間の可能性が高い。するとここから吊り下がった人は、明るい窓を背景にくろぐろと浮かぶことになる。つまり、ここに寝ていた江草孝和は、それを目にしたかも知れない」

「おい、京介……」

「一歳程度の赤ん坊なら記憶は残らない、たぶん。だけど本当にそれが残っていないかどうか、誰が決められる？　明るい窓に揺れる女の影。それが彼の記憶に焼きついていなかったと――」

「や、止めろってば！」

　かすれた深春の叫び声に、京介は口を閉ざした。

「フィクションならまだしもさ、実話は嫌だよ。おまえときたら、まったく悪趣味だなあ……」

「ごめん」

「へ？」

「そういう話がこのあたりに伝えられているのは事実だ。でも、それはあり得ないんだ」

「なんで」

「この建物は、ドイツ公使だった赤城子爵の別邸と共通の平面図を持っている。江草のドイツ留学時代に赤城も任地にいて、そこで親しい関係ができて、ドイツ式の農林業を日本に移植しようとした江草を、赤城は公私ともに援助していた節がある。

赤城別邸はやはりドイツに留学した建築家の設計なんだが、同じ設計でここに家を建てることを許したのは、つまりそれが赤城の好意と援助のしるしであったからだろう。

赤城別邸が建ったのが明治二十一年、この江草別邸は翌二十二年。ところが赤城別邸の方は、明治四十二年に創建時の建築家に依頼して大がかりな増築工事が行われた。赤城別邸の方が規模はずっと大きいが、ここととほぼ同じ意匠と平面の二階の和室がある。ところがそれは四十二年の増築で付け加えられた部分なんだ。つまり江草別邸の増築が行われたのは、その後でなくてはならない。

そして江草孝和の出生は明治二十八年、ハツの死は二十九年。つまり、もしもハツが孝和の枕元で自殺したとしても、この部屋ではあり得ないんだ。そう思えば別に、恐くもなんともないだろう?」

ハンドライトしかない暗がりでもはっきりわかるほど、深春の顔は見る見る赤くなった。

「きッ、貴様ッ、わかってて人をビビらせようとしやがったなあ!」

実は深春があまりにも簡単にはまってくれるので、京介は笑いを堪えるのに苦労していたのだが。

「まあいいじゃないか。せっかく真夜中に幽霊屋敷を訪問したんだから、少しくらいスリルを味わうのも悪いものじゃないさ」

深春は前歯を剝き出しにして、ガルルルとうなり声を上げたが、怒れば怒るほど京介を笑わせるだけだと気がついたらしい。ひとこと、

「――覚えとけよ」

低音でかましただけで、表情をシリアスに戻す。

腕を組んであたりを見回し、

「すると、八六年のとき印南茉莉はここに寝ていたわりか」

「ああ」

「あんまり子供部屋らしくないな。他は家具とかみんな残ってるのに、ここは空っぽじゃないか」

「そうだな」

4

ふたりは一度その部屋から出て、二階を一回りしてみた。当時茉莉が使っていたらしい部屋は、和室の隣のこぢんまりとした洋間だった。ピンクの花模様の壁紙に、机とベッドでほぼいっぱいになる、畳に直せば四畳程度の広さだが、南向きの窓が大きいから明るい部屋だったろう。

他にあるのは納戸とトイレ、一階の食堂と応接間の上に当たる二階の二間は、片方がベッドが二台並ぶ夫婦の寝室で、もう片方は壁際に本棚を置き、後はアップライトピアノと低い椅子が並んだ部屋だ。本棚には堤雪華名の著書数十冊の他、図鑑類や百科事典、児童文学全集が並んでいる。床に敷いたラグは埃にまみれていたが可愛らしい動物の柄で、一家がくつろぐ居間だったのかもしれない。

寝室にはベッドの他、化粧台と衣装箪笥がある。どちらもアンティーク調で、箪笥は扉を開ければ小さな部屋くらいある巨大さだ。これまでの部屋とは違って、どちらも中にはなにも残っていない。

「ここだけはなんにもないんだな」

「物色されていたというのは、ここじゃないのかな」

「ああ、ドレスが踏みにじられてたとか、指輪やなんかがなくなっていたとか、書いてあったな」

「そう」

「だけど、盗品の線からも犯人は挙がらなかった、と」

「ああ」

「そーやって考えるとなあ、やっぱり雅長が臭いみたいな気がしてくるぜ。強盗が盗んだとしたら、当然どこかで金に換えるだろうし、そういう捜査こそ警察のお手の物だろう？」

「…………」

「例の文章にはなんで値打ちものの食器とか見逃したのか、なんて書いてあったけど、雅長ならかさばるものは持ち出せやしない。物色したらしい跡をつけただけじゃないのか？」

　茉莉が兄を犯人だと名指した、といったら深春はどういうだろう。そう思いながら、しかし京介はまだ黙っている。いまそれをいったら彼は、『なあんだ、やっぱりそうじゃないか』と納得してしまいそうだ。

　ふたつの部屋の外はホール。右手に階段の降り口があり、正面は玄関ポーチの上に載ったベランダへ出るガラス扉だ。天気の良い昼間なら、あの直線の並木道がまっすぐに南へ延びているのが、ここから一望できるだろう。

　だが深春は階段の上に立って、暗い階下を見下ろしている。

「看護婦のおばさん、ここからぶら下がってたわけか？」

こけしのような形に轆轤《ろくろ》挽《び》きして、白く塗った棒が二本、降り口の左右に立っている。高さは八十センチくらい。椅子にかければほぼ首の高さか。

「そして、家庭教師の姉ちゃんがこの下にころがり落ちていた、と——」

ライトで下を見ていた深春は、あれ、と口の中でつぶやいた。

「なあ、京介。普通にここから落ちたら、階段の下までは行かないよな。途中の踊り場で止まると思わないか」

　さっきまで気味悪がっていたことなど忘れたように、深春はライトを動かしながら階段を下りていく。京介もその後に続いた。六日の夜、小西医師の遺体を前にして同じような会話をしたことを思い出した。いわれてみれば確かにこの家の階段も、壁に沿って直角に二度折れ曲がり、一階の床に接するときは北へ、玄関とは逆向きになっている。しかも傾斜はあまりきつくない。

「もちろん胸を刺されて死んだわけだから、一番上からころげなくてもいいや。だけど、途中の踊り場から落ちていたとしても、ここに倒れてて外のガラスから覗いて見えると思うか？」

「試してみよう。僕がドアの外から覗くから、ライトを消して、階段の下あたりになにか置いてみてくれないか」

一歩外に出た途端、真冬のような冷気が京介を押し包む。閉じたガラスに顔を押しつけて中を覗いた。しかしなにも見えなかった。二メートル近く突き出た袖壁が、階段の目隠しになっている。暗さに目が慣れないせいでもなさそうだ。

「深春？」

「おう」

「どこに置いてある？」

「面倒だから俺がひっくり返ってるぞ。頭下にして、腰から脚が階段に乗ってる」

「もう少し床にずれてみてくれ」

「——どうだ？　これだと膝から下だけ階段だ」

「まだ見えない」

「これ以上だとまるっきり、階段の下に倒れてることになるぞ」

そうして何度も確かめてわかったこと。階段から真っ直ぐにずり落ちるだけでなく、袖壁に遮《さえぎ》られないところまで横に移動していなくては、外から見ることはできない。

「階段から転げ落ちていたって、あれには書いてあったよなあ」

「正確には、入ってすぐの床に、転げ落ちたような姿勢で、とあった」

「まあ別にそれは、どっちでもいい、よな」

「いや、良くはないだろう」

「どうしてだ？」

「看護婦が階段の手すりに吊されていたということは、なにかあったのは二階だと考えていい。ということは、三谷は二階で刺されて階段を落ちたというのも事実だと考えられる。だが、どれほど勢い良く落ちたとしても、いま深春が倒れていた位置まで来るとは考えにくい」

「犯人が階段に倒れた死体を、わざわざ玄関ホールの方へ引っ張り出したってことか？　だけど、なんだってそんなことをする？」

「逆を考えてみたらどうだろう。外から覗いて異常が見えなかったら、事件の発覚は翌朝以降になったと思わないか？」

「あ、そうかもしれん」

「ところが犯人は死体を、外から見える場所に移動させていた。早く見つけて欲しいかのように。そんな理由があるのはどんな犯人だ」

「そうか――」

首をひねった深春は、

「だけどそうだとすると、強盗の線はまた薄くなるよな。逃げ出す身にとっては、見つかるのが遅ければ遅いほどいいはずなんだから」

「そう。しかしそれは雅長犯人説でも同じじゃないか？　彼が犯人だとしたら、死亡推定時刻を誤魔化すなんらかのトリックがあったはずで、そのためにも発覚は遅いほど良かったはずだ」

「うむ。発見がその晩のうちで、利益を得るやつというと……」

考え込んだ深春は、急に苦いものを口にしたような顔になる。

「どうした」

「俺、いますげえ嫌なこと考えちまった」

「印南茉莉犯人説か？」

「おまえも考えたのか？」

「まあね」

うなずきながら京介は、続いて深春も、再び階段を登り始める。

「だけど、動機がないだろう？」

自分でいい出しておいて、否定して欲しいらしい深春の口調に、

「三谷圭子と雅長の確執が動機になり得るなら、それが茉莉の動機になるとも考えられるな」

「ええ？　そりゃ、どういう意味だ」

　雅長と茉莉の関係が世間並みのそれではなかったなどとは夢にも思っていないだろう深春は、わけがわからん、という声を出す。だがよく読めば『夜に消えた凶刃』にも、それらしい仄《ほの》めかしは幾度か書かれていた。

　そしてもしも京介が想像したように、茉莉が内に攻撃性の強い人格を秘めた多重人格者だとしたら、松浦が読み解いた茉莉の記憶も、八六年の事件も、騙し絵の地と図のように反転するのかもしれない。兄が妹に性的愛情を覚えていたのではなく、それは幼い妹の胸に茂り立ったのであり、兄が妹に虐待といい得るような行為をしたのではなく、妹がそれをひそかに渇望していたのであり、自分と兄との間をへだてる女たちをその手で葬《ほうむ》った。そんなストーリィも考えられなくはない。

　その場合松浦は茉莉の演技にだまされているのか、それとも事後の共犯者か。いくら受容的にクライエントの訴えを聞くとしても、嘘の告発を見抜けぬものだろうか。だが茉莉に恋してセラピストとしての立場を逸脱した彼は、本来の能力を減じているとも考えられる。

　しかしこのへんのことは、取り敢えず深春にはいわずにおこう。

「動機は置いて考えてもいいのじゃないかな。少なくとも茉莉には、その晩の内に事件が発覚した方がいい理由があるとはいえる。さもないと飲まず食わずで和室に閉じこめられていなければならない」

「つまり自分は無実だっていえるために、わざと閉じこめられたふりをしたってことだろう？　だけどさ、そんな思い切ったことやるなら、いくら子供でも一晩くらい我慢するさ」

「我慢できなかったのかも知れない、子供だから。そうも考えられる」

「なあ、おまえが会ったその子、そんなことしそうに見えたのか？」

「いや、全然」

「ったく、そればっかりじゃないか」

　深春はぼやく。

「——と、待てよ。確か茉莉は閉じこめられてたって書いてなかったか？」

「そう。重いチェストが外開きの扉に、ぴったり寄せて置いてあったと書かれていた」

「なんだよ。それじゃあどっちにしろ無理じゃないか。自分が部屋の中にいて、どうやってそんなふうにできたんだ？」

「断定する前に、一応確かめておこう」

　京介は和室のドアの前にしゃがむ。手を伸ばして敷居の埃を払って、ポケットの中を探った。テレホンカードが出てきた。しかしドアをきちんと閉じると、その下にはカード一枚通る隙はない。

「やはり無理らしいな」

「閉じこめられてたように見せかけるため、なにかトリックを使ったんだろうって？」

「トリックというほど大層なものじゃない。チェストの大きさや重さがわからないが、たぶん長方形の箱形をした木の物入れだ。紐で一巻きしてドアの隙間から引き寄せれば、ぴったり寄せてあるように見えるかもしれないと思ったんだが」

「そうか。じゃ茉莉はシロだな」

　細かいことをいい出せば、警官や小西医師らが見たときチェストがどのように置かれていたのか、それがわからなくては、絶対できないとはいい切れない。ドアをわずかに開けて、隙間を作りながら紐でチェストを引っ張り寄せ、紐を抜き取ってからドアを閉じ切っても、一見したところではわからないかも知れないからだ。

　しかし深春は心からほっとしている。会ったこともない相手をなぜそれほど気にするのだろう、と京介が彼を見ると、

「俺、駄目なんだ。嫌なんだよ。いたいけな子供が殺人犯だったりするのって、小説でもげっとしちまう。悪趣味だ。そう思わないか？」

「ああ、そうかも知れない」

だが悪趣味ということばを使えば、三歳の義理の妹を性的にもてあそぶ少年も、もしもそれが事実でないとしたら、あらぬ記憶をよみがえらせて兄を告発する妹も、どちらもグロテスクで悪趣味だ。それが元々愛から発した欲望や憎しみだというのなら、その愛こそなによりおぞましい。

「深春、抑圧された記憶と回復って、聞いたことあるか？」

「あるぜ」

あっさり肯定されて逆に驚いた。

「去年かな、バイト先のダチにミステリより面白いぞって勧められて読んだんだ。『悪魔を思い出す娘たち』っての。だけど俺は全然趣味じゃなくてさ、むかむかしながらやっと読み終えた」

「小説？」

「違う、ノンフィクション。だけどこれがさ、面白いっていうより悪趣味で、事実は小説よりも奇なりを地でいってるんだなあ」

「どんな？」

「アメリカのどっか田舎の町で、長年警察官やってる中年のおっさんが、いきなりふたりの娘に訴えられるのさ。それもなんだと思う？　親父は悪魔崇拝者で、黒ミサで娘をレイプしたって罪だぜ」

「娘たちはその記憶を、告訴する前まで抑圧していたというんだな？」

「そう、それ。突拍子もない話だろ？　その内母親や父親の友達までが、娘や息子をレイプしていたって話になってきて」

「――その本を読んでみたい」

「あ？　ああ、確かマンションに置いてあるから」

「悪いけど、できるだけ早く読みたいんだ」

「取りに来るか？」

「僕はいまここを離れられない。持ってきてもらんないか」

「そんなに急ぐのかよ。まさか、ここの事件に関係あるのか？」

「あるかも知れない」

「そうなのか——」

「深春、まだ話してないことがあった」

「なんだよ」

「印南茉莉は八六年の事件を兄雅長のしたことだといっている。その目撃の記憶を彼女は数年前まで忘れていた。だが十一年振りに月映荘を見て、突然それを思い出したというんだ」

　深春はあんぐりと口を開いた。

「『スリーピング・マーダー』か……」

「そう。僕は九七年の秋、彼女がここの庭先でその記憶をよみがえらせた現場にいた。そのときはまだ事件のことはなにも知らなかったが、彼女のことばはおおよそ覚えている。

　兄さんが一月早く赤い月を見せてくれるといったから、あの部屋で待っていた。赤い赤いお月様を見ていた。でもそれはお兄様だった。ふたりを殺すところを見た。お兄様の手は血に染まっていた。赤いのは血の色だった——」

「そうか。それじゃ『夜に消えた凶刃』の最後に書かれていた茉莉のせりふって、それの暗示じゃないのか？」

「ああ、そうだね——」

「だけど、おまえは茉莉のいうことを信じていないんだな？」

「僕には心理学の知識はない。虐待に晒された子供は防衛のために解離する、覚えているには苦しすぎる記憶を無意識の中に抑圧する。だがその記憶は摩滅することも変形することもなく留まり、当人を理由不明の鬱病や神経症にし、時が来ればよみがえる。専門家にそう断言されれば、反論することはできない。それでも疑問は消えずに残った」

「蒼のことか？」

「そう。彼の耐えて来ねばならなかった生活が、トラウマと呼ぶに足ることは間違いない。でも彼はただの一度も、解離することも記憶を抑圧することもなかった。いっそそれができたらいいのに、と思ったこともあるよ。僕が辛い記憶を、消してあげることができればとね」

「だけど京介、蒼は記憶に関したらちょっと特殊なんじゃないか？」

「そうかも知れない。そして忘れることが心的防衛の反応だ、ということばには真理があると思う。だけどそれは心を苦しめる、具体的な細部が忘却されるということだ。殺人なり虐待なりが、その存在自体思い出されない時期が長く続いて、また突然正確によみがえるというのは、納得できない」

「『悪魔を思い出す娘たち』にも、そのへんが書いてあったよ。それじゃあ、茉莉の告発は正しくないんだな」

「いまここでそう決めてしまうのは軽率かも知れない。それでもこうして月映荘の中に入って、事件の様子をたどってみて、やはり彼女の記憶は矛盾《むじゅん》していることがわかったよ。なぜそんな矛盾が出てきたかはまだわからないけど。気がついた？」

「たぶんな」

　深春はうなずいた。

「茉莉がずっとこの部屋に閉じこめられていたなら、雅長が殺人を犯す瞬間を見られたはずがない。そうだろう？」

真理子《まりこ》、笑う

1

印南茉莉は雅長の殺人を目撃できたはずがない。つまりそれを見たと主張する、彼女の回復された記憶の正確さには疑問符をつけざるを得ない。

　もっと早く気づいていいことだったかも知れない。だがそれがわかったからといって、なにが明らかになったわけでもないのは変わらなかった。

　茉莉は二階の和室で発見された。外開きのドアはチェストを置いて開かないようにされていた。事件後彼女は、寝ていたからなにも知らないと答えた。それがすべてだったはずだ。

　一方、兄の殺人を見たといい出したとき、茉莉は自分がどこにいて、どのようにそれを見たかということは話していない。九七年の九月、月映荘の庭先で彼女が口走ったのは、窓から赤い月を見ていたことと、それが月ではなく兄だったこと、兄の殺人を見たこと、赤い色は手を濡らした血の色だったこと、それくらいだった。

　だが三谷圭子が刺殺されたのは二階か階段の途中であって、茉莉が和室から出なかったならそれを目撃できたとは思われない。では雅長は彼女の目の前で三谷を刺殺し、小笠原が首吊り状態になったのを放置し、茉莉を和室に閉じこめて一度月映荘から離れたのか。怯える妹を脅しつけて、すべて忘れてしまえとでもいい残して。お兄様が殺したという記憶が、あくまで正しいとするならそう考えるよりない。そして茉莉は和室の外でそれを見たという記憶の上に、和室で月を見る自分というスクリーンをかけてしまった、と。

だがそれは、犯人である雅長の立場からすればなんとも奇妙な行動だ。妹が記憶を抑圧することなど予測できたはずのない雅長が、子供とはいえ十一歳になった少女の前で殺人を犯す必要があっただろうか。彼の動機を妹に対するゆがんだ愛と、それを邪魔する三谷の排除に求めるならなおのこと、茉莉の目に犯行が触れないよう計画を立てると考えた方が無理がない。

雅長の意に反して茉莉がそれを盗み見た、としたらどうか。彼は茉莉が出てこられないようにしておいてから犯行に取りかかった。それを彼女がドアを押し開けて出てき、殺人を目撃してしまった。だがその後茉莉はどうしたろう。和室に逃げ込んだとしてもチェストを元通りにすることはできない。そこで紐を使ったというのは、心理的に無理がある。チェストが動いていれば、雅長は妹の行動に気づいたはずで、彼がその後、自分の犯行を見た妹を放置しておいたことが不審になりはしないか。

すると残る可能性は、茉莉の記憶がまったくの想像の産物であるか、事実に基づいてはいるが歪曲されたものか、ということになる。前者の場合、彼女は和室から一歩も外には出ないまま、それをなぜか兄の犯行であると想像し、かつ実際に目撃したと思いこんでしまった。後者だとしたら現場は見なかったものの、例えば兄の手に血がついているのを見たといったことが考えられる。いずれの場合も茉莉の記憶は、雅長が犯人である証拠とはなり得ない。

松浦がいったスクリーン・メモリィのことはどうだろう。茉莉は血に染まった兄の恐ろしい記憶を、『赤い月』に置き換えたのだという。確かに和室の窓に浮かんだ真っ赤な月などというものが、現実にあったとは思えない空想的なイメージである以上、それは本来の記憶を覆い隠す帳《とばり》として現れたとしか考えられないかも知れない。するとやはり茉莉は、手に血をつけた兄を目撃したのか。彼はそのような姿で妹の前に現れたのか。

だが、それもまた問題をふくんでいる。三谷圭子は刃渡り二十センチほどの片刃の刃物で胸部を刺され、外傷性のショック死を遂げたと『夜に消えた凶刃』には書かれていた。凶器が引き抜かれたのは絶命後であろう、とも。とすれば、すでに動かぬ犠牲者から、手を汚さぬように刃物を抜き取ることは、さして困難ではなかったろう。そしてもし犯人がその手に血をつけていたなら、当然他の場所で血痕が発見されるはずである。だがそのことには、例のテキストはなにも述べていない。雅長が犯人だったとしても、手を血で濡らして妹の前に現れたとは思われないのだ。

そう考えていくと結局のところ、茉莉の記憶は信ずるに足りないという結論になってしまう。それはまったくの想像であり、彼女が兄に性的虐待を受けていたならその怒りを兄に転嫁した結果、そうでなくともなんらかの葛藤《かっとう》が兄を告発したいという欲求となって現れたか、さもなければ、

（彼女は意識的に嘘をついている——）

その可能性も決して排除はできない、と京介は思う。だが、だとしたらその動機はなんだ。無実の人間を殺人者として告発する理由は、先のような怒りの表現か、さもなければ真の犯人を隠そうとするための行為だろう。だが見ず知らずの強盗を、かばう理由などあるとは思えない。

（するとまた、茉莉犯人説が浮上する……）

彼女が実は多重人格障害を負っていて、三谷らを殺したのは茉莉の攻撃的な交代人格であり、虚偽の記憶を口にして兄を告発しているのもそれだ、とすれば理屈は通るだろうか。

いや、それもおかしい。茉莉は兄への愛ゆえに、邪魔な三谷を殺したと仮定したのだから、その罪を兄にかぶせるのは矛盾している。無論、兄を愛して殺人を犯した人格と、記憶をよみがえらせて兄を告発した人格は別で、互いのすることを止められなかった、とも考えられるが、

（やはりご都合主義だ、これは――）

結局後は茉莉自身にぶつかるしかない。それはもうはっきりしている。これまで心理学を学んだわけでもなし、見て話してなにがわかるかといわれればその通りだが、交代人格にせよ、分裂などしていない茉莉自身にせよ、殺人を犯してしまう存在を放置しておくべきではない。

裁《さば》かなくてはいけないというのではない。彼女の心が病んでいるならば、治療されるべきだと思うからだ。無論雅長も茉莉も、罪など犯していないというのならなおのことだ。

関わるまいとあれほど思ったのに、そうはいかなくなってしまった――

「――まったく、誰かのお節介癖を伝染されたみたいだな」

京介がぼやくと、横から深春が、

「いいじゃねえか」

とすかさず答える。

「袖振《そでふ》り合うも他生《たしょう》の縁っていうだろ」

「袖なんか触れ合わずに暮らしたかったよ」

「そりゃ無理だ。なにせ日本は人口が多いから」

「サハラ砂漠の蜥蜴《とかげ》に生まれたかった」

「それでも会うやつとは会うだろう」

「そうかな」

「会ったと思うぜ、俺や蒼とは」

「それは、お互い災難だな」

京介は口元を曲げてみせたが、

「おう。その程度の災難ならいくらでも来いだ」

やけに陽気な声が戻ってきた。

「退屈なのは御免だぜ。トラブルのない人生なんざおもしろくもねえや」

「脳天気」

「馬鹿のが楽だぞ、生きるには」

「確かに、うらやましい」

「そうだろう」

深春は大口を開けて笑った。

すでに夜が明けている。とはいっても地を覆った雪の白さに、わずかに明るさが漂い始めているというほどの早朝だ。幸い、夜中降り続いた雪は止んでいる。真冬とは違うので、昼の内にそのあらかたは溶けてしまうだろう。

月末までバイトの予定はないというので、深春にはあちこち動いてもらうことにした。取り敢えず昨夜話に出てきた『悪魔を思い出す娘たち』を始め、抑圧記憶と多重人格に関する本で、科学的な記述がなされているものを何冊か集めること。手元の本に近刊とあった『抑圧された記憶の神話』も、出ているかもしれないから当たってもらう。

それと、プレハブに置かれていた『夜に消えた凶刃』の元本、文末に書かれていたのがタイトルなら『現代日本迷宮入り事件録　関東編』を探してくれるよう頼んだ。本のコピーでなくわざわざワープロで打ち直してあるところから見て、内容を歪曲している可能性もあるからだ。

月映荘から戻って、深春はバイクの後ろに積んできた寝袋を床に広げて軽く仮眠を取った。寝なくても平気だと当人はいい張ったが、京介が一時間でいいから寝ろと強制的に追いやったのだ。悪天候の中をバイクで飛ばして、疲れていないわけがない。

『いつもと逆だな』

と深春が苦笑する。

『僕のところに来た帰りに、交通事故にでも遭われたら寝覚めが悪いからね』

と京介が答える。

『おまけにこちらの用事を果たしてもらうんだ。体調は整えておいてもらわないと困る』

へいへいと答えて寝袋の中で背伸びした。

『頭の痛くなるほどいろいろ聞かされて、眠れそうにないや』

そんなことをいったくせに、明かりを消すとたちまち床から深い寝息が聞こえてきた。それを聞きながら、京介もほんの少しだけまどろんだ。

短いが深い眠りだった気がする。五時前に自然と目が覚めてコーヒーをいれた。いまはバイクを押す深春と並んで、直線の並木道を自動車道路に向かっている。

「八六年の事件の警察での記録なんてものが、手に入ったらいいだろうな」

「それは、いくらなんでも無理だろう」

「まあ一応当たってみるわ。巨《お》椋《ぐら》家の事件のとき、栃木の新聞社とは話したから」

「そうか」

「栃木県警は知らないけど、群馬ならほれ、あのときちょっかい出して来た素《す》っ頓狂《とんきょう》な刑事がいたし、そっから紹介してもらう手もあるだろう」

「いや。警察はまずい」

京介が顔をしかめると、

「だけど、もうすぐ迷宮入りするだろう事件だろ。んなに気にしなくてもいいんじゃないか？」

それでも京介が答えなかったので、

「おまえ、まだ俺になにか隠してるのか？」

「隠しているわけじゃないが、話していないことはある」

「おい——」

「時間がなかったんだ。それに悪いけどいまは、頼んだ用事の方が気にかかる」

深春はバイクを止めて、スタンドを立てると京介の方に向き直った。

「なんか、やばいことが起きてるんじゃないだろうなあ」

「やばいのは僕じゃない」

「茉莉さん、か」

「そうだね」

「気をつけろっていっても、どうせてめえは聞きゃあしないんだろう？」

「『トラブルのない人生は退屈』by栗山深春」

「それは俺専用のせりふだ」

「お節介癖といっしょに拝借した」

「忘れてたぜ、京介」

「なにを？」

「おまえが居直ると途轍《とてつ》もなく始末が悪い」

「お誉めのことばだと受け取っておくよ」

「——ったく」

　鼻からフンと息を吐いた深春は、ライダージャケットの内ポケットを探る。そこから摑み出したのは、銀色をした小さな携帯電話と皺《しわ》になった封筒がひとつ。

「これ、おとつい届いた」

　と手渡された封筒の上には、やわらかな行書の筆文字で『桜井京介様』とだけ書かれている。裏を返すとひらがなで、『あやの』とのみ。固いものでふくらんだ手触りがある。

「宅急便で届いたんだけどな、うっかり間違えて開けちまったんだ。外は門野の爺さんの名前だったけど、開けたら入ってたのはそれだけだった」

　輪王寺綾乃。いったい彼女がなにを送ってきたのか、気にならなくもなかったが、開封したくないようでもある。京介はなにもいわず、それをポケットに押し込んだ。

「それと、これ、おまえにやる」

　携帯を深春が突きつける。いまや老若男女誰でも持っている携帯電話だが、京介は持ちたいと思ったことはない。無論便利なときはあるだろうが、どこへでも追いかけてこられるのは正直御免蒙《ごめんこうむ》りたかった。

「いらない」

　だが深春は強引に、京介の手を摑んで握らせる。

「いいから持ってろよ」

「なんで」

「連絡がつけやすい」

「どこへも出かけないんだから、プレハブの電話にかけてくれればいい」

「出かけるときだって、あるかもしれないだろ？」

「ない」

「いいから、お守り代わりだとでも思ってりゃいいんだって！」

痺れを切らしたように深春がわめいた。

「いいか、ここにでかいボタンが三つ並んでるだろう？　これが短縮ボタン。左から１、２、３と番号が書いてある。１が蒼の携帯、２が神代さんち、３は俺の携帯に繋がる。なにかあったら送信押してから短縮。受けるときは受信。マナー・モードにしてあるから、このままでも着信音は鳴らない。ぶるぶるっと震えるだけだ。な？　簡単だろう？」

「面倒だ」

「ネットも見られるしメールも送れるぜ。あと充電は、ああまあいいや。それはまた戻ってきたときに教えてやる。それじゃな。できるだけ早く戻ってくる」

後はなにをいう間も与えず、深春はエンジンを吹かせて走り去った。京介はため息をついて、押しつけられた携帯をポケットに入れた。渡されてしまえば捨てるわけにもいかない。なんだって人間はこうよけいなものばかり作って、自分を忙しく、あわただしくするのだろう。

ひとり小屋に戻ってきた。日頃の京介には充分早いが、かといって寝直すほどの時刻でもない。翻訳の続きをしようとした。だが集中できない。いつかパソコンの画面がスクリーンセーバーに変わっている。暗い背景に赤い花か紅葉が、絶えず散り落ちていく図柄だ。その赤さが連想を誘う。

あのとき茉莉はいわなかったろうか。

『魔法の力で一月早く赤いお月様を見せてくれるって……』

やはり問題はその、『赤い月』だ。松浦はそれが、真の記憶を隠すためのスクリーンだといった。しかしそれでは『一月早く』ということばの説明にはならない。

茉莉はこうもいった。『あの晩はあたしの一月早いお誕生日』と。彼女の誕生日は四月二十四日だ。本来の『赤い月』はその日に現れるべきだったのか。だが事件が起こったのは八六年の三月二十六日、二日のずれには意味があるのか。

電話のベルが鳴った。静寂を破るそのけたたましい音に、それがなにかは承知でも一瞬体が硬直する。京介は携帯に限らず、電話はあまり好きではない。腕時計を見ればいつか八時を回っている。深春は東京には着いた頃だろうが、なにか見つかったという時刻ではなかった。

「おはよー、起きてた？」

受話器から聞こえた呑気そうな声は倉持で、

「おはようございます。一応起きてました」

「結局あの事件は、あのまんまで済んじゃうみたいだね。俺らとしちゃあ割り切れないっていうか、これでいいのか、みたいな気がしてしょうがないんだけど」

「ええ、それは僕もです」

「仕方ないから取り敢えずは静観しよう。君も俺が呼んだばっかりに、変なことになっちゃって悪いと思うんだけど」

「かまいません。気になさらないで下さい」

「まあ、そういってもらえると、俺も有り難いんだけどもね」

「本当に、平気ですから」

「だけど桜井君、用心してよね」

彼の声が急に深刻そうになったので、京介は、

「は？」

と聞き返す。

「だってさ、江草夫人がご親切にかばってあげたといっても、印南茉莉は殺人者だよ。それも普通じゃあない。夢遊病みたいに、自分でなにをしてるかわからないまま人を殺したみたいじゃない。そういうのがすぐそばにいるって、やっぱり心配だよ」

「平気ですよ」

京介は答えた。

「それに、小西先生を殺したのは彼女じゃないかもしれませんから」

「ええ？」

倉持はたまげたように声を上げた。

「どうして。だって、それじゃ誰がやったって君は思うんだ？」

「まだわかりません。でも、どうもそんな気がするんです」

少し沈黙があってから、

「ううん、君にそう落ち着き払った口調でいわれると、そうかなあって気がしてくるな」

「あんまり信用されても困るんですが」

「いやいや、俺だって本音をいえば彼女が犯人じゃない方がいいもの」

調子のいい倉持の口調に、京介はそっと苦笑をもらす。これくらい、気楽にものを考えられればいいのだが。


「――そうだ。ひとつ知らせがあるんだ」

「なんですか？」

「あ、別に事件のことじゃないよ。俺らの本業のこと。山口県の知り合いに、維新後向こうに残っていた江草家について調べてもらったんだよね。孝英を養子にもらった江草英寿《ひでとし》って人は明治の早々に亡くなったんだけど、未亡人は結構長生きして、嫁いだ娘ふたりの子孫はまだ残っているんだ。

もちろん孝英を知っている人はもういないけど、家に伝わる口伝《くでん》みたいなものは残ってた。金持ちだけど変人でとか、当然かも知れないけどあんまりいい話はないようだけどね。それから菩提寺《ぼだいじ》の過去帳を調べさせてもらったって」

「なにか、発見でも？」

「いや、大したことはない。ただふたつばっかり、興味深いことはあったね。月映荘に関係はさしてないんだけど」

のんびりした口調で倉持はことばを継ぐ。

「ひとつは、孝昌の愛人の子らしい人が、もう二十年以上前の話だけど一度寺を訪れたことがあったらしい。江草家にはご内聞にというかたちで、納経していったそれが残っていたそうでね、父江草孝昌、母印南あおい、一女某とか書かれてた部分の写しは郵送してもらうことになってるんだけど、住所は京都だったっていうし、まず間違いない。

　あともうひとつは、そちらの過去帳に英寿一家の名前がずらっと書かれていてね、孝英の最初の妻、こっちの墓にはカタカナで『ハツ』って書かれていただろう？　だから結婚してからはそう呼ばれていたんだろうけど、親のつけた名前は違っていたらしい。美しいに時代の代で『美代《みよ》』、そう書かれていたそうだよ。郵便が届いたら見せに行くから」

　はい、では、また——そんなことをいって倉持との電話を終わり、受話器を置いた。しかし京介の意識は、最後に聞いたことばに占拠されていた。ハツではなく、美代だった……


（江草美代、と——）

　少女の白い指先が、宙に文字を綴った。美・代。それは少なくとも、いままでは知られていなかったことだ。もちろん山口の江草家では自明だったかも知れないが、那須の江草家とその建築を対象にしてきた京介や倉持にはまさしく初耳だった。

　では輪王寺綾乃は、なぜそれをいい当てられたのか。京介の名や表面的な経歴は門野の口から聞くことが出来たろうが、そしていま京介が那須の江草家別邸という建築に関わっていることも、知ることは難しくなかったろうが、門野かあるいは綾乃自身が山口の江草家菩提寺にまで調査を及ぼすことができたろうか。

　できたのだ、と考えるよりない。綾乃が超常的な能力を持っているということを、認めぬ限りは。そしていつか京介が、それを知って愕然とすることを見越してああいった。だがなんのために。今度はそれがわからない。

手を伸ばせば脱いで寝袋に投げたジャケットに、さっき深春から手渡された封筒が入っている。あの中に彼女の手紙が入っていて、『私が間違っていないことがおわかりになりましたか』とでも書いてあったら。

（不気味すぎて笑い出しそうだな——）

京介は舌打ちして、和紙で出来た封筒の口を破いた。畳んだ紙がなにかを包んでふくれている。逆さにしてテーブルに落とした。紙を開くと出てきたのは五センチ足らずの小さな鍵だ。紙には短くことばが書き記されていた。

『月映荘のいずこかにこの鍵にて開く所あり。いかにお使い遊ばすかはお任せいたします。あやの』

京介は改めてその鍵を見つめた。ドアの鍵にしては小さい。家具か手箱の鍵に見える。かなり古いものらしく、真っ黒に変色しているから銀かもしれない。環状になったつまみは、よく見ると蔓草《つるくさ》を輪にしたような意匠がほどこされている。

（それにしても……）

いったいあの少女は何者なのだ。自分になにをさせようと望んでいる。この手紙のことばが正しいなら、彼女はもともと江草家なり印南家なりに関わりを持っているということになる。ハツの本名の謎はそれで解けるかもしれないが、その意図するところはますます不明だ。

だが、謎かけだというなら受けて立ってもいい。開く所というからには、宝石箱や移動できる小家具ではないだろう。作りつけの簞笥《たんす》かなにかがふさわしい。するとあの建物が、月映荘と呼ばれるよりも前のものだということになる。鍵の意匠がこれならば、鍵穴の回りにも同様銀製の、植物紋をあしらった飾り金具がついていそうだ。

見に行ってやろうか。そんなものが本当にあるのか、あったら中になにが入っているのか。ここで考え込んでいても仕方がない。どうするか迷うのは、それを見極めてからでいいだろう。

だが、やはり夜を待った方がいい。出かけるときの用意のつもりで、ダウンのポケットに鍵を入れた封筒を押し込む。手が携帯に触れた。うっとおしいと舌打ちしながら、そのちっぽけな機械を手のひらに載せて眺める。便利になったといいながら、連絡が取れなければ取れないで、また大騒ぎされるに決まっている。こんなもので人の心を繋ぐなど、できはしないだろうに。

ふと気がつくと背後のドアが鳴っていた。小さくノックする音。軽い二拍子で。振り向けばガラスを外から覗いている顔。

「おはよう、桜井さん」

印南茉莉が明るく笑っていた。

2

「わあ、こんなところに住んでいるの？　ベッドはないの？　寒くなあい？」

小鳥の囀《さえず》りを思わせる声で、茉莉はプレハブの中を見回しながらしゃべり続ける。着ているのは目の覚めるようにあざやかな、ブルーのフード付きマント。やわらかな布のフードが顔の回りを囲んで、いきいきと明るい顔色をいっそう引き立てている。

「お入りになりますか？」

茉莉は、ううん、と大きく頭を振った。

「女の子はね、ひとりで男の方のお部屋に入ってはいけないの。ママの本にそう書いてあったわ。そういうことはレディのするべきことではありませんって。だから駄目なの。ごめんなさい」

「ママというのは、堤雪華さん？」

「そうよ。だって私を生んだ人は、うんと昔に病気で死んでしまったんですもの。だからママといえば私には雪華ママのことよ。ママの書いた本は全部読んだわ。暗記するくらい」

「そう。君たちはあの家で、とても幸せに暮らしていたんですね」

プレハブから出た京介が、月映荘に視線を向ける。茉莉は一瞬そちらを見て、だがすばやく顔を背けてしまう。

「ええそう。でもいまはもうあの家は嫌い。思い出がある分もっとずっと嫌いになったの。見たくないわ。さっさと壊してしまえばいいと思うわ。だから保存しろなんていわないで」

「茉莉さん？」

「違う……」

彼女は小さな声でつぶやいた。

「私は違うの。私は茉莉じゃない。違う、違うわ」

声が次第に高くなってくる。

「ねえ、あなたでもわからない？　私は茉莉とは全然別でしょ。他の連中とも違うでしょ。ちゃんと私を見て。私のいうことを聞いて。あなたはこの前茉莉を見たでしょ。マリコも見たでしょ。でも私と会うのは初めて。わからない？　ほんとにわからないの？」

京介は自分の目の前で、高ぶった声を放ち続ける茉莉を見ていた。その顔かたちは印南茉莉その人に相違ない。だが表情は確かに違った。大きく見開かれた目は生気に溢れ、頰は赤らみ、声には力がある。身のこなしも軽やかで、背筋がピンと伸びているせいか、身長もいくらか高く見える。変わらないのは今年二十六歳になるはずの実年齢よりは、やや幼く感じられることくらいだ。

「茉莉さんでないなら、君は誰？」

「私は真理子《まりこ》よ。真理《しんり》の子って書くの」

彼女は即座に答えた。

「みんなが知っている印南茉莉は、私はマツリって呼ぶの。マツリはお馬鹿さんで、臆病で、泣き虫で、大人のくせになにひとつまともにできないの。あなたがこの前最初に会ったのはマリコ、私とは違うカタカナのマリコよ。マリコは幼稚園くらいの歳のまま大きくならないの。臆病で泣き虫なのはマツリとそっくり。

でも私は違うわ。私はなんでも知っているの。本もたくさん読めるし、いろいろ頭を働かせることもできる。考えないといけないことは、私が全部するの。それに私は勇気があるから、本当のことを口から出せるわ。それもマツリには出来ないの。

だから私の名前は真理の子。ねえ、それなのに誰も私のことに気がつかないのよ。だけどきっとあなたなら、私の相手をしてくれると思ったわ。私もうあの家で、陰気なお婆さんの相手をしてるのはうんざり」

「陰気なお婆さんって、江草夫人のこと？」

「そうよ。あのすてきな奥様よ。ヴィクトリア朝時代の上流婦人みたいな、お上品で時代錯誤な過去の遺物様よ。本が読みたいっていうと、ディケンズなんかお勧めになるの。さもなけりゃ傷のついたレコードで音楽鑑賞か、刺繍《ししゅう》よあなた、フランス刺繍。たまげて開いた口が戻らないでしょ。ああもう、ほんとに嫌。東京に戻りたい！」

乱暴に頭を振るとフードが脱げて落ちる。晩餐の夜に固く編み上げていた髪は、今朝は顔の回りに大きく奔放に波打っていた。

「戻るわけにはいかないの？」

「いかなくはないわよ、囚人じゃあるまいし」

真理子は両手を腰に当てて顎を上げ、つんと胸を反らせた。顔にかかる髪を、指で梳いて荒々しく掻き上げながら、

「だから私はいつだって、マツリをつついて帰るっていえっていってる。でもあの子は臆病でなんにもわかってないから、私のことを邪魔していわせないの。お婆さんに媚びて『ここにいさせて下さい』なんていうのよ。まったく腹が立つ。どうして自分のしたいことがわからないのかしら！」

「確かめさせてもらっていいかな。つまり君は多重人格なんだね？」

「いまは解離性同一性障害っていうんですってよ、桜井さん」

彼女は京介を見上げてにっこり笑った。

「もっともいい方を変えてみたって、内容がそう違うわけではないわ。私たちはマツリの中にいて、彼女がしたくてもできないいろんなことを、代わりにやってあげたりするの」

「そう。僕は初めて会うよ」

「当然だわ。珍しいのよ、私たちって」

顔を斜めにして気取って見せたが、自慢げな口調がかえって子供っぽい。

「君は『24人のビリー・ミリガン』とか読んだことはある？」

「ええ。『シビル』も読んだわ。でも、ビリーの話は小説だと思う。なんだかいろいろ変だもの」

「どういう点が？」

「だってビリーの中にいる人格って、それぞれ凄い特技を持っているじゃない。それを統合したら、その特技が消えてしまったりするのでしょ？ そんなのおかしいわ。一〇〇を一〇に分けたら、そのひとつひとつは絶対一〇〇より小さいはずでしょう。なのに天才的な画家がいたり、アドレナリンの分泌を意志で調整できる超能力者がいたり、そんなことってあると思う？」

「それは同感だな」

京介はうなずいた。

「それにね、強盗をしたのはひとつの人格で、その女の人をレイプしたのは途中から代わったレズビアンの人格だなんて、都合が良すぎると思うの。たとえ分裂した別の人格でも、男性がレイプしたら罪が重くなりそうだからそういったんじゃない？」

「確かにね」

少なくともこの《真理子》とは、ことばを通じさせることが可能らしい。急に肩をすくめてくしゃみをしたのに、

「寒いですか？」

「ええ、少し」

「良かったらお茶かコーヒーでも飲みませんか」

「でも――」

　やはりプレハブに入るのは気が進まない、という顔をする。

「隣は台所なんだ。ガス台と冷蔵庫とテーブルと椅子がある。向こうだったら男の部屋に入ったことにはならないんじゃないかな」

「桜井さんって頭いい」

《真理子》がくすりと笑った。


　台所にはストーブはないので、外よりはましという程度だ。それでも戸を閉めてやかんに湯をわかしていると、少しずつ暖かくなってくる。

「ところでビリーやシビルは、大抵自分が多重人格なことをなかなか認識できなかったけれど、君はそうではないんだね」

　京介はブラック、彼女には砂糖と粉末クリームをたっぷり入れたコーヒーカップを手渡して、できるだけさりげなく尋ねてみる。

「それはもちろん私は知ってるわよ」

「茉莉さんも？」

「だって、マツリには松浦さんがいるじゃない」

《真理子》はあっさり答えた。

「でもマツリは臆病だから、できるだけそのことは考えたくないみたい。あの子は自分でどうにかするより、松浦さんに全部押しつけてどうにかしてもらおうって、それしか考えてないのよ。だから私なんか、ときどきいらいらしちゃう」

「だけど君も元々は、印南茉莉の一部ではあるはずだろう？」

「止めてよ」

《真理子》は顔をしかめた。

「私がそれを喜んでると思うの？　松浦さんもよく私に統合のことをいうわ。私とマツリが一緒になれば、マツリが私みたいになって、私はやりたいことをマツリに邪魔されることもなくなって、みんなうまく行くって。でも、ほんとにそうかしら」

「不安なのかな、君は」

「違うわ。私は臆病じゃないもの」

《真理子》はすねたように口を尖らせる。

「でもね、松浦さんはマツリが一番大切なの。だから私はときどき思う。統合したら私がマツリになるのじゃなく、マツリが私のいろんなものを奪って、私って存在を消してしまうだけかもしれない。松浦さんはマツリのために、私をマツリにくれてやるかも知れないんだって」

「…………」

「この世界でマツリの味方は松浦さんだけなの。でも松浦さんは私の味方じゃないの。私を消したいといつも思っているの。存在を否定しているの。彼は私が気がつかないと思っているけど、ちゃんとわかるのよ。それがすごく嫌。こんなふうに考えるのって、どうかしてると思う？」

「いや、君がそう感じるのは当然だと思う」

京介が答えると、息を呑み込む音がした。

「ほんとに、そう思ってくれる？」

大きく見開いた目が、こちらを食い入るように見つめている。確かに違う、と京介は思う。晩餐に招かれたあの夜、松浦に背を支えられるようにして、おずおずとこちらを見た顔は、もっと幼く、もっと痛々しく、ちょっと触れただけでこわれてしまいそうに見えた。いまそこにいるのは子供っぽくはあるが、あれよりはるかに生命力に溢れた、弾むボールみたいな存在だった。

「ね、だったら桜井さんが私の味方になってくれる？」

「それは、いま簡単に返事できることじゃないな。悪いけど」

「そう――」

「でも、友達になることはできるよ。君の話し相手で、公平な相談相手にはなれる」

《真理子》はぱっと顔を上げた。

「それでいいわ！」

表情が輝いていて、京介は少し気が咎めた。

「真理子君、と呼んでいいかな」

「いいわよ」

「茉莉さんの中には、君とカタカナのマリコさんの他にもまだ別の人格がいるのかな」

　見上げる真理子の目が、ふいに暗く翳った。唇が薄く笑う。それだけで別人のように見える。

「いるわ――」

《真理子》はささやいた。

「そいつは憎むことも怒ることもできないマツリの憎しみや怒りを表現する。そいつは私より強い。そいつがやる気になったら私にも止められない」

「名前はあるのかな」

「メアリ。わかる？　血みどろメアリよ。メアリはなんでも出来る。やる気になればあの婆さんだって黙らせてやれるのよ」

「メアリは、小西先生を殺した？」

「――わからないわ」

　ややして《真理子》の声が答えた。

「わからないの、メアリのことは」

「君にもわからないことはあるんだね」

《真理子》は傷ついたような表情で京介を見たが、うなずいた。

「シビルやビリーには、たくさんの人格のしたことをちゃんと全部記憶してる人格があったわね。それは私も知ってる。だけど私たちはそんなふうにはいかないの。私が一番頭は働くけど、わからないことはたくさんある。それもね、たぶん松浦さんがマツリを催眠術とかいろいろして、昔のこととか思い出させようとしたせいだと思うんだけど」

「そのへんのこと、もう少し説明してくれる？」

「だから、松浦さんがごちゃごちゃにしちゃったのよ。松浦さんはマツリの昔の記憶を取り戻させようとした。それはカタカナのマリコが持っていた記憶よ。マリコは四歳か五歳かそれくらいだから、きっと一番早くマツリから分離したと思う。

松浦さんがいろいろしたおかげで、そのときマリコはマツリに統合されて、マリコの記憶はマツリに渡されて、マツリはひどく苦しんだわ。苦しみすぎてマツリはもう一度、消したはずのマリコを呼び戻さなくちゃならなかった。わかる？　松浦さんは失敗したの」

「ああ、たぶん理解できてると思う」

「桜井さんって正直ね。わかってないのにわかってる振りとか、しないものね」

「それはありがとう。正直さを誉められたのは初めてだ」

《真理子》はニッと笑った。

「それじゃもう少し話してあげる。マツリはマリコを呼び戻した。マツリに返った記憶はマリコには戻せない。マツリはずっと苦しくて、ときどき我慢できなくなると、マリコに全部押しつけて眠ってしまうの。こないだみたいに晩餐で人と会うのは嫌だ、なんて思うときもね」

「でも、途中から茉莉さんに戻ったろう？」

「マリコにまかしておいたら、ナイフとフォークなんてうまく使えないもの。だから代われっていったのは私。あのときは私も目を覚ましてたの。だから口は利かなかったけど、桜井さんのこと見ていたわ。それで、あなたと話せたらなって思ったの。話せてすごく嬉しい」

「僕と話したいと思ったから、君は今日来てくれたの？」

「そうね、たぶん」

はぐらかす口調で横を向いて笑う。

「マリコが茉莉さんに渡した記憶というのが、子供の頃の虐待の記憶？」

《真理子》はぱっと振り向いた。その口元にはまだ笑いが残っていたが、目は興奮したようにきらきらとひかっていた。

「ずいぶんはっきり聞くのね」

「不愉快だったらごめん」

「いいわ。でもそれについては、私はなにも知らないの。だってその頃はまだ、私は現れていなかったんですもの。だから虐待のことは、そういうことがあったって聞いているだけ。つまり私には他人事みたいなの」

「じゃあ君はいつから茉莉さんの中にいる？」

「最初に覚えているのは、マツリが中学生のときだわ。あの子は孤独で気が狂いそうだった。私は学校であの子を守るために生まれたの、たぶん」

「その頃、マリコは？」

「ずっと眠っていたわ。でもときどき目が覚めて、そうすると怯えて変になるから、急いで眠らせなくちゃならなかった。だから目を覚ましていたのは、ほとんど私とマツリ。私は元気で積極的で、だけど我慢することが苦手で、マツリは逆におとなしすぎて引っ込み思案だけど根気はある。私たち体はひとつだけれど、いわば気の合う双子みたいに助け合ってあの時期を過ごしたの。

シビルは子供のとき、他の人格が算数を勉強したから自分はわからなくて困ったって書いてあったけど、私たちはそんなことなかったわよ。私の受け持ちの数学や物理や体育はちゃんと逃げずにやったし。でもクラスメートは、マツリが急に元気になったり臆病になったりするんで、面食らいはしてたみたいね」

「高校のとき、松浦さんが会いに来るようになったんだね」

「良く知っているのね。彼に聞いたの？」

「ああ。でも彼は、茉莉さんの記憶の抑圧と回復については話したけれど、多重人格のことはしゃべるまいとした」

「当然よ。彼は認めたくないの。だってそれを話したら、人格の統合に失敗したこととか、マリコが抱えていた記憶をマツリに返させたせいでかえってマツリが苦しんでいることとか、ばれてしまうじゃない。誰だってそういうことは話したくないわ」

「なるほど」

「でもマツリは松浦さんに恋しているわ。初めて彼と会ったときからね。だから松浦さんのすることに疑いなんか持たないの。これぱっかりは私がいくらいっても、マツリの気持ちを変えることはできないのよ」

「君は松浦さんが好きではない？」

「そうね。マツリが年に一回か二回、彼が来るのを楽しみにしていたときは、別にいいかと思うことにしたの。マツリは彼に恋したおかげで、気持ちも安定したし。でも、マリコを無理やり統合しようとしたことには、いまでも腹を立てているわ。私は止めろといったのよ」

「そのとき、君は君として彼に話したんだ」

「ええ。高校のときはずっと隠してきたけれど、そのときばれたわ。ばれてもいいとは思ったんだけどね。それから彼は私たちが、こういう存在だってわかっているの」

「少し話を戻していいかな。君は、雅長君のことはどう思っていた？」

「別に」

そっけなく答えて横を向く。

「私はなんとも思ってない。私が来たとき、彼はもうアメリカにいたから」

「でも短大を出て、彼と暮らそうとしてから茉莉さんは不安定になったと聞いたけど」

「そうね。たぶんあれは、マリコが暴れていたせいだと思うわ。マツリは理由がわからないまま落ち込んで、私もそれを押さえられなかった。でも、だからってマリコを無理やり統合して、記憶が戻って、いいことなんかひとつもなかったわ。あれって、ほんとにマツリのためにしたことかしら」

「でも、君はさっき松浦さんは茉莉さんが一番大切だっていったけど？」

「違うわよ。あれは私たちの中ではマツリが一番、ってことなの！」

《真理子》の声が高くなった。

「マツリは松浦さんに恋しているわよ。そして彼も自分を愛してくれてると思ってる。だけど松浦さんはマツリを愛してなんかいない。彼には好きな人がいるの、他に。たぶん彼がマツリの治療に熱心なのは、それが自分の仕事の実績に繋がるからじゃないかしら。私はそう思うの」

ずいぶんと辛辣《しんらつ》な見方だ、と京介は思う。昨日松浦から話を聞かされたときは、ひたすらな熱意しか感じられなかった。だがそれは彼の立場での話に過ぎず、治療される側の受け取り方はまた違うのだろう。ましてや存在を病の症状と規定され、否定される《真理子》にとっては。

「九七年に、月映荘に来たときのことは覚えている？」

「——いいえ」

《真理子》は頭を振ったが、返事をするまでに少し間があった。

「あのとき茉莉さんは、兄さんが殺人を犯すところを見た、それを思い出したといったんだ。その記憶は、マリコのものだったのかな」

「そう、たぶんね」

そっけなく《真理子》は答える。

「あの頃はもう、マツリとマリコの統合が失敗したことははっきりしていたわ。マリコは戻ってきたけど、マツリはマリコが持っていた記憶に苦しめられていて、私の声も届かないくらいだった。私は疲れ果ててしまって、あのときはずっと眠っていた。だからきっとそれは、マリコが口にさせたことだと思うわ」

「本当のこと？」

「たぶんね。マリコは嘘をつけるほど頭が良くないし、嘘をつく理由もないでしょう。マリコが見たというなら、ほんとに雅長さんは人を殺したんじゃない？　桜井さんはどうして疑うの？」

京介はそれには答えず、

「それじゃあ、もう一度メアリのことを聞いていいかな」

「――いいわよ。なにが聞きたいの？」

《真理子》は答えたが、疲れたのか、その口調はそれまでの生き生きした張りを失っている。

「三月六日の夜のことなんだ」

「ええ」

「メアリがなにかしても、君にはそれはわからない？」

「わからない、ときもあると思うわ。でもメアリが動けば、その間の空白は感じられると思う。つまりね、ほら、記憶が飛ぶの。マツリやマリコが起きているときは、自分で眠ろうと思わなかったらずっと起きているけど、そういうときは無理やり眠らされる感じ」

「君や茉莉さんは、セザールが拳銃を持っていることを知っていた？」

「私は、知らないわ」

「メアリがそれを盗んで隠していたというのは、考えられる？」

「さあ、どうかしら――」

「晩餐の席から立ったときは、茉莉さんだったね」

「ええ……」

「その後はどこまで覚えている？」

「お婆さんが着替えを手伝うというのを断って、そうしたらお茶を飲みに来なさいっていわれて、私は止そうっていったのにマツリがいう通りにして、でもすぐ戻ったわ。それからは、わからない……」

「メアリは、あの晩小西先生を殺したろうか」

「小西先生――ころ、した？……」

《真理子》の動きが止まった。大きく見張られた目が、宙を見たまま凍りついている。口は薄く開いたままで、顔は強ばった仮面のようだ。それが五秒、十秒、まだ動かない。

　ふいにがくっと、顔が前に垂れた。マリオネットの糸を切ったように。

それからゆっくりと、上がってきた。

京介を見た。まぶたが半ば下がった半眼だ。唇が弓なりに上がっていく。しかし目は、少しも笑っていない。

「——殺したとしたら、どうする？」

低く声が聞こえてきた。

「警察に行くか。告発するか、マツリを。え？」

押し殺した老女の声。そんなふうに聞こえる。無論耳を澄ませば、それが若い女の作り声なことはわかった。しかし首を前に突き出したその姿勢は、背が折れ曲がった老女のようだった。

「あれは、私がしたようだ。だがマツリはそれを知らぬ」

三日月形の唇から、くくくく……と笑う声がもれる。

「君は、メアリか」

「いかにも」

時代がかった口調でうなずいた。

「知っておろう。十六世紀のイギリスで、三百人の新教徒を処刑した女王メアリを。それにちなんだ名だ。私は女王ではないが、マツリの望みを果たす力を持っている」

「君はいつから茉莉さんの中にいた？」

「いつからだと思う？」

「八六年、三谷圭子と小笠原ふくが死んだとき、君はそこにいたのか？」

「ははははは……」

口を開いて笑う。空っぽの洞窟に風が反響する、そんなうつろな笑い声だ。その体が椅子の上で、前後にゆらゆらと揺れ始めている。

「そうか、わかった。おまえはあれも私がやったと思っているのだな？　私がこの手でふたりの女を殺して、それを雅長になすりつけたのだと？

そうかも知れぬな。私にならそれができたろう。どうせならもっと、私のしたことを増やしてみたらどうだ？

　私は雅長を殺したかも知れぬよ。あの男をベランダから突き落としたのは、この私だったとしてもおかしくはなかろう？　私は身が軽い。三階のベランダから、ロープ一本で降りるくらい簡単にできたからな。

　だが私には記憶力はないのだ。私にはいつも現在しかない。だからおまえがなにを聞こうと、私には答えられないし、答えるつもりもない。ただ、やったかも知れぬ、と以外はな」

「では、なにが君に行動させる」

「私はマツリの守護者、力を持たぬマツリを守り、マツリに害する者を排除する。それが私の役目だ。マツリは私に命じはせぬが、私はマツリの望みを聞き取れる。そして彼女を守り、彼女の希望を叶え、彼女を生きやすくするのだ」

「人を殺して、茉莉さんが生きやすくなるというのか」

「それが彼女の望みなら、叶えるのよ」

「すると君がいま現れたのも、茉莉さんの望みだというのか？」

「そうとも——」

　椅子から立ち上がった。依然として背は折れ曲がり、椅子にかけたままの京介と顔の高さはほとんど変わらない。

「覚えておけ。よけいなことはするでない。月映荘に手を触れてはならぬ。マツリの過去を探ってはならぬ。松浦になにをいわれても彼を助けようとなどしてはならぬ。早々に立ち去るがいい。そしてすべて忘れるがいい。月映荘は放置して、朽《く》ちるにまかせるがよい。あの家は女たちの悲しみの家、嘆きの家。幾度でも同じことが起こる——」

　声がふうっと小さくなって、消えた。曲がっていた背が揺れながら伸び、体の力が抜けて音立てて椅子に落ちる。びくっとまた顔が上がった。大きく見開かれた目が、京介を見た。

「あ、あ、あの……」

「茉莉さん？」

「わ、わたし、あの——」

目が怯えたように周囲を見回す。手を伸ばして、自分の体を覆うマントに触れる。乱れた髪を探り、それを必死に両手でなでつけながら、なにかいおうとするがことばが見つからないというようだ。

「こ、ここは」

「月映荘の庭先のプレハブです。お疲れですね。お送りしましょうか？」

「あ、いえ、だいじょうぶです！」

大声で答えて、自分の声の大きさに狼狽したように指先で口を押さえる。

「本当に、失礼しました。あの、これで」

あわてて立ち上がるのに手を差し伸べて、

「足元にお気をつけて」

「あ、はい。あ、あの——」

「今日ここに来ていただいたことは、内緒にしておく方がいいですか？」

「ええ、すみません、本当に……」

まだなにかいいたげに振り返ったが、京介と目が合うと急に頬を赤くして走っていってしまった。

3

（あれが本来の印南茉莉、かな——）

後ろ姿を見送って、京介は思う。しかしまさかあんな、自分の素人臭い想像が当たっていたとは考えもしなかった。

多重人格、解離性同一性障害。

直面させられた事態を打開するために、人はそれまで表層に出ていた自分とは違う、だが確かに自分の中には存在した、対照的な性格の人格を出現させるのだという。他人にノーといえない人間が、思うことをためらわずにいえる積極的な人格を、虐待され続けた弱者が、反撃することのできる暴力性を備えた人格を。

一方で担うことのできぬほどの苦痛は、犠牲者の人格を切り離して隔離するのだという。虐待の記憶はすべてそこにとどめられ、他の人格には波及しない。抑圧のひとつの方法ということだ。幼児虐待が多重人格を生むのだとしたら、記憶の切り離しと抑圧が、分裂の引き金を引くのかもしれない。

　印南茉莉はそういう意味では、まさに典型的な多重人格に見える。シビルやビリーといった派手すぎる、フィクショナルな多重人格とは違う、精神病であるヒステリー性障害の一症状として、リアルさギリギリのそれだ。子供時代の虐待の記憶を保持する幼児と、積極性や知性を担当する少女と、さらには怒りや暴力の体現者、そしてそれらを失った弱々しく空っぽな本来の人格。

「典型的で、リアル――」

　椅子の背もたれに体を預け、プレハブの天井に目をやったまま、京介はつぶやく。なんだろう。また妙に胸がむかつく。

　たったいま京介の前に現れた《メアリ》は、まさしく暴力的で抑制を欠いた、犯罪者気質の人格そのものに見えた。京介が考えた冷静で計画的な犯罪の実行者というには、いくらかそぐわないところはあるかも知れない。だがそれだけで、絶対に違うといえるか。あの《メアリ》が半ば肯定した通り、小西医師を殺し、江草夫人を殺そうとして失敗したとすれば、理屈は通るのだ。

　これまでは素人臭い想像だ、ご都合主義だと繰り返し退けてきたが、目の前に出現した交代人格は、なににもまして説得的だった。どうしてそう考えてはいけない？　自分に問いかける。確かにそうかも知れない。だが、まだなにかがひっかかっている。そのせいで胸がおかしい。深春が現れる直前京介の胸を捕らえた、奇妙な不安感がまたよみがえってくる。

（誰か、信頼できる精神科医かセラピストでも、知り合いにいたら良かったんだがな……）

たぶんそうなのだろう。これは京介の手に余る問題なのだ。だから自分の判断に自信が持てないし、結論が出せそうだと思うほどに不安が湧いてくる。だが生憎とそういう知人はいない。自分自身、人に心を探られるなど絶対にごめんだと考えているから、敢えてそういう職種の知り合いを作らなかったのかとも思う。

(深春に聞いてみるかな――)

　およそ、そうした方面には縁のなさそうな男だが、人脈の広さは想像以上だから、案外あっさりと肯定的な返事が返ってくるかも知れない。

　日が暮れてから携帯に電話があった。昼間の内にもう一度手に取って眺めて、机の上に放り出して、ノートや原稿用紙が上にかぶさっていたので、その山がいきなりごとごと振動し始めたときは、なにが起こったかと思った。受信のボタンを押して耳に当てた途端、

『よおっ。ちゃんと出たな、感心に』

　嬉しそうな声が聞こえてきてムッとする。

「なにか用か？」

『馬鹿野郎。おまえにいわれたことを、こっちは都内駆けずり回って調べてたんだろうがッ』

　聞こえてきた声が大きくて、急いで耳から離す。どこかに音量調節のつまみくらいあるのだろうが、いますぐにはわからない。

「ご苦労様。で、首尾は？」

『本は何冊か集めた。だけど抑圧された記憶のなんとかってのはまだ出ていない。刊行は二、三ヵ月先になりそうだ』

「そうか。原著は手に入らないかな」

するとなにを思ったか、へっへっへと笑う声がする。

『安心しろ。ゲラがある』

「よくそんなものが手に入ったな」

　京介は本気で驚いた。

『出版社で食い下がったら、翻訳者のＯＫが出れば渡してもいいっていうんでな、某公立大の助教授なんだけど直《じか》に尋ねていって、どうしてもその内容が知りたいんです、先生ッて泣きついたわけだ。もちろんＷ大の心理の教授に電話一本入れてもらったから、それが利いたんだろうけど』

「それはご苦労様」

京介は、今度は本気でいう。

「そこまでしてもらえるとは思わなかった」

『へっへっへ。俺はやるときはとことんやるんだぜえ。見直したか。あ、だけどまだ手こずってるのがある』

「『現代日本迷宮入り事件録』か？」

『そう、それがないんだ。少なくとも現在は流通していない』

「絶版本か自費出版本か」

『そんなとこだろう。結局今日は探し切れなかったんでな、明日国会図書館に行ってみようかと思ってる。それと自費出版だとしたら、地元の図書館あたりに当たるのもいいかもな。八六年の事件については、栃木の新聞社で調べてもらってるから、そんなに期待しないでおいてくれ』

「悪いんだが深春、あともう少し調べ物を頼んでいいか？」

『嫌だっていっても始まらないだろう？』

ぼやきながら笑っている。

『乗りかかった船だな。ガソリン代はもらうぞ』

「もちろん日当も払うよ」

『おう』

「去年の七月二十八日、印南雅長が東京の自宅マンションから転落死している。その事件について調べてきて欲しい」

『新聞記事程度じゃなくってことだな。具体的にはなにが知りたい？』

「当時の状況を目撃した人がいたら、話を聞いてきてくれないか」

『気軽くいうな。まあいいや。後は？』

「天文関係に詳しい人間に、赤い月といったらなにを考えるか、聞いてみてもらえないか？」

『ああ、例のやつか。けど、それって要するに幻覚とかそういうものじゃないのか？』

「かも知れないが、そうではないかも知れない」

『にしたって、漠然とした話だなあ』

「八六年の四月二十四日に、その赤い月が見られたかも知れないんだ」

『印南茉莉の誕生日がその日だってことだな。それじゃまあ、バイト先に休みだっていうと天体望遠鏡抱えて山へ出かけていくやつがいるから、そのへんで聞いてみるわ』

「あと、もうひとつ」

『はいよ』

「グリムかなにかの童話で、わたしの子鹿どうしていますか、ということばの出てくる話がある。あるいはそれを引用した小説かも知れない」

『グリムって、おまえ、そんなのが事件になんか関係あるのか？』

さすがに呆れたという声になったのに、

「あるかも、知れない」

『ほんとだろうな』

深春はまだ疑わしそうな声を出していたが、

『まあいいや。けど、それだと明日や明後日じゃ戻れないぞ。本だけでも宅急便で送ってやろうか？』

「届くかな、こんなところで」

『だいじょうぶだろう。それじゃこれからコンビニ行って送っておくわ』

「ありがとう、いろいろ手間をかけさせて」

ちょっと間が開いて、

『——馬ァ鹿、また雪が降らあ。じゃあな。俺がいなくても飯喰えよ』

「ああ」

電話が切れた。

その晩はまた月映荘に入った。輪王寺綾乃から送られてきた、鍵の入る鍵穴を探す。いくら鍵を預けられているとはいえ、県が調査する予定の建築に勝手に入り込むなど、してはいけないはずだったが、一度禁を破ってしまうと次第に平気になるものらしい。極力傷めないように注意するから、勘弁してもらおうと自分に言い訳する。

だがいくらこぢんまりとしているとはいえ、一軒の家だ。そしてもともとは明治に建てられたものだとはいえ、昭和の末近くまで住まれていたのだから、壁紙などはすべて張り替えられている。壁に作りつけの箪笥などあったとしても、壁紙の下に潰されているかもしれない。

懐中電灯を片手に、壁を中心にして舐めるように見て回る。だが木造洋館の壁の厚みは意外に薄く、作りつけの家具があるとは思えない。寝室の衣装箪笥はアンティーク風だったから、もしかすると古い物かもしれないと思ったが、金具のデザインがまったく違う。それでも開いている小引き出しの鍵穴を全部試して、どこかに隠し引き出しでもないかと、いじりまわしてみたが成果はない。

毎晩夜を待って通うこと三日、闇雲《やみくも》に探すだけでは駄目かもしれないと思った。少し頭を絞ってみることにしよう。まず考えるべきは、この鍵が江草家と印南家、どちらに関わりあるものか、ということだ。

綾乃の手紙に月映荘という名を使ってあるところからすれば、当然印南敏明一家のものということになるが、考えた末京介は標的を江草家時代に絞ることにした。江草孝昌の愛人であった印南あおいは、彼と別れさせられて母の実家に引き取られた。それは京都である。綾乃も京都にいる。

（単純すぎるかな？——）

しかし綾乃は江草ハツの本名を知っていた。印南あおいの娘は山口を訪れている。その娘から綾乃にハツの名を含む知識が渡り、同時にこの鍵も渡されたという仮説は成り立たないだろうか。つまり鍵は江草孝昌から、あおいに贈られたものだということになる。つまりこの鍵の開く中にあるのは、彼が愛人へ残したなんらかの品ではあるまいか。

　妻には知られぬように、彼はそれを渡したかった。渡すことのできぬ事情があって、鍵だけを贈ったのか。あるいはいつか、彼女を迎えてそれを手渡すという約束の印だったのか。

　いや、もしかするとそれはあおいが失踪した以降、残された幼い娘に贈られたものだったのかも知れない。あおいがどんな事情で姿を消したのかはわからないが、それ以後も娘は京都で育てられていたのだろうから。そう考えてみれば、孝昌が那須の洋館を印南家に売却した理由も説明できそうだ。京都の娘は印南家の血を引くものでもある。いつか彼女が那須に来たとき、それが印南家のものであれば中に入ることも、隠し場所を開くことも、拒まれはすまいと孝昌は考えたのではないか。

　つまり彼がそれを隠さなくてはならないのは、誰よりも妻である女性の目からだった。彼女に見つけられぬようにということを第一に考えるなら、それは寝室に隠されているはずがない。かといって応接間や食堂のような、毎日人が出入りする場所でもないだろう。京介は倉持から手渡された見取り図を開いて、そのひとつひとつを検討していった。

　だいたいの部屋割りを描いた手描きの図だ。その周囲の余白に、倉持が江草夫人や印南家の係累から聞き取りしたこの建物の住まわれ方、といったことがびっしりと書き込まれている。夏の別邸として使われていたときと、通年の住まいになっていたときとでは、当然用途も変わる。

（ホール、台所、子供部屋、納戸、居間……）

　いや、部屋の用途は江草家時代のものを考えなくてはならない。江草夫人が入りそうもない場所。この程度の規模の住まいで、主婦が出入りしないような場所があるだろうか。

（和室――）

伝説を信ずるなら、昔は子供部屋に使われていたはずの部屋。印南一家が住んでからは、布団や時季はずれの衣類をしまう部屋として使われていた。だが、京介は倉持の子供のような字の連なりに、ようやく探していたものを見つけた。

『この部屋は一時期幽霊が出るといわれて、南向きの上等な一室であるにもかかわらず、女中部屋として使用されていたという』

印南あおいは使用人としてあの家にいた。とすれば当然あの和室を使ったはずだ。当然ながら江草夫人は、その部屋を嫌ったことだろう。家具のない、空っぽの部屋だ。壁に余地はない。床は？ 畳を上げれば床板が見えるだけだ。

だが、天井がある。屋根の小屋組と天井板の間には、さして広くはないが空間があるはずだ。あの、幅五十センチ程度の板の一部が、日本建築の天井板のように動くとしたらどうだろう。

和室の天井はかなり奇妙な形をしている。床は畳敷きだから和室と呼ぶが、壁は壁紙貼り、窓は扇形欄間のある両開き窓で、天井も洋風に白いペンキ塗りだ。だがその中央の部分だけが、三角の切り妻屋根の屋根裏まで上がっている。そうして出来た空間の断面は、ちょうど将棋の駒のようだ。つまりその高さの差は、同じように板を並べてペンキで塗り込めてある。

（あの縦の板が動いたら？……）

それはひそかな隠し場所として、決して不自然ではないように思われた。

翌日、三月十二日の夜。京介はふたたび月映荘にもぐりこんでいる。もっぱら和室の天井板をライトで照らしながら、ひとつひとつ動かしてみる。印南家に買い取られてから、当然この天井も塗り直しただろう。ペンキが板の隙間に詰まって、動かなくなっている可能性もあった。

それと雪は止んでいるので、窓から明かりが洩れて誰かに気づかれないよう、注意しなくてはならない。周囲を木々に囲まれているつもりでも、この窓は外の道から見えるのだ。明かりがあるはずのない場所に明かりが点っていれば、ひどく目立つに違いない。

　ふと、この窓が真っ赤な血の色に染まっていたという、小西和志から聞いた『怪談』を思い出す。京介のハンドライトを誰かが見たら、侵入者がいると思われるよりも、人魂《ひとだま》が飛んでいたとでもいう話になるのではないだろうか。幽霊屋敷の風評が心に染みついていれば、人はそれにふさわしいものを見るのだ。先入観とは、脳内の情報処理時間を短縮するための機能かも知れないが、それが常に有効とは限らない。

　綾乃の顔が目に浮かんだ。彼女が印南あおいの娘と知り合いで、その娘から江草家の話を聞き、この鍵も手に入れたとするのは、それほど外れてはいないだろう。だがあおいの娘にとって、これはかけがえのないほど大切なものではなかったろうか。

　姿を消した母と、共に暮らすこともできなかった父に繋がる記憶の品だ。江草孝昌が逝ってからも、半世紀近い時が流れている。だからこそいままで、持ち続けてきたのではないか。

　それとも彼女はこの鍵が、自分にはなんの意味もないと考えたのか。もちろんそう考えても不思議ではない。認知すらしてくれなかった父だ。幼い自分を捨てて失踪した母だ。母の実家すら助けてはくれず、遠く離れた京都へ母を追いやり、姿を消しても探すさえしてくれなかった。

　そう考えて那須に足を向けようとはせず、父の残した鍵を使ってみようとはしなかったとしても無理はないかも知れない。その代わりに彼女は山口を訪れた。父の血に繋がる江草家の菩提寺を訪ねて経を納めた。父の差し出したものを拒んだ娘の、それに代わる答えだったのではないか。

だとすれば、この鍵にはその他どんな意味があるのだろう。自分にこれを送りつけてきた綾乃の真意は。わからない、と京介は思う。あの少女の小さな手のひらの上で踊らされているようだ。プライドがきしみを上げるのを聞きながら、京介は低く罵りの声を吐き捨てた。まさか彼女に向かって手を上げるわけにはいかないが、その分は門野に向けさせてもらう。そして二度とふたたび、あの老人の呼び出しに応ずるのはごめんだ。

単純すぎる作業に飽きて、いささか荒っぽく板を揺すっていた京介の手の下で、ふいにその感触が変わった。はっきりと左右に動く。ライトを当てて顔を寄せた。この板だけ、へりが斜めに削ってあるようだ。すると、これが外れるとすれば——

ペンキの被膜が剝がれた。板は左の板の裏に、引き戸を引いたようにすべりこみ、暗い穴が開いた。黴臭い空気が鼻先に吹きつけてくる。京介はライトを中に差し入れた。

屋根裏の小屋組と、埃を浴びて垂れ下がる蜘蛛《くも》の巣が光の輪に浮かぶ。そして手を伸ばせば届くほどの場所に、京介は藍染めの布でくるんだ大判の本くらいのものを見つけた。ためらいながら引き寄せ、固く結んだ布を解く。二重に包まれた風呂敷の中身は、漆《うるし》に銀蒔絵をほどこした硯箱《すずりばこ》。芒《すすき》のなびく原の上に上弦《じょうげん》の半月がかかる図で、芒の中に円で囲んだ家紋がふたつ見える。揚羽蝶《あげはちょう》は江草家の、三蓋松《さんがいまつ》は印南家の紋所だ。

そしてその硯箱は、後から細工されたように鍵がついていた。鍵穴のまわりは銀の飾り金具。京介はポケットから送られてきた鍵を取り出す。差し入れてゆっくりと回す。案に相違して、きしみひとつ上げることもなく錠は開かれた。

中に入っていたものすべてに京介は目を通した。硯箱にはふたたび鍵をかけ、元通り天井裏に戻して月映荘を出た。

プレハブに戻ると、電話がけたたましい音を立てて鳴っていた。重く疲れた腕を伸ばして、受話器を上げる。もしもし、といった途端、

『この馬鹿。携帯どうしたんだ、携帯ッ！』

深春の大声が耳に突き刺さってくる。

「あ？……」

『こら京介、起きてるのか寝てるのかはっきりさせろ、このアンポンタン！』

「あ、ああ――」

頭の中はいま見てきたもののことで占領されていたので、大声を出されてもとっさについていけない。深春に押しつけられた携帯は邪魔な気がして、机の上に置いたまま出かけていた。いくら鳴らしても出ないのに痺《しび》れを切らして、電話が壊れでもしたのかと、プレハブの電話にかけてきたらしい。

「悪い。どうも持ち慣れないものは邪魔で」

『ったく、心配させやがって。俺のこの心労分も日当に上乗せするからなッ』

なまじ携帯など持たせようとするから、よけいな心配をすることになるのだとは思ったものの、これ以上深春を怒らせる必要もあるまい。

「悪かった、本当に」

『手放すなよ。ジーンズの尻にでも入れとけ。邪魔なほどかさばりゃしないだろう』

「はいはい」

『宅急便届いたか？』

「いや――」

『しょうがねえな。問い合わせてみるよ』

それから深春はようやく報告に入った。

『ひとつはな、どうしてもあの迷宮入り事件簿ってやつは見つからない。似たような書名の本はあったんで、国会図書館で閲覧してみたけど全然違うし。地方の図書館探すとしたら、そっちに戻るついでに回るけど。どうする、東京でもっと探すか？』

「いや、それはいいにしよう」

『いいのか？』

拍子抜けしたような声が聞こえた。

「もしかすると、あの本自体架空のものだったとも考えられるからね」

『それも、そうか――』

「他は？」

『そうそう、印南雅長の住んでいたマンションっていうのは見つけたぜ。一階に住んでるお年寄りが目撃者だっていうんでな、明日話を聞きに行ってくるから』

「テープを頼む」

『なにか聞いておきたいことは？』

「彼が転落死したとき、彼を訪ねてきた友人が巻き込まれて重傷を負っているんだ。そのことも含めて、当時の状況をできるだけ詳しく」

『おまえは自殺じゃないと思ってるのか』

「その可能性は常にある」

『オーライ。それと、おまえがいってたグリム童話かなんかの話な』

「わかったのか？」

たったあれだけの手がかりで、見つけられるとは京介も思っていなかった。

『W大の文芸のやつに頼んでな、友達から友達へ聞いてもらったんだ。これでいいのかどうかわかんないんだけど、原典じゃなくそれをちらっと引用した短編小説があるんだと』

深春は著名な女流作家の、幻想作品のタイトルを口にした。

『その中で登場人物が口にするんだな、こういう話があるのよって。無実の罪で処刑された王妃が、魔法で鹿にされた弟と残した子供を思って、私の子鹿はどうしていますか、私の子供はどうしていますか、といいながら幽霊になって現れる、そんな話なんだそうだ』

「雪は？」

『へ？』

「その話に雪は出てこないのか？」

『えーと、ちょっと待てよ。そういえば雪って、どこかに』

　電話口で少しの間、ページをめくっているらしい気配があって、

『わかった。雪が出てくるのは童話じゃない。雑居ビルのバーで、バーテンと馴染み客の女が会話している。で、その女が子供のときに読んだ童話の話をしていると、外では雪が降り出したらしい。その話自体に仕掛けがあるんだが、私の子鹿はどうしていますか、に雪の降る音がかぶっていくわけだ。俺、雪音なんてことば初めて読んだな』

「深春――」

『どうした』

「鹿にされたのは弟なんだな。兄ではなく」

『ああ、確かにそう書いてあるぜ。それに、兄貴だとしたら私の子鹿って変だろう?』

「ああ、確かにそうだ……」

『だいじょうぶか、京介。おまえなんか変だぞ』

　深春が受話器の向こうで、あわてたような声を上げている。

「いや、なんでもない。ただ、いろんなことがやっと繋がってきているんだ――」

　左手で受話器を握ったまま、京介は顔に垂れかかる前髪を掻き上げる。額が熱い。部屋はストーブもついていないのに、そこから汗が滲《にじ》んでいる。またひとつ繋がった。だが繋がれば繋がるほど、なぜか事態はクリアにはならない。むしろ混迷を増していくようだ。

『京介!』

「え?――」

『栃木の新聞社で八六年の事件のことも聞いたよ。そうしたらつい最近、江草夫人の家で人が死んだんだって?』

「ああ」

『小西って年寄りの医者だって。それって八六年のときに事件を発見した、その爺さんだろう?』

「――そう」

『新聞社の記者は、はっきりはいわなかったけど、なんか裏があるような口振りだった。小西は殺されたんだろう？　違うのか？』

「違わない。僕もそのとき江草邸に招待されていたから」

『おまえは――』

深春は絶句した。

『どうして、そんな肝心のことをいわないでおくんだよ。つい目の前で殺人事件だあ？　時効になりかけた昔の事件なんかより、そっちの方がずっと大事じゃないかッ！』

「いったろう？　話す時間がなかっただけだよ」

『ったく――』

歯ぎしりしているような声だ。しかし深春が動揺すればするほど、京介は落ち着いてしまう。

「それに、その犯人はわかったと思う」

『ほんとかッ？』

「ああ。ただわかったといっても、たぶんその人間だというだけで、動機もはっきりしないし、方法にも不明なところはある」

『だったらおまえ、俺がいないときに、「さてといい」なんかやるなよ』

「『さてといい』って？」

『名探偵、皆を集めてだよ』

「やるもんか」

京介はちょっと笑った。

「悪趣味だ、そんなの」

『いや、俺がいるときだったらかまわないけどさ』

短い空白を置いて、また深春の声がした。

『――なあ、俺ちょっと考えたんだけどさ。すげえ馬鹿な話なんで、笑わないでもらいたいんだけど、こういうのもありかなって』

「ふうん。なに？」

『月が赤く見えたってのと、おまえから聞いた怪談とをくっつけると、さ』

ごにょごにょと続けた深春のことばに耳を傾けていた京介は、途中で息を呑んだ。

「そうか——」

『え、まさか俺の発想に感動したのか？』

「した。おかげでほとんどのピースが埋まった」

『マジかよお』

しかしほとんどは、一〇〇％ではない。京介が見通した事件の構図には、まだ大きな欠落があった。それは動機だ。なぜここまでしなくてはならなかったのか——

明日には必ず戻るからな、それまで勝手なことするんじゃないぞ、と念押しする深春の電話を切って、京介は江草夫人にかけた。

「明日、会っていただけないでしょうか」

白銀の罠

1

三月十三日月曜、夜八時。桜井京介はふたたび江草邸を訪ねた。

前夜江草夫人に電話して、お話ししたいことがあるというと、どうぞ晩餐へといわれたが、それは遠慮して夕食後に訪問することにした。京介とて乾パンが大の好物なわけでもないが、気詰まりな食事をさせられるくらいなら、片手でパソコンのキーを叩きながら、缶詰に割り箸をつっこむ方がいい。話といってもそれは決して、楽しい話題ではなかったからだ。

二、三日晴天が続いて地面の雪は溶けたが、乾くまでには至っていない。特に江草邸へ通ずる森の中の道は土がぬかるんでいて、スニーカーが一歩ごとにめりこんでしまう。長靴を履いてきた方が良かったろうか。しかし他人の家をゴム長で訪問するのはいささか非常識かも知れない。前回松浦は京介が玄関に脱いだそれを見て、笑いを堪《こら》えていた。記憶に浮かんだ彼の無邪気な笑いを、京介は不思議なもののように思い返す。

江草夫人に会いに行く。三月六日の事件の真相を告げ、犯人を指摘するために。フィクションの世界の名探偵たちのように、嬉々として人の罪を告発するわけではない。法を犯す行為が人間の社会において、常に許し難いことだとも思わない。

だが京介が見て取った事件の構図が正しければ、それはまだ終わったわけではない。あの夜の惨劇を序章に、真の犠牲者はこれから屠《ほふ》られるはずだ。いま犯人を指摘するのはそれを阻止するためだ。

深春はいった。『俺のいないときに、「さてといい」なんかやるなよ』その顔に、――僕だってやりたくてやるわけじゃないさ、といい返す。だが仕方がない。彼が戻るまで待とうとは考えなかった。人の命がかかっている。気づいてしまった以上は、一刻も早い方がいい。

　江草邸の玄関ドアを開けたのは、先日晩餐の給仕をしていた女性のひとりで、食堂に隣接する応接間に通された。江草夫人は裾の長い銀色のニットで、今夜もきっちりと髪を結い上げ、化粧をこらしている。ソファから立ってにこやかに京介を迎えると、紅茶を出した女性に、今夜はもういいわ、といって下がらせた。

「さあどうぞ、なんでもいって下さって結構よ。セザールと茉莉と松浦さんには、二時間くらい出かけてきて欲しいといいましたから、いまここには私たちしかおりませんの。その方があなたにはおよろしいのでしょう？」

落ち着いた微笑みを向けたが、その唇の端がかすかに震えている。淡く色をつけたレンズの中の目を真っ直ぐに見返して、京介は口を開いた。

「では遠慮なく申し上げます。三月六日の夜にこの家で起こった事件の、犯人は江草さん、あなたですね？」

　夫人の手元で、陶器のぶつかる硬い音がたった。砂糖を入れて掻き混ぜて、口元まで上げた紅茶カップを受け皿に戻した、それがけたたましいほどの音をたてたのだ。しかし夫人はひとつ息を吸うとカップから手を離し、首を立てて京介を真正面から見返した。

「それはどういう意味かしら。茉莉があんなことをしてしまったのは、私の責任だと？　ええ、それはそうかも知れませんわ。身寄りをなくして淋しいひとりぼっちのお嬢さんの気持ちを、私がどこまでわかってあげられたか、といわれるとおぼつかないですもの」

「いいえ、僕がいっているのはそういう比喩的な意味ではありません。あなたにはわかっているはずです。それとも、僕がなにもかも話さなくてはならないのですか？」

　夫人は小さく、まあ、とつぶやいた。丹念に化粧した顔の表情はほとんど変わらない。ただこめかみがひくひくと、別の生き物のように痙攣している。

「では、申し上げましょう。茉莉さんは小西先生を殺していない。あなたに銃を発射してもいない。それはあなたとセザールがしたことです」

　夫人は視線を外してもう一度、まあ、とつぶやいた。軽く肩をすくめて、

「なにをいわれるのでしょう。困ったこと」

　優雅に首をかしげる。

「残念ですけど私、あなたのいわれることの意味が少しもわかりません。それともこれはなにかのジョークなのかしら。だとしたら、あんまり趣味の良くないジョークですね」

「確かに悪趣味だと思います。ですがそれは僕のせいだけではなく、行われた犯罪そのものが悪趣味なのではないでしょうか。僕はこれまでにもいくつか、犯罪というものに直面させられてきました。人はさまざまの動機で罪を犯します。多くの場合それ以外は選べぬところまで追いつめられて、リスクは承知の上、後戻りできない道に踏み込むのです。僕にはまだ完全に、あなたの動機を理解できてはいない。けれど、どんな動機があったとしても、これほど卑劣な犯罪を知りません」

　夫人はふうっと聞こえよがしのため息をついた。京介に視線を戻し、やさしく寛大な母親が、だだをこねる子供をあやしているような口調で、

「そう。それならいっそ、お気の済むまで話されたらいいわ。お話のつもりでうかがいましょう。そしてあなたがどうしてもといわれるなら、お話が済んだ後でそれが私のせいなどであるはずがないことを教えて差し上げます」

それを聞いた京介の眉間に縦皺が寄ったのは、予想外に物わかりの悪い相手にうんざりしてきたからだった。といって一度始めたことを、途中で止めるわけにもいかない。

「わかりました。では、順を追ってお話しすることにします。あの事件を茉莉さんのしたことと考えるのには、僕は最初から違和感がありました。彼女と顔を合わせたのは、先日の晩餐の折りが二度目でしたが、あの極めて暴力的な事件と、茉莉さんはおよそ似合わないと感じたからです」

「人は見かけに寄らないということばを、桜井さんはご存じではないの？」

夫人が薄く微笑みながら、京介のことばをさえぎる。

「茉莉は多重人格です。確かにあなたの眼に映ったあの子は、人を殺すことなど考えもよらないように見えたでしょう。でも、松浦さんがいいました。あの子の中には兄に対する怒りを表現する、暴力的な人格が存在しているのですって。あの子は雅長に幼児のときから虐待されて、心が壊れてしまったのよ。だからなにをしても不思議じゃない。これは専門家の見立てです。桜井さん、あなたは心理なんて専門外でしょう？」

「確かに僕には専門外です」

京介はあっさりと夫人のことばを肯定する。

「そして茉莉さんと話したことも、これまで数えるほどしかありません。彼女が多重人格だ、ということも知らなかった。松浦さんも僕には、それを明かすまいとしていました」

「でも、いまはもうご存じでしょう？　あなたもその目で見たはずだわ、茉莉が別人のようになるのを。違います？」

夫人の声が次第に高くなる。

「私はあの子にずいぶん良くしてあげたのに、あの子は私を恨んでいたのです。だからその暴力的な人格が、私を殺そうとしたのです」

「ええ、確かにそう考えれば筋は通る、と僕も一時は思いかけました」

「ですからそれが事実なのです。それをなぜあなたは、私に罪を着せようなどとするのですか。あまり失礼なことをおっしゃるようなら、私にも考えがあります」

京介は軽く片手を上げて、いい募る夫人のことばを押しとどめた。

「ちょっとお待ち下さい。確かに先日僕のところへやってきた茉莉さんは、自分を真理子だと名乗りました。まるで別人のように快活で、おしゃべりな少女でした。その彼女が僕にいいました。茉莉の中にはメアリという人格がいる。自分にはメアリを止められない、と」

「ただ聞いただけではなく、あなたは見たのでしょう？　その、メアリを」

「よくご存じですね。まるでその場にいらしたように」

夫人は息を吸って口をつぐむ。

「江草さんがいわれた通り、茉莉さんは僕の前で急に様子が変わりました。そこで出現してメアリと名乗った人格は、確かに攻撃的暴力的でした。しかし僕は非常に疑い深い人間なので、ここでまた考えてしまったんです」

「——なにを、です」

「メアリは明らかに抑制を欠いていた。小西先生だけでなく三谷と小笠原、さらには雅長さんまで自分が殺したとほのめかしていた。犯してもいない罪を被りたがる、自己顕示欲の強い犯罪者は珍しくもありません。しかしそうしたタイプの人間は、冷静な計画犯罪など起こさないものです。

セザールの拳銃を前もって彼には気づかれぬように盗み出し、他の人格にも気づかれぬ場所に隠していた。あなたに銃声を聞かれて逃げ出されぬために、小西先生は撲殺した。メアリのような人格が、それほど冷静になれたか疑問です」

「そんなこと——」

夫人はテーブルの上で、ぎゅっと両手を握りしめた。

「そんなこと、私にいわれてもわかりません。あの子は頭がおかしかったのよ。なにをするかわかったものではないわ！」

「精神を病んだ人間は容易に犯罪を犯す、というのは前近代的な偏見です。そしてあなたが本当にそう思われるなら、茉莉さんをお手元に置くべきではなかったでしょうね」

「わ、私に、説教するつもり？　いったいあなたは、なんの権利があって——」

夫人の頬に血の色が昇る。京介は、いいえ、と頭を振った。

「説教などしません。ただ、あなたがなさったことだというだけです。あなたはセザールに小西先生を殺させた。そしてそれを茉莉さんの罪にしようとしているのです」

京介を睨み付けながら夫人は唇を嚙む。声は聞こえない。膝の上で両手が、ハンカチをくしゃくしゃに握りしめている。

「あのとき僕と小西先生と息子の和志さん、そして松浦さんがこの部屋で話していました。そこにセザールが来て、月映荘を見に行こうといい出した。いま思えば彼は、ドアを開けたときから出かける支度を済ませていた。そしてことば巧みに僕たちを連れ出すと、一度鍵をかけたところでセザールの携帯が鳴り、彼は屋内に戻った。あのときあなたはどんな用件で彼を呼び戻したのですか？」

「そんなこと、話す必要は、ありません——」

「では、僕の考えたことをいいます。セザールはたぶんそのとき、彼の拳銃を身につけていた。そして玄関に入ってドアを閉めると、この部屋にいた小西先生に、あなたが二階で呼んでいるという。先生はあなたの具合が悪くなったと思い、あわてて階段を上がる。セザールも続く。

おそらくは階段の踊り場で、彼は先生を呼び止めた。振り向いたところへ銃を振りかぶり、一撃で撲殺した。彼と先生ほど身長差があれば、上り階段で背後にいても、額に凶器を振り下ろすのは可能でしょう。そのまま階段を上がってあなたに銃を渡し、先生の遺体は階段に横たえて外に出てくる。これで第一幕が終わりです。先生を射殺しなかったのは、あなたにではなく、家の外で待っている僕たちに銃声を聞かれるわけにはいかなかったからです」

夫人は顔を強ばらせたまま押し黙っている。さっきまでの頬の赤みはぬぐったように消え、血の気の失せた顔は紙のように白い。

「事件の後半は江草さん、あなたが主導権を握りました。僕らが出かけた間に、茉莉さんをご自分の部屋に呼んで、睡眠薬を入れた飲み物をふるまう。彼女が意識をなくしたら準備完了。ふたたびセザールの携帯を鳴らす。そして時間を見計らい、ソファに向かって銃を発射する。

小西先生がなぜ殺されねばならなかったか、あなたと彼との間にどんな問題があったのか、僕は知りません。しかし彼がなぜ階段で殺されなくてはならなかったのか、それはわかります。玄関から飛び込んだ僕たちはまず、先生の遺体を発見した。あきらかに他殺、となれば現場保存をしなくてはという意見が出て不思議ではない。遺体は階段をふさぐように横たわっている。そこを登るには先生の体をまたぐしかない。誰もがためらって当然です。

結局僕たちは、裏階段から二階に上がりました。なにもなくて二階に直行したときと較べて、少なくとも五分は余分に時間がかかったでしょう。あなたにはその五分が必要だった。僕たちが駆けつけてくる前に、現場をそれらしく整えるための時間が」

「すべて、あなたの空想です」

喉から絞り出すような声だ。

「私が、セザールが、そんなことをしたなんて、なんの証拠もありません」

「もう少し聞いていただけませんか。僕はこの事件が茉莉さんのしたことではないかも知れないと思ったとき、それなら犯人が標的としているのは他ならぬ彼女なのだと思いました。なぜならあなたが茉莉さんをかばって、警察に渡すまいとしたからです」

「どういう意味？——」

　夫人は眉を寄せて京介を見る。

「なぜ、茉莉をかばったことが？」

「あなたが、自分がすべての責任を負うから黙っていてくれるようにと宣言する。感動的な場面です。父親を亡くした和志さんが同意すれば、部外者の僕たちが異議を唱えるのは難しい。

　しかしそうすることで、茉莉さんが犯人であることは、疑いない真実と化してしまう。警察の検証を受けることもない。事情を知る僕たち少数の人間は、隠蔽に加担した共犯としていっそう口を閉ざさずにはおれない。かばうことで罪を着せるとは、お見事な逆説でした」

「そんな、違います——」

　夫人はようやく反駁《はんばく》する。

「あのとき私は、セザールを守ろうとして。ええ、そう。セザールを」

「だがその後もあなたは、茉莉さんをご自分のそばに引き止めていますね？　ご自分を殺そうとした危険な病人を。それはなぜですか」

「身寄りのないあの子が、可哀想だったからです。それ以外の理由なんて、ありません」

「ですがそうすることであなたは、結果的に茉莉さんの治療の機会を奪っている。それはなんのためかと考えたとき、江草さん、僕はあなたの善意を信じられなくなりました」

「——ひどい、邪推《じゃすい》ね」

　喉が詰まったような声だ。唇が神経質に震えている。

「ほんとに、ひどい」

　しかし京介は表情を動かさない。

「あなたはソファに弾を撃ち込むと、自分の手に巻いていた赤いスカーフを外し、それを茉莉さんの右手に巻きつけて銃を握らせ、ご自分も倒れた。そのためには、どうしても必要な五分間だった」

「まあ、まあ、赤いスカーフ！」

江草夫人はいきなり、ヒステリックな声を上げた。大きく開いた口から、喘ぐような笑い声をもらしながら、

「だから申し上げたでしょう、私にはできるはずがないって。私は赤い色が恐ろしいのです。正視するどころか、目の隅にあるだけでも耐えられないのです。その私がどうして、茉莉さんの赤いスカーフを手に巻いたり、それを外してあの子の手に巻きつけたり、そんなことができるというのです？

私には不可能です。思い浮かべただけでぞっとします。ああ、それともあなたは赤い色が恐いなんて、全部お芝居だといわれる？　でもこれまで私は何度か神経科に通ったことがあります。お疑いになるなら病院の名前をお教えします。東京にある名の売れた精神科のクリニック。ここしばらくは行っていないけれど、まだカルテくらい残っているでしょう。それともあなたは何十年も昔から、その日のために私が仮病をつかってきたとでもいうのですか？」

「いいえ、そうは思いません」

京介の返答はどこまでも平静だ。

「失礼ですが江草さん、赤い色が恐ろしくなったのは、なにかきっかけがあったのですか？」

「そんなこと、あなたには、関係ないでしょう」

「ええ、確かに」

自分の発した問いに執着も見せず、

「江草さんは、目は近眼ですか？」

「え？　いいえ、私は若いときからずっと遠視で、そのまま老眼になりましたから、いまも——」

「しかしあの晩は、眼鏡をかけてはおられませんでした」

　はっと夫人が息を引いた。

「ですがあなたは小切手にサインするときも、不自由はないように見えました」

「あ、あれは、コンタクトレンズをつけていたからですよ」

「眠られるつもりで、ベッドに入っておられたのにですか？」

「そうです。おかしいですか？」

「おかしいと思います。それにベッドに置いた本の上には畳んだ眼鏡が置いてありました。それともうひとつ、あなたは化粧を落としてもいなかった。髪も結ったまま、アクセサリを外しただけで」

「そんなこと、私の自由ですッ！」

　ひび割れた声が、夫人の喉をもれた。

「あのとき、セザールが床を掃除していました。テーブルからコップが落ちて割れたようでした。それは覚えておられますか？」

「それが――」

「透明なガラスの中に、濃いアンバーのガラスが混じっていたと思います」

「……………」

「あなたはコンタクトをつけた上に、サングラスをかけたのではありませんか？　そうすれば、赤いスカーフもあなたには赤く見えない。あなたは我慢することができた。違いますか？」

「そ、そ、そんな、そんなことといって――」

　震えは唇から顔全体へ、手へ、肩へと広がって、いまや江草夫人はマラリア患者のように全身を震わせていた。

「そんなことといって、証拠は、どこにあるの、どこにそんなガラスのかけらが、あるの、あなたが見たというだけじゃないの、そうでしょうッ！」

　京介はそれにもうなずいた。

「ええ。ですから僕はあなたやセザールを、小西先生殺害に関して訴えるつもりは毫《ごう》もありません。それについては安心して下さい」

「だ、だったら、なにが目的なの。え、なにが欲しくて来たの。お金？　お金が欲しいの？　いいなさいッ」

「お認めになるのですね。あなたは茉莉さんを破滅させるつもりだったと。六日の夜の事件は、その前奏曲に過ぎなかった。そうなのですね？」

「いいえ――」

　夫人は髪が乱れるほど、大きく頭を振う。

「いいえ、そんなこと認めるものですか。ただもうこんな悪趣味な話を続けるのが嫌だから、あなたに黙って欲しいから、そういったのです。さあ、おいいなさい。なにが欲しいのッ」

「僕の推理が当たっていたなら、なぜあなたはそれほど茉莉さんを憎んでいるか、その理由を教えていただくわけには行きませんか？」

「嫌よッ！」

　夫人は叫んだ。

「誰がそんなこと、話すものですかッ」

「それでは仕方ありません。僕の要求は、あなたがこれ以上茉莉さんを傷つけぬこと、彼女を東京でしかるべき治療機関に通わせてあげること、今後もなにをしろとはいいませんが知人としてふさわしい援助と心遣いをすること」

　京介がことばを切ると、夫人は忌々しげに顔をゆがめる。まさかそれだけではないだろう、といいたげな表情だ。

「それだけです。小西先生はお気の毒ですが、あなたたちが逮捕されたところで生き返られるわけではありませんから」

「もしも、それに従わなかったら？――」

「警察に頼ることは僕にも本意ではありませんが、それしかしようがなければやむを得ません」

「できるものですか、そんなこと」

　江草夫人は膝の上で拳を震わせる。

「なんの証拠もないのに、逮捕なんてできるはずがないわ！」

「試みることはできます」

京介は低く答えた。

「あなたはすでに地元の警察へ、影響力を発揮している。その事実を例えば、マスコミにリークしてみるのはどうでしょう。あなたの甥御さんは、どこまでそれを押さえられますか」

「そんなこと、させやしない——」

「お断りしておきますが、僕は現在なんの身分も財産も持たない一介のフリーターです。奪われるほどのものもなければ、利害関係もありません。そんな人間をどうやって止めます」

夫人は答えない。顔を深く伏せている。ただ膝の上のふたつの拳だけが、小刻みに震え続けている。

「ひとつだけ、教えて——」

かすれた声が聞こえた。

「どうしてあなたはそんなに、茉莉のことを気にかけるの。あの子が好きなの、男として？」

「——いえ、そういうことではないと思います」

恋愛感情などはない。それだけははっきりしている。だが、ならばなんだというのか。正義感？いやそれも違う。

「たぶん、同情です」

それも傲慢《ごうまん》かも知れないが、京介を駆り立てた感情はことばにすればそれに一番近い。

「嘘よ」

夫人が低く吐き捨てた。

「嘘。絶対嘘だわ。男なんてみんな同じ。少しばかり見てくれが良かったら、すぐ犬のように尻尾を振る。そうに決まっているわ——」

顔が上がった。眼鏡の中で見開かれた目に、血管が赤く浮いている。唇が痙攣《けいれん》するようにゆがんで、ことばを吐き捨てる。

「教えて上げるわ、桜井さん。なんで私が茉莉を嫌いか、それはあの子がある女に似ているからよ。何年経とうと忘れられない、憎い憎い女に」

「誰ですか」

「聞いているのじゃない？　私の夫を奪った女よ。あおいという名前の、戦前は東京でカフェの女給なんかしていた女。同じ印南の血筋ですもの、似ていて不思議はないけれど、育つほどあんなにそっくりになるなんて。ええそう、私はあの子が憎かった。あの子を破滅させてやりたかった——」

　ふいに、口をつぐんだ。

「お帰りなさい」

　玄関に向かって手を振る。

「もう二度と来ないで」

「それは、僕のお願いを聞いて下さるという意味に受け取っていいのですね？」

「知るものですか！」

　夫人は顔を背けていたが、立ち上がった京介は、

「どうか、お願いします」

　深く頭を下げてから、踵《きびす》を返した。無責任かも知れない、とは思う。だが、いま自分にできるのはここまでだ。


　玄関を開けて外に出た。夜空は晴れて、頭上には満天の星。まだ、月はない。明るさに慣れた目に、左右を木々に囲まれた道は闇に近かったが、かまわずにゆっくり歩いた。

　ようやく森が切れる。大きく開けた月映荘の敷地は、明かりがなくとも木の下闇から見れば明るい。だがそこに人の姿があった。

「桜井さん！」

　弾んだ声がする。

「真理子君？」

「わあ、嬉しい。やっぱり私だってわかってくれたのね！」

　青いマントが夜風にふわりとなびく。飛びつくように寄ってくるのを、京介は森の出口に足を止めて迎えた。

「こんなところでどうしたの」

「待ってたの、桜井さんを」

「なぜ？」

「だって私、心配だったんですもの」

マントの前を胸に掻き寄せて、彼女は京介の顔を見上げる。

「桜井さんが今夜話に来るって聞いたから、なんだろうってすごく気になって」

「有り難う。でも、取り敢えずは終わったから」

「だって、なんの話？」

「いまはいえない」

京介は頭を振る。もちろんこれは茉莉自身の問題だ。しかしそれをいまここで、彼女に話すわけにはいかない。

「それより君はひとり？　送っていこうか」

「ううん、平気。私ね、桜井さんに見せたいものがあるの」

《真理子》はハンカチでくるんだものを、マントの中から取り出す。結び目を解いて京介の方に差し出す。それはゆがんだ眼鏡のフレームだ。レンズの片方は割れて抜け落ちている。

「これ、マツリが見つけたの。お婆さんの部屋の隅に落ちていたんですって」

京介はハンカチごとそれを受け取って、夜明かりにかざしてみる。この暗さでは確かなことはいえないが、濃いアンバーのレンズのようだ。あの晩、セザールが掃除していた床の上のガラス片。コップらしい透明なそれの中に、こんな色のかけらが混じっていたのを見た。事件に江草夫人が関与していたという、証拠というには弱いがないよりはましかも知れない。

「君がこれを持ち出したこと、誰も知らない？」

こくんとうなずいた。

「それ、大切なもの？」

「たぶんね。僕が預かっていていい？」

「いいわ。でも、どういうことか教えてくれないの？」

「話すよ。でも、いまは駄目だ」

「じゃ、いつ？」

「君が東京に戻ったら」

「私、戻れる？　ほんとに？」

「いま、江草夫人に話してきたから」

ポケットにそれを入れた京介が顔を戻すと、手が伸びて袖を摑んだ。《真理子》の顔が、息がかかるほどの近さから覗き込んでいる。

「桜井さん、私……」

唇が動いて、なにかささやく。しかし聞き取れない。京介は、なに？　といいながらかがみこんだ。

その瞬間だった。背後に人の気配を感じたのは。

全身の血が音を立ててざわめく。

筋肉が収縮する。

だが振り向く暇はなかった。

後頭部に激しい衝撃。

痛みはない。

だが、押しつぶされる。

圧倒的な質量に。

そして、闇が訪れた——

2

意識が戻る前に、寒さが体を震わせた。ひどく寒い。そして体が痛い。右の肩、腕、腰。冷たく固いものに押しつけられている。

腕の皮膚がそそけ立つ。半袖だ。それに、足先も寒い。眠っていたのか？　そしてかけていた毛布が逃げ出してしまい、体が剝き出しになってしまった、そんな感じだ。

京介は身じろぎする。体の回りを探ろうとする。しかし手が動かない。右を下に横になっていて、右腕が妙な具合にねじれて、体の下敷きになっているらしい。痺れている。その腕を抜き出そうとする。だが、できない。

無理に動かそうとすると、今度は手首がなにかに嚙まれているように痛む。どうやら、布団の上で寝ているわけではないらしい。

　少しずつ意識がはっきりしてくる。粘つくように重いまぶたを、それでもどうにか引き上げる。髪がかぶさっている。頭を振ろうとした。後頭部から鉄棒を突き通されるような鈍い痛みが走った。

（痛《ツ》う……）

　その痛みが、京介に記憶を返した。後ろから殴られたのだ、《真理子》のことばを聞こうと身をかがめた直後に。膝が砕けて地面についた、ぐにゃりとした泥の感触が最後に感じたものだ。相手の姿は見なかったが、その直前、殺気めいたものを感じた気はする。それまで気がつけなかったとは間抜けな話だが、やはり江草夫人との一件の後で、精神が弛緩《しかん》していたのだろうか。

　前髪の隙間から周囲を見る。頬を床につけて、横向きに倒れている。両手は体の後ろに回され、感触からすると、金属の手錠かなにかで拘束されているらしい。乾いた土が散った木の床だ。体をねじり、右肘を床についてどうにか体を起こした。

　闇ではない。薄い明かりがある。六畳ほどの広さの木の小屋。天井は張られておらず、蜘蛛の巣の張った小屋組が見える。小学校にあるような木の机が片隅にぽつんとひとつ、その上に灯油のランプが置かれて、目に入るものはそれで全部だ。

　立ち上がろうとした。頭がくらりとする。背後の板壁に体を預けて、めまいが収まるのを待った。それから壁を擦《こす》るようにして、膝を伸ばし立ち上がった。改めて自分の体を見下ろす。上に着ていたはずのダウンジャケットと、セーターがない。スニーカーと靴下も無くなっていて、いまは裸足で床を踏んでいる。空気は冷え切っていて、吐く息が白い。

　なにかの音が聞こえた。風の音のようだ。しかしそれはどこか、聞き慣れない不気味な響きをしている。見回すと向かいに板のドアがあり、背後に小さなはめ殺しの窓があった。外は闇。顔を近づけると、風の響きが振動となって伝わってくる。闇の中に白く見えるのは、降り続ける雪だ。

目を凝らし続けると、一面白いものに覆われた地面が見えてくる。それ以外は明かりもなければ、聞こえるのはうなりのような風の音だけだ。自分はどこに連れてこられたのか。ふいに京介はぞっとした。ジャケットや靴が奪われている理由に思い当たったのだ。人里からどれほど離れているかもわからないのに、この雪の中をTシャツに裸足で逃げ出せるわけがない。

どうすればいい。いや、それを考えるのは確かめてからだ。腕を動かしてみても、背中に回された手首は見えない。手錠らしい金属の感触と、鎖の鳴る音が聞こえるだけだ。それだけでひどく歩きにくい。季節が夏で靴を履いていても、後ろ手錠のまま歩くのは楽ではあるまい。

ドアに鍵はかかっていなかった。足を上げて蹴ると、キイときしみを上げて外に開く。その瞬間京介の全身に、雪交じりの風が吹きつけてきた。闇と白い吹雪。他はなにもない。

客観的に考えて、ここから逃げ出せる状況ではない。それだけは確かだ。ドアはゆっくりとまた閉じたが、吹き込んだ冷気が急に小屋の中の温度を下げたのか、体が震える。歯が鳴る。このままではたぶん、朝が来る前に凍死しているだろう。

（それが目的か？——）

月映荘から二十キロも走れば、千七、八百メートルの山が続く那須岳だ。スタッドレスタイヤの4WDを走らせれば、ここまで来るのにさしたる苦労はあるまい。ドアを開けたとき、外の地面にタイヤの痕がかすかに残っていた。この雪では、間もなくそれも消えてしまうだろうが。

だが、京介ひとりを殺すにしては手間がかかりすぎるという気もする。そんなことをしなくとも、気絶させた京介の命を奪うことはたやすかったはずだ。どうしても凍死させたかったなら、小屋の中ではなく外の木に繋いでおけばいい。それをわざわざ、ということはきっとなにか意味がある——

だが、それより前にこの手錠だ。指で探れば小さなレバーのあるのがわかるが、鍵がかけられているのだろう、それも動かない。手を細くしてみても通すことはできない。後は足を潜らせて、前に回せればいくらかましだろう。床に座り込んで足を折り曲げたとき、妙な感触を覚えた。ジーンズの前ポケットに、なにか入っている。

そう思っても、手を伸ばして取り出すことはできない。体をよじって押し出そうとした。誰が見ているわけでもないが、あまりいい格好ではない。舌打ちしながら体を曲げ伸ばして、ようやく床に落ちたのは鈍い銀色をした携帯電話だった。

見た瞬間、助かったと思う。これで深春に連絡できる。今夜戻るといっていたのだから、もう近くまで来ているかも知れない。液晶に現在時刻が浮かんでいる。ＡＭ１：23。すでに日付が変わっていた。思いの外時間が経っていたが、それほど遠い場所にいるはずはない。

手錠をどうにかするのは後だ。手が使えないのだから、ボタンは舌でも押すしかないが――しかし京介は、ふいに体を止めた。どうして携帯が奪われもせずに残っていたのだろう。小屋から逃げ出せないように服や靴を奪うまでしている相手が、ジーンズを膨らませていた携帯に気づかないわけがない。つまり、これはわざと残しておかれたのだ。

（なんのために？――）

京介が助けを呼ぶ。呼べばほどなく来られるところに人がいる。自分をこんな目に遭わせた相手には、それが全部わかっているのだ。驚くほどのことではない。プレハブの電話に盗聴器が取り付けられていたとしたらどうだ。例の本に見せかけた文書を残していくことができたなら、盗聴器のひとつやふたつ仕掛けていったとしても不思議はあるまい。鍵をかける前にしたことかも知れないが、そこまでする相手なら、市販の南京錠など無意味だ。針金一本で開けられるだろう。

昨夜は京介が携帯に出なかったので、深春は黒電話の方にかけてきた。そこで彼が調査の進行状況を話した。京介は『わかった』といった。その後江草夫人に電話した。それも黒電話で。

　調べられ、わかられることを望まない人間がそれを聞いて、ふたりを片づけようと考えた。深春が持ち帰る調査結果の中に、その者には決定的ななにかがふくまれているのだろう。だから京介だけを殺しはしなかった。自分を餌《えさ》にして、登山者もいない夜の雪山に深春をおびき寄せる。そのために携帯だけは残して置いた。盗聴器はたぶんこの小屋にもある。さして遠くないところで、相手は深春がやってくるのを待ち受けている。雪に刻まれたタイヤ痕は、人里目がけて下ってなどいない。この小屋の裏手にでも止まっているのだ。

　床の携帯はそのままに、暗い板壁に目を走らせた京介の耳を、鈍い振動が打った。外の風音とは違う、床板を鳴らすかすかな震え。

　電話がかかってきている。きっと深春だ。どうする。このままにはしておけない。京介は身をかがめた。首を伸ばし、舌先で着信のボタンを押した。

『京介か？』

　聞き慣れた声が聞こえてきた。

『いまどこにいるんだ、おまえ！』

「深春――」

『宅急便屋に聞いたら、プレハブは留守で電話も通じないなんていいやがるし、こっちもなんだかんだでやっとさっき着いたら、やっぱりおまえはいやがらねえ。それでなんだ、この山の地図は？』

「山の地図？――」

『プレハブの戸のところに地図貼ってったのは、おまえじゃないのか？　ロープウェイ駅のもっと先の、これ山小屋かなんかか？　なんだってこんなとこにいるんだよ。雪降ってるぞ、雪！』

「来るな、深春」

『えッ？』

「来なくていい。それよりも倉持さんに連絡してくれ。彼に、三月六日のことだと」

『なにいってんだよ、おまえ。俺は——』

「いいから来るな！」

　立ち上がった。壁に向かって蹴り飛ばした。電池が抜け落ちてようやく電話は黙る。盗聴器で小屋の音を聞いているなら、この様子も筒抜けのはずだ。深春が呼び出せなかったとわかったらどう出る。次の手の用意はあるのか。

　耳を澄ませた。外からエンジンの音が聞こえた。ドアの前で止まるかと思ったが、そのままゆっくりと遠ざかる。ドアを肩で押し開けると、吹雪の中を遠ざかるテールランプが見えた。様子を見に行ったのか。それならたぶんすぐ戻ってくる。

　京介はもう一度身をかがめた。骨がきしみ、手錠の金輪が手首の皮膚に食い込んだが、かまわず強引に尻と脚を通す。皮肉が切れ、手の甲へ血が滴《したた》ったが、どうにかそれは前に回せた。

　ランプの笠を外し、ガラスの火屋《ほや》を抜き取る。灯油はまだたっぷりあった。京介は灯心の火を消さないように注意しながら、その一部を床に垂らす。机を扉の前まで引きずり出し、エンジン音がふたたび近づいて来るのを待った。

　戻ってきた。

　車のドアの開く音。

　雪を鳴らして足音が近づく。

　戸が開かれた。その瞬間京介は、油で濡れた床に机を力一杯押し出す。鈍い音。入ってこようとしていた人影が、腰を打たれてうめきながら体を折った。その頭に火の点いたランプを投げつける。ガラスが割れて、降り注いだ油に火が移った。

　男の悲鳴。髪の焦げる臭い。頭部を炎に包まれた巨体がもがいている。京介はその脇を駆け抜けて、エンジンをかけたままの車に飛び乗った。赤い火の玉が、雪の上をころがっている。点けられた火を消そうとしてもがく人影。

ギヤを入れる。アクセルを踏む。だが手首を繋いだ手錠がそれを邪魔する。ようやく走り出したときに、背後で異様な音を聞いた。後部座席のドアが引き開けられ、ころげこんでくるもの。バックミラーに人影が膨れ上がる。焼け焦げて縮れた髪、真っ赤に爛《ただ》れた顔から、ふたつの目を引き剝いた男が、腕を伸ばす。巨大な手が京介の首に絡みつく。

「車を、止めろ——」

喉に炎を吸い込んだのか、しわがれかすれた獣のうめきのような声。京介は顎を引く。肩を上げ、押しつぶそうとする手から喉を守りながら、かまわずアクセルを踏む。

「オウ！」

背後から声がわめく。ヘッドライトに白い壁が浮かんだ。雪に覆われた崖か。京介はぎりぎりでハンドルを左に切った。左右に蛇行しながら下っている道だ。ひとつ間違えば崖につっこむか、道から飛び出すことになる。

「止めろ、止めろ、死ぬぞ！」

確かにこのまま走り続けるのは自殺行為だ。それは京介にもわかっている。しかし止めれば相手の思うつぼだ。

「死ぬなら、おまえもいっしょだ」

京介は冷ややかにいい捨てて、さらにスピードを上げる。岩にでも乗り上げたのか、車が大きく跳ねた。雪の中のチキン・ゲーム、相手が音を上げるまでは止められない。

「やめてくれ、たのむから——ヒイッ！」

ふたたび目の前に崖が浮かんだ途端、喉から手が離れた。バックミラーに目を走らせると、相手は両手で頭を抱えている。

「たのむ、下ろしてくれ……」

情けない声が聞こえた。

「死ぬのが恐ろしくないのか。おまえはクレイジィだ。下ろしてくれれば俺は小屋で朝を待つ。もう、なにもしない——」

「江草夫人に命じられたのか？」

「チガウ！」

ひびわれた声でわめく。

「ちがう、それは。俺が勝手にやった。マダムには関係ない」

「ここで降りるか」

「たのむ、戻ってくれ。俺は、死にたくない」

「Ｕターンできる場所は？」

「ある。この少し先に。だがこれ以上走ると道がなくなるんだ。止めてくれェ！」

「手錠の鍵」

「オウ」

服を探っているらしい気配があって、肩越しに小さな鍵が突き出された。しかしそれを受け取るためには、ハンドルを離さなくてはならない。車を減速させながら、首を振り向けた次の瞬間京介は後悔した。火傷《やけど》に赤く腫れ上がった顔が、歯を引き剝いて笑っている。

こんな相手に一瞬でも油断した馬鹿さ加減を、自分の命で支払うことになるのだ、とそう思うまでがたぶん〇・五秒。革手袋に包まれた巨大な拳が飛んでくる。これだけはっきり見えるのに、なぜ避けることができないのか。それが顎に当たった。意識が飛んだ。


目が開いた。自失していたのはおそらくは一分足らず。だが人生で最悪の目覚めを数え上げても、かなり上位にランクされそうな瞬間だった。体は助手席のシートにかけている。シートベルトがご丁寧に胸と腰を横断している。おまけに両手はふたたび、腰の後ろで手錠をかけられていた。

「お目覚めか？」

横から声がする。煙が流れてきた。そして焼け焦げた髪、赤剝けの顔、シガーをくわえた口がにやりと笑う。車は停まっていて、男はハンドルに片手を置いて煙草を吹かしているのだ。

「なかなかのご活躍だったが、荒事には慣れていないらしいな」

「なにが、フランス人だ」

顎が腫れているのか、舌がうまくうごかない。

「どこのごろつきだ、自称セザール。日本語のうまいのが取り柄で拾われてきたのか、カリフォルニアあたりで？」

眉の焼け落ちた顔がゆがんだ。

「——その口が災いのもとだな、坊や」

火傷した顔が迫ってくる。口にくわえた煙草の火が、頬の上で揺れて煙い。

「だがそれもおしまいだ。おまえたちは気紛れを起こして迷い込んだ雪山で消息を絶つのさ。那須岳の三月は雪が多くて強風が吹きまくるからな。尾根から落ちたらどこに流されても、死体は発見されない。月映荘に関わった人間は死ぬっていう、伝説がまたひとつ増えてそれきりだ。誰もおまえのことなぞ思い出しはしない——」

男はことばを切った。

「なにを笑っている」

「別に」

京介は低く答える。だが自分の唇が、薄く微笑んでいるだろうことはわかっている。

「雪山で凍死するのも、終わり方としては悪くはないと思ってね。だが自分が選んだのでもないときに死ぬのは御免だ。それと、人を巻き添えにするのも趣味じゃない」

「おもしろいことをいう坊やだ」

男は低くつぶやく。吸いかけの煙草を窓から外に捨てると、体をねじって、右手の拳を京介のみぞおちに叩き込む。息を吸って筋肉を緊張させたが、それだけで衝撃を堪えることはできない。シートベルトの許す範囲で、体が前に倒れかかった。髪が掴まれ、背もたれに押しつけられた。

「だがもう少し、ことばの使い方は気をつけた方がいい」

頬に冷たいものが触れる。京介の目に、鈍い鋼色の光が映った。先の鋭い片刃のナイフ。わずかに立てた刃が、すう、と皮膚をなでた。

「さもないと試してみたくなる。おまえの白い肌の下に、どんな色の血が流れているのか、それを見てやりたくなるからな」

声とともに刃が動く。少しずつ角度を変えながら。ちりっとした痛みがあった。そして皮膚の上を、なにかがゆっくりと伝い落ちていく感覚。

「きれいだ……」

やけただれた顔がつぶやく。

「やはりおまえの血はきれいだ。一目見たときからそう思っていた。とても嬉しいよ、おまえを俺の手で殺すことができるとはね——」

京介は眉間に縦皺を刻んで、無言のまま相手を見返す。完全にいかれている、と思う。こういうときはなにをいっても無駄だ。反応を見せれば相手を喜ばすだけだ。

指が顎に触れた。顎まで滴り落ちた液体を指先に取り、じっと眺める。その指を口に持っていき、舌がぺろりと舐めた。

「おまえの血は甘い——」

セザールと名乗っていた男は、恍惚《こうこつ》としてささやく。

「おまえの友達がたどりつくまでの間、血まみれになるまで可愛がってやる。俺の、この得物でな。おまえの肉体は死んで、この山の雪に眠る。しかしおまえの魂は、永遠に俺のものになる」

無駄だとわかっているのに、勝手に声が出た。

「僕は、誰のものにもならない」

「口をきくな」

ふたたび拳がみぞおちをえぐった。出かけた声を京介は、唇を噛んで堰き止める。

「おまえに許されるのは悲鳴と哀願の声だけだ。泣きたければ泣け。小鳥のように」

(変態——)

京介は一言、口には出さずに罵《ののし》った。それから、深春はもうすぐそこまで来ているのだろうか、と考える。さっきの電話はどこからかけてきたのだろう。あのまま回れ右してくれていれば、心配することはないのだが、彼の性格からいってもそうでない可能性の方が遥かに高い。

　まったく、どうして人のいう通りにしないんだ、あいつは。苛立ちを覚えながら、だがそもそもこんな羽目に陥ったのは、京介自身の見通しの甘さからだ。それを思えば深春に文句はいえない。どうすれば少なくとも彼を助けられるか、いまはそれだけを考えるべきだ。

「恐くはないのか」

「うるさい」

　京介が無雑作に答えると、いきなり大きな手が頬を張り飛ばす。ナイフの刃先がTシャツを一息に下まで切り裂いた。毛の生えた指が、京介の晒された胸を探る。

「美しいな」

　腫れ上がった唇がささやいた。

「傷ひとつない。刺青《いれずみ》をすれば似合いそうな肌だ」

　刃先がそっと皮膚に触れた。少しずつ力を加えながら下がっていくその後に、血の粒が吹く。

「じっとしていろ。ここに模様を彫ってやる。赤いタトゥのように。きっとおまえの白い肌によく映えるだろう――」

3

　栗山深春は借り物の単車で、那須街道を北へ走っていた。

　東京も冬に戻ったような寒さで、午後から雨が降り出していた。約束の時間に葛西にあるマンションを訪ねたところ、約束していた一階の老女に『うちじゃ話しにくいから』と、三階に住む女性の部屋へ深春は連れていかれた。

三階の女性の部屋の隣に印南雅長が住んでいたということだが、そこはいまも空き室のままだ。イラストレーターだという彼女がお茶を出してくれて、深春はテープを回してふたりから雅長の死んだ夜の出来事を詳しく聞き取った。

　訪ねたのは夜の八時だったが、老女の話はとかく脱線して、嫁の愚痴やら戦争中の話やらになってしまうし、イラストレーターはちょうど仕事があがったところだからつきあってと、寿司の出前は取るわ日本酒の一升瓶は出てくるわで、なかなか腰が上げられない。結局老若ふたりの女性につきあってコップ酒を飲み、ようやくマンションを出られたときは十一時を回っていた。

　首都高から東北自動車道に乗った。途中で何度か電話してみたが、携帯も黒電話も応答がない。また放り出してどこかへ出かけたのかと思ったものの、いつまでも答えがないと、そろそろ腹立ちを通り越して心配になってきた。

　東京の雨は、宇都宮を過ぎるあたりからみぞれに変わり、間もなく雪になった。西那須野塩原のインターを降りて、ようやく月映荘にたどりついたときは午前一時を過ぎている。しかしプレハブに京介の姿はない。鍵をかけられたドアに、ガムテープで張り付けられているのは登山用の地図だ。那須湯本から有料道路の那須高原道路をロープウェイの山麓駅までたどったさらに奥、赤いマジックの点が乱暴に書き込まれている。

（ここまで来いっていうのか？――）

　雪は止む気配もない。この季節、道路も閉鎖されているのではないか。ここまでの二時間で体はいい加減冷え切っている。なにを考えてるんだ、勘弁してくれよといいたくなったが、プレハブには鍵がかけられていて、ここにいても雪をしのげるわけでもない。携帯を引っ張り出してリダイヤルを押した。どこまででも行くのはかまわないが、ひとこと理由の説明くらいあっていい。

京介は出た。だがそこから聞こえた声は、深春を文字通り仰天させた。地図を貼ったのは彼ではないらしい。来るなという。そして倉持に連絡しろと。だがそんなことをいわれても、深春はその男の連絡先を知らないのだ。栃木の建築家だとは聞いていたから、調べようがないわけでもないが、こんな真夜中ではそれも無理だ。

動転している、と思う。しかしそれ以上問いただす間もなく、通話は切れた。かけなおしても通じない。電源を切ってしまったのか。深春はそれ以上迷わなかった。なにがあいつの身に起こっているかわからないなら、この目で確かめに行けばいい。

地図を頭に叩き込むと、ふたたびバイクにまたがった。フルフェイスの前に張り付く雪が不快だ。しかしそんなことはいっていられない。予感とか虫の知らせなんてものを信じたことは一度もないが、京介の気が知れないのもいまに始まったことではないが、なんだか今日だけはすごく嫌な感じがする。

硫黄の臭いが空気に混じる那須湯本の町を過ぎると、山に入る道に降りかかる雪はいっそう激しさを増す。有料道路は案の定降雪のために閉鎖されて、黄色と黒を斜めにペイントしたコーンが行く手をふさいでいたが、深春はかまわずバイクを押して脇を通り抜けた。うねりながら上っていく道を、可能な限りの速さでたどる。春先の水っぽい雪に覆われたアスファルトは不安な感触だ。

途中、温泉の明かりが雪の向こうに見えた。通年営業の宿があるなら、普段はこの道路も冬季に閉鎖されることはないのだろう。しかし温泉の脇を過ぎて、さらにこの季節は動いていないロープウェイの駅まで来ると、人の気配は完全に絶えてしまう。土産物屋らしい建物も、半ば雪に埋もれて廃墟のようだ。有料道路はここで終わっているが、さらにもう少しアスファルトの道がある。広い駐車場とトイレ。その広場の一角に、深春は辛うじて消え残るタイヤの痕を見つけた。

公衆トイレの軒に立って、持ってきた地図を確認する。やはりしるしがあるのはこの広場の北、あのタイヤ痕が向かっている方角だ。腕時計を見ると、さっき京介の声を聞いてからすでに一時間が経過していた。やばい、と思う。なぜかはわからないが、すごくやばい。

　雪に埋もれた道ともいえぬ道を、タイヤ痕を目印に走る。ヘッドライトを点けていても、目に入るのは白い雪と闇だけだ。あと少しだと思うほど気持ちが焦る。もう取り返しのつかないような気がしてくる。このままいくらいってもなにも見つからず、それっきり京介が消えてしまうような。

　なにを馬鹿馬鹿しいとは思いながらも、胸に湧き出てくるこの不安はなんなのか。来るなといわれたのに来てしまった。だがあんな声を聞かされて放っておけるわけがない。俺が戻るまで勝手なことをするなといったのに、きっとなにかやらかして窮地に落ちたのだ。

（あの、大馬鹿野郎が――）

　だが地図をプレハブのドアに貼ったのは、京介ではない。彼はそのことを知らなかった。京介を窮地に立たせた相手が、それをしたのだと考えるしかない。深春がやってくるのを見越して。助けに来るなら来て見ろと？

「上等じゃねえか」

　深春は口に出して吐き捨てる。舐めた真似をしやがる。どういうつもりかは知らないが、俺を呼び寄せたことを後悔させてやるぜ。京介もろとも片づけられると踏んだとしたら大間違いだ。

　そうして走った距離は、一キロもなかったかも知れない。ヘッドライトに小さな山小屋の輪郭が浮かんだ。同時にその前に、ごついＲＶが停まっているのが見えた。ふたつの目玉のようにライトが点灯する。ドアが開き、そこからやけに大きな人影が姿を現した。手を前に伸ばして、止まれという仕草をする。

かまわずにつっこんでやろうとした。しかし、相手が反対側のドアから引きずり出したものを見て、深春は即座に停止した。壊れた人形のような、だがいくらこの暗さで距離があっても、見間違えるはずがない。それは、京介だ。だが——

深春は出そうになる声を、辛うじて唇を噛んで止めた。身につけているのはジーンズとTシャツだけで、しかもTシャツは切り裂かれて胸が剝き出しになっている。その胸も、そして後ろに拘束されているらしい腕も血に染まっていて、意識がないのか、男が手を離すとそのまま足元に崩れてしまう。

「見えたか？」

吹きつける雪の中から声が聞こえた。舌に怪我でもしているような、妙にくぐもった声だ。それだけでなく発音も日本人とは少し違う気がする。顔は、はっきり見えない。だがこちらより背が高く、ウェイトもありそうだと深春は思う。しかもその手にはごついナイフがある。

「そこで止まって、ヘルメットを取れ」

「てめえ、京介になにしやがった？」

頭からヘルメットを引き剝がしながら、わめいた深春に低く笑い声が返る。

「心配するな、まだ生きている。動脈は切っていないからな」

深春の血液を沸騰《ふっとう》させるような、笑いを含んだ、不快極まる声だ。

「成人男子の血液量は体重一キロ当たり八十ミリリットル、その三分の一が流出すれば死ぬ。まだそれには遠い。少しばかり遊んだだけだ。だが、このままだと先に凍死するかも知れん。直腸体温三十五度で疲労感倦怠感眠気、さらに体温の低下につれて思考力が減退し、意識は朦朧として、二十五度まで下がれば回復は不可能だ」

「てめぇ——」

「動くな」

男が命ずる。

「バイクのキーを抜け。こちらに投げろ」

　深春はさすがにためらった。ここで脚を奪われたら、そのまま死ねというのと同じだ。だが、動かぬ深春を見ると、男は足元に倒れている京介を蹴る。うめきすら上げないその体を仰向けに転がし、胸の上にブーツの足を載せた。かるくかがめた体から、伸びた腕が凶器の先端を京介の喉にかざす。

「助けられないなら、いっそ一息に殺してやる方がいいかな？」

「止めろッ！」

　男は笑って体を起こす。

「その気があるならチャンスをやろう。ここからふたりで歩いて人里まで帰れたらおまえたちの勝ちだ。運と体力があれば、生還できる」

「人をそんな目に遭わせるやつが、チャンスだなんていっても信じられねえな」

「信じないのは勝手だ。バイクでさっさと立ち去るがいい」

「――――」

「おまえひとりなら逃げ切れるだろう。だが、おまえの友人は確実にここで死ぬ。凍死するより前に、俺の手にかかってな。無論それでかまわない。俺はその方が嬉しい」

　ちくしょう、こいつはいったい何者なんだ？　深春は歯ぎしりする。絶対これはその、つい最近出くわした殺人事件のからみだな。京介め、そっちの事情くらい話しておいてくれなくちゃ、なにがなんだかわからねえだろうがッ。

　ああ、だけどそんなこといってる場合じゃない。相手のいう通りにするのは悔しいなんてもんじゃあないが、さもないとあの馬鹿たぶん死ぬぞ。深春は体をかがめてキーを抜き取る。同時にポケットからマンションの鍵を出し、すり替える。

　鍵の形は全然違うが、ええいかまうもんか。気がつかれるより前に、アクションを起こしてやる。深春は体を起こし、

「そら、キーだ」

　投げた。しかし落ちたのは相手の一メートル程度手前。拾いに来い。少しでも京介から離れろ。しかし向こうは、それくらい予想していたとでもいうように、

「拾え」

　顎をしゃくる。それならそれでいいと、深春はわざとゆっくり近づいた。体をかがめて落とした鍵を拾いながら、顔を上げて相手を見た。初めてはっきりと視野に入ったその顔に、思わず、わっ、と声が出る。日本人でないのは予想していたが、いったいなんて顔だ。車のヘッドライトに横から照らし出された、皮膚は赤く焼けただれ、眉はなく、まぶたも頬も腫れ上がっている。そこから見下ろす血走った目。唇から覗く前歯。どちらかといえばホラー映画の怪物だ。

　しかし彼を襲った驚愕とは別に、体はあらかじめ命じておいた動作を起こしている。マンションの鍵は蒼がくれたゴジラのキーホルダー付きで、ずっしり重い金属製だ。あまり小さいとなくしそうで、できるだけ大きいやつがいいといって選んでもらった。三人揃いのキーホルダーはちょっと惜しい気もするが、いまはそんな場合じゃない。深春はそれを思い切り、相手の顔に叩きつけた。

　雪を蹴って距離を縮める。一瞬片手で顔を覆った体に、右からの回し蹴りを見舞う。泳いだ手からナイフを蹴り飛ばす。よしッ！　深春はそれを掴んで闇に向かって放り投げた。闇に吸い込まれるように消えた。待てよ。もしかしてそこから先、崖になっているんじゃないか？

「京介！」

　深春は叫んだ。

「起きろ、京介！」

　バイクにふたり乗りしても、途中の温泉旅館に駆け込めればこっちの勝ちだ。いやそれよりも、あの車をいただいて逃げる方がベターだな。

しかし当然というべきか、そうそう上手くは行かなかった。化け物顔の外人が反撃に出たのだ。車との間に立ちふさがれて、あっという間に山小屋の前まで追いつめられた。武器を無くしたといっても、身長体重とも深春よりはるかに多い。まともに殴り合ったら勝ち目はなさそうだ。

ちっぽけな小屋のドアが開いたままだ。その前に壊れた机の残骸みたいなものがころがっている。深春はそれをひっつかんで、摑みかかってくる大男に殴りかかった。だが、状況はあまり良くない。まるでフランケンシュタインとタイマン張ってるみたいだ。叩きつけた材木が、腕で受けられてばらばらに砕ける。ほんとに人間か、こいつ。

岩の塊みたいな拳が降ってくるのを、避けたらブーツが雪で滑った。背中が音立てて小屋の外壁に当たる。そうしたら急にめまいがした。いや、そうじゃない。背後の壁がずるっと動いたのだ。だがそれに驚いている暇はなかった。

やつが迫ってくる。深春からもぎとった材木の残りを握って振りかぶる。畜生、なんて太い腕だ。しかもその木の先端が鋭く尖っている。あの腕で突き立てられれば、背中まで抜けるかも知れない。木の杭で胸を貫かれて、壁に張り付けられた自分の姿がありありと浮かんできて、

（冗談、俺はドラキュラじゃねーぞ！）

死ぬかな、と思う。なんだか実感がない。しかし死ぬわけにはいかない。ここで深春が死ねば京介も死ぬ。それは駄目だ。納得できない。納得できる死に方なんてものが、あるかどうかは別にしても、自分が不甲斐ないせいで京介まで死なせるのはたまらない——

ほんの〇・一秒の間に、頭の中を想いが駆け抜ける。しかし迫ってくる男の背後に、動いているものがあった。ライトを点けたまま停めてあったＲＶが動き出している。だけど誰があれを。まだあの中に誰か。それとも京介かッ？

深春に目配せするように二度ライトを点滅させたRVは、いきなり音を立ててエンジンを吹かすと、まっすぐこちらに突っ込んできた。深春は横っ飛びに飛ぶ。だがそれに気づくのが遅れた分、相手の動きも遅れた。振り向いたが、もはや逃げる余裕はない。車のバンパーが、男の体を小屋へ撥ね飛ばす。同時に小屋がぐらりと揺れた。

深春は目を疑った。雪の上に建っていた、小さな山小屋が揺れて、傾いで、ゆっくりと後ろに滑っていく。土台がいかれていたのか。それとも元々雪の上に載せてあっただけなのか。しかもその背後はたぶん崖だ。小屋に突っ込んだRVと、壁にへばりついたままのフランケンシュタインの化け物も一緒に、ずるずると傾いていく。

(って、俺はなにをしてるんだ——)

ぼおっと見物している場合じゃない。

「京介ッ!」

わめいた。駆け寄った。ずるずる滑っている車のドアを引き開けた。京介は運転席にいる。ハンドルに突っ伏したまま動かない。手錠は片手が外れていた。手首は他のどこにもまして血塗れだ。まさか、血で滑らせて手錠から手を引き抜いたのだろうか。深春は両手を伸ばし、遮二《しゃに》無二《むに》その体を引きずり出す。

傷が痛んだのか、京介が低くうめいた。それでもかまわず力ずくで引く。ふたりが車の外に転がり出た瞬間、雪の崖が崩れたのか。目の前から傾いていた小屋が消えた。その瞬間、落ちていきながら化け物が薄く目を開けた。深春を見て笑った、と思ったのは気のせいか。その後を追うように、RVが闇に呑まれた。

ひとつ息をするほどの時間が経過して、ようやく鈍い音が聞こえてきたが、それもたちまち雪に呑まれたように消えて、後は雪交じりの風が吹きすぎる音ばかり。深春は茫然と立ち尽くす。あまりにも非現実的なラスト・シーンだった。

ふたりでここに置き去りにされたら、歩いて戻る前にきっと小屋に入ったろう。どうせならそこで夜明かしして、朝になってからと思うのが当然だ。しかし朝になる前に、小屋は谷底へ転げ落ちる。あの化け物野郎が、こっそり忍び寄ってそうするのだ。それ以前に京介の手錠は外しておく。半年先に谷底で、小屋の残骸とふたり分の腐乱死体が見つかったとしても、バイクで冬山に入った無謀な人間の事故死としか見えないかも知れない。

(冗談じゃねえぜ、ったく……)

いまごろになって急に恐怖が湧いてきて、ぶるっと体を震わせたとき、

「みは、る」

倒れ込んでいた体が身じろぎした。のろのろと頭を上げた。流れ落ちた血が縞《しま》になった無惨な顔。頬には幾筋もの切り傷。しかし目が開いている。深春を見ている。

「ばか、だな。来るなと、いったのに――」

「口きくな。話は後だ」

裸に近いその体に、ジャケットを脱いで着せた。左手に下がったままの手錠を外すには、工具がいるだろう。せめてバンダナをふたつに裂いて、ぱっくり傷口が開いた両手首に巻く。体の傷も確かめたいが、ここでそんなことはできない。

「立てるか? バイクで一キロも戻れば宿がある。そこまでがんばれ。いいな」

深春の肩を借りてようやく立ち上がった京介が、くすっと笑う。

「僕は君に、迷惑ばかりかけている」

「自覚はあるのかよ」

「一応ね」

足を出そうとして、体が揺れた。

「眠い――」

「おい、京介ッ? こら、眠ってる場合かよ。凍死するぞ!」

「すごく、眠いんだ……」

「冗談じゃねえぞ。ここまで来ておまえを死なせたりしたら、蒼のやつに顔向けできねえだろうが。起きろ、京介ッ、バイクに乗れっ！」

「そう、だね——」

答える京介の体から、力が抜けていく。深春が抱き留めたその体は、雪と血にまみれて、作り物のように冷たかった。

魔法の赤い月

1

江草百合子はひとり寝室のソファに座っていた。室内に明かりはない。ここだけでなく、家中のすべての燈火も消えている。

（何故？……）

闇に目を見開いて、百合子は思う。

（何故私はここに、ひとりきりで座っているのかしら……）

ほんの少し前まで百合子はひとりではなかった。マダムとやさしく呼んでくれる男性がいた。慕ってくれる娘がいた。頭の良い青年がいた。

なのにいまは誰も、いなくなってしまった。

いや、そんなはずはない、と百合子はまた思い返す。きっとみんな少しの間だけ、用事があって外出しているのだ。すぐまたここに帰ってくる。彼女のところへ。彼らはみんな、彼女を必要としているのだから。

（ただ私は待っていればいい。それだけ）

喉が渇いた。お茶が飲みたい。そう思ったが階段を下りるのが億劫《おっくう》で、もう少し待っていようと思い直す。それがいい。若い人たちが戻ってきたら、ここに呼んでみんなでお茶にしよう。とっておきの紅茶の缶を開けて、東京から取り寄せたクッキーを出して。

（そうね。あの人たちが帰ってくる前にお化粧を直しましょう。髪を梳《と》かして、明るい色の服に着替えて。年寄り臭く見えるのは嫌だわ。いくら着飾っても若い人の肌の輝きには勝てないけれど、せめて身だしなみくらいは）

　部屋の一角に置かれた古風な化粧台の、覆いを外す。スツールにかけて肩にケープを纏《まと》い、フランス製のブラシを取り上げる。大鏡を縁取る真鍮に百合の花をあしらったこの化粧台は、東京の家から持ってきたのだ。元は百合子の嫁入り道具として、親が神戸の家具屋から取り寄せた舶来品だった。けれどそうしてやってきた東京の宮殿のようなお屋敷には、夫はいなかった。

（そうして私はあの家で、ひたすら夫を待っていたのだわ……）

　年に一度、せいぜい二度、京都の大学から戻る夫を待つ外にすることもない妻。それが戦前の百合子の暮らしだった。あの頃自分が夫をどんなふうに思っていたか、もう思い出せない。愛そうにも、憎もうにも、夫とは数えるほどの日数しか共に暮らしていない。卒業したと思えば出征。そして南方での抑留。百合子はひたすら夫を待ち続けた。待つことだけが妻の務めだった。

（それがようやく終わったと思ったのは、昭和二十一年の春……）

　もうこれで待つことはいらない、ようやく自分はこの人と、正真正銘の夫婦として生きていけるのだと思ったあの春。だがそれも、やがて来る裏切りの前の、いっときの夢幻でしかなかった。

（あれから、もう五十年以上も経ったのね……）

　百合子の手からブラシが落ちた。そう、五十年。江草家に嫁いで、初めてこの化粧台に我が身を映した日から数えれば六十五年。顔に触れる。一日とて欠かさず手入れしてきた肌も、指に触れれば細かな皺が寄り、揉みしだいた渋紙のように衰えていることに気づかずにはおれない。

（こんなにも老いてしまった。五十年、私が待ち続ける間に――）

　でもそれはなんのためだったろう、と百合子はため息をつく。あれほど待っていた夫は、あまりにもたやすく百合子を裏切った。

そして妻から顔を背けるように、早々に世を去ってしまった。いっそ自分も後を追って死ねればいいと、思わなかったわけではない。だがあの世というものがあるのなら、私は死んでまたあの女と夫を奪い合うことになるのだろうか。その可能性を思っただけで、自ら命を断つ気は失せた。

自分を裏切った夫に、もはや未練などなかったといってしまえば、待ち続けたあの時間はなんになる。それはあまりに切ない、情けない。だから生き続けた。夫が逝ってからはまた那須に戻ってきた。なろうならあの洋館を買い戻したかった。だがそれをすれば、ことのわけを詮索されそうで恐ろしく、ただ隣の土地を買って家を建てて、見続けることしかできなかった。

（あれは気づかれてはいないだろうか……）

（私の罪は暴かれずに今日も過ぎたろうか……）

またしても、恐れながら待ち続ける日々。そうして半世紀が過ぎた。

夫の裏切りの舞台となった家は、やがて若々しい男女と彼らの子供の住まいとなった。家の因習からも軽々と自由になった男と女。そこを訪ねて美しい女が、にこやかに『籍は入れませんの』というのを聞いたとき、百合子は彼女を憎んだ。その女の息子である利発そうな少年、百合子を裏切った女の血に繋がる男と、その幼い愛らしい娘。百合子は呪った。その一家を。

不幸になれ、私よりもっと不幸になれと。だからその男女が悲惨な事故死を遂げ、翌年ふたたびその家で惨事が起こって残されたふたりの子も姿を消したとき、彼女はひそかに笑った。そしてまた、老いた蜘蛛のように待つことを始めた。

だがいつの間にか、百合子は待つだけの人間ではなくなった。あなたは決してそれだけの人ではないと、ささやく声があった。その声は耳に快く、彼女を酔わせて幸せにした。生まれて初めてだった、自分に対する賛美の声に耳を任せるのは。

私はずっと昔から老婆のようだった、と百合子は思う。恋の喜びも、自分の意志で人生を決めることも、なにひとつ知らぬまま若い日々を費やした。ただ夫という名の他人を待つことだけに。だからそんな自分が、この歳になって若やいだところで恥じる必要はない。お金が目当て？　かまうものか。欲しいならくれてやろう。その代わり私を、たんと楽しませておくれ。

——ごらんなさい、マダム。あの娘はあなたの憎い女に似ていませんか？

耳元でささやく声がした。百合子は驚いた。あの娘の顔は幼いときから知っている。だがいまのいままで、あの女に似ているなどとは気づきもしなかった。けれど、いわれてやっとわかった。

（似ているわ、本当に……）

白粉《おしろい》で真っ白に顔を塗って、下品な口紅をつけて、昔風に髪を縮らしでもしたらそっくりだ。あれも印南の血だもの、似ていて不思議はない。

（でも、あれは可哀想な娘。幼い頃母親を亡くし、父とその再婚相手も事故で逝き、血の繋がらない兄の他に身寄りもない。しかもその兄は、少しもあの娘を守ってやろうとしないのですよ）

——よくわかっています。

声がささやく。

——あの娘を守っておやりになりませんか？

百合子は嬉しくなかった。可哀想なことは百も承知。だが、あの女に生き写しと思えばむしろ憎い。その思いを出せぬことがわかっているから、なおのこと憎い。娘の若さも愛らしさも、そう思って見ればますます憎い。

——ご安心なさい。

ささやく声は蜜のように甘い。

——あなたのお気持ちはわかっています。だから、どうか私のいうようになさって下さい。あなたはあの娘の守護者になる。そして同時に生殺与奪《せいさつよだつ》の権を握る万能の主ともなるのです。

（ええ、そうね……）

なんてすてき、と百合子は思う。そう、自分はこれまでいつも弱い者だった。戦後になって江草家の農場を立て直そうとしていたときも、それは夫のためだからと思ってしていた。自分のためではなかった。そんな己れに満足していたわけではない。それ以外のあり方を知らなかったからだ。

でも、いまわかった。私は強くありたい。自分ひとりだけでなく、私の周囲にいる者たちを支配し、庇護しながらいうままにしたい。あの女にそっくりの娘に、私を愛させ、私に頼らせ、私のいうことに唯々諾々《いいだくだく》と従うようにさせてやりたい。そうすれば私の、あの女に対する消えやらぬ思いも晴れることだろう。それなのに——

「すべてがうまくいっていたのではないの？」

百合子の唇を声がこぼれる。

「どうして誰もいないの。セザールはどこ？　茉莉はどこなの？」

——セザールは死にました。

暗がりから低く、声が答えた。

「うそ」

——嘘ではありません。数日前、警察が那須岳の谷底から、雪に埋もれたあの男の死体を引き上げた。そしてそれと車、あなたが買い与えたＲＶです。そしてその車から手錠や鞭など、奇妙なものが多々発見されたために、一昨日家宅捜索がなされた。あなたはそれさえ忘れてしまったのですか。

「知らない——」

百合子は頭を振る。その目が見つめているのは化粧台の鏡。そこに映る老婆の顔。その向こうの闇に立ってこちらを見つめている人影が、現《うつつ》のものか幻か、彼女にはそれも確かではない。

——あなたもそこにいました。セザールの部屋から発見された銃器、さまざまの刃物、そしてガラス瓶に入れたぞっとするような記念品を見たはずです。

「記念品？……」

──部屋で発見されたパスポートは、フランスのものではなかった。日本語が達者なのも道理、日本生まれのアメリカ人でした。占星術師などでもない。成人後両親の祖国に渡って、なにをしていたと思います？

　十年ほど前、サンフランシスコの切り裂き魔と呼ばれた男があれです。見目《みめ》の良い少年少女をさらっては、生きたまま皮膚を切り裂き血を流させて、死ねば犠牲者のもっとも気に入った部分を切り取ってアルコールに漬け、後は重石《おもし》を付けて海に沈めていた。その手にかかった者は百人とも二百人とも。

　あの男も捜査線上には浮かんだ。非常に有力な容疑者だった。しかし決め手が見つからぬまま、やがてふっつりと消息を絶って、以来事件も起こらなくなったからやはりあれが犯人だったのだといわれていた、そんな男です。

　ねえマダム、あなたはどこからあんな男を連れてきたのです？

「どこから？……」

　色の失せた唇から、もれる声は弱々しい。見開かれた目もうつろ。なにを見ているともつかず。

「そんなのわからないわ。でも彼はいつの間にか、私のところにいたの。私を崇めてくれて、私を守ってくれて、愛しているといってくれた。私をきれいだって。もうなにも待たなくていい、どこにもいかずにここにいる。そういってくれたんだわ──」

　頰にあざやかな血の色が浮かぶ。目が輝く。唇が笑みにほころぶ。

「やっと私は幸せになるの。夫はいなくとも恋人がいる。血の繋がった子供はいなくとも若くてきれいな娘がいる」

──だがあなたはその娘に、殺人の罪を着せた。

　ひっ、と喉が鳴った。百合子は両腕を上げ、なにかから身を守るように頭を覆う。

「しらない……」

　震える声。

「私は、そんなこと知らない。やったのは、私じゃない、私じゃない、セザールよ」

――いかにも。あの老いた医師を殺したのは、あなたがセザールと呼んでいた殺人鬼。しかしそれを命じたのはあなただ、江草百合子。

「私じゃない――」

鏡の前に突っ伏して百合子は叫ぶ。子供のように泣きじゃくる。

「違う、あれはセザールがそうしろっていったのよ。そうすれば――」

――そうすれば？

「茉莉はもうどこへも行かない。私を裏切った夫が愛した女、印南あおいに生き写しのあの娘は、私に逆らうことができなくなる。私のそばにしかいる場所がなくなる。あの娘は私のものになる。私が勝つ。今度こそ――」

――たとえセザールがそれをあなたに吹き込んだのだとしても、決めたのはあなただ。

闇から伸びた白い手が、その人差し指が百合子を指し示す。

――東京から来た桜井という青年に、あなたはそれを見抜かれた。だからセザールに命じて、要らぬことを調べている友人ともども殺させようとした。だが、死んだのはセザールの方だった。

「では――」

百合子がのろのろと顔を上げる。鏡の中の青白い、ゆがんだ老婆の顔を見る。

「ではもうなにもかも、おしまいだというの？」

――おしまいに、したいか？

鏡の中からささやく声。動く唇。話しかけるのも自分、それに答えるのも自分。そうなのだ。ここにはもう、自分の他に誰もいない。

――だが本当にこのままで、おしまいにしていいのかな？

「どういう意味？」

――忘れたのか。

己れの顔に良く似て、しかも己れの顔ではないそれが、笑いながら反問する。

――小西を殺したのはあなたではない。手を下したセザールが死んだいまは、あなたがそれを命じたことを証し立てる者はいない。あなたを怯えさせたあの青年も、別段証拠を持っていたわけではない。だが、あなたはすでにひとり人を殺したではないか。忘れてしまったのか。それが暴かれるのが恐ろしいあまりに、ここで見張り続けずにはおれなかったというのに。

　鏡の前で老女は凍りつく。鏡の中で老女の映像は己れを嘲笑う。

――あれは昭和二十八年七月二十六日のことだ。あの家でひとり夫を待つあなたのもとに、あの女がやって来たのは。そのときあなたはなにをしていた。え？　なにをしていたのだ？

「百合を……」

わななく唇がようやく答える。

「百合を摘んで、家に飾ろうとして――」

――そのとき来たのか、あなたの憎い女が、印南あおいが。

「ええ、そう。そうだったわ」

百合子はうめく。前に伸びた腕には摘み取ったばかりの山百合の花が満ち、その重さと強い香りに喘ぎながら、彼女は鏡を凝視する。いまそこに浮かんでいるのは、あの日彼女の前に立って笑ったあの女だ。

「あの女は私を笑ったわ。夫の子供を生んだ自分こそ、妻になる資格があるのだといって。私は夫を愛してもいないといって。それどころかあの女は、私が昔夫の祖父と通じたに違いないとまで、夫がそう疑っている、そんなことを」

――だから殺したのか。

「ええ、殺したわ」

　うなずいてしまってから、百合子は愕然とする。唇を押さえて頭を振ろうとする。

――無駄だ。

鏡の中の顔が笑う。

――わかりきったことを、いまさら否定してみてなんになる。それよりもあなたには、案じなくてはならぬことがある。

「なにを？……」

――四月になればあの家に県の調査が入る。印南茉莉はそれを県に寄贈するつもりになっている。茉莉が心の病で入院することにでもなれば、寄贈の手続きも止められるかもしれない。それもあなたの目論見のひとつだったが、いまとなっては間に合わぬ。やがて赤城邸同様、解体移築ということにでもなれば、当然見つけられずには済むまいな――

　百合子の唇がゆがんだ。悲鳴がもれた。世界が引き裂けていくにも似た、高く、細い。目が見開かれる。肩にかけていたケープを引き剝がし、投げ捨てて走り出す。飛ぶように階段を駆け下りて、玄関ドアを叩きつけ、後も見ずに走り出す。

　空には月。満月に僅かに満たぬ十四夜。森を駆け抜け、たちまち月映荘の影が目の前に浮かび出る。印南家に売り渡されて四十五年。だが変わったところより変わらぬところの方が多い。二階の窓。あの窓の内側に自分はいた、と百合子は思う。気を失って我に返れば夜。空には忌まわしい赤い月。そして外から音が聞こえた。夫があの女の死体を始末してくれている、その音に違いないと思った。

　翌朝になっても、夫は百合子になにもいわなかった。どこか後ろめたげにそわそわとして、話しかけてこないのは自分に気を使っているからだろう。あからさまに尋ねる気もしなかったので、夫が出かけている間に探してみた。しかし家の敷地にも、周囲の森にも、人ひとりを埋めたほどの跡は見つからなかった。だから、と百合子は思ったのだ。きっとそれはこの家の地下室に違いない。厨房の下の物置代わり。あまり湿気がひどくて、あまりなにも置くことはできなかった場所。

その床に張ったコンクリートが割れて水が溜まっているというので、夫が修理するためにセメントの袋も用意してあった。外から入る入り口には鍵がかけてあって、夫が持っているからなかなか様子が見られなかったけれど、いつの間にか床の穴はきれいにふさがれていた。きっと夫はあそこに、あおいを埋めたのだと百合子は思った。その証拠に夫はそれから、やはりあそこは使わない方がいいといって、誰にも立ち入らせないようになった。

　厨房の北側に下り階段があって、行き止まりが錠をかけた扉。すっかり赤錆びた南京錠が下がっている。いまにも壊れそうなのに、押しても引いても外れない。見回すとおあつらえ向きに、シャベルが階段の脇にころがっていた。それを両手で摑んで叩きつける。鍵は壊れた。ドアが開いた。黴臭《かびくさ》い饐《す》えた空気が流れ出す。暗い。けれど目はすでに闇に慣れていて、少しも困らない。そんなことよりも、床を見なくては。湿って、一面黒い黴で覆われた、ひび割れだらけの床。でもどこかに見えるはず。後からセメントを塗り込めて補修した後が。わからないなら、いっそ全部掘り返してやる。ええ、それでもかまわない。そしてあおいの骨が見つかったら、二度と患わされぬように粉々に砕いて捨ててしまう。それから私はもう、ここから出ていこう。

　もっと早くにそうすれば良かったのに、いままでぐずぐずしていたのは自分の怠惰《たいだ》と臆病のせいだ。なにも待たなくていい。なにも恐れなくていい。あれさえ始末してしまえばいい。私はもうひとりでも生きていける。

　シャベルを打ち下ろした。ひび割れて弱った床はたやすく崩れる。たちまち下から黒い土が顔を出す。その土をさらに掘り下げる。けれど出てくるのは石ばかり。ここではない。もう少し場所を変えよう。湿った土はひどく重くて、シャベルに粘りつく。汗が滴る。

でもここで諦めて逃げ出したら、今度はいつ警察が私の罪を暴きにくるかと、それを恐れながら待たなくてはならなくなる。空で赤い月が嗤《わら》う。嗤って私を見下ろしている。

見つからない。見つからない。まだ見つからない。なぜ？　五十年近くも経てば、骨も歯も髪もみんな腐れて土になってしまうのだろうか。そう思って安心していいのだろうか。でも、絶対に残っていないと確信するためには、この地下室の床全部を掘り返してみなくては。

ああ、体が熱い。息が苦しい。頭が痛い。でも、どうして見つからないの。本当に腐れてなくなってしまったの。それとも私が勘違いしたの。夫があの女を埋めたのはここではなかったの？——

「いいえ、諦めては駄目。もう少し掘り続けるの。そうすればきっと見つかるわ。朝までにはまだ時間があるもの。空で嗤うあの赤い月が沈むまで。まだ体は動く。だからあと少し、もう少しだけ……」

2

栃木県那須野原の高台に、落葉松《からまつ》の林に囲まれて、赤城記念病院という施設が建っている。しかし門を通ってその広大な敷地を一巡すれば、病院というよりは洒落《しゃれ》たリゾートだ。中央に建つガラス張りの建築は美術館のよう。緑の芝生に面しては、外見は質素ながら設備の整ったログハウスのコテージが点々として、人生の黄昏《たそがれ》を楽しむ富裕な老人たちが住まっている。

落葉松の林の中には、コの字形をした木造二階建ての建物が見える。周囲に広いベランダを巡らし、淡い水色に塗られた下見《したみ》板《いた》張りの建築は、知らずに見ればこれも避暑地風のホテルとしか思われない。人気《ひとけ》はないものの、壁のペンキも毎年塗り替えられている。だが、創建からほどない大正初期に建設されたそれは、結核患者のための病舎だった。

この病院はその名の示す通り、元ドイツ公使の赤城正三が明治末期に寄贈した病院で、当初は結核のサナトリウムとして経営されていたのである。そして現在は老人病院と、ケアの行き届いた老人住宅として機能していた。

だが先週からその旧病棟二階の病室に、ひとりの患者が収容された。病院理事の特別の要請ということで、看護婦は院外から派遣され、医師にも箝口令が敷かれるという物々しさで、対外的には面会謝絶が続いている。それでいながら病舎には一般人が出入りしているなど、事情を知らぬ病院関係者には釈然とせぬ状況が続いていた。

当の病室は二階の東南隅にある、三方の壁に縦長の窓を並べた、天井の高い明るい部屋だ。トイレや流し、ガスの使える調理台、付き添いのためのベッドも用意されているこの部屋は、病棟が長期入院患者のために使われていた当時には、特別室と呼ばれていた。

畳に数えれば二十畳以上ある広さの中に、いまは病人のベッドが一台きり。しかし医者や看護婦が詰めていたのは最初の二日ばかりだけで、その後は朝晩の回診以外は、つきそいの男がひとり出入りしているのみ。それでもドアの面会謝絶の札は外されなかった。

三月二十日月曜、夜。その病室には三人の男がいた。

ベッドの上には桜井京介が半身を起こしている。膝に広げたノートに目を落とす、両頰には大きく白いガーゼが当てられ、パジャマの袖から覗く腕にも包帯が巻かれているが、掻き上げられた髪の下の目には日頃の光が戻っている。

その脇のスツールに、尻を乗せているのは栗山深春。眼鏡をなくした京介の顔を横から眺めながら、落ち着かなげな表情で体を揺すっているのは、これからここでなにが始まるのか、いまもってさっぱりわからないからだろう。

ベッドの隣には机があって、深春が東京から運んできた本やゲラ、テープを納めたレコーダーなどが乱雑に積み上げられている。

そしてベッドと向かい合うところに、診察室からでも運んできたのか、古風な回転式の肘掛け椅子があり、その上に門野貴邦が腰を据えていた。仕立ての良い三つ揃いに蝶ネクタイ、太い指には緑の石のはまった指輪をひからせて、ひとつ間違えば俗悪な身拵《みごしら》えがこの老人には良く似合っている。

部屋が広いわりに、天井から下がった照明は昔ながらの白熱電球で、その光の薄れる部屋の隅には影が濃い。ベランダに開いた縦長の窓は、ひとつひとつ黒っぽい厚地のカーテンで覆い隠されている。

深春は時折、無言のままの京介の横顔に目をやり、また壁にかかった時計を見上げながら、手持ちぶさたな顔だ。門野も同様、京介の方をちらちらとうかがっていたが、そろそろ痺《しび》れが切れたのか、

「桜井君、いつまでこうしておればいいんだね？」

「間もなくです」

顔も上げぬ京介の返事はとりつく島もない。門野は口をへの字にしたが、こんなとき文句をいっても始まらないとはわかっている。そのとき壁際の古めかしい電話が鳴った。受話器を取った深春が、

「彼女が来たそうだ。迎えに行ってくる」

「頼む」

今度も京介の返事は素っ気ないが、深春は軽いフットワークで病室を出ていく。外の廊下を遠ざかる足音を聞きながら、門野が再び口を開いた。

「なにが始まるのか、教えてはもらえんのかね」

「すぐわかりますよ」

「やれやれ」

聞こえよがしの門野のため息を、京介は平然と聞き流す。

「それはそれとして、綾乃のことばは当たっていたと思わんかね。君は那須に来たおかげで、危うく死ぬところだった」

「でも、死にませんでしたから」

「死なずに済んだのは運が良かっただけだろう。いまはそうして平然としているが、医者の話だとあのまま体温が戻らなくとも不思議はなかったそうじゃないか。江草夫人の家にいた男、アメリカの殺人鬼だったって？」

「ええ。ですからどうせなら、もう少し具体的に警告してもらえたなら、僕も危険を回避できたと思うのですがね」

「充分具体的だったよ。これで君も少しは、この世の中には合理的に割り切れぬ事象も存在するんだということを、理解したかと思ったんだがな」

「残念ながら」

京介は軽く首を傾げて見せる。

「僕はとことん超常現象や心霊主義とは相性が悪いようです。だから、いまはここしばらくないほど、気持ちがリラックスしています」

「どういう意味だね」

門野が戸惑ったように眉を吊り上げた。

「超常現象だけでなく、幼児の性的虐待や、抑圧されて突然よみがえった記憶や、スペクタクルな多重人格や、そうしたものがなくとも事件が説明できる見通しがついたので」

「ほう――」

門野が椅子から身を乗り出す。

「わしもそのあたりの事情は大して聞いているわけではないが、八六年の事件が実は印南雅長の仕業で、茉莉はそれを思い出したということは耳に入っておる。君はそれを丸ごとひっくり返そうというわけだな？」

「実のところ、物質的な証拠はないといっていいんです。そして犯人の動機も確かではない。ただ、すべての状況が、ひとりの人間が背後にいたことを指し示しています」

「ふっふっふ。桜井君、これはなかなかいつになく、名探偵らしい物言いじゃないかね」

門野は嬉しそうに両手をこすり合わせる。

「すると今夜はこれから、君の謎解きを聞けるというわけだな？」

「ええ」

「しかし珍しいな。君はいつになく積極的なように見える。殺されかかって闘志が芽生えたか」

「まさか」

「じゃあなんだ」

「ひとつには、真相を摑むことで助けられる人がいると思ったからです」

「ふむ。事件はまだ終わっていない、か。だがそれだけではない、というのだな？」

「犯人に――」

いいかけて、どう続けようか少し迷った。

「多少、興味があります。どんな動機で動いているのか、いまひとつ摑めないので」

「しかし君もある程度、その見当はついているのだろう？」

「だとすると、アンバランスな気がするんです」

ふむ、とつぶやいた門野は、

「ところで、江草未亡人が入院したのは知っておるかね？」

「詳しいことは聞いていませんが」

「二、三日前に、なにかわけのわからんことを口走りながら、月映荘の地下室を掘り続けているところを発見されたのだそうだ。自分の家に入れていた男が死んで、しかもそれが殺人鬼だったらしいなどということになって、錯乱したのかも知れんな」

「彼女が掘り返したところから、なにか発見されたということは？」

「いや、それは聞いておらんが」

黙り込んだ京介に、門野がせがむような声をかける。

「桜井君。なにを考えているんだ」

「彼女がなにを探していたかはわかります」

「なにッ？」

「五十年近く前、彼女の夫は印南あおいという女性に子供を生ませました。一度は実家が間に入って別れた形になり、あおいは京都にある母の生家で子供を育てていたのですが、江草氏との関係は絶たれていなかった。そして、江草氏と会うといって京都を出たきり、行方不明になったそうです」

「すると、まさかその女は殺されたとでも？」

「江草氏の留守に那須に乗り込んで、夫人と口論になったあげく、ということは考えられますね」

「そうか。すると未亡人は、あおいの遺体を掘り出そうとしておったんだ。あの建物に県の調査が入ると、骨でも見つかるかも知れんと思って」

「たぶん、そういうことでしょう」

「すると彼女が夫に死なれてから、東京から戻ってわざわざ隣に家を建てたのも、それが見つかるのが心配だったからか」

「ええ。ですがいくら月映荘の内外を掘り返しても、遺体が発見されることはないでしょう」

門野は太い眉を寄せて、

「なぜ、そんなことがいえるんだ？」

「あの建物は印南家に売却されました。遺体が埋めてあるような場所を、わざわざその血縁に売る者はいないでしょう」

「江草氏がなにも知らんかったからだろう」

「でも、夫の協力なしで彼女が遺体を隠せたか、とは思われませんか。人ひとりを発見されぬほど深く埋めるのは、たやすいことではありません」

「すると、どうなるんだ――」

「その種明かしは、もう少し後にさせて下さい。とにかく江草夫人は夫を奪った印南あおいを憎んでいました。半世紀経ったいまもなお。そして僕にいったのです。印南茉莉はあおいに生き写しだ。だから憎かったと。そうして彼女は小西医師を殺させ、その罪を茉莉さんにきせようと謀った」

門野は大きな目を剝いて、まじまじと京介の顔を見た。

「しかし桜井君、江草未亡人は茉莉という女性を、可愛がって庇護していたのではないのか。わしは確かそう聞いたぞ」

「表向きはそうでした」

「だが本音をいえばそうではなかった、と。しかしただ顔が似ているとかそんな理由で、人を憎めるものか？　しかもそのために無関係の人間を殺させるなんぞ、それこそアンバランスだ。わしにはわからん。それともそんなことを考え出したときから、彼女の精神は異常を来していたということか？」

「そうですね。するとなにをもって正常と異常の線引きをするかという問題も出てきてしまいますが、一般論を考える前に具体的なところを見て下さい。そこの机の上に、写真があるのですが」

　ベッドから降りようとした京介を、門野が手で止める。

「ああ、いいから。わしが取る。写真というのは、これか？」

　写真屋でサービスにくれる薄いアルバムだ。その最初のページに、古い写真を複写したらしいセピア色の一枚が入っていた。写真館で撮ったものか、和服の女性が椅子にかけて、閉じた日傘を膝に載せて微笑んでいる。髪に派手なウェーヴをつけ、造花のついた櫛を刺して、眉の濃い、目鼻立ちのはっきりした美人だ。だがその軽く体をひねって首を傾げたポーズを、媚びているなどと嫌う者もいるかも知れない。

「これが印南あおいか？」

「そうです。次のページに、昨年撮したという茉莉さんの写真があります」

　門野はいわれるままにページを繰る。そちらにあるのはカラーの、しかし同様和服を着て髪を結った姿だが、

「これが？――」

　彼は納得できないという顔で、視線を上げた。

「いかがです」

「これは妙だぞ、桜井君。印南あおいと茉莉は、少しも似てはおらんじゃないか。茉莉はずっとおとなしやかな顔をしとる。顔の輪郭も目鼻も、なにひとつ似たところなぞないぞ」

「そうなんです」

　京介はうなずいた。

「しかし江草夫人はそう信じていた。そしてひそかに茉莉さんを憎み、その憎しみゆえに彼女に無実の罪をきせようとした。使用人であったあおいに裏切られた、その敵を討つように茉莉さんを支配しようとした」

「なんで、そんなことになったんだ」

「ええ、ですからそれも犯人のしたことだと僕は考えています」

「しかし――」

　納得できぬというように門野が口を開きかけたとき、ドアがノックされた。入ってきたのは深春と、印南茉莉だった。いつかの朝と同じ、青いフード付きのマントを着ている。だがそこから現れた顔は青ざめて、目はおどおどとあたりを見回しながら、肩を小さくすぼめている。ひとりでこんなところにいるのが、不安でたまらない様子だ。

「あの、松浦さんは？――」

「もうじきいらっしゃいますよ」

　そういう京介を見ても、彼女は怯えたように体を退く。顔の大半をガーゼで覆い隠した、奇怪な様子に怖じ気づいたのかも知れない。

「桜井さん？――」

「ええ、僕です」

「でも私困るんです。松浦さんと離れて、ひとりで出かけてはいけないんですもの――」

「どうしてですか？」

「だって、そういうことになっているからです」

　強情な子供の口調でそういって、ドアの前から動こうとしない。

「大事なお話ってなんですか？　私、松浦さんがいないと嫌です。松浦さんが来てからうかがいますから」

「でも茉莉さん、僕はあなたにお話ししたいんです。松浦さんではなく」

京介のことばに、びくっと体が震えた。

「私、聞いても分かりません、きっと。だって、私は少し壊れているんですもの」

「あなたは壊れてなんかいませんよ」

京介は、茉莉を見つめたままそっと頭を振る。

「僕の目にはそうは見えません」

「それは、あなたがなにも知らないからです。私は壊れているんです。狂っているんです。ときどき自分がなにをしているかわからなくなるんです。記憶が途切れてしまって、そういうときの私は別人に変わっているんです。いつかひとりでお会いしたときもそうでした。ええ、そんなふうに私は壊れているんです——」

「いいえ、あなたがそう思うなら、そう思わせた人が間違っているのです」

「いやッ！」

かん高い叫びが唇をもれた。茉莉はフードを背に振り落とし、両手で耳を押さえていた。

「いや、いやです、そんなこと聞きたくない」

しかし京介はかまわず続けた。

「茉莉さん、間違ったことを信じていたとしても、それを恐れる必要はありません。間違っていたことは正せばいいのです。それはいつでも、遅すぎることはありません」

「間違ってなんかいません！」

茉莉は耳をふさいだまま叫ぶ。

「松浦さんは、間違ってなんかいない——」

いつか床の上にうずくまり、頭を抱えたまま泣き出す茉莉。京介はベッドから降りた。裸足のまま彼女に歩み寄ると、そこにしゃがみ込む。小さな子にするように、顔を覗き込む。

「では茉莉さん。正しいことと間違っていること、それはどこで見分ければいいのでしょうね」

「………」

「僕は思います。それを信ずることで、あなたとあなたの周囲の人が幸せであれるようなことが真実だと。人を不幸せにしかしない真実など、真実と呼ぶには価しない」

嗚咽《おえつ》がいつか止んでいた。茉莉は顔を伏せたまま、じっとその場に凍りついていた。

「しあわせ、だと？――」

その姿勢のまま、茉莉のささやく声がした。

「声が」

壁際にいた深春がつぶやく。門野もまた愕然と、目を見開いていた。

「声が、違う」

「だがそれは、埋もれた罪を不問に付することにしかならない。そんなことはさせぬ、この私が絶対にさせぬぞ――」

確かにその口調は、たったいままでの怯えた子供のようなそれとは違う。かすれた老女の声、より正確にいうなら老女らしく作った声だった。

「罪人を裁かれることないまま放置して、それで幸せだといえるのか。おまえはそう思うのか――」

「茉莉さん」

「茉莉ではないッ！」

頭が上がった。散り乱れた髪の間から、血走った双眼が見開かれている。しかしその背はふたつに折れ曲がり首は前に突き出て、老婆のような姿勢のまま、その顔を左右に動かしている。

「私は茉莉ではない。おまえはわかっているはず。よく見ろ。私はメアリ、茉莉の怒りを憎しみを表す者だ。私は小西を殺した。雅長を殺した。三谷たちふたりも殺したッ」

歯を剝き出しにして、威嚇音めいた声を響かせるそれに向かって、京介は静かに、だがきっぱりと答える。

「いや、君は印南茉莉だ。ただひとりの人間だ。多重人格などではない」

「嘘だ――」

「君は誰も殺してはいない。人を殺さずにはおれぬほどの怒りや憎しみは、君の中にはない。君はただ少しだけ思い違いをしているだけだ」

「嘘だ嘘だ嘘だあッ！」

茉莉が叫んだ。

「おまえは嘘をいっている。印南雅長は茉莉を虐待した。恥知らずにも幼い妹を犯した。それをあの男は妹に対する愛情だと思いこんでいた。そしてそのことを知られた三谷に脅迫されたがために、三谷を殺したのだ。茉莉はそれを見ていた。兄がふたりの女を殺すところを。そして兄は茉莉にいったのだ。忘れてしまえ、なにもかも忘れてしまえと。茉莉は無力な己れを呪った。その怒りと憎しみのために、私は生まれたのだ。茉莉を傷つけるすべてと闘うために――」

だがその声はやがて、遠ざかるように小さくなっていく。と、下を向いた顔から、ひくっとしゃくりをあげる音が聞こえた。小さな子供が泣き声を、必死に堪えているような音だ。

「――痛い、よお……」

泣き声に混じるつぶやき。

「いやだ、止めて、お兄ちゃん……」

「茉莉さん」

京介が呼んだが、彼女は子供のように大きく首を振る。握りしめた拳を目に当てている。

「お兄ちゃんがあたしに、変なことするの。ベッドに入ってきて、体にさわる。いやだっていうと怒られるの。だれにもいったらいけないって。それからお寝間着をめくって、パンツを下ろしてさわるの。痛い。いやだ、いやだったらあ……」

深春が顔をゆがめた。吐き気を堪えるように口に手を当てて、京介を見る。

「おい、これって――」

突然茉莉が叫んだ。

「お兄ちゃんが殺した！」

かん高い叫びが、門野らの耳を貫いた。

「お兄ちゃんが殺した。三谷さんを殺した。あたしはそれを見たの。見たのッ！」

「いいや、君はなにも見はしなかった」

京介の静かな声がさえぎる。

「うそ。見たもの。ほんとだもの」

「君は大好きな兄さんからのプレゼントを受け取るために、ひとりで和室にいた。一ヵ月早い誕生日のプレゼントを、彼がくれると約束していたから。茉莉さん、あなたの誕生日は？」

びくっと茉莉の体が震えた。目を覆っていた手が下に落ちる。すぐ前にしゃがんでいる京介を、驚いたように見つめて、

「——四月、二十四日」

「雅長さんは前から、その日にプレゼントをあげるといってくれていたのでしょう？」

間近に見つめる京介の瞳が、茉莉に目をそらすことを許さない。涙に濡れた目を見開いたまま、茉莉は小さな子供のように顔をうなずかせる。

「う、ええ——」

「四月に戻れなくなったから、一月早くと彼がいった日付は三月二十六日だった。そうですね？」

「ええ——」

「一九八六年の四月二十四日になにがあったのか、僕はそれを調べてもらいました。より正確にいえば、茉莉さんが繰り返し口にしている『赤い月』とはなにか、それを調べてもらったのですが。その夜は、皆既月蝕《かいきげつしよく》だったのです」

「Eclipse か……」

門野がつぶやいた。

「月が地球の影に入って起こる天体現象です。しかし皆既月蝕のときも、たいていの場合月は真っ暗にはなりません。大気の屈折作用で日光が届く結果、鈍い赤銅色に見えます」

茉莉は床にうずくまったまま、震えていた。

「でも……」

ようやくかすかな声が聞こえた。それはすでにかすれた老女の作り声でも、かん高い幼女の悲鳴でもない。京介の前で《真理子》と名乗ったときのそれにもっとも近かったかも知れない。

「でもあれは三月二十六日、四月じゃない――」

「しかし満月の夜だった。あなたは明かりを消して和室にいた。そうですね？」

「ええ、そう。手紙に、そう書いてあって――」

「窓にカーテンは閉まっていましたか？」

「閉まっていたわ」

「鎧戸はどうだったでしょう」

「あれは、ううん、わからない。カーテンが閉まってたもの」

「いつあなたはそのカーテンを引きましたか？」

「手紙に書いてあった通り、九時頃」

「部屋に入ったのは何時頃でしたか？」

「六時より前」

「そんなに早く？」

「三谷さんの様子が恐くて、嫌だったの」

「恐かったとは？」

「ヒステリックで、いらいらしていて、恐いみたいで。そうしたらふくさんが、早く和室にいってらっしゃいって」

「小笠原ふくさんは、あなたが雅長さんからもらった手紙の内容を知っていたのですね？」

「ええ、そうね――」

いわれて初めてそのことに気づいた、というように茉莉はまばたきした。

「部屋の外でなにか、話し声や物音を聞きませんでしたか？」

「わかり、ません」

茉莉は急に寒さを感じた、というように震える肩を抱いた。床の上で、いっそう小さく体を縮める。声がか細くなっていく。

「よく、わかりません。覚えていません。私、寝てしまったのだと思います――」

「そうして九時頃目を覚ました」

「そうだと、思います」

「どうして目が覚めたと思いますか？」

「わかりません。なんとなく、だと思います」

「そうしてあなたはカーテンを引いた」

「ええ――」

「すると窓に赤い月が見えたのですね？」

「い、いいえッ」

茉莉は突然頭を振る。

「そう思っていたけれど、違ったんです」

「なぜですか」

「だって、赤い月なんて見えたはずはありません。あの夜は月蝕でもなかったし。だからあれは、あれは兄さんの――」

それきりまた黙り込んでしまった茉莉を、京介が腕を貸してふたりして立ち上がった。


「茉莉さん、あと少しだけ僕に時間を下さい。これからこの部屋の電気を消します。そして、あの窓のカーテンを開きます」

「なにを、するんですか？……」

「雅長さんの魔法を、再現してみたいんです」

茉莉は、嫌というように首を振り続ける。しかし京介はその肩を励ますように叩いて、

「深春、頼む」

「おう」

壁のスイッチが切られた。たちまち室内を闇が閉ざす。茉莉は小さく悲鳴を上げて体を固くする。

カーテンを引く音がした。

「茉莉さん、どうぞ見て下さい」

3

彼女は恐る恐る顔を巡らせる。

そして、声を呑む。

窓に月がかかっていた。明るい満月だ。しかしそれは赤かった。黄色みがかった赤色の円盤が、縦長の窓の中央に浮かんでいる。地平線低くにかかる赤い月に似て、しかしそれよりはるかに高く。

「赤い——」

茉莉は茫然とつぶやいた。

「本当に、赤いわ——」

「八六年の三月二十六日に、月映荘の二階の窓からあなたが見たのは、こんな月だったのではありませんか？」

茉莉はうなずこうとして、愕然とする。目を見開く。

「でも、なぜ？　今夜は月蝕だったの？——」

全身を硬直させて立ち尽くす彼女を、京介が肩を抱いて窓のそばに連れて行く。片手を取って窓に触れさせる。

「わかりますか？」

「なにか、張ってある？……」

「ええ。赤いセロハン紙をセロテープで窓枠に張った。種といえばそれだけのことです。たぶん雅長さんは、戻れない自分の代わりにふくさんに頼んで、和室の窓にこういう仕掛けをしてもらったのじゃないでしょうか」

「——」

「月映荘の和室には窓がひとつしかない。こういう手品をするには一番向いています。だからふくさんは、雅長さんの手紙の内容も知っていた」

「でも、兄は戻ってきたんです」

茉莉はふたたび頭を振った。

「私は覚えているんです。兄の、真っ赤な」

コンコン、と窓が鳴った。顔を上げた茉莉は悲鳴を上げた。窓の向こうに人が立っている。その顔も手も体もすべて赤い。血にまみれ、染め上げられたように。だが両開きの窓の閂を外して開けば、それはさっき茉莉を門まで迎えに来た栗山深春に他ならない。

「赤いセロハンを張った窓を通して見れば、月だけでなく人も赤く見えます」

京介が平静な口調で、あらずもがなの解説を加えた。

「和室の窓の下には脚立が置かれていたそうです。雅長さんはそれに乗って、窓の外から顔を覗かせたのではありませんか。そしてそれを開けてもらうために窓を叩いた。あなたはその音で目を覚ました。カーテンを引いて月を見、それから雅長さんを見たのではないでしょうか」

「…………」

「事件の前、和室の窓が真っ赤に染まっているのを見た人がいるそうです。それは雅長さんが、アイディアの効果を確かめていたのかもしれません」

「よっ、もういいのか？」

ベランダから窓を乗り越えて入ってきた深春が、電灯のスイッチを入れた。薄暗く思えた白色電灯の光も、一度闇に慣れた目にはひどくまぶしい。

「茉莉さん？」

貧血したようによろめく彼女に、深春があわてて椅子を差し出す。京介が彼女を導いてそこにかけさせる。茉莉は両手で顔を覆ったままだ。三人の男はそれを無言のまま見守る。

「私は……」

喘ぐような声が、指の間を洩れた。

「それでは私は間違っていたの？ 兄さんが三谷さんたちを殺したというのは、私の思い違い？ でもそれなら兄さんは、どうして事件の後逃げるみたいに私を置いていってしまったの？ 私はその後ずっと淋しくて、淋しくて、もうひとりの自分を想像して話をするくらい淋しくて、それでも兄さんは帰ってきてくれなかった。どうしてなの——」

「想像だけなら、できますが」

茉莉は顔を覆っていた手を引き外し、京介を仰ぐ。叫ぶようにいう。

「想像でいいから、教えて」

「雅長さんはあなたに対して、後ろめたかったのだと思います。彼はあなたを愛していた。兄が妹に対するというよりは、男が女を愛するように」

茉莉の体がびくっと震えた。見開かれた目が京介を向く。そこにあるのは恐怖だ。しかし京介は、その視線を受け止めてゆっくりと首を左右に振った。ささやいた。

「いいえ」

「え？……」

「それでも雅長さんは、あなたに対して性的な触れ方をすることはなかったと僕は思います。そうでなければ彼があなたに、松浦さんというセラピストを近づけることもなかったろうし、日本に戻ってあなたと同居しようともしなかったでしょう。彼はその時点で、自分のやましい感情を克服できたと信じていたはずです。だから彼はそのときもう一度、あなたとやり直そうとした。思い以上に行為があったなら、決してそんなことは考えられないでしょう」

京介のことばの意味するものを考えるように、視線を落とした茉莉は、またすぐ顔をもたげる。京介をキッとして睨み付ける。

「でも、それじゃあ三谷さんたちを殺したのは誰なんです？　兄でなかったなら、誰が」

京介はその視線を正面から受け止めた。

「帰って来ないはずの雅長さんが、その晩突然帰ってきた。それを僕は三谷さんが、呼び出したのだと考えます。彼女は一方的に、雅長さんに恋愛感情を持っていた。ふたりの間になにかがあったのか、それもすべて三谷さんの妄想でしかなかったかはわかりません。

だが彼女は雅長さんが、あなたに兄妹の情を踏み出す思いを抱いていることに気づいたのかも知れません。雅長さんはそれをあなたに知られたくない。ますます那須に戻ることができなくなる。しかし三谷さんは彼を諦められない。そんな緊張が爆発したのが三月二十六日だった。

あなたの一月早めた誕生日。その日に雅長さんが戻ってくることを、身を焦がすように待ち望んでいたのは、あなた以上に三谷さんだった。彼女がそのときなんというつもりだったか、いまとなっては知るべくもありません。もしかしたら彼女は、諦めますといおうとしていたのかも知れない。

　しかし彼はその日さえ、戻れないといってきた。自分を避けるためだと彼女は思ったでしょう。拒まれれば拒まれるほど、避けられれば避けられるほど気持ちが燃え盛るのは人の常です。そのとき彼女の思いは、理性の分水嶺《ぶんすいれい》を越えてなだれ落ちた」

　茉莉は無言で京介を見つめている。

「三谷さんの異常を感じた小笠原さんが、小西先生に電話をして夜来て欲しいといったのが午後六時、しかしその三十分後電話してきた雅長さんには彼女は『帰ってこない方がいい』といった。無論、三谷さんの怒りが雅長さんに対するものだとわかっていたからです。

　その後すぐ電話は不通になったと彼はいったようですが、そのときあるいは三谷さんと会話があったのではないでしょうか。彼女は雅長さんに帰って来て欲しいといった。彼が拒めば、あなたがどうなるかわからないと」

　茉莉はびくっと体を震わせる。

「私、が？――」

「そのときにはすでに彼女は、あなたが入った和室のドアにチェストを置いて、出てこられないようにしていたはずです。あなたは雅長さんに対する切り札だったから。そして彼女はいつになく着飾り化粧をしていた。つまり彼女が来訪者を待っていたことは明らかです。それは雅長さんを待っていたのだ、と僕は思います。

　彼女はそのために、彼の母上が持っていたウェディングドレスを着ようとした。しかしサイズが合わなくて断念するしかなく、悔し紛れにそれを踏みにじってヴェールと指輪だけを持ち出した」

「指輪……」

「止めようとする小笠原さんを椅子に縛り付けて、あるいはその前に睡眠薬でも盛ったかも知れませんが、彼女は戻ってくる雅長さんを見つけるために、二階のホールにいたのでしょう。明かりを消し、彼の車のヘッドライトを見逃さぬように。無論そのときすでに、電話線は彼女の手で、室内で切断されていた。彼女は小笠原さんを脅すためにも、刃物を手にしていたはずです。化粧して、白いワンピースにヴェールをかぶった花嫁姿で、三谷圭子は雅長さんを待っていた」


それを聞いている深春と門野は、思わず唾を飲み込む。京介のことばが紡ぎ出した鬼気迫る情景。相手を脅して力ずくで愛を求めることの虚しさ、不可能性。行き止まりの袋小路だとわかりきっているはずなのに、そこへ迷い込んでしまった女の思いは、定義としては間違っているかも知れないが、『狂気』としか呼びようがない。


しかし京介は、むしろ悲しげに付け加えた。

「そんなにも彼女は、彼と結婚したかった」

「ああ――」

茉莉が喘いだ。両手が胸をまさぐり、そこになにかが絡んでいるように喉を押さえる。口が開くが声は出ない。

「もちろんあなたはなにも知らなかったのです。なんらかの物音を聞いたにせよ、眠ってしまって聞かなかったにせよ。あなたは雅長さんが手紙に書いてきた通り、九時になるまで窓は開かなかったはずですから」

「ええ、窓は……」

声を出し切れぬまま、茉莉は顔をうなずかせた。肩を大きく上下させ、荒い息をついている。

「あなたはなにも知らなかった」

京介は静かに繰り返す。

「ただ、その時刻になってカーテンを引いた。そして窓に浮かぶ赤い月を見た」

「ええ、見ました――」

「ガラス窓は閉じていたが、鎧戸は開けられていた。そのガラスには夜になる前に、小笠原さんが雅長さんの指示通り赤いセロハンを張っていた。本当の誕生日に起こる皆既月蝕の代わりに、雅長さんが一月早く贈ったプレゼントです。

　しかし、あなたがその魔法の仕掛けに気づく前に異変が起きた。あなたは窓の向こうに、赤く染まった人の顔を見た。両手が窓にかかり、揺さぶっている。恐ろしかったでしょう。その顔が、手が、血に濡れているように見えたでしょう。

　だがそれは、雅長さんだった。繰り返しになりますが、たぶん彼が窓を叩いた音で、あなたは目を覚まして、なんの音かはわからないままカーテンを引いたのです。あざやかな赤い月、赤い人影。あなたが驚いたのは無理もありません。その記憶があなたの中に焼きついたのも」

「ああ――」

　茉莉は目を見開き、両手で唇を押さえる。いまその目に、赤い窓の向こうから覗く兄の顔を見ているというように。

「その夜の雅長さんの行動を追ってみましょう。電話で異常を感じた彼は、予定を再度ひるがえしてただちに那須に向かったのだと思います。しかし高速道路の事故で思いの外時間がかかり、たどりついたとき九時を回っていて、月映荘は明かりも消えて静まり返っていた」

「そのとき、三谷圭子は？」

　思わず口を挟んだ深春に、走らせた視線をすぐまた茉莉の方へ戻して、

「雅長さんは玄関から入ろうとした。だが鍵を開けてもドアは開かなかった。なぜなら鍵だけではなく、三谷さんの手で閂がかけられていたからだ。やむを得ず彼は庭の物置から脚立を出して、二階の窓に取りついた。そこにいるはずの妹に、窓を開けてもらうために」

椅子が鳴っていた。茉莉が立ち上がっていた。しかしその目は依然として、なにもない宙に向けられている。まばたきせぬ目が追っているのは、十四年前のその日の記憶か。

「彼は窓から和室に入った。茫然としている妹に、ここでじっとしておいでといい聞かせて、ドアを押さえていたチェストを押しのけて外に出ると、ふたたびそれを閉じた。なにか異常事態が起こっていることは、すでに明らかだった。妹の目にそんな恐ろしいものは見せられない。そして、なにが起こったのかを知ると、彼はそれを断固として強盗の仕業と見せかけようとした」

「すると君は結局、三谷圭子は自殺したというのかね？」

門野の問いに顔を振り向けて、

「自殺というよりは事故だと思っています。椅子に縛られたままの小笠原さんが、意識を取り戻して抵抗した。階段の上で三谷さんに体当たりした。不運にもゆるみかけたロープが手すりにからみ、彼女は宙吊りになる。三谷さんは階段の上でよろめき、ころげ落ちた拍子に手にしていた凶器を胸に刺してしまう。そうしてふたりは雅長さんが着く以前に絶命していた」

「そんな、偶然すぎるだろう――」

啞然とした深春に、

「確かにね。だからこれは推理というより、あり得べき想像なんだ。雅長さんは大急ぎで強盗の痕跡を擬装した。寝室はすでに三谷さんの手で荒らされていたから、後は彼女が持ち出していたろう母の指輪と、装身具をいくつかポケットに放り込む。かさばるものは持ち出せないから、ディナー皿を割るなどしておく。それから、三谷さんの胸に突き立った凶器を始末する」

「どこへ」

茉莉が黙ってしまった分、深春が合いの手を入れる。

「それを隠さなくてはならないのは、月映荘に以前からあったと歴然とわかるものだったからだ。外からやってきた強盗が、凶器をその家の中で調達したとしたら不自然だろう。これも想像だが、それは台所の包丁のひとつだったかも知れない」

「あ、あれが？――」

深春はぎょっと目を剝く。

「水で洗って、砥石で軽く研いで、拭き取って包丁差しに戻しておく。無論検査されればルミノール反応は出てしまうだろうが、それ以上凝った隠し方をするほどの時間はなかったはずだ。それから踊り場に倒れている三谷さんを引きずり下ろして、閂を外し玄関から出る。鍵だけを締めて」

「なぜわざわざ鍵を締めた？」

「犯人がそこから逃げたと見せるには、閂は外れていなければならない。だが鍵もかけずにその場を離れるには、妹の身が心配だった。これが彼のしたことのすべてだと僕は思う」

「そうか。彼は妹をいつまでも閉じこめておかないで済むように、三谷圭子の死体を外から見える場所まで引っ張り出したんだ――」

「私？……」

茉莉がつぶやいた。まばたきして、そういう深春を見、京介を見る。仮面のように強ばっていた顔が揺れている。

「兄さん、私を？……」

手が上がって、自分の顔に触れた。

「それじゃ全部間違いだったの？ 私が思い出したことは？ 兄さんは私になにもしなかった？ 三谷さんたちを殺してもいない？ なのに――」

声が震える。

「なのに、私は兄さんを責めて――」

「茉莉君」

「茉莉さん」

門野と深春が同時に彼女の名を呼ぶ。しかしその声も、彼女の耳に届いたかどうか。

口がわななきながら開く。

「兄さんを、死なせた——」

ヒイイッ——、というかすれた悲鳴が、引き裂かれた口を突いて洩れる。両手が頭を摑んだ。鉤形に曲がった指が、髪を摑む。引きむしる。

「兄さん、自殺した。私のせいで、私がありもしないことをいったせいで——」

「茉莉君ッ！」

「謝りたくてももう、取り返しがつかない。私は、私は——」

茉莉の指が、髪から顔に下がる。その指が、見開かれた目に突き立てられようとする。深春と門野があっ、と声を上げた。しかしそれより早く、京介の手が茉莉の指を摑み止めていた。

「いけない」

「でもッ——」

「あなたがいま自分を傷つけても、雅長さんは喜びません」

「でも——」

「あなたも被害者です。望んで雅長さんを苦しめたわけではない。誰より苦しかったのはあなたではありませんか。そして己れの欲望から顔を背けるために、あなたを孤独の中に放り出した彼にも、責められる点はあったのですから」

茉莉の目が京介を凝視する。京介はそれを真っ直ぐに受け止める。

「あなただけが悪かったのではなく、彼だけがそうであったのでもない。僕はそう思います。罪というならそれはふたりともにあった」

京介に手を取られたまま、茉莉はうつむいた。

「でも、私は兄さんが、好きでした」

「——ええ」

「それなのに、どうしてでしょう。なぜ私はあんな、忌まわしい記憶を思い出してしまったのでしょう。私は兄さんが好きなつもりで、本当は違っていたのでしょうか。無意識で……」

「僕は心理学者ではないので、無意識の作用といったことにはまったくの門外漢です。でもときどき思うのですよ。無意識はフロイトによって発見されたという。しかしその発見が、人間になにをもたらしたろうか。誰かを好きなつもりで実は無意識で嫌っている。なにかが憎い気がしていて実は無意識では恐いのだ。そんなことを知って、いったいなんになるのでしょうね？」

　茉莉は目を上げる。ぽかんと京介を見る。

「なんになるって、でも……」

「僕たちは、目の前にいる人がいまなにを考えているかさえわからない。まして無意識など知りようがない。違いますか？」

「ええ――」

「だから僕は思います。その人がなにを考えているか、その考えがどこから生まれてくるか、そんなことはどうでもいい。その人がなにを語りなにをするか。それこそが問題なんだと」

　茉莉は、なんといっていいのかわからないといった表情のまま、まばたきを繰り返している。その目を見て、京介は穏やかにことばを重ねた。

「他人にせよ自分にせよ、無意識のことなんて思い煩《わずら》うのは止めにしませんか。僕たち自身にはそんなもの、見ることも触れることもできないんです。存在するのだとしても、気にするほどのものではありません。

　あなたはいっとき兄上と喧嘩してしまった。ただの兄妹喧嘩です。だが和解できる前に、彼は不幸な事故で亡くなった。それを悲しむのはあなたの権利です。でも、充分悲しんだらその後はご自分のことを考えるべきです。

　いつまでも取り返しのつかぬことを嘆いて立ち止まっているばかりでは、怠惰といわれても仕方がありませんよ」

　京介を見上げたまま、やがて茉莉の肩から少しずつ力が抜けていった。

「ほんとうに……」

唇が動いてかすかなことばを紡ぐ。

「ほんとうにそれで、いいんでしょうか。兄は、私のことを怒っていないでしょうか?――」

「そう。雅長さんはきっと最後まで、あなたのことを心配しておられたでしょうね。自分のせいであなたに恐ろしい思いをさせてしまったことを、彼はなにより気にしていたはずだ。

だからそんな彼のためにも、あなたはそろそろご自分の足で歩き出さなくては。くよくよ取り返しのつかないことを思い返すよりも、髪を洗って新しい服に着替えて、外に出てごらんなさい。もうじき春が来ます」

「でも、私、病気です。多重人格。知っているんです。そのことは」

「違います」

京介はきっぱりと首を横に振る。

「あなたは病気ではない」

「でも――」

「僕を信じてくれませんか。もう二度と、あなたに交代人格が現れることはない。約束します」

「は、い……」

茉莉はようやくうなずいた。その目から頬へ、涙のしずくが滴り落ちる。そして、くたり、と椅子に腰を落としてしまうのを、

「深春。ナースセンターを呼んでくれないか。寝心地の好い部屋を用意して、茉莉さんを今夜一晩ゆっくり休ませてくれるように」

「お、おう」

間を置かず、白いナースキャップをつけた看護婦が現れた。本館にお部屋を用意しましたからといわれて、茉莉は初めてためらったが、それ以上なにかいうには疲労し過ぎていたのだろう。看護婦は慣れた風に、彼女を気遣いながら導いていった。


その足音が消えたところで、門野が尋ねる。

「これで終わりかね？」

深春も横から不満げな口調だ。

「なんだか、あっけないよなあ」

「悲惨な事件は事故に過ぎず、兄は血の繋がらぬ妹を性的に虐待してもおらず、誰も悪い人間はいなくて、めでたしめでたしではお気に召さない、ということですか。諸君は？」

疲れたのかベッドに腰を落とした京介の口調は、揶揄《やゆ》するように辛辣《しんらつ》で、茉莉に向かって語っていたときのやさしさとは別人のようだ。

「別に、めでたしめでたしだってかまわないさ。それが正解だっていうんなら！」

深春がムッとなっていい返した。

「だけどいまの話だけじゃ、いろいろ積み残したことがあるだろう？」

「ふうん。例えばどんな？」

京介の気のなさげな答えに、深春はさらにムッと来たようだったが、

「そうだな。例えば八六年の事件で、小西医師が目撃した人影っていうのはなんだったんだ？　さっきのおまえの話で行くなら、凶器をかたして、強盗らしい痕跡を作って、雅長は玄関から逃げ出したわけだから、やっぱりそれは雅長だったのか？　全然違うっていったのは、ただの見間違えか。それとも雅長だと知っていてかばってたのか？」

「いまさら確かめることはできないけれど、どちらかといえば見間違えに近い。たぶんね」

気《け》怠《だる》く京介は答える。

「いつかの夜、ふたりで月映荘に行ったとき、壁にハンドライトの影が映ったろう？　もしかしたら先生が見たのはこれだったかって」

「ああ。だけどそれは無理だってことになったろうが。ハンドライトじゃ光が弱くてぼけてしまうし、かといって」

「車のヘッドライトだ」

「だって、それじゃあ音で気づくだろうって」

「あのときはそう思った。だけど後でもう一度例の『夜に消えた凶刃』を読み返していて、もしかしたら、と思ったんだ」

「なにが？」

「深春にはいってなかったが、階段で倒れて死んでいた先生の耳には、補聴器らしいものが入っていた。そして思い出してみると、息子の和志さんはすぐそばで話していたことを、『どうせさっきまでの話なんか聞こえてないだろう』といっていたし、先生は何度も耳の中を掻くような仕草をしてもいた」

「そりゃあ、いまの時点で耳が遠くなっていたってことはあるかも知れないさ。だけど十四年前もそうだったとは限らないぞ」

　京介はのろのろと体を起こすと、机の上に重なっていた資料類を掻き回す。ふたつに折った紙束を引き出して開く。深春に差し出したその文面の途中に、赤い傍線が引かれていた。『ところが、二度印南家に電話を入れさせてみても通じない』

「これが？」

「入れさせて、とある。文面通りに受け取る限り、小西先生自身は電話をかけていない。夕方に電話を受けたところも、『小西医院に……電話があった』とある。これも先生自身が電話を受けてはいないように読める。つまり彼は電話を受けることもかけることもできなかった。補聴器を使用しても、電話の声は聞き取りづらかったんだろう」

「だけど、そんなことで？」

深春は到底納得できない、という顔をする。

「細かすぎるぜ。誰が気がつくんだ、そんなの。その人が耳が悪かったっていうなら、どうしてはっきりそう書かないんだよ」

　しかし京介はそれには答えず、

「僕が晩餐に呼ばれて江草邸に出向いたとき、コート掛けには、先生のものらしいソフト帽がかかっていた。たぶん十四年前も、先生は同じような帽子をかぶって、医者の黒カバンを持っていたろう。

だが先生が月映荘の前までついたとき、雅長さんが少し離れた場所に停めてあった車を出そうとしていた。彼もあせっていて、先生がいることに気づかないままエンジンをかけた。

ヘッドライトが点灯し、車を左に回した。そしてその光が右へ、小西先生自身の影を走らせた。小柄な先生は痩せた大男に、ソフト帽は引き延ばされて山高帽に。そして先生に気づいた雅長さんは、あわててライトを消して走り去った」

「ふむ、まるで月蝕のアナロジィじゃな」

門野が楽しげに口を挟んだ。

「影に蝕《むしば》まれた月は奇怪な別物のようだが、その実地球の影を見ているに過ぎん。つまりそれを見るわしら自身の影をだ」

「それはいいけどなあ――」

深春が肩を怒らせて京介を見る。

「もういっぺん聞くぞ、京介。そんな紛らわしい、書いてあるんだかないんだかわからないような書き方で、小西が耳が悪かったなんてことをほのめかしてあるとしたら、いったいそれはなんのためだ？」

「僕に読ませるため、だろうね」

面白くもない、というように京介はつぶやく。

「ただ、小西先生が補聴器をつけなければ車の音も聞き取れず、彼の見たものが車のヘッドライトに照らされた自分の影だとわかっても、それだけでは強盗が犯人か、雅長さんか決められるわけではない。情報としては一種のノイズだ」

「じゃあ、誰がおまえに読ませるためにこんなもんを仕掛けたんだ？」

深春が膝を乗り出した。

「盗聴器はともかく、まさかこれまであの殺人鬼が書いたわけない。いくら日本語がぺらだって、ここまで書けやしないだろう？」

京介は答えない。ぼんやりと膝の上に置いたその紙束を眺めているようだ。深春はそれに押し被せるようにことばを続ける。

「栃木の新聞社のやつに聞いたんだ。この事件が起きた当時のこと。新聞記事の縮刷版もみせてもらった。それなりに大きな扱いだったけど、『夜に消えた凶刃』に書いてあったほど詳しくは全然なかったぞ。捜査上の秘密ってやつかも知れないが、警察もそう細かいことまでは発表してなかったそうなんだ。三谷圭子の服装のこととかな。つまりその文章を書いたやつは、相当の事情通で」

「そうだろうね――」

京介が低く答えた。

「おまえ、そうだろうって」

「つまりあれは僕に読ませるために、書かれてあそこに置いておかれた。多くのノイズを含んだ情報、露骨なバイアスのかかった情報、事実かどうか簡単には決められない情報、そんなものをごちゃ混ぜにしてね。客観的な資料ではないとわかっていても、文章にされた情報は信頼度が高く見える。留保しているつもりでも引きずられる。

記述は一見中立のようで、深読みしてみると雅長犯人説を誘導していると思われる。しかし一方で、雅長さんにはアリバイがあることもわかる。僕は混乱した。この出所不明の文書の他にも、情報は多すぎるほどだった。それも聞いてくれと耳に流し込まれる情報もあれば、そこから推測を誘い、僕が発見したようにしか思えない情報もあった」

「京介、それは――」

「桜井君、積み残しといえばもっと肝心なことがある」

門野が大声で割り込んだ。

「君のいうところによるなら、印南茉莉が抑圧していたという記憶は事実ではなかった。多重人格でもなかった。しかしあの娘は、確かに兄を殺人犯だといっていたというし、さきほどわしらの前で老婆や幼女のようにふるまいもした。そんなことがどうして起きたか、君は茉莉にはなにもいわなかったが、その点はどうなのだ」

「でも……」

今度は深春が頭を振る。

「でもあれはあの子の、兄貴に対する複雑な気持ちが産み出したものなんじゃないですか？　京介は、無意識のことなんて気にするなっていったけど、それはやっぱりそういうもんの作用だと俺は思うけどな」

「いいや、そうとばかりはいい切れん」

「なぜですか」

「この桜井君がいっときは、見事にだまされていたようだからさ。そしてその『夜に消えた凶刃』が桜井君に読ませて彼を混乱させるために置かれていたのなら、茉莉の身に起こっていたことも同じやつの仕業と考えた方が筋が通るからさ」

「そうなのか、京介？　でも、ありもしない記憶を人に植え付けたり、多重人格にしたり、そんなことできるものか？　俺、なんだかとっても信じられない――」

「信じたくはないね、確かに」

ぼそり、と京介がつぶやく。

「だが、門野さんがいまいったように、そう考える方が筋が通る」

「それじゃあ――」

「僕が茉莉さんは多重人格ではないかと疑えば、ほらこの通りと、彼女自身が僕の前に現れてパフォーマンスを見せてくれた。当然ながら僕はそのとき、茉莉さんの多重人格を信じてしまった。

多すぎる情報、多量のノイズで僕を悩ませ、操って、楽しかったですか。それがあなたの目的だったのですか。僕があなたの思うままに踊ることが、あなたの満足だったのですか。しかし、それだけのためではないでしょう。あなたの動機はどこにあるのですか。――松浦窮《きわむ》さん」

最後のことばはドアに向かって放たれた。

門野と深春は弾かれたようにそちらを見る。ドアの蝶番がキイ、と鳴った。そこに現れた空間に、

「こんばんは」

柔和な微笑を浮かべた松浦が立っていた。

暗黒星

1

「こんな遅い時間にお邪魔して、失礼かも知れないとは思ったのですが」

片手に薄いベージュのコートをかけて室内に入ってきた、松浦の顔はいつもと変わらずにこやかだった。だがその顔を目にした途端、京介の身内で冷たいものが凝《こご》った。全身の筋肉が凍りついたように感じた。松浦の表情は、これまで見慣れたそれと少しも変わらない。だがそれはもはや、子供っぽくも無邪気にも見えない。彼の口元に浮かぶ微笑みは、その素顔を覆い隠す仮面だった。

「茉莉ちゃんはもう、帰ったのですか？」

「いえ、彼女は今夜はこちらに預かってもらうことにしました。誰もいない江草邸に、お返しするわけにはいかないでしょうから」

「大変にお気遣いいただいて。それで、会わせていただくわけには、いかないのでしょうね？」

やはり彼は門野のことばあたりから以降を、廊下で聞いていたらしい。

「彼女のためにはその方がいいと思いますが」

「今後もずっと、ということですか？」

「ええ」

松浦はふっとため息をついて、肩をすくめた。

「あなたがそうおっしゃるのなら、仕方がないですね。ぼくは手を退きましょう。これだけ長いこと、彼女を見守ってきた身としては残念ですが」

「これから、どうなさいます？」

「そう、アメリカへ帰ることになるでしょう。もうこの国ですることはなさそうです」

「その前に、あなたが彼女にしたことを告白していかれませんか」

「告白ですって？」

松浦は、思わぬことばを聞いたというように目を丸くして見せる。

「ぼくは彼女の友人でセラピストでした。それ以外になにをしたというんですか？」

「とても多くのことを」

京介は低く答えた。

「茉莉さんだけでなく、江草夫人と雅長さんにも。あなたはセラピストという職業を利用して彼らに心を開かせ、心理療法と称して実はその心を傷つけ、引き裂いた。江草夫人に茉莉さんを憎ませ、そのために小西先生は犠牲にされた。茉莉さんに雅長さんを憎ませ、そのために雅長さんは死んだ。いや、雅長さんをマンションのベランダから突き落としたのはあなたでしょう。どこまで計画してのことかはわからないが」

「これは驚いた。ぼくは弁護士を呼ぶべきかも知れない」

「それはご随意に」

京介はゆっくりとベッドから立ち上がる。胸の前に腕を組んで松浦の前に立つ。こんなふうに始めてしまって良かったろうか。自分は彼を追いつめることができるのか。胸に湧き上がる不安を、京介は力をこめて振り払う。

「ですが、僕はあなたを当局に告発するつもりはない。というよりも、そんなことは不可能なことくらい百も承知でしょう。物的証拠は一切残さぬまま、あなたはそれを成し遂げたのだから。

あなたはこれまで僕が出会った、どんな犯罪者よりも巧みで残忍だった。あなたはほとんどの場合自分の手を汚すこともなく、人を傷つけるようなことばを口にすることさえなかった。しかしあなたはいつも、子供のように無邪気に微笑みながら人を奈落へ蹴落としていたのです」

くすっと松浦は笑った。

「大変に詩的なせりふですね。桜井さんは探偵の真似事なんかするより、いっそ舞台にでも立たれた方が良さそうだ。その白いガーゼは痛々しいが、あなたのように容姿の優れた方なら、少しばかり傷つけられてもそれはむしろ、ヴィナスの腕を欠いたようなものかも知れませんから」

「詰まらぬおしゃべりをするのは止めなさい」

思わず声を高くしていた。

「おやおや、そんなに大声を出されると体にさわりますよ」

松浦は唇の端を上げた。

「あなたはその容貌に、異常なまでの嫌悪と忌避を抱いている。世の人々にはそれが、なんと不思議に思えることでしょう。しかしぼくには想像がつきます。あなたはご自分の身に流れる血を嫌っている。その美しい顔かたちは、どこまで逃れてもあなたという人間の所在を声高に告げる目印だ。神ヤハウェが罪人カインの額に押した烙印のように、あなたが世界の果てへ身を隠そうとも、あなたの神はその容貌ゆえにあなたを知り、あなたを支配しようとする。お気の毒に、桜井さん。あなたがお望み通りの安息を手に入れるためには、たぶん父なる神を殺すしかないのでしょうね」

彼はくすくす、と笑いを洩らす。その目に冷ややかな嘲りの色が浮かんでいる。

「ぼくにはわかりませんよ。どうしてあなたはそうやって、普通の人のふりをして普通の人の中に混じろうとするのでしょうね。そんなことは無理だと、ご自分でもわかっているでしょう？　だって、あなたは少しも普通ではないんだから」

「おまえ、なにいってんだよ。さっきから！」

深春がわめいた。

「京介が普通じゃないって、そんなことおまえがゴタスタいうこっちゃないだろうがッ！」

松浦はふん、と鼻で笑った。

「静かにしてくれませんか。ぼくは桜井さんと話しているんですから。ねえ、桜井さん。あなたはぼくのいっていることを、理解していらっしゃいますよね？　あなたとぼくは良く似ている。だからぼくはあなたを、あなたはぼくを理解できる」

「――ああ」

ようやく出た声は、喉にからんで不様《ぶざま》にかすれている。

「だとしても、僕は他人の心を弄《もてあそ》んで踊らせたりはしない。生身の人間を、それも自分に好意を寄せてくれる人たちを、その好意を操りの糸にしてマリオネットのように操り動かすのは、殺人よりも忌まわしい行為だ」

松浦の目がきらりとひかる。ほころんだ唇から、犬歯が覗いた。

「へえ。じゃああなたは、ぼくがなにをしたっていいうつもりなんですか？　心を傷つけ引き裂いたって、具体的にはどんなことを？」

「茉莉さんは、雅長さんに虐待されたことはない。彼女は記憶を抑圧したことはなく、まして多重人格でもない。あなたはセラピーの中で、虐待の記憶を忘れているのではないかと茉莉さんに暗示した。彼女が否定すればするほど、思い出せないといえばいうほど、それは記憶を抑圧している証拠だとあなたは答えた。催眠術によって暗示を強化し、さらには複数の交代人格を引き出した」

「これは驚いた。そんなことがやすやすとできたとしたら、ぼくは魔法使いですよ」

「そうでしょうか。僕はあなたはそれをできたし、しかも僕にそのことを見抜いて欲しかったのだと思いますよ」

「なにをおっしゃるやら。桜井さんにかかると、ぼくは魔法使いどころかとんだ化け物ですね」

松浦はおどけた表情で両手を広げて見せたが、京介は表情をゆるめない。自分の余裕の無さがもどかしかった。

「僕があなたから茉莉さんの話を聞いたとき、あなたは熱弁を振るって茉莉さんの抑圧された記憶とその回復の話をされた。しかし六日夜の事件のことになると、あなたはにわかに動揺しました。いわば、隙を見せた。だがあれは一種のフェイントだったのでしょう？

そこに現れた矛盾を解くためには、単に抑圧記憶だけではなく、多重人格による殺人という第二の解答が必要だった。あなたはそれを自ら提示するのではなく、わざと隠して僕に見つけさせることで、より信憑性を増そうとした。しかも、あなたは愉快犯が己れの犯行を誇示するように、自分の作為をほのめかすヒントを僕に投げて行きました」

京介は、一度ことばを切って息を整える。右脇の肋骨が呼吸するたびに痛んでいた。昔折りかけたことのあるそこに、ふたたび亀裂が入ったのかも知れない。だがそのことは医者にも口をつぐんで、気づかれまいとしてきた。

（大丈夫だ。これくらいの痛みなら我慢できる、最後まで——）

「あの日別れる前に、あなたはいいました。抑圧された記憶は神話ではありません、と。そのことばが奇妙に僕の耳に残った。プレハブに戻ってわかったのは、そのとき僕が読みかけていた本の巻末、参考文献の中に『抑圧された記憶の神話』というタイトルの本が近刊として書かれていたことです。たぶん僕は自分で意識しないまま、あとがきと一緒に参考文献のページもめくって、そのタイトルを読んでいたのでしょう」

「しかし桜井さん、残念ながらぼくはあなたがそんな本を手元に置いていたことは知りませんよ」

「いや、あなたは知っている」

京介は鋭くいい返す。

「六日の朝、僕は江草夫人たちの足跡を見つけて数分の間小屋を離れた。あなたはそのとき小屋の中を覗き、同時に僕の姿も見たはずです」

「それは、どうして？」

松浦は心底不思議そうな顔だ。

「あの晩僕が江草邸を訪れたとき、出迎えたあなたは、僕がジャケットを脱ごうとするとそれを止めて玄関脇の小部屋へ連れていった。そして夫人が赤いものは駄目だ、という話を始めました。そのとき僕はリバーシブルのジャケットの、紺色の方を出して着ていたのです。それを脱ごうとすれば、当然裏にした赤い方が見える。あなたが赤を表にして着ている僕をそれ以前に見たのでなかったら、なぜジャケットの裏が赤いとわかったのですか？」

「――はは、これは驚いた！」

松浦は、場違いなほど陽気な声を上げた。

「しかし桜井さん、それはぼくがあなたの赤いジャケットをそれ以前に見ていた、ということしか意味しませんよ」

「しかしあなたはそのことを、僕に向かって口にはしなかった」

「時間がなかったのでね。それだけのことです。そのとき他にぼくがなにをしたか、どうして決められます？」

「ええ、それはわかっています。あなたに関することは、ほとんどすべて状況証拠だけだ」

「それで？　もしもぼくがその本のタイトルを意識して、あなたにそういうことをいったのだとしたら、なんだといわれるのですか？」

「松浦さんはアメリカにいらっしゃるとき、その原本を読まれなかったのですか？」

「『抑圧された記憶の神話』を？　さあ、どうだったでしょうね」

「日本で翻訳が出るのは今年の六月頃だそうですが、幸い僕はその内容を読むことが出来ました。つまり、無意識に跡形もなく抑圧されて、十年以上後に忽然とよみがえる記憶などというものは、科学的に証明されていない事実無根の神話に過ぎない、というのがこの本の主旨です。

あなたが語った、父親の殺人を二十年後に思い出したアイリーン・リプスカーの話も出てきました。そして九〇年代のアメリカで、いかに多くの回復された記憶に基づく裁判が起こされたか、いかにセラピストやカウンセラーの不用意で暗示的な質問が虚偽の記憶を産み出し、家庭を破壊する悲劇を生んだか、ということも書かれていましたよ」

「ああ、そうそう。そこまで聞いてやっと思い出しました」

松浦は愛想良くうなずく。

「その本の著者は実験心理学者で、事実でない記憶を子供に植え付けられるかどうかの実験をしてきたことで知られています。しかし彼女は実験室の学者で、臨床のことはなにも知りません。実際トラウマを負わされた子供と面接したことなど、ただの一度もないはずです」

「そうした意見があることも、著者自身がこの本の中に書いています」

京介も間髪入れず答えた。

「クライエントの訴えが現実的にはファンタジィでも、当人にとっては紛れもない真実だということも著者は認めています。しかしその記憶に基づいて裁判が行われ、クライエントによってその場に引き出された被告が法的に罰せられるとしたら、その訴えが当人の真実を表現するファンタジィなのか、事実行われた虐待なのかは、明らかにされなくてはならない。

いかにクライエントの叫びが真実の響きを持っていても、物的証拠無しに人が有罪とされるのは正しいことではないはずです。あなたが例に挙げたアイリーン・リプスカーの事件も、控訴審で判決がくつがえり父親は無罪になったそうですね」

「証拠不充分で無罪になったからといって、彼が潔白であったということにはなりますまい。証拠が足りなかったというだけだ」

松浦は軽く首を傾げて京介を見返す。

「そして人は物的証拠なしに有罪とされるべきでないのなら、あなたがぼくをなんらの証拠もなしに残忍な犯罪者だと非難するのも、不当の謗《そし》りを免れないのではありませんか？」

「そうかも知れません。だが、それもあなたが望んだことです」

「桜井さんはまだぼくが、あなたの前で犯罪を見せびらかしているというんですか？」

彼は微笑みながらふう、とため息をつく。

「失礼ですが、ご自分がそうした種類の妄想に囚われているかも知れない、と考えたことはおありですか？」

「もちろんあります」

京介はにこりともせずに答えた。

「あなたが異常に自己顕示欲の強い犯罪者だというより、その方がずっと可能性が高く思われましたから」

「しかし、いまは意見を変えられた」

「ええ。さっきあなたがいわれましたね。僕たちは似ている。だからお互いを理解できる、と。僕もそれは考えました。では、僕がもしも犯罪を犯すとしたら、どのように振る舞うだろうか。もちろん逮捕されることは望まない。しかし完璧な欺瞞《ぎまん》が成立して、誰ひとり僕のしたことに気づかなかったらどうだろう。それもつまらないのではないか。自分のしたことを共犯者でもない誰かに気がついてもらい、なおかつ一切の証拠は握られず、逮捕されることはない。それがもっとも望ましいだろう、と」

「なるほど、ではぼくとあなたが似ているということには、賛成していただけたわけだ」

松浦はにこっと笑ってみせた。

「確かにぼくも犯罪を犯すとしたら、そんなふうに考えて、あなたひとりを観客に選んだかも知れませんね」

「かも知れないではなく、あなたはすでにそれをしているのです」

京介は松浦の顔を見つめたまま続けた。

「三月六日の夜の事件を実行したのはセザールと江草夫人でも、そのレールを敷いたのはあなただ。あなたは彼女に、茉莉さんと印南あおいがそっくりだと信じ込ませた」

「おや。しかしふたりの女性はよく似ていたのではありませんか？　ぼくがわざと嘘をついたというのはなんの証拠があって、というのはもう止めておきましょうね。そういうことはあったかも知れない。ぼくが軽率にもあおいさんではない写真を彼女のものと思いこみ、うっかり夫人にそうしたことをいってしまった。そんなことがね」

松浦はゆっくりとうなずく。

「でも、ただ顔が似ているというだけで憎悪をたぎらせたのは江草夫人です。残念ながらぼくにはそこまでの責任は負えない。夫人がそんなふうに考えるとは想像もしなかったので、といいましたらどうでしょうか？」

「確かに、あなたがそれに関連してどんなことばを夫人の耳に吹き込んだか、証拠と呼べるようなものはない」

「そうですとも」

「僕はサンフランシスコの切り裂き魔だった男を、フランス人の占星術師セザールと名乗らせて夫人に近づけたのはあなたではないかとも思っている。だがその証拠もやはりなにひとつ、残されてはいないことでしょう」

「残されてはいないか、最初からなかったか、ですね」

「同様に、あなたが印南雅長さんを殺したことにも証拠は残されていない。それでも僕はあなたが、彼を殺したのだと思います。無論、それなりの根拠があってのことです」

「桜井さん。ぼくに限らず誰でも、雅長君を殺すことは不可能でした。それはあなただってよくご存じのはずじゃありませんか」

あらぬ妄想に憑かれた相手を哀れむ、というふうに笑みを浮かべた松浦に、

「彼の部屋の鍵とチェーンがかかっていたから、ですか？」

「そして上下左右のベランダからも、逃げることはできなかったそうですし」

「つまり何者かが雅長さんを突き落としても、逃げる方法がなかった」

「そうです」

「あなた以外はね」

「ぼくは、雅長君のところへ行く途中だったんです。そこに彼が落ちてきて」

「と、あなたが主張しているだけだ。その時間以前あなたに、アリバイがあるとは聞いていない」

松浦は鼻白んだように口をつぐんだが、

「あのとき同じマンションのご婦人が、物音を聞いて出てきましたよ。ぼくたちが折り重なって倒れているところに駆けつけてきて、救急車を呼んでくれた。あの人に聞いてもらえばわかります。ぼくはそれで左足を複雑骨折したんだ。嘘なんかついていません」

「聞きましたよ」

京介は答えた。

「お聞かせしましょう。倒れているあなたたちのところへ駆けつけた、そのご婦人のインタビューです」

京介が資料の山に目を向けると、なにもいう前に深春が動いた。小型のカセットレコーダを取り上げて再生のスイッチを押す。歯切れのいい老女の声がそこから流れ出した。

『生まれてこの方あんなにびっくりしたことはありませんよ……』

ある程度編集したらしい五分足らずのテープが終わると、京介は巻き戻しを押して顔を上げる。

「あなたがこのとき気にしていた、サンダルってなんのことでしょうね？」

松浦の頬にさっと赤みがさした。しかし彼は、

「さあ——」

　わずかに肩をすくめる。

「わかりませんね、なんのことだか。やはり動転していたのでしょう」

「あなたのサンダルは見つからなかった。ぼくはそれが下の地面ではなく、三階の雅長さんの部屋の玄関にあったのではないかと思います」

「えッ？——」

　声を上げたのは深春だった。

「そりゃどうして」

「わかった。ふたりは一緒にベランダから落ちたのだな」

　門野が口を挟む。

「いまどきのマンションの三階といったら、高さはせいぜい六メートルだ。しかも下は植え込みだというなら、枝がクッションになって骨折程度で済んでおかしくはない。それを雅長が死んだのは、この男の下敷きになったか、あるいは落ちた後に石で殴りでもしたか」

「靴ならサイズの違いで誰のものかわかる。けれどつっかけのビニールサンダルなら、玄関に残っていても元々そこにあったものとしか見えない。最初からそのつもりでサンダルを履いてきたのなら、やはりそれは計画的な殺人ですね」

　京介が同意し、

「だって、自分も一緒に落ちるなんて——」

　ヘタしたら死んじまうじゃないか、と納得が行かなげな深春に、

「門野さんがいったように、怪我程度で済むと見極めがついていたのかも知れない」

「——興味深い推理ですね。そういうトリックのミステリは、以前どこかで読んだ気もしますが」

　松浦の声に三人は振り向いた。門野は蔑《さげす》むような目で、深春は薄気味悪げに。そして京介は表情を消したまま。

「しかしここまで来ても、やはりぼくの有罪を証明することはできないんですねえ。いや、もちろんそんな証拠はあるわけがないんですが、これだけ時間をかけて、相変わらず解釈次第でどうとも取れる状況証拠ばかりでは、ちょっとがっかりですよ。それともまさか、証拠がないのはぼくが犯人の証拠、とかおっしゃるんでしょうかね」

松浦は肩が凝った、というように首を回し、失礼しますよ、と空いている椅子に腰を落とす。腕にかけていたベージュ色のコートを、丁寧に畳み直して膝の上に置く。

「それに、いったいなんだってぼくが雅長君を殺さなくちゃならないんです？　なぜといえば他のことだって、全部そうですけどね」

「その前にもうひとつ、先程のご婦人が話された中でお聞きしたいことがあるのですが」

京介は沈黙したカセットレコーダを指さす。

「いいですよ。なんですか？」

「聞かれた中で異論はありましたか。これは違う、こんなことはいってないというような」

「いや、別に」

「ではお伺いします。このご婦人は救急車を待っているときあなたが『月は円いですか』と、尋ねたといっておられます。これはどういう意味ですか？」

「ああ」

なんだ、というように松浦は笑う。

「あの晩は部分月蝕だったんです。満月が半分近く欠ける。ぼくは雅長君のマンションに来るまで、それを道々眺めていました。身動きできないまま救急車を待っているとき、そのことをふっと思い出したんですね。いや、折れた足があまりに痛くて、気を紛らしたかったのかも知れません」

「松浦さんは天文マニアですか」

「――いや、そうではありませんが。新聞かなにかに載っていたのじゃないかな。その晩に月蝕が見られるということは」

「なるほど。この夜、一九九九年七月二十八日の部分月蝕の、欠け始めは午後七時二十二分、蝕の最大は八時三十四分、終わりは九時四十六分でした。雅長さんが落ちたのは十時少し前、とこのご婦人もいっていますから、そのときに蝕が終わっていて不思議はありませんね」

「それは良かった。またなにかそこから、ぼくが憎むべき犯罪者であるという推理が引き出されるのかと思いましたよ」

答える松浦はどこまでもにこやかだ。

「名探偵の推理というやつは、突飛で意外性があればあるほど面白いものです。そんなミステリを読むのはぼくも嫌いではありませんが、自分が告発されるというのはやはり楽しくない」

だが京介は、それを無視して続けた。

「しかしあなたは以前いわれました。神楽坂にある自分のアパートで寝過ごして、出たときは九時をだいぶ回っていた、と。すると電車に乗っている時間が三十分ほどですから、アパートから地下鉄を使って、途中寄り道はせずに神楽坂から葛西まで行かれたはずです」

「そうですね」

「僕がこの病院にいる間に、あなたのアパートの住所を調べ、地下鉄東西線の駅から葛西のマンションまでのルートをたどってもらいました。しかし地下鉄の駅はあなたのアパートのごく近くにあって、しかもその道を通るとき、月の出ている南東の空は高層ビルでふさがれています。あなたのいわれたことが正しかったとしたら、あなたはいつどこで部分月蝕の月を眺めたのですか?」

「――――」

松浦の顔が止まった。京介になにをいわれようと穏やかに、いくらかは面白がっているように微笑み続けてきた顔が、口元の笑みはそのままに、ふいと凍りついた。

2

「あなたは以前茉莉さんの赤い月の記憶を、殺人という衝撃的な記憶を覆い隠すスクリーンだと説明しました。しかし事実彼女は赤い月を見たのです。雅長さんの魔法とは窓ガラスに赤いセロハンを張って、満月を皆既月蝕のような赤い月にして見せることでした。

妹の誕生日にちょうど起こる皆既月蝕を、赤い月と呼んでバースディ・プレゼントにしようとした彼は、天文マニアだったのかも知れません。だから僕はあなたが、昨年七月の部分月蝕も雅長さんと見たのではないかと考えます。妹さんの思いもかけぬ告発にうちひしがれていたろう彼が、どんな気持ちであなたを迎えたのかはわかりませんが。

その彼をあなたはベランダから突き落とした。ご自分と一緒に。友人を訪ねるとはいっても、つっかけサンダルで地下鉄に乗るのは少しおかしい。それを敢えてした以上、あなたが彼を突き落としたのは計画的犯行だったということになる。

もう一度うかがいます、松浦さん。あなたの動機はなんですか。なんのためにあなたはこれだけの時間と手間をかけて、雅長さんを殺し、江草夫人を狂わせ、茉莉さんを破滅させようとしたのですか」

沈黙が室内を覆った。三人の視線が、椅子に足を組んで座っている松浦の上に集まっていた。彼は膝の上に片肘を載せ、その上に上半身を覆い被せるようにしてうつむいている。

小柄な、女のように華奢な体つき。軽く突いただけで、折れてしまいそうなほど薄い肩だ。そうして顔を伏せ打ちひしがれた姿は、いままで自分が口にしてきた告発のことばとは、およそそぐわない。ひどい見当違いとしか思われない。ふたりの目にはそう映っているのではないか、と京介は思う。

しかもその肩が小刻みに揺れていた。嗚咽しているのか。もはや答えることばもなく、顔を伏せてすすり泣いているのか。さっきまでの人もなげな、あるいは傲慢で無邪気でさえあった表情などかけらも残されてはいない。

深春がこちらを見ている。本当か？　と問うような、あるいは咎めているような目。東京まで戻って天文マニアのバイト仲間を引っ張り出し、神楽坂から葛西を歩いて月の位置を調べたのは彼だ。

だから松浦のアパートから地下鉄の降り口までの間、月のある南東の空はビルの蔭になることは承知している。松浦が月蝕中の月を、その時間にその場所で見ることはできなかった。つまり松浦は嘘をついている。しかしたかがそれだけのことで、彼を殺人犯と断定していいのだろうか。そう考えているに違いない。

口が開いた。京介——、といおうとしている。だがそのとき、深春は目を見張った。奇妙な音が耳についた。鳩《はと》の喉声のような、低く続く、それは笑い声か？　愕然として視線を戻す。膝を抱えて松浦が笑っていた。髪に隠れてその顔は見えない。ただ肩を震わせ、伏せた頭を震わせて、彼は笑い続けている。

そのわけが深春にはわからない。京介の告発が的外れにせよ、あるいは当たっているにせよ、これは笑う場面ではないはずだ。どうなってんだよ、と深春が京介を見た。

しかしそのときの京介にしても、彼の視線に答える余裕はなかった。額が熱い。頬の傷が火照《ほて》る。これは怒りの現れだろうか。しかしみぞおちには依然として、氷の塊に似たものが冷え固まっている。

もしかしたらそれは恐怖かも知れない。理解を絶した存在への。いやたぶん逆だ。この男に対して京介が覚える戸惑いも苛立ちもおぞましさも、群衆の中にドッペルゲンガーを見出したときの気分に似ている。

確かにこの男は自分に似ていた。それも『桜井京介』にではなく、その名で覆い隠そうとしている、自分自身の素顔に。

「京介――」

「桜井君」

深春と門野がほとんど同時にその名を呼び、しかし京介は無言で片手を上げる。そして松浦は伏せていた顔を上げた。その顔は、笑っていた。大きく口を開いて、声もなく。

「あは、はは、はは、はは……」

どこかわざとらしい笑い声が、その口から聞こえてくる。

「あーあ、おかしい。なんておかしいんだろう。こんなに笑ったのは、どれくらいぶりかわからないくらいだ」

「あ、あんた、なにがそんなにおかしいんだ？」

堪えきれなくなって深春は口を開く。松浦はその顔にちらりと視線を投げて、

「安心していい。なにも君を笑ったわけじゃない」

いい捨てた。

「ぼくが笑ったのは自分の馬鹿さ加減さ。あのときは完全に冷静なつもりで、それほど失言をしていたとは気がつきもしなかった。サンダルのことはアリバイのつもりでいったことだけれど、月のことだって最後までとぼけてしまえば良かったのに、まったく大笑いだ。口が滑ったというにも間抜け過ぎるね。しかもそれを君に指摘されて、絶句してしまうとは我ながら情けない。

そう、確かにぼくはあの晩、欠けていく満月を見た。雅長君のマンションの部屋からね。ぼくは八時前からそこにいたから、月蝕を眺めるにはうってつけだったよ」

「じゃあ、本当にあんたが雅長を突き落としたのか。自殺じゃあなくて」

「どうだろう」

彼は首を傾げて見せる。

「彼のところへ行くときに、そういうつもりでサンダルを履いていったわけではないと思う。ただ、そういうトリックが可能だろう、とはずっと前から考えていたな。そしてできるかなと思ったら、やってみたくなるものじゃないか？」

「人を、殺すことでも？」

深春は声を上擦らせる。

「そう、人を殺すことでもね。好奇心と実験精神こそ科学の基本なんだ。君の大事な桜井さんに聞いてみたら？」

「あんた、どうかしてる」

「もちろんさ。人間ってやつは、猿の本能が壊れてどうかしたやつだ。非本能的、非動物的行為こそ、人間的と呼ばれるべきだ。従って動機なき計画殺人くらい、人間的行為はないとぼくは思うね」

「一般論にすり替えんなよ！」

肩を怒らせて一歩踏み出した深春の前を、京介が腕を伸ばしてさえぎる。

「では松浦さん、あなたは印南雅長さんを転落死させたことはお認めになるのですね？」

「さあね」

肩をすくめた松浦は、しかし破顔して、

「いやいや、もう止めておこう。これ以上頭の悪い犯人のように、名探偵の推理の前に悪あがきを続けるのはね。自分のしたことはちゃんと覚えているとも。お望みならいくらでも認めてさしあげよう。ぼくは酒に酔った雅長君を、ベランダから突き落とした。彼を下敷きに自分も落ちて巻き添えを擬装した。すべては計画的に。

ぼくはね、桜井さん。九七年に月映荘の庭で出会ったときから、あなたという人に興味を持っていました。だからこれまであなたのことをいろいろと調べてきて、あなたこそぼくの仕事のただひとりの観客にふさわしいと思った。いずれ月映荘の調査に、また那須へ来られるだろうと。そのときからぼくの標的は、あなたになっていたのかも知れない。

あなたの前に完璧な事件を繰り広げ、ぼくが犯人であることを見抜いてもらうこと。しかし一切確証は与えない。すべてはほぼ予定通り進行した。けれどあなたはぼくにとっては残念なことに、いささか目端が利きすぎた。ぼくがまったく予定していなかったところまで踏み込むことが出来た。そしてぼくは愚かにも失言し、あなたの前に馬脚を晒してしまった。

　つまりは君の勝ちというよりぼく自身が自滅したわけだが、ともあれあなたを観客に選んだぼくの選択は正しく、同時に間違いだった。ここは見巧者《みごうしゃ》の観客に敬意を表して、潔く負けを認めるべきでしょうね」

「では、君は法の裁きに服さねばならん」

門野が顎をしゃくった。

「君は少なくとも人ひとりその手で殺したわけだ。死んだ人間を生き返らせることができぬ以上、潔く負けを認めるとはそういうことだろう」

「でも、ぼくが負けたのは桜井さんにであって、法の秩序にでも正義にでも、ましてや門野さん、あなたにでもありません。たとえいま警察に引き渡したとして、ぼくを有罪に出来る、どんな証拠があなたの手にあるというのですか。証拠不充分は無罪、違いますか？

　よしんばぼくが三階から雅長君と共に転落したことは証明されても、それでぼくが彼を殺したことにはなりません。だからぼくがいくらここで、自分は印南雅長を殺した、と自白してみせたところで、それだけでぼくを有罪にすることはできないんです。ねえ、桜井さん？」

「君は鬼畜だな」

門野が吐き捨てる。

「トリックが可能そうだからやってみたかった、だと？　獣のようだといえば獣に悪い。たとえ証拠がなくとも、君の悪事は天が知っておるわ！」

深春もわめいていた。

「なんとかいえよ、京介。こんなこといわせておいていいのかッ？」

京介は無言のまま、悠然と椅子にかけている松浦を見つめた。額が熱い。汗が流れ落ちて頬のガーゼを濡らす。脇腹が鈍く痛む。

「松浦さん。僕はまだ、質問に答えてもらっていない」

彼が顔を巡らせる。視線を上げてにこやかに京介を見る。無垢の仮面が剝げ落ちた後の、松浦の笑みはグロテスクでさえある。

「ごめんなさい。ご質問はなんでしたっけ？」

「あなたの動機です」

「動機？」

松浦は、思わぬことばを聞いたとでもいうように眉を上げる。

「あなたは雅長さんを、ミステリのトリックを実行してみたいがために殺したという。門野さん同様、僕もそれを動機と呼べるとは思いません。動機などない、とあなたはいいたいのかも知れない。それならばあなたが茉莉さんに、架空のトラウマを想起させ、さらには多重人格を演ずるように仕向けたことにも、妹に兄を憎ませ、兄の転落死を自殺と思わせるまで心理的に追い込んだことにも、動機はないのですか？」

「なるほど、動機ねえ」

松浦は薄く笑った。

「それにこだわるのが、犯罪事件を把握するときの桜井さんのスタンスというわけですね。しかしぼくは人間の行動に、動機が不可欠なものだとは思わない。現に最近の少年犯罪なんて、どれもこれも動機など、あってなきが如《ごと》きだ」

「僕は松浦さん、あなたのしたことを、思春期の衝動的犯罪と同日に談ずるつもりはありません」

「なるほど。それはかたじけないとでもいっておきますか。まあ、動機とはいえなくとも理由ならあります。それをお話ししましょうか」

彼は椅子の上で足を組み直すと、背もたれにゆったりと体を預けて話し出した。

「桜井さんがいったように、ぼくがアメリカでセラピストとしての勉強をし、臨床経験を積んでいた当時、あの国では抑圧記憶の回復とそれにともなう裁判が社会問題化するまでに多くなっていました。全女性の三分の一が幼時に性的虐待を経験している、というどこから出てきたとも知れない数字がひとり歩きし、幼児虐待サヴァイヴァーのバイブルと呼ばれた『The Courage to Heal』は大ベストセラーとなりました。

さらにそうした風潮は、虐待は単なる異常性愛者の仕業ではなく、悪魔崇拝者の黒ミサに幼児が参加させられる儀式的虐待である、という説を流布させ、悪魔教団は幼児を多重人格にして、その交代人格に悪魔崇拝を植え付けるのだと真顔で信じられるようになりました。もっとも幼児虐待が多重人格を生むというのは、新しい説ではありませんが。

しかしまたその一方で、虚偽記憶を批判する運動も生まれてきました。『The Myth of Repressed Memory』の著者であるロフタス博士も参加している、『偽りの記憶症候群対策財団』といった組織も作られました。この問題に興味を持ったぼくは、抑圧記憶の信奉者と反対者、双方の主張を読み比べ、講演を聴き、実際に虐待の記憶を回復したサヴァイヴァーや、その後それは偽りだったと主張を撤回したリトラクターたちとも会い、思ったのです。どちらが正しいかを決めるには、やはり実験しかない。セラピーの手法でトラウマ記憶を植え付けることができるかどうか、試みてみればいいのだと。

もちろんそうした実験が、すでに行われた例はあります。かつて抑圧記憶に懐疑的な立場を取るロフタス博士は、子供や成人にトラウマ的な記憶を植え付けることが可能か実験を行いました。幼い頃ショッピングセンターで迷子になって、とても恐かったという記憶です。

それは見事に成功した。被験者は質問者の暗示に呼応し、積極的に虚偽記憶の細部を思い出しました。そして彼らは実験後に、すべては架空の記憶であったと告げられても、容易にそれを信ずることができなかったといいます。

クライエントと面接するセラピストやカウンセラーたちが、幼児の性的虐待や悪魔崇拝儀式による虐待を信じ込んでいる場合、意識せぬままクライエントにそうした虚偽の記憶を植え付けてしまうことがある、と反対者は主張します。ロフタス博士の実験がそれを証明していると。

だが信奉者は、真にトラウマ的な記憶はロフタス博士らが行っている罪もない記憶実験とは同日に論じられない、と反論します。これにはだが、やむを得ざる側面もありました。博士の実験は危険性がないことを明らかにして認可を得なければならないので、それ以上に強いトラウマ記憶を扱うことはできなかったのです。

それならば、とぼくは思いました。自分がそれをやってみればいい。意識的にセラピーでクライエントに、トラウマ記憶を植え付けられるか、実験してみよう。信奉者と反対者、どちらの主張が正しいか試してみよう。それこそが科学的精神だと。そんなぼくに印南茉莉という少女は、なかなか格好な素材だったのです」

「な――！」

深春は目を剝いていた。

「実験って、それじゃあ人体実験と一緒だ。まるでナチス・ドイツか、旧日本軍の七三一部隊じゃないかッ」

「そんなことができるのか。本当に、やってもいないことを思い出したり、催眠術で人を多重人格にしたりすることが。とても信じられんな」

門野はあっけに取られたようにいう。

「できますとも」

松浦は楽しげに肯定した。

「アメリカの抑圧記憶信奉者は、性的虐待を受けた者の五割、あるいは六割はその記憶を抑圧して思い出せないでいる、と断言しています。いま虐待の記憶がないということは、虐待されていないことを意味しない、むしろ忘れていることが虐待のあった証拠だ。そんな議論もまかり通っていました。この論法でいけば、一〇〇％虐待が存在するという結論が出るに決まっています。

桜井さん、『抑圧された記憶の神話』の第九章を読みましたか？　そこにはセラピストが抑圧記憶を回復させるための、具体的な方法が列挙されています。おおかたの人間が当てはまるようなチェックリスト、具体的なイメージを想起させる、感情を解放させる、夢を分析する、日記を書かせる、絵を描かせる、身体記憶を分析する、そして年齢退行を含む催眠を用いる。確かにあの本はとても有用でした。あそこに書かれていて実行しなかったのは、日本では難しい集団療法くらいです。

それに茉莉ちゃんはとても素直なクライエントでした。警戒心に乏しく、人を信じやすく、援助してもらうことに強い期待感を持ち、催眠にかかりやすく、被暗示性が高い。そういう心理特性を持つタイプです。

彼女の中には間近で起こった殺人事件が、消えないトラウマとして存在していました。兄の雅長君は慕《した》わしい家族であると同時に、自分を置き去りにした冷たい人でした。そしてその底には、父が新しい女性と同居することで突然身近に出現した、年上の異性に対する恐れがひそんでいました。それを結びつけて、彼女を虐待の記憶へ導くことは容易すぎるほどでしたよ」

「よくもまあ、そんなことができたものだ。自分を慕う少女に対して——」

門野は忌まわしげにつぶやいたが、それさえも松浦の耳には賛辞と聞こえるのか、愛想を振りまくように微笑んで、

「そうおっしゃる前に、もう少しぼくの話を聞いて下さいね。ぼくは偽りの記憶より前に、催眠によって茉莉ちゃんの交代人格を産み出しました。ぼくが彼女と初めてあった高校の頃、彼女は読書好きで、物語や歴史に出てきた人物を友人に見立てて会話するのが好きでした。そのひとりは真理子という、同じ学校の同じクラスにいて、茉莉ちゃんが困ったりしたときは助けてくれるすてきな友達でした。ぼくはそんな彼女の空想に血肉を与え、生きた《真理子》をプレゼントしてあげたんです。

だがそれだけでは面白くない。と恐怖の記憶を背負った幼女のマリコと、怒れる復讐者メアリも造り出そう。マリコの目覚めによって抑圧されていた記憶がよみがえり、その苦痛と怒りがメアリを生む。多重人格に滅多に出会わない、日本の精神科医でも信じそうなリアルな配役でしょう？　シビルの十六重人格くらいのことはやってみたかったけれど、あまり無理をするのは止めておきました。

というわけでぼくの実験は無事成功した。いかがです？　なかなかに洗練された手際だったと認めていただけるでしょうか」

そういう松浦の顔には、人を傷つけたことに対する後ろめたさのかけらもない。どこまでも生き生きと明るい、感じの良い顔。子供の無邪気さと大人の知性をふたつながら備えて、無駄のない口調で己れの犯罪を誇示する。

「こいつ、おかしいぞ、京介……」

深春がささやいた。

「絶対、壊れてやがる——」

その通りだ、と京介は口には出さぬまま、深春のことばに同意した。そして壊れているというなら、自分もだと思う。確かにこの男は自分と似ている。人として踏み越えてはならぬ一本の線を、やろうと思えば京介も、顔色ひとつ変えずに踏み越えることはできる。その気になりさえすれば、実験などという『理由』さえ不要だろう。

だが自分はそれをしないだけだ。できないからではなく。一本の線のこちら側で、自分を引き止めている糸のおかげで。

（そう。僕にはそれがある……）

京介はふいに疲労を覚えた。体が重い。さっきまでの火照《ほて》りが消えて、背筋を寒気が上がってきている。そしてなおさら強くなる、脇腹の痛み。もうそろそろ終わりにしたかった。事件のことなど知りはしない。犯人はそこにいるが、別に逮捕されなくともかまわない。彼がこのまま姿を消して、これ以上茉莉に仇をなすことがなければそれでいいのだ。その先までは責任が持てない。

そう思った京介の胸の内を読み取ったかのように、松浦がまた口を開く。

「もちろんぼくは茉莉ちゃんを、そのまま放置するつもりはありませんでした。実験が完全に成功した後は、彼女から偽りの記憶を取り除き、交代人格を消します。そして茉莉ちゃんと結婚する。

あなた方が邪魔立てしないで下されば、いまからでもぼくは彼女にプロポーズするつもりです。どうかご安心下さい。ぼくはこの先彼女を苦しめることなどしませんから。桜井さん、いつかのようにまた、お幸せにといって下さいますか？」

3

「馬鹿いうな！」

深春が大声を上げた。

「あの子がおまえなんかと、結婚するわけがないだろう！」

「なぜです？」

松浦は平然と聞き返す。

「茉莉ちゃんはぼくのことを、誰より信頼してくれていますよ。セラピストとクライエントの繋がりは、単なる恋愛なんかとは較べものにならぬくらい強いんです。

彼女はぼくがいなくては生きられない。そして彼女に植え付けたトラウマ記憶にせよ、凶暴な交代人格にせよ、ぼくでなくては取り除いてあげることはできないんですよ」

「残念だな。そいつはおまえの考え違いだ」

深春がいい返す。

「あの子はもう兄貴が殺人を犯したところを見た、なんては思っちゃいない。京介のことばで目が覚めたんだ。子供のときからの虐待なんてのもありゃしなかったし、多重人格だって京介と話してる内に消えたぜ。だから二度と彼女に近づくんじゃない。俺に殴られたくなかったら出て失せろ！」

「そう、ですか……」

松浦がゆっくりとまばたきした。唇を小さくつぼめて、初めて見るように京介の顔を見つめている。その目に浮かんでいるのは軽い驚きと興味、そしてたぶん敵意だ。

「それは、とても意外だ——」

「なにいってんだよッ！」

深春が詰め寄ったが、松浦は京介から視線を外そうともしない。

「桜井さん。正直な話、あなたがそこまでできるとは予想していませんでしたよ。臨床心理を学んだこともない、およそセラピストとして適性があるとも思えないあなたに、茉莉ちゃんの暗示を解除されるなんて、これはぼくにとっては、なにより不本意な展開かも知れない——」

松浦がすっ、と椅子から立ち上がった。足を前に出す。すべるような身のこなしで京介に近づいていく。口元に微笑みを浮かべたまま。コートに包まれた右腕が、さりげなく体の前に来る。

その後ろで深春が、にわかに目を見張った。ようやく異変を感じたのか、駆け寄って来ようとしている。しかし京介は接近する松浦の顔に視線を当てたまま、口を開いた。

「最後にもうひとつだけお尋ねします」

松浦は、京介の二歩手前で足を止めている。唇に笑みを浮かべたまま、

「なんでしょう」

「あなたは、印南あおいが江草百合子によって殺されて、月映荘内に埋められたというのは事実ではないことを、知っていましたか？」

「ほう？――」

松浦は小さく口元をゆがめた。

「それは、どういう根拠でいわれるのですか？」

しかし京介はことばを替えて繰り返す。

「答えて下さい。あなたはあおいさんが江草夫人に殺されて埋められた、だからこそ彼女は失踪したのだと考えていたのではないんですか？」

「だとしたら、どうだというんです――」

松浦の眉間に、きつく縦皺が刻まれている。からみつく不可視のなにかを振り払おうとするかのように、彼は頭を振った。口元から初めて、笑みが抜け落ちていた。

「そんなことは、ぼくにはなんの関係もない」

「そうはいえないでしょう。あなたは動機はないと繰り返した。茉莉さんに偽の記憶を植え付けたのは科学的な実験、雅長さんを殺したのはトリックの実行。しかしあなたには動機があったと僕は思う。しかしあなたはいまここで、それをいいたくない理由がある。違いますか？」

松浦がなにかいいかける。しかし京介は、それを無視して続けた。

「あなたの真の標的は江草百合子だった。あなたはあおいさんが彼女に殺されたと信じ、その遺骸は月映荘の敷地内に埋められていると考え、江草さん自らにそれを掘り出させようとした」

「桜井君。しかしそれはなぜだ」

門野が身を乗り出す。

「この男は、印南あおいの復讐のためにすべてを企んだというのか？　だが少なくとも、雅長や茉莉はそれとはなんの関わりもないじゃないか！」

「僕も、動機をその一点に置くのはあまりにバランスが悪いと思いました。けれどしばしば手段としての企みは、進行する中で膨張し、自己目的化するものです。

記憶移植実験の誘惑は無論、彼にとってなにより大きかったでしょう。それを正当化し、裏支えするのが埋もれた犯罪をあばいて犯人を罰するという動機だったのです。彼は僕たちに信じさせたかったほど、確信犯の犯罪者ではありません」

「だけど、どうしてこいつがその、殺された女の復讐をするんだ？」

深春の問いに京介は、こともなげに答えた。

「彼は、印南あおいの孫だからです」

門野と深春は異口同音に驚きの声を発する。京介は松浦を見つめている。

「もちろん彼に、見たこともない祖母の復讐をする切実な動機があったはずがない。それも確かに動機というより、きっかけに過ぎなかった。留学中の大学で偶然知り合った印南雅長、彼に頼まれて会うことになった茉莉、そこから糸をたぐるようにして、江草百合子にまで関わりが繋がったとき、彼はそれをひとつの啓示のように受け取ったのでしょう」

「それじゃあやはり、江草夫人は夫の愛人を殺していたのか——」

しかし京介はそうつぶやいた門野に向かって、

「いいえ」

頭を振った。

「彼女は殺してはいません。当然、あおいの遺体が月映荘の中に埋められていることもありません」

「君は確かにさっきもそういったな。しかし、夫人はあおいの遺体があると知っていたから、必死にそれを掘り出そうとしたのだろう？」

「最終的に夫人をそう仕向けたのは、彼でしょう」

京介は松浦に視線を投げて、

「つまり夫人はそう信じていたのです。しかし、それは思い違いに過ぎなかった」

「――嘘だ！」

松浦が吐き捨てた。顔が青ざめていた。唇に常に浮かんでいた微笑はすでに跡形もない。

「そんなはずは絶対にない。あの女は催眠下でぼくに告白したんだ。その夜自分は赤い月を見たと」

「赤い月？――」

「一九五三年七月二十六日の赤い月。血塗られたように赤い月を開いた窓に見て、それ以来赤い色が恐ろしくなったといった。調べてみるとそれは、皆既月蝕の夜だった。あの女の記憶は間違っていない。ぼくが幼い頃聞かされていた、あおいが失踪した日付とも合っている。なにが思い違いなものか。あの女はぼくの祖母を殺したんだ。

あの女はぼくに、自分の恐怖症を治してくれといった。催眠をかけて過去を聞き出した。馬鹿馬鹿しいくらい簡単だったさ。退行催眠をかければあっという間に、自分のしたことをべらべらしゃべり出した。

飛び散る赤い血と、山百合の赤い花粉、そして赤い月。あの女にいわせれば自分ひとりが悲劇の主人公、あおいはとんだあばずれの悪女だ。あの女は夫の子を身籠もったあおいを、汚いもののように追い払った。ふたり目の子供ができて、その子の権利を主張しに来たあおいを、手にしていた花鋏で刺し殺した。

殺人の記憶を他のものにすり替えるなり、赦しを与えて慰撫するなりすれば、恐怖症は軽減したかも知れない。だが、誰がそんなことをしてやるものか。ぼくはあの女の恐怖をあおり立てた。世界中の人間があなたを嫌っているとささやいた。憎悪を膨らませた。あなたを嫌って憎んでいるあの連中を、あなたから嫌って憎んでやりなさい、と。ああ、なんて容易かったことか――」

松浦は視線を門野から深春、そしてまた京介へと巡らせる。その唇が三日月形に上がっている。双の眼が暗く輝いている。

「桜井さん、そうして無表情の仮面で自分を覆い隠しても、ぼくの目は誤魔化されませんよ。あなたはぼくの側にいる人じゃありませんか。ぼくにはすべてわかっているんです」

　コートをかけた右腕を前に、すべるように京介に近づく松浦に、しかし京介はその動きに合わせるように後ずさっている。

「いや、あなたはなにもわかっていない」

　松浦が眉を寄せた。

「なぜ江草夫人はあおいを殺していないか、これを読んでみればいい」

　京介の手から自分目がけて飛んできたそれを、松浦は反射的に左手で受けている。黄ばんで膨らんだ洋封筒だ。封のしてない口から畳んだ便箋らしいものが覗く。松浦は顔を強ばらせ、ためらうように京介らを見た。左手だけで中の紙を取り出し、目を落とす。その目がふいに大きく見張られた。読み終えた便箋の一枚が足元に落ちる。

　それもかまわず次々と目を走らせ、読み終えて顔が上がった。

「これを、どこで手に入れた」

「月映荘で」

「馬鹿な」

　目を見開いたまま、松浦はつぶやいた。

「どうしてこんなものが、残っている」

「二階和室の天井裏に、江草家と印南家の家紋を銀蒔絵にした、硯箱が隠されていました」

　京介は、机の上の山から封筒を取り上げる。それを手のひらの上で逆さにし、小さな鍵を取り出して顔の横に掲げる。

「これがその鍵です」

「それまで見つけたのか？——」

「いいえ。これはあの人から送られてきました」

「あ——」

　と声を上げたのは門野だ。

「それは」

しかし松浦は、京介の手から封筒をもぎ取っている。そこに書かれた筆の文字を彼は見つめた。

「なぜ……」

うめくような声が洩れる。

「なぜ、おまえのところへこれが……」

「あなたを止めて欲しいのだと、僕は思いましたが」

「馬鹿なッ」

突然松浦が叫んだ。深春も門野もびくっとして息を呑む。そのとき松浦は、京介めがけて一飛びに接近していた。コートに包んでいた右手から、鋼色にひかるものが伸びる。後ろへ飛びすさった京介の体へ、その凶器が追いつく。

京介は大きく目を見開いた。松浦の顔が変わっている。やさしく穏やかに、片時も無邪気な笑みを絶やさなかった、セラピスト松浦はもはやそこにはない。仮面の失われた後にあるのは影、虚ろにゆがんだその顔は、すでに人間とは呼べなかった。

「死ね、桜井——」

ひび割れた声が叫んだ。凶器の切っ先は京介の胸に吸い込まれている。あっと深春が声を上げたとき、松浦は身をひるがえして窓に飛んだ。鍵のかかっていない両開きのガラス戸を開き、ベランダから身を一気に躍らせる。

「いま飛び降りた！」

門野がハンディトーキーにわめいている。

「凶器があるかも知れん。だが絶対逃がすな！」

門野配下の屈強なガードマンが、外を包囲していたことは知っていた。床を踏み鳴らして、駆け寄ってくる深春を京介は見た。その顔があまりに真っ青で、少しおかしくなる。

「き、京介——」

なんともないといおうとしたが、声がうまく出ない。倒れた拍子に脇腹を打ったのだ。ちょうど肋骨を痛めたあたりを。目を落とすとパジャマの胸に、細身のナイフが突っ立っている。

松浦の姿勢からして、絶対右手になにか持っているとは思っていたのだが。声を出すよりは楽だったので、手を上げて刺さっているナイフを抜き取った。深春が目を丸くする。血のついていないのに気づいたら、それほどあわてなくていいとわかるだろう。パジャマの前を外すと、そこに突っ込んであった分厚いノートが落ちてきた。中央に刃先の痕がついている。

門野が見下ろしていた。

「無事かね？」

「ええ、一応は」

「あの野郎はどうしました」

「追っておるよ」

深春の問いにいささか渋い顔で門野が答えた。

「少なくとも、傷害未遂の現行犯じゃあある」

「茉莉さんの護衛をお願いします」

「ああ、そうだな」

うなずいた門野は、ふと思い出したように、

「しかし桜井君、さっきのその封筒に入っていた鍵は」

「綾乃さんが送ってくれたものです」

「どういうことだね。あの男と綾乃に関わりがあるはずもなし、それを見てなんであぁも動揺したのだ？　わしにはさっぱりわからん。説明してもらえるのだろうな。——桜井君？」

それに答えようと、思わなかったわけではない。

しかし京介は、足元から寄せてくる眠りの波に引きずり込まれようとしていた。

重い疲労感。

熱と寒気。

肋骨の鈍痛。

全身の関節の痛み。

眠気がすべてを押し包み、暗がりの中に拉し去る。

「京介、おい、京介！」

「桜井君！」

呼ぶ声がゆっくりと遠ざかっていった。

違う、といおうとした。声は出なかった。

闇の中で松浦の、笑う声がする。

顔は見えない。

――マンションのベランダから落ちる少し前、雅長君がぼくにいいましたっけ。

君は太陽や月を喰らって蝕を起こす暗黒星だ。

見ろ、いまも空で月が喰われている。

俺を喰らったのも君だろう。俺にはわかっているぞって。

　そう、喰えるものなら喰ってみたいですね。太陽も、月も、満天の星も、すべて喰らって世界を原始の闇に帰すことができたら、なんて素晴らしいのでしょう。

　ねえ桜井さん、あなたも一緒だ。

　あなたもぼくと同類、光を喰らう影、そう決められているんですよ……

雪花《ゆきはな》

1

夢を見ている、と京介は思う。

目を閉じて、それからどれほどの時間が過ぎたかさだかではない。目を開けたとき、そこは古い木造の病室ではなかった。

雪が降っている。

白鳥の胸毛のような、名を知らぬ花の花弁のような、真白い雪のかけらが天を埋め、中空を埋め、地を埋め尽くしている。

そこに京介は立っている。白い雪を踏んで、髪に肩に手に、降る雪を受け止めながら。

しかし寒くはない。雪は京介の体に、かすかな感触だけを残して過ぎていく。だからこれは夢だ。

（いいえ、夢ではありません……）

どこからかささやく少女の声がした。

（これは雪ではなく花、天から地に降る、白い花の花弁です。だから少しも冷たくはない。けれど夢ではなく現《うつつ》です。ごらんになって、桜井様。こんなにきれい……）

降りしきる雪の帷《とばり》の向こうで、白い袖をひるがえして舞う人影がある。いま耳に届いた声は、きっとあの人の声だと京介は思う。始めはひとりかと思ったが、実は何人もがてんでに袖をひらめかせているようにも見える。

あれは、印南茉莉だろうか。彼女の母として数年を月映荘で暮らした、堤雪華だろうか。若き日の江草夫人、彼女に憎まれた印南あおい、江草孝英の離縁された妻、美代。それとも再婚してただひとりの息子を生んだ印南家の女性。

江草別邸に関わってきた女たち。悲しみと恨みの涙を呑んで生きまた死んだはずの彼女らが、しかしいまは雪の中で楽しげに、軽やかに舞っている。

それも、夢だからか。ここに見えるのはどこまでも純白の雪ばかり。それを汚す影は見えない。やはり夢だ。夢だからこその美しさだ。

ふと――

京介の胸を、恐れが薙《な》いで通る。影は、もしかしたら自分にあるのではないか。恐る恐る目を落とした足元に、そら、やはり黒々とそれは溜まって雪の真白を汚している。

(暗黒星――)

そのことばが耳によみがえる。

(あなたとぼくは良く似ている――)

(だからぼくはあなたを、あなたはぼくを理解できる――)

(あなたもぼくと同類、光を喰らう影、そう決められているんですよ……)


夢の中で京介は身震いした。松浦のからみつくような口調が、思い出しただけで、肌がそそけ立つほどいまわしい。だがその嫌悪感は彼がいう通り、自分と彼が似ていると思えばこそ、耐え難いほどに深いのだ。

太陽や月の蝕を古来の神話は、多く妖怪に天体が喰らわれるからだと説いた。スラブ語圏では血を吸う人狼が、仏教の宇宙観では羅睺《らご》という妖星が蝕を起こすといわれた。しかし近代の天文学が見出した答えによれば、日蝕は月の、そして月蝕は地球の影に過ぎない。空を翔《かけ》て光を喰らう不可視の妖怪、あるいは暗黒星などというものは存在しない。月を蝕むのは己れの影に過ぎなかった。

たぶん自分と松浦は、なにほどにも違わないのだと京介は思う。抑圧記憶の回復が争論の中心になっているなら、実験して確かめればいい。それは京介が、輪王寺綾乃の霊の存在を信ずるかという問いかけに対して述べた、科学的精神の実践そのものだ。

科学は原則に沿って突き進むとき、実に容易く人間の倫理を置き去りにする。いつか科学的精神は、無制限の好奇心と権力欲を飾る看板でしかなくなる。狂信を憎んで理性と客観性を重んじるはずの科学的精神が、その進路を曲げぬまま、新しい狂信を生まない保証はない。

つまり人間とはそれほど過ちやすいものなのだ。本能を捨てて得た自由が生物としての己れを蝕み、壊れていく。あの、松浦のように。

『復讐』という概念は、生物の持つ生存本能の延長線上に位置するようでもあり、たとえばミステリの世界では、犯罪の動機を説明するオールマイティの切り札でもある。探偵によって指摘された犯人は、それを認めると次は誇らかに己れの犯行動機を明かす。動機が復讐であれば、いかに殺された被害者こそが憎むべき加害者であったかを滔々《とうとう》と述べる。

松浦は祖母あおいが江草百合子に殺されたことを信じていた。彼が自らの行動を正当化するとき、それは確かに動機として存在した。しかし彼は最後まで、復讐ということを口にしようとはしなかった。彼はむしろ、動機なき犯行を誇らかに主張する道を選んだ。祖母の復讐を動機と主張するには、あまりにも薄弱であることを承知していたから。それでもそれなしには動けなかったから。

そしてもうひとつ、松浦は門野の耳を恐れたのだろう。彼は門野が輪王寺綾乃の庇護者であることを知っていた。松浦の母親はおそらく綾乃に仕えている昌江だ。彼は自分と綾乃の繋がりを、門野に知られるのを恐れた。しかし京介に宛てられた綾乃の封筒に、激昂せずにはおれなかった。彼にとって綾乃とはどんな存在だったのだろう?——

ふわり、と雪の中で人影が身をひるがえす。白い振り袖に帯を長く垂らした若い女性。茉莉だろうかと思う間もなく、降る雪に包まれてその人は京介の目の前に立っていた。

絹糸の帷《とばり》のように艶やかな黒髪、白く小さな顔、重いほど濃いまつげの下から覗く澄んで黒い瞳、紅《べに》を差した唇。それが雪明かりの薄闇の中に、夕顔の花が開いたように浮かんで、こちらを見上げている。着物も帯も白無垢の、花嫁のような姿をした、綾乃だった。

「——良かった。お会いできて」

小さく声がつぶやいた。

「私、桜井様にお詫びしなくてはならなくて、いつお会いできるだろうと、そればかり思っていましたの」

彼女に詫びてもらうようなことがあったろうか、と京介は思う。口に出しはしなかったその思いが、隔てなく綾乃に届いたようなのも、夢のためだろうか。

「ありますわ。桜井様がこんな目に遭われたのは、みな私のせいですもの」

しかし綾乃は京介に、那須に行くな、月映荘には関わるなと警告した。それを無視して来た結果なら、当然綾乃のせいではない。だが綾乃は、京介の顔を見上げたまま小さく頭を振った。

「いいえ、そうではありませんの。ですから、もしもお気づきでないなら、私から申し上げなくてはなりませんわ」

京介は綾乃の瞳を見て、口を動かした。——松浦さんのことですか、と。

「やはり、ご存じでしたの？」

綾乃は京介に雪音の話をしたとき、『わたしの子鹿、どうしていますか』ということばの出てくる童話のことを話した。しかし彼女は魔法で鹿に変えられるのを、ヒロインの兄だといったのだ。深春が見つけてきた元本によれば、それは弟だった。確かに『わたしの子鹿』と呼ぶなら、兄よりは弟の方がふさわしい。それがわかったとき京介は思ったのだ。綾乃にとってその本を読ませてくれた人は、兄のような存在だったのではないか、と。

「——私は両親を亡くした後、心を病んでおりました。松浦さんはそんなとき、私のセラピーをしてくれるために、京都に来て下さいましたの。門野のお爺様はご存じありません。

お爺様は、私のことをとても案じて下さいますけれど、私に男の方が近づくのを心から警戒されます。ですから男性と一対一のセラピーなど、とんでもないといわれると思いました。

松浦さんは、桜井様も会われた昌江さんの息子です。昌江さんが連れてきて下さいました。若いときに離婚して籍を異にしたので姓が違います。ですから門野のお爺様も、最後まで気づかれなかったのでしょう。

でも私、松浦さんが好きでした。お兄様で、お医者様で、先生で、親友でした。お会いしていた時間を数えたら、全部でもたったの十数時間。でも、私のすべてを理解して下さると思えましたの。あんな方、初めてでしたの——」


催眠術の施術者と被術者は、恋愛にも似た熱烈な絆《きずな》で結ばれるという。セラピストとクライエントの関係も、あるいはそれと似ているのだろうか。そのように茉莉も、綾乃も、やすやすと己れの魂をあの男に明け渡してしまったのか。そして茉莉は植え付けられた虚偽の記憶に悩み、造り出された交代人格に恐怖しながらも松浦を疑おうとはせず、綾乃は彼を守るために京介を那須に行かせまいとした。

しかしそれは彼女らの弱さだろうか。そうではないかも知れないと京介は思う。我が身を守ることも忘れて、全身全霊をあげて信ずる、受け入れる、愛する、その者のためになろうとする。それはむしろ強さだ。京介も松浦も持ち得ない高貴な心だ。それが松浦をあれほど動揺させたのだろうか。だとしたら、やはり彼は京介と似ているのかも知れない。


「綾乃さん——」

夢の中で声が出た。

「教えて下さい。それならあなたが送ってこられた、この鍵にはどんな意味があったのですか？」

　そういう京介の手の中に、例の小さな銀の鍵がある。

「開いて、ごらんになりました？」

「ええ。月映荘の二階の和室でした」

「中にはなにが？」

「江草家と印南家の家紋を入れた蒔絵の硯箱に、この鍵がかかっていて、中には手紙と証券のようなものが入っていました」

「この鍵は、昌江さんからもらったんです」

　綾乃は京介の手から取り返したそれを、指に弄びながらつぶやく。

「いらないからって」

「彼女は那須を訪ねなかったのですね」

「ええ。顔も覚えていない親たちに、囚われるのは嫌だっていっていました。母がどうして死んだかも、いまさら知りたくはないと」

「では、これだけでも彼女に渡していただけませんか」

　そういったとき、京介の手の中には硯箱から持ち出した、黄ばんだ封筒がある。

「松浦さんもご覧になりましたが、宛名は昌江さんです」

「ええ、あの人が喜ぶかどうかはわかりませんけれど。松浦さんは、なんて？」

「とても驚いていましたよ。僕とあなたが知り合いだったことに」

「そう……」

　綾乃が京介を見上げた。

「私が見てもかまわないでしょうか」

「僕も、読んでしまいましたから」

　封筒の中に入っていたのは数枚の便箋で、すっかり黄ばんで折り目から切れかけている。インクの文字も変色して消えかけていたが、子供に宛《あ》てたような、ひらがなだらけの手紙だった。

『昌江さま

父はおまえに心からすまない思いでこれを書いています。おまえの母さまは亡くなりました。おまえのおとうとも母さまから生まれることなく亡くなりました。これはみな父がわるいのです。父はおまえをどんなにか引き取りたいかしれません。しかしそれはできません。父の妻がどうしてもそれをゆるさぬからです。いとしいとも思えぬ妻でも夫としてのせきにんがあるのです。

父のるすの間におまえの母さまが那須に来て妻とあらそうていました。母さまはそのさいちうに具合がわるくなりたおれました。そこに父がかえりあわてて母さまをいしやにはこびました。とても具合がわるいので東京のびよういんににういんさせました。しかし母さまはそれからまもなくおなかの子ともども亡くなられたのです。おまえをよぶひまもありませんでした。

妻はそれで自分が母さまをころして父がうめたと思いこんでいます。父がかえりついてふたりがあらそうていたとき父は怒りて妻をつきとばしてしまいました。ひどくあたまをうちつけたようなのでそのせいかも知れませぬ。妻が目ざめたときすでに母さまはびよういんにはこんでいたのでそう思いこんだようです。妻もあわれな女です。自分がおまえの母さまをころしたと思うておそれおののいている。しかしそのかぎりはおまえのことをせんさくせぬので父はなにもいわずにおります。

京都のおまえのところには知らせをやりましたがおそらくおまえはなにも聞いてはおりますまい。母さまのお祖母さまは父をたいへん憎んでおられるからです。しかし父は憎まれてもしかたないのだと思うています。父がいとしくおもうているのはおまえだけです。おまえのところへどんなにか行きたいかしれません。けれど体がわるくなりもうすぐびよういんに入らなくてはならないのです。

生きてはもどれないかもしれませぬ。せめてこのてがみをおまえにとどけてもらおうと思うたが万一にも妻に見られたくはありません。そこで京都へは手紙をかくしたかぎだけをやることにしました。万が一父が死ぬるときはこの家はおまえの母さまの実家である印南家にゆずることになりています。だからおまえはいつでもここに来ていいのです。来てくれるものと父は信じています。

　おまえをひきとつてやれぬばかりか母さままで死なせてしまつてほんとうにすまない。おはかは東京につくりました。ここにおまえのためにいくらかの現金と証券類をいれておきます。なにかのたしにでもなれば良いのだが。ふがいない父にできるのはこればかりだ。

　どうかおまえだけはきつと幸せになりてくれ。良い伴侶とであい子をつくりすこやかな家庭をもてるよう。父のようなおろかなまねはせずにすむよういのりています。

　そして父とあわれな妻のことをうらまずにいてほしい。虫のいいたのみかもしれませぬがどうかおねがいします。

　　　　父　江草孝昌　より』

「温かい手紙ですわ」

　綾乃がそっとつぶやく。果たしてそうだろうか、と京介は思う。むしろ弱く身勝手な男が、エゴでふたりの女と子供を苦しめたようにも思える。彼が妻に向かって、はっきりとした態度を示していれば、その後の事態はまったく変わってきたろうに。

「始まりには愛情と心遣いしかないのに、どうして憎しみや悲しみが生まれてくるのでしょう」

　だがどれほど心強く、己れより人のことを考えて行動しても、結果的に憎しみや悲しみしか生まれないことはあり得る。そう思えば、江草孝昌を一方的に責めるのも傲慢でしかないかも知れない。人が意志をもって出来ることは、限られている。

「どうして、松浦さんは」

潤んだ瞳が京介をすがるように見た。

「私には、やさしい方でしたの。お話ししているだけで、心が洗われるような。でも、私ではあの方の救いになれなかったのですわ――」

ほおっと吐息して、手にした封筒を胸に抱く。

「昌江さんにはきっとお渡しします」

「そうして下さい」

京介はうなずく。そして同時に、夢でこんなことをしても仕方がないんだがな、と思う。まあいい。目が覚めたら綾乃のもとへ郵送してやってもいいのだ。

「病院を出たらもう一度月映荘に入って、硯箱ごと持ってきますよ」

「ええ」

綾乃はひっそりとつぶやく。

「でも桜井さん、それは無理ですの」

「なぜですか」

「いまごろ、あの建物は燃えています」

綾乃はゆっくりと手を伸ばす。背後の彼方を指さす。紗布を幾重にもかけたような雪の帷の向こうに、京介は朱赤に揺れる炎を見た。月映荘が、あの家が火に包まれている。

「江草夫人が病院を抜け出して、火をかけられたのですわ。五十年近くもあの地下に埋まった死体のことを思い煩って、それが実はなかったのだといわれても、とても信じられないでしょう」

「では、前に放火未遂が起こったのも？」

「きっとね」

綾乃はうなずいた。

「でもあれがすっかり灰になれば、たぶんあの人も初めて安らかに眠れますわ」

これは夢だ。だからなにを見たとしても、気に病むようなことではない。そう思いながらも京介は、遠く揺れる赤い炎を茫然と見つめている。

「松浦さんも本当に、むごいことをなさる……」

綾乃は袖をまぶたに当てた。松浦は、ここでひとりの少女が彼のために泣いてくれていることを知りはすまい。そんな存在と出会っていながら、踏みとどまれなかったのは彼の愚かさだ。

　凍てついた荒野をひとり、歩いていく松浦の後ろ姿が見える。しかし京介にはそれが、もうひとりの自分の後ろ姿に見えた。蒼や深春に出会うことなく、あるいは出会っても気づくことなく、生き続けていればならざるを得なかったろう、京介自身の映し絵だ、それは。

「お休みになって、桜井さん。そしてまた、そう、桜の咲く頃にでも京都にいらして下さい。そのときはお友達もご一緒に」

　白い袖を手にからめて、綾乃が両の腕を京介に差し伸べる。そこに天から降りかかる雪が渦巻いた。と、見ればそれは粉雪にも似た一群の白い花に姿を変えている。しなやかな細い枝を埋める、白く小さな花の群れだ。

「お見舞いには行けませんから、せめて。どうぞ、お大事に」

　花束を受け取った京介に、綾乃は深々と頭を下げた。その姿にダブって、木綿のワンピースを着て山百合を胸に抱えた、どこか見覚えある女性が会釈するのを見たように思った。

2

　廊下に面したドアが乱暴に押し開けられた。床を鳴らす足音。それが夢の残滓を追いやり、押し流す。明るい、と思う。しかし京介は目を開けない。まぶたがひどく重かった。まだ、昼の世界に戻ってきたくなかった。

「京介ッ」

　息を弾ませた声がする。

「静かに、蒼」

「だって深春、京介起きない」

「眠ってるんだろう。まだ本調子じゃないんだ。騒ぐなよ」

「だって京介、昨日の夜電話くれて、ぼくに来ていいっていったんだもん。こんな、入院してるなんて知らなかった」

「じゃあ帰るか？」

「嫌だ。ぼくだって看病ぐらいできるよ」

「だったらそう大声出さない」

「わかった。でも深春、京介どうしたの？」

「まあ、それはおまえから本人に聞けや」

そろそろ潮時かな、と京介は重いまぶたを引き上げる。

「京介！」

ベッドの脇から身を乗り出していた蒼が、鼻の触れそうな近さで目を輝かせた。

「ぼく来たよ。でもどうしたの。入院までしちゃうなんて、なにがあったの？」

「久しぶり――」

それだけ答えた京介に、蒼の目がはっと大きく見張られた。ガーゼはすでに外していたが、傷痕が消えたわけではない。近寄って見れば赤い筋が見えるだろう。手を伸ばして触れかけて、途中でためらうように止める。

「京介、顔のそれ、傷？――」

「ころんでこすったんだ」

蒼を子供扱いするつもりはないが、済んでしまい犯人も死んでしまったことを、いまさら繰り返す必要はない。蒼はちょっと口を尖らせたが、こういうときに深追いしても京介が口を開かないことは承知している。仕方ないという顔になって、それからまた、あれ？　と目を見張った。

「京介、これどうしたの？」

蒼が枕から拾い上げたのは、白い小さな花のついた十五センチほどの小枝だ。

「ユキヤナギ、だよね。でも東京でだってまだ咲いてないし、この辺の方がずっと寒いのに」

京介は体を起こし、蒼の手からそれを受け取る。

見覚えはあった。夢で見たのだから。

「この花、ユキヤナギっていうのか――」

「そうだよ。知らないの？」

呆れたように答えた蒼は、

「そうか。やっぱりさっきの女の人、京介のお見舞いに来たんでしょう。だけどいくらなんでも、ユキヤナギが一本きりって変かな」

「さっきの？」

「蒼が見たっていうんだ。白い着物で髪の長い女がここの廊下を歩いてるのが窓から見えたって」

深春が口を挟んだ。

「だけど、俺は見てないんだよな。おまえ、目開けたまま夢でも見たんじゃないか？」

「違うよッ！」

「夢、か」

京介は口の中でつぶやいた。

「深春――」

「あ？」

「僕は何日眠っていた？」

「あれから三日。ったっておまえ、昨日の夜は起きてたぞ。倉持さんとか県の土木部のなんとかさんとか、見舞いに来たって話しただろう」

「そうだよ。それでぼくに電話くれたんでしょ」

いわれればそんな気がする。だが、どこか自分のことではないように、浮かんでくる記憶の断片はおぼつかない。

「月映荘は変わりないか？」

返事がない。首を回して深春の方を見ると、彼は頭を掻いている。

「なんだ、おまえ寝てばっかりいたくせにどこから聞いたんだ？」

京介は息を詰める。

「おまえにはまだいわないでおこうかと思ったんだがな、丸焼けだそうだ」

「江草夫人が？」

「そう。っておまえ、いきなり千里眼になったのか？」

「いや――」

「せっかくの研究対象が灰になっちまって、こんだけひどい目に遭わされたってえのに、おまえもとんだくたびれ損だったよなあ」

（これも、なにもいわないでおこう――）

京介は思う。科学で解明できないことがあっても、あわてて信念をひるがえす理由はない。たぶん。

「茉莉さんは？」

「昨日の昼間見舞いに来た。元気そうだったぞ」

「あの男は？」

「心配ない。もうちゃんといるべきとこにいる」

捕らえられたということか。確かめるのはふたりだけのときでいい。

蒼がムッと頰をふくらませた。

「ずるいや。ふたりしてだけわかってるようなしゃべり方してる。まだなんか隠してる？」

「もう終わったことだから」

ちぇっ、つまんないの、とつぶやいた蒼は、それでも思い直したように、

「まあいいや。どっちかっていうと、いまは聞いて欲しい方だから」

深春が首を突き出して、おう、いくらでも聞いてやるぜ、という。

「どうしようかなあ。京介に聞いてもらおうって、思ってきたんだけどな」

「なんだよ、仲間外れにすんなよ」

「ええ？　だってさっきは京介と、ぼくにわかんない話してたのに」

「あれはあれ」

「わかったよ。それじゃ深春もまぜてあげる」

「ありがとうよ」

「ぼく、親切だから」

お年寄りには、と付け加えて、このッ、と摑みかかった深春の腕をひょいとよける。

「深春、病院であばれたらいけないんだよ」

「どっちがあばれてるんだよッ」

蒼は京介のベッドを挟んで、舌を出して見せた。

「熊さんでしょ」


京介は、胸の中でつぶやいていた。

心の通う者がいまここにいてくれる限り、僕は壊れない。光を蝕む影にはならない。たとえ『桜井京介』ではなくなる日が来ても、この記憶は生きてある限り自分を支えてくれるだろう。

僕は松浦と似ている。

しかし、絶対に同じではない。


「京介、早く元気になってぼくの話、聞いて」

「もちろん、いつでも」

京介は微笑んだ。

あとがき

建築探偵シリーズとしては十冊目、番外編二作を除いた本編としては八作目である、『月蝕の窓』をお届けする。

今年は篠田真由美の最初の本『琥珀の城の殺人』（東京創元社）が出て十年目になる。そんなに長い時が過ぎたのかと、思わずため息をつきたくなる。ひとつことを十年も続けていれば、たいていそれなりに上達するはずだが、小説を書くことについてはまるで上達した気がしないのは何故なのだろう。毎度毎度悩みながらである。

悩むといえば今回こそ、シリーズ中で一番悩みながら書いた。桜井京介視点というのは第二部に入ってから少しずつやっていたので、それがもっと増えても問題はあるまいと楽観していたところが、どうもおかしい。筆が進まない。視点人物が自閉して、ぐずぐずと悩んでばかりなのだから、物語が快調に動くわけもない。

半分書いてやっとわかった。京介視点なのはともかくとして、彼のそばに深春も蒼もいない。どこまでも京介のモノローグ。ええい、うっとおしいッッ!!

探偵役の性格に欠陥があることは百も承知だが、ここまで使いものにならないとは思わなかった。書いてみてやっとそれがわかる、自分の鈍感さが情けない。だが途中でそんなことを気づいても、どうなるものでもなかった。すでに時間は二ヵ月も過ぎて、世間は連休黄金週間、締め切りは五月末である。ストレスのせいか胃腸が突然でんぐりかえって、酒はもちろん水も飲めなくなり、失踪したいと真剣に考えたりもした。

　これを書いているのは六月一日で、あとがきということは一応エンド・マークを打ったわけだが、本になるまでにはゲラも二度見て、校閲のチェックも受ける。それまでにちゃぶ台をひっくり返したくならなければ、このしょうもないあとがきも含めて読者のお目に触れることになる。『トラブルのない人生は退屈』(by栗山深春)だと私も思うが、もう少し平穏無事な日々があってもいいな、とつくづく思った。

　謝辞です。

　建築家小倉孝夫様。青木邸解体工事現場でお目にかかって、ミステリの話をしていて『虚無への供物』のタイトルがお口から出たときは、ここまでもバロン中井のお導きかとたまげたものです。せっかくいただいた資料は、力足らずであまり生かせませんでした。申し訳ありませんです。

　森田和男様。天文関係のデータとアドヴァイス、ありがとうございます。

　半沢清次様。毎度毎度どーも。

　宇山日出臣様、秋元直樹様。多謝。

そしていつもながら、建築探偵の物語を愛して下さる読者様たち。投げ出したくなったり失踪したくなったりを引き止めてくれたのは、待っていてくれる人たちを裏切ってはいけない、というプロとしては最低限の責任感でした。

これがご期待を大きく外れぬことを、書き手としては祈るばかり。

いつもたくさんの気持ちをありがとう。

みんな大好きだよ。

またきっと会いましょう。

次回はベトナムと伊《い》東《とう》忠《ちゅう》太《た》です。なんかマニアックだね（笑）。

最後にお知らせ。半沢氏のホームページ「木工房　風来舎」で篠田の仕事日誌を公開しています。最新情報をお知りになりたい方、ぜひ見に来て下さい。

http://www.aa.alpha-net.ne.jp/furaisya/

注記　『スリーピング・マーダー』A・クリスティ（ハヤカワ文庫）と「雪物語」皆川博子（ハヤカワ文庫『たまご猫』所載）から引用させていただきました。語句を一部変えているところがあります。

主要参考文献

悪魔を思い出す娘たち　L・ライト　柏書房

抑圧された記憶の神話　E・ロフタス　誠信書房

記憶を消す子供たち　L・テア　草思社

ロマンティックな狂気は存在するか　春日武彦　大和書房

24人のビリー・ミリガン　D・キイス　早川書房

失われた私　F・R・シュライバー　早川書房

旧青木周蔵別邸修理工事報告書　栃木県

N.D.C.913　434p　18cm

月蝕《げっしょく》の窓《まど》　建築《けんちく》探偵《たんてい》桜井《さくらい》京介《きょうすけ》の事件簿《じけんぼ》

二〇〇一年八月五日　第一刷発行

定価はカバーに表示してあります

KODANSHA NOVELS

著者―篠田真由美《しのだまゆみ》

発行者―野間佐和子

発行所―株式会社講談社

東京都文京区音羽二-一二-二一

郵便番号一一二-八〇〇一

編集部〇三-五三九五-三五〇六

販売部〇三-五三九五-三六二六

業務部〇三-五三九五-三六一五

印刷所―株式会社廣済堂　製本所―株式会社千曲堂

ISBN4-06-182194-6（文三）

長編ユーモアミステリー
秘書室に空席なし 赤川次郎

長編ユーモアミステリー
静かな町の夕暮に 赤川次郎

長編ミステリー
死が二人を分つまで 赤川次郎

長編ミステリー
微熱 赤川次郎

異色短編集
手首の問題 赤川次郎

長篇サスペンス
我が愛しのファウスト 赤川次郎

超才・明石散人の絢爛たる処女小説!
視《み》えずの魚《うお》 明石散人

サイエンス・ヒストリー・フィクション
鳥玄坊先生と根源の謎 明石散人

サイエンス・ヒストリー・フィクション
鳥玄坊 時間の裏側 明石散人

サイエンス・ヒストリー・フィクション
鳥玄坊 ゼロから零へ 明石散人

追跡のブルース
カニスの血を嗣《つ》ぐ 浅暮三文

奇想天外なる本格ミステリー
地底獣国（ロスト・ワールド）の殺人 芦辺 拓

本格ミステリのびっくり箱
探偵宣言 森江春策の事件簿 芦辺 拓

殺人博覧会へようこそ
怪人対名探偵 芦辺 拓

長編警察小説
刑事長 姉小路祐《あねこうじゆう》

書下ろし長編警察小説
刑事長――四の告発 姉小路祐

書下ろし本格警察小説
刑事長――越権捜査 姉小路祐

書下ろし本格警察小説
刑事長 殉職 姉小路祐

書下ろし検察小説
東京地検特捜部 姉小路祐

書下ろし検察小説
仮面官僚 東京地検特捜部 姉小路祐

書下ろし長編警察小説
汚職捜査 警視庁サンズイ別動班 姉小路祐

痛快! 爽快! 刑事小説
合併裏頭取 警視庁サンズイ別動班 姉小路祐

新本格推理強力新人痛快デビュー
8の殺人 我孫子武丸《あびこたけまる》

書下ろし新本格推理第二弾!
0の殺人 我孫子武丸

書下ろし新本格推理の怪作
メビウスの殺人 我孫子武丸

書下ろしソフィストケイティッド・ミステリー
探偵映画 我孫子武丸

異色のサイコ・ホラー
殺戮にいたる病 我孫子武丸

新バイオホラー
ディプロトドンティア・マクロプス 我孫子武丸

あの〝人形探偵〟が帰ってきた!
人形はライブハウスで推理する 我孫子武丸

書下ろし本格推理・大型新人鮮烈デビュー
十角館の殺人 綾辻行人《あやつじゆきと》

小説
塗仏の宴 宴の始末 京極夏彦

妖怪小説
百鬼夜行――陰 京極夏彦

探偵小説
百器徒然袋――雨 京極夏彦

第12回メフィスト賞受賞作!!
ドッペルゲンガー宮《きゅう》《あかずの扉》研究会 流氷館へ 霧舎《きりしゃ》巧《たくみ》

霧舎巧版〝獄門島〟出現!
カレイドスコープ島《あかずの扉》研究会 竹取島へ 霧舎巧

乱れ飛ぶダイイング・メッセージ!
ラグナロク洞《あかずの扉》研究会 影郎沼へ 霧舎巧

明治を探険する長編推理小説
十二階の柩 楠木誠一郎

書下ろし歴史ミステリー
帝国の霊柩 楠木誠一郎

ミステリ＋ホラー＋幻想
迷宮 Labyrinth 倉阪鬼一郎

妙なる狂気の調べ
四重奏 Quartet 倉阪鬼一郎

本格の快作!
星降り山荘の殺人 倉知淳

長編デジタルミステリー
仮面舞踏会 伊集院大介の帰還 栗本薫

長編ミステリー
魔女のソナタ 伊集院大介の洞察 栗本薫

長編推理
怒りをこめてふりかえれ 栗本薫

伊集院大介シリーズ
新・天狼星ヴァンパイア上 恐怖の章 栗本薫

伊集院大介シリーズ
新・天狼星ヴァンパイア下 異形の章 栗本薫

書下ろし本格推理巨編
柩の花嫁 聖なる血の城 黒崎緑

第16回メフィスト賞受賞作
ウェディング・ドレス 黒田研二

トリックの魔術師 デビュー第2弾
ペルソナ探偵 黒田研二

トリック至上主義宣言!
硝子細工のマトリョーシカ 黒田研二

第17回メフィスト賞受賞作
火蛾 古泉《こいずみ》迦十《かじゅう》

第14回メフィスト賞受賞作
UNKNOWN《アンノン》 古処誠二《こどころせいじ》

心ふるえる本格推理
少年たちの密室 古処誠二

こんな本格推理を待っていた!
未完成 古処誠二

本格推理
ネヌウェンラーの密室 小森健太朗

書下ろし歴史本格推理
神の子の密室 小森健太朗

コリン・ウィルソンの思想の集大成
スパイダー・ワールド 賢者の塔 著 コリン・ウィルソン 訳 小森健太朗

書下ろし〈超能力者〉シリーズ
裏切りの追跡者 今野敏

書下ろし〈超能力者〉シリーズ
怒りの超人戦線 今野敏

エンターテインメント巨編
蓬莱 今野敏

第9回メフィスト賞受賞作！
QED 百人一首の呪　高田崇史《たかふみ》

書下ろし本格推理
QED 六歌仙の暗号　高田崇史

書下ろし本格推理
QED ベイカー街の問題　高田崇史

書下ろし本格推理
QED 東照宮の怨　高田崇史

乱歩賞SPECIAL 明治新政府の大トリック
倫敦暗殺塔　高橋克彦

怪奇ミステリー館
悪魔のトリル　高橋克彦

長編本格推理
歌麿殺贋事件　高橋克彦

書下ろし歴史ホラー推理
蒼夜叉　高橋克彦

空前のスケール超伝奇SFの金字塔
総門谷　高橋克彦

超伝奇SF
総門谷R 阿黒編　高橋克彦

超伝奇SF・新シリーズ第二部
総門谷R 鵺篇　高橋克彦

超伝奇SF・新シリーズ第三部
総門谷R 小町変妖篇　高橋克彦

長編伝奇SF
星封陣　高橋克彦

書下ろし超古代ファンタジー
神宝聖堂の王国　竹河　聖

書下ろし超古代ファンタジー
神宝聖堂の危機　竹河　聖

超古代神ファンタジー
海竜神の使者　竹河　聖

長編本格推理
匣の中の失楽　竹本健治

奇々怪々の超ミステリ
ウロボロスの偽書　竹本健治

『偽書』に続く迷宮譚
ウロボロスの基礎論　竹本健治

京極夏彦「妖怪シリーズ」のサブテキスト
百鬼解読——妖怪の正体とは？　多田克己

異形本格推理
鬼の探偵小説　田中啓文

書下ろし長編伝奇
創竜伝1〈超能力四兄弟〉　田中芳樹

書下ろし長編伝奇
創竜伝2〈摩天楼の四兄弟〉　田中芳樹

書下ろし長編伝奇
創竜伝3〈逆襲の四兄弟〉　田中芳樹

書下ろし長編伝奇
創竜伝4〈四兄弟脱出行〉　田中芳樹

書下ろし長編伝奇
創竜伝5〈蜃気楼都市〉　田中芳樹

書下ろし長編伝奇
創竜伝6〈染血の夢〉　田中芳樹

書下ろし長編伝奇
創竜伝7〈黄土のドラゴン〉　田中芳樹

書下ろし長編伝奇
創竜伝8〈仙境のドラゴン〉　田中芳樹

書下ろし長編伝奇
創竜伝9〈妖世紀のドラゴン〉　田中芳樹

篠田真由美の
建築探偵桜井京介の事件簿シリーズ

蒼《あお》、京介、深春《みはる》と心揺さぶる事件たち

未明《みめい》の家
〝閉ざされたパティオ〟のある別荘で主《あるじ》が死に、一族を襲う惨劇が始まった。

玄《くろ》い女神
インドの安宿で不審な死を遂げた男。10年後「館」で展開される推理劇！

翡翠《ひすい》の城
ホテル創業者一族の骨肉の争いに潜む因縁。異形の館に封印された秘密！

灰色の砦
孤独な下宿人たちを襲った怪事件。京介・19歳の推理が冴える〝青春篇〟。

原罪の庭
密閉された温室に屠られた富豪一族。事件のカギは言葉を失った少年に！

美貌の帳《とばり》
伝説の女優が「卒塔婆小町」で復活。その凄絶美が地獄の業火をもたらす！

桜闇
二重螺旋階段から迷宮の中の洋館まで。異形の館に漂う死と滅びの気配。

仮面の島
ヴェネツィアの島に隠棲する未亡人。悲劇はラグーナの香りにのって――。

センティメンタル・ブルー
初めてガールフレンドを持った11歳から20歳まで。蒼によるシリーズ番外篇。

講談社ノベルス／絶賛発売中